[唐]李　白　著
瞿蜕園　朱金城　校注

李白集校注

圖書在版編目(CIP)數據

李白集校注 / (唐)李白著；瞿蜕園、朱金城校注.
—上海：上海古籍出版社，2016.8 (2022.11重印)
(中國古典文學叢書〔典藏版〕)
ISBN 978-7-5325-7659-3

Ⅰ.①李… Ⅱ.①李… ②瞿… ③朱… Ⅲ.①唐詩—注釋 Ⅳ.①I222.742

中國版本圖書館CIP數據核字(2015)第120692號

中國古典文學叢書〔典藏版〕
李白集校注
(全五册)
〔唐〕李白 著
瞿蜕園 朱金城 校注
上海世紀出版股份有限公司
上 海 古 籍 出 版 社 出版
(上海市閔行區號景路159弄1-5號A座5F 郵政編碼201101)
(1)網址：www.guji.com.cn
(2)E-mail：guji1@guji.com.cn
(3)易文網網址：www.ewen.co
上海世紀出版股份有限公司發行中心發行經銷
浙江新華數碼印務有限公司印刷
開本890×1240 1/32 印張73.125 插頁39 字數1,235,000
2016年8月第1版 2022年11月第7次印刷
印數6,501 — 7,600
ISBN 978-7-5325-7659-3
I·2931 定價：498.00元
如有質量問題，請與承印公司聯繫

典藏

1956 十一月一日，古典文學出版社成立

1957 《韓昌黎詩繫年集釋》《人境廬詩草箋注》《稼軒詞編年箋注》（後被列入《中國古典文學叢書》）出版

1958 六月一日，古典文學出版社改組爲中華書局上海編輯所

1977 十二月二十六日，國家出版事業管理局宣佈中華書局上海編輯所獨立爲上海古籍出版社

1978 一月一日，上海古籍出版社宣告成立

1978 《叢書》首批出版《聊齋誌異會校會注會評本》《阮籍集》《李賀詩歌集注》《樊川文集》4 種

2009 《叢書》出版達 100 種

2013 《叢書》入選首屆向全國推薦優秀古籍整理圖書目録

2016 《叢書》出版達 136 種，并推出典藏版

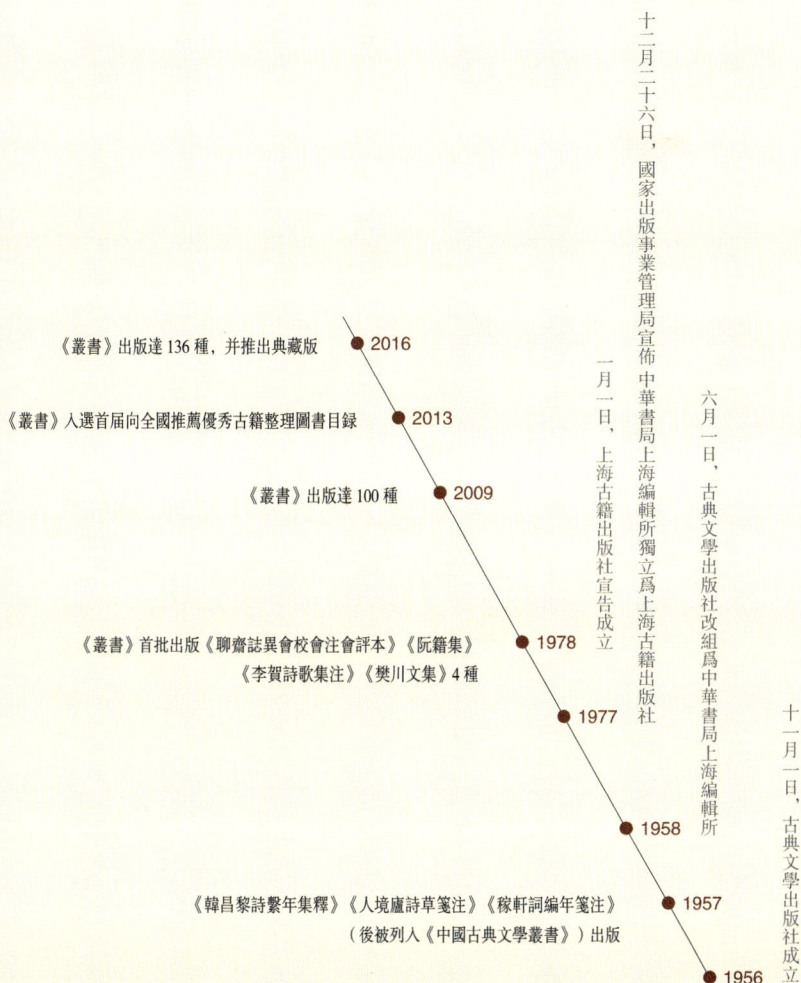

● 瞿蛻園（一八九四－一九七三），名宣穎，字兑之，晚號蛻園。湖南長沙人。曾任中華書局上海編輯所特約編審。

● 朱金城（一九二一－二〇一一），字蘭客。祖籍江蘇南京。曾任上海古籍出版社編審。

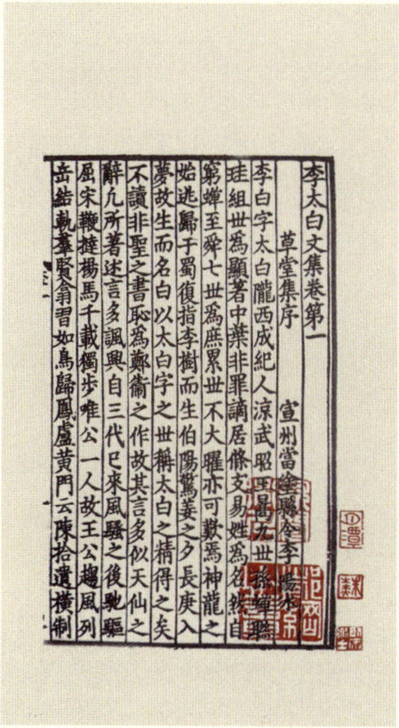

李太白文集卷第一

草堂集序　宣州當塗縣令李陽冰

李白字太白隴西成紀人涼武昭王暠九世孫蟬聯珪組世爲顯著中葉非罪謫居條支易姓爲名然自窮蟬至舜七世爲庶累世不大曜亦可歎焉神龍之始逃歸于蜀復指李樹而生伯陽驚姜之夕長庚入夢故生而名白以太白字之世稱太白之精得之矣不讀非聖之書恥爲鄭衛之作故其言多似天仙之辭凡所著述言多諷興自三代已來風騷之後馳驅屈宋鞭撻揚馬千載獨步唯公一人故王公趨風列岳結軌羣賢翕習如鳥歸鳳盧黃門云陳拾遺橫制

宋蜀刻本《李太白文集》

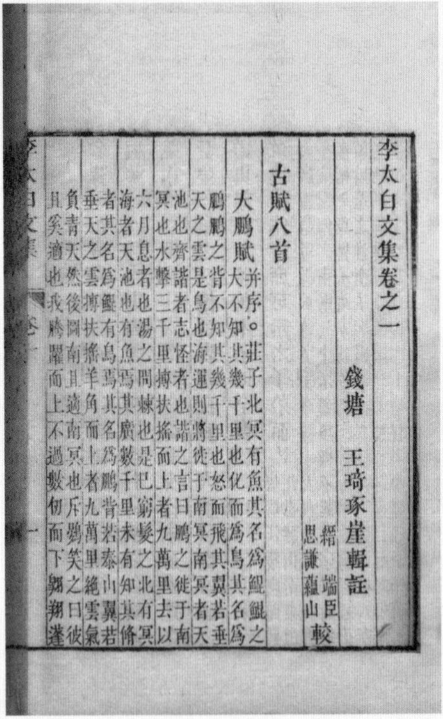

李太白文集卷之一

錢塘　王琦琢崖輯註

縉　端臣
思謙　蘊山　較

古賦八首

大鵬賦并序。莊子北冥有魚其名爲鯤鯤之大不知其幾千里也化而爲鳥其名爲鵬鵬之背不知其幾千里也怒而飛其翼若垂天之雲是鳥也海運則將徙于南冥南冥者天池也齊諧者志怪者也諧之言曰鵬之徙于南冥也水擊三千里摶扶搖而上者九萬里去以六月息者也湯之問棘也是已窮髮之北有冥海者天池也有魚焉其廣數千里未有知其脩者其名爲鯤有鳥焉其名爲鵬背若泰山翼若垂天之雲摶扶搖羊角而上者九萬里絕雲氣負青天然後圖南且適南冥也斥鴳笑之曰彼且奚適也我騰躍而上不過數仞而下翱翔蓬

清乾隆刊本王琦輯注《李太白文集》

李白《上陽臺帖》

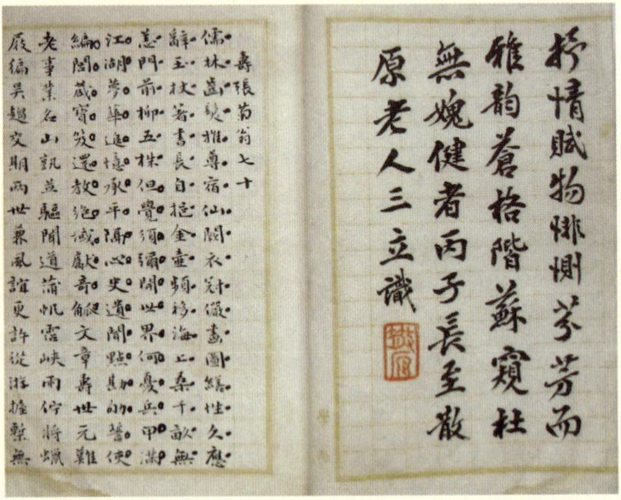

瞿蜕園《丙子詩存》手稿及陳三立題詞

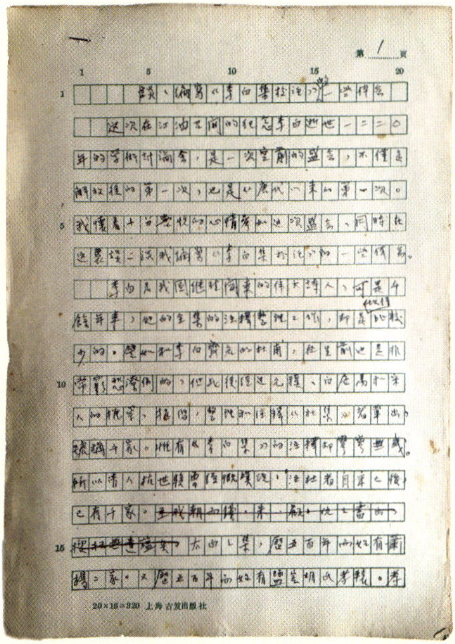

第 1 页

談談《李白集校注》的一些情況

这次在江油召開的紀念李白逝世一二二〇年的學術討論會，是一次空前的盛會，不僅是解放後的第一次，也是有唐代以來的第一次。我懷着十分喜悦的心情参加這次盛會，同時在這裏談談我編寫《李白集校注》的一些情況。

李白是我國傑出的偉大詩人，可是千餘年來，他的全集的注釋整理工作，卻是比較少的。譬如和李白齊名的杜甫，在生前也是很常窮愁潦倒的，但死後經過元稹、白居易等宋人的推崇、揄揚，整理和注釋《杜集》的著作汗牛充棟，號稱千家。惟有《李白集》的注釋卻寥寥無幾。所以清人杭世駿曾經慨嘆説：注杜者自宋以後已有千家。~~至我朝而仇、朱、顧、沈之書出，搜抉無遺矣。~~太白之集，歷五百年而始有蕭、楊二家。又歷五百年而始有鹽官胡氏孝轅。李

20×16=320 上海古籍出版社

朱金城手迹

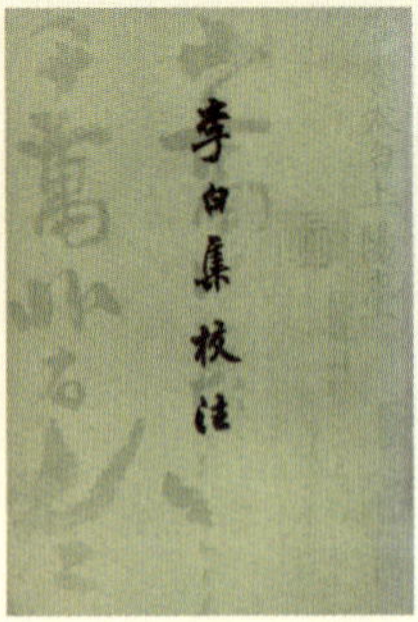

①

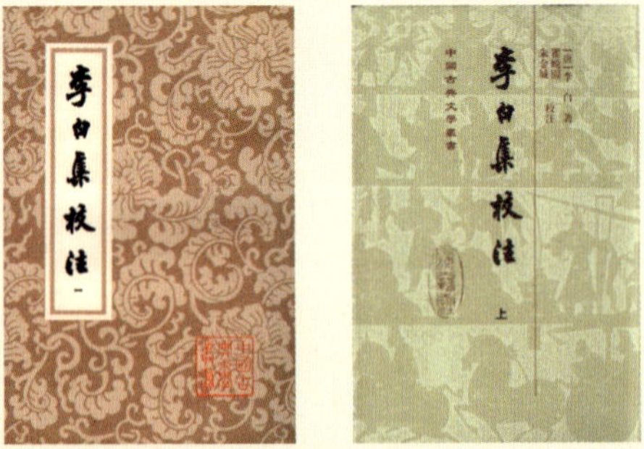

②

本社歷年諸版書影

① 一九八〇年版

② 《中國古典文學叢書》版

前言

王運熙

一

我國古代素以詩歌發達著稱，詩人輩出，佳作如林，進入唐代中期，更呈現出百花齊放、争妍競豔的繁榮局面，其中李白和杜甫的成就尤爲卓越，奇葩怒放，光輝燦爛，成爲我國古代詩歌發展史上的突出現象。

李白生于唐武后長安元年（公元七〇一年），卒于唐代宗寶應元年（公元七六二年），主要活動是在玄宗、肅宗兩朝。唐玄宗前期，即開元年間，是唐朝的昌盛時期。唐王朝從建國到開元年間，已有一百年左右，在這段時間内，國家統一，社會比較安定，由于長期的積累，到開元年間，唐王朝的封建經濟和文化的發展都達到了高峯。在文藝領域，不論詩歌、音樂、舞蹈、書法、繪畫、雕塑等方面，都出現了若干傑出人物，創造了不少優秀的作品，在我國文化史上煥發異采。但是好景不長，玄宗後期，政治日趨腐敗，各種原來潛伏的社會矛盾逐漸激化，終于爆發了前後跨歷八個年頭的安史之亂。戰争使廣大人民紛紛死亡，社會經濟受到嚴重破壞。强大的唐王朝從此一蹶不振，開始走上衰亡的下坡路。李白就是生活在這樣一個重要的歷史轉折時代。他成長于開元年間，在安定的社會環境中獲得了深厚的文化教養，培育了優異的藝術才能；更可貴的是他運用了他那支生花妙筆，不是專門去歌唱昇平，粉飾現實，而是抱着滿腔政治熱情，着重地反映了安史之亂前後政治的黑暗、社會的混亂和人民的痛苦，反映了他那個時代的某些本質方面，同時表現了他對于這種不合理社會現象的憎恨和要求改變這種現象的願望，在藝術描寫上又是如此氣勢磅礴，筆落驚風雨，呈現出非凡的創造性，這就使他成爲屈原以後偉大的積極浪漫主義詩人。

李白的祖先在隋末因故遷居西域，李白即出生于西域的碎葉城（在今中亞細亞巴爾喀什湖南，當時屬于唐王朝所建置的安西都護府）。李白約五歲時，他家從西域遷回内地，住在綿州昌隆縣（今四川省江油縣）。父親李客，生平事跡不詳，李白青壯年時家境富裕，輕財好施，現代某些李白研究者推測李客是一位大商人，但也找不到確鑿證據。李白少年時代的閲讀範圍就相當廣泛，「五歲觀六甲，十歲觀百家」（上安州裴長史書），接受古代思想家多方面的影響。李唐王朝一開始就認老子爲祖先，提倡道教，玄宗時道教更爲得勢，祠宇遍于全國，信徒廣泛。在這種社會風氣影響下，李白在蜀中少年時代即開始和道士們交游，喜歡隱居和求仙學道。他曾和隱士東嚴子隱居于岷山達數年之久。他登上峨眉山時，所企羨的是「倘逢騎羊子，攜手凌白日」（登峨眉山）的神仙境界。但另一方面，他又喜愛縱横術，有參加政治活動、建功立業的志願。在蜀中時，他同梓州的趙蕤很友好，趙蕤善爲縱横學，喜談王霸之術，著有長短經。李白頗受其思想影響。李白的政治抱負很大，他想當帝王的輔弼大臣，常以歷史上的這類人物管仲、諸葛亮、謝安等作爲自己的效法對象。

隱居學道與願爲輔弼，出世與入世是一對矛盾，李白統一這對矛盾的途徑是：通過隱居和廣泛的社會交際來培養自己的聲譽，象初唐時馬周那樣，獲得帝王青睞，以布衣而取卿相，一躍而登高位；而在政治上有所建樹以後，則又不慕榮利，飄然遠引，歸隱山林。李白在作品中屢屢宣稱「功成身退」，這是指導他一生出處的原則，首先要功成，然後再身退；功業不成，他是不甘心于避世退隱的。因此，積極入世，關心政治，是他一生經歷和詩歌思想内容的主導方面。

天寶元年（公元七四二年），他與道士吴筠一起隱居剡中（今浙江嵊縣），不久吴筠被徵召至長安。吴筠向唐玄宗推薦李白，玄宗徵他到朝廷，命他供奉翰林，作爲文學侍從之臣，參加起草一些文件。李白開始心情非常興奮，以爲實現抱負的機會果然來到。然而，唐王朝的政治這時已日趨腐敗，玄宗陶醉于過去的成績和表面的昇平，荒淫昏聵。「口蜜腹劍」的李林甫把持着政權，任人唯親，打擊異己，比較正直和有才能的人往往受到迫害。李白對這種現象表示痛恨和憤慨，同時，他那種蔑視權貴的大膽行爲又深爲當權派所憎恨，遭到了他們的讒毁，不久即被迫離開長安，結束了前後不滿兩年的帝京生活。李白這一次政治活動是失敗了，但他對唐王朝統治階層的腐朽黑暗却獲得了比較深刻的認識。

離開長安以後，他繼續到許多地方游歷。由于政治上的挫折，他感到悒鬱憤懣，醉酒求仙的狂放行爲在這時期有所發展，藉以排遣苦悶。但是，他毫不放棄原先的政治理想。他懷念長安，希望得到帝王的重新任用，「一朝復一朝，髮白心不改」（單父東樓秋夜送族弟沈之秦）。他自比謝安，準備「東山高卧時起來，欲濟蒼生未應晚」（梁園吟）。當他一時找不到光明出路時，他也曾説過「人生在世不稱意，明朝散髮弄扁舟」（宣州謝朓樓餞别校書叔雲）一類洩氣的話，但他並没有放棄先功成再身退的原則，正如他自己所説「我本不棄世，世人自棄我」（送蔡山人），只要統治者不抛棄他，他在功業未成之前是不甘心「棄世」的。

安史之亂爆發時，李白正在江南宣城、廬山一帶隱居，後來永王李璘率師東下，他接受徵聘進入李璘幕府，參加討伐安史叛軍的活動。當時心情也非常興奮，希望實現建功立業、報效國家的宿願。他唱道：「但用東山謝安石，爲君談笑静胡沙」（永王東巡歌其二），樂觀地認爲做輔弼大臣的機會來臨了。不料李璘企圖借機擴大自己的勢力，不聽朝廷節制，被肅宗疑忌，派兵消滅。李白也因此獲罪，受到流放夜郎（今貴州桐梓縣一帶）處分。幸而中途遇到大赦，才得東歸。李白第二次從政活動又這樣悽慘地失敗了。流放回來後，李白雖已年近六十，但參加政治活動的熱情迄未衰退。肅宗上元二年（公元七六一年），他從金陵上路，準備到臨淮（今安徽泗縣一帶）去參加太尉李光弼的部隊討伐史朝義的叛亂，不幸途中忽然得病，只能折回。次年即病逝于當塗（在今安徽省）。他的臨終歌有云：「大鵬飛兮振八裔，中天摧兮力不濟。」對自己政治抱負的不能實現還表現了深深的遺憾。

李白一生有不少時間消耗在隱居醉酒、求仙學道的生活裏，他的不少詩篇反映了這方面的消極頹廢的思想情感；但是，李白生活和創作的更爲主要的一面是關心政治和社會，對黑暗腐朽的封建勢力進行了尖鋭的揭露和批判，表現了他要求國家强大、社會安定的進步理想。這是貫穿李白一生活動和創作的一條主綫，也是李白所以成爲偉大詩人的决定性因素。

二

李白一生始終熱切地關注着唐朝的政治和國家的命運，他憎恨黑暗和不合理的現實，希望國家强大，社會安定，希望自己通過參加政治活動對祖國有所貢獻。這種充沛的政治熱情在他的詩歌中有着鮮明的表現。

玄宗後期，信任權臣李林甫、楊國忠，寵幸宦官、藩鎮，溺愛楊妃，在他周圍形成了一個極端腐朽的統治集團。李白通過在長安短期供奉翰林的生活，對這個集團有了比較清醒的認識。他的古風第四六描繪那些權貴、宦官平時過着鬬鷄走馬的荒淫生活：「鬬鷄金宫裹，蹴踘瑶臺邊。舉動摇白日，指揮回青天。」古風第二四更描繪了那些善于鬬鷄的宦官因得到玄宗寵幸而氣焰囂張，「鼻息干虹蜺，行人皆怵惕」，李白對此表示無比憤慨。他對玄宗提倡道教、追求神仙，影響國計民生的行爲也作了無情的譴責，古風第三（「秦皇掃六合」篇）、第四三（「周穆八荒意」篇）、第四八（「秦皇按寶劍」篇）和登高丘而望遠海等詩篇，都通過歷史題材的歌詠諷刺了這種荒淫行爲。奸臣掌握政權，專務結黨營私，打擊賢能之士，李白自己也遭到讒毁和排斥。他的不少詩篇對這種黑白顛倒的現象作了控訴。他的「珠玉買歌笑，糟糠養賢才」（古風第十五）、「梧桐巢燕雀，枳棘棲鴛鸞」（古風第三九）等詩句，可以説是這種現象的鮮明的藝術概括。

李白離開長安以後的天寶年間，唐朝的政治進一步趨於黑暗。李林甫憑藉權勢，大肆傾陷異己，虐殺大臣。李白雖然不在長安，對中央朝廷的政治仍然非常關心，對這種現象無比痛心和憤慨。古風第五一（「殷后亂天紀」篇）以詠史方式把唐玄宗斥爲殷紂王、楚懷王一類昏暴之君，把受迫害的臣僚比作比干和屈原。答王十二寒夜獨酌有懷詩更直接悲悼了李邕、裴敦復被李林甫所殺害。天寶後期，玄宗寵信李林甫、楊國忠和藩鎮安禄山等，大權旁落，國勢危殆，李白的古風第五三（「戰國何紛紛」篇）指出了這種「奸臣欲竊位，樹黨自成羣」的現象，他的遠别離更以「君失臣兮龍爲魚，權歸臣兮鼠變虎」的形象化語句表現了對國家前途的深刻憂慮。

安史之亂起來後，李白對叛軍破壞國家、虐殺人民的罪恶異常憎恨，這種感情在他的經亂後將避地剡中留贈崔宣城、扶風豪士歌、猛虎行、古風第十九（「西上蓮花山」篇）等詩中都有鮮明的表現。他參加永王李璘幕府，目的是爲了貢獻才能，盪平叛亂，使國家統一，社會安定。「過江誓流水，志在清中原」（南奔書懷），「浮雲在一決，誓欲清幽燕」（在水軍宴贈幕府諸侍御），這類詩句表明了他消滅叛亂、澄清北方的決心。一直到臨終前夕，他還極端關懷國家的前途，并且渴望投身戰鬭，爲最終盪平叛亂貢獻力量，這種老當益壯的政治熱情在他的經亂離後天恩流夜郎憶舊遊書懷贈江夏韋太守良宰等詩篇中有着深摯的反映。

李白對人民生活也非常關注，他痛恨統治階級虐害人民的殘暴行爲，這在他描寫戰争的詩篇中表現得最爲突出。李白對正義戰争是支持和擁護的，他的塞下曲六首，以昂揚的筆調歌頌了將士們抗擊騷擾、保衛邊塞的堅強意志和英勇行爲，但對天寶年間唐王朝所發動的黷武戰争則予以明確的譴責。古風第三四（「羽檄如流星」篇）控訴了楊國忠、鮮于仲通發動的攻打南詔之戰，使大量兵士死亡，「千去不一回」。北風行從思婦悼念征夫的角度批判了安禄山在東北的黷武行爲。古風第十四（「胡關饒風沙」篇）則致慨于邊將不得其人，守衛無方，以致「邊人飼豺虎」。對安史叛軍屠殺人民的獸行，他更是無比憤慨，他指斥叛軍「流血塗野草，豺

狼盡冠纓」（古風第十九），並嚴厲地責問：「白骨成丘山，蒼生竟何罪？」（經亂離後天恩流夜郎憶舊遊書懷贈江夏韋太守良宰）

對勞動人民日常的艱苦生活，在李白詩篇中也有所反映。他的宿五松山下荀媪家、丁都護歌、秋浦歌（第十四）分别對農民、船夫、礦工的生活作了描繪，並表現了真摯的關懷。他的不少詩篇則是表現封建社會中婦女所遭受的各種痛苦，諸如丈夫遠出不歸或死亡，遭受遺棄，宫女的淒涼寂寞等等，長干行、北風行、關山月、白頭吟、玉階怨等是這方面的代表作品。

李白的政治社會理想是「寰區大定，海縣清一」（代壽山答孟少府移文書），是「牛羊散阡陌，夜寢不扃户」（贈清漳明府姪聿），就是要求國家强盛和統一，社會安定，人民能够過和平的生活。因此，對于破壞國家和虐害人民的黑暗腐朽勢力，他給予無情的揭露和鞭撻。從李白一生的活動和作品看，他不像唐代其他作家如陳子昂、柳宗元、杜牧等人那樣，發表過一些比較具體深刻的政治見解，或者表現出干練的辦事能力，他不是一個有才能的政治家，而是一個富有政治熱情和抱負的詩人。李白抱負很大，自比管晏，願爲輔弼，但實際才能與抱負很有距離。李白的這種誇張的自負正表明了他作爲浪漫主義詩人的狂放氣質。李白的社會理想深受老子小國寡民的影響，什麽「心和得天真，風俗猶太古」（贈清漳明府姪聿），「百里獨太古，陶然卧羲皇」（經亂離後天恩流夜郎憶舊遊書懷贈江夏韋太守良宰）一類向往上古社會的詩句，在他的集子中出現的次數相當多。從政治思想家和活動家的角度看，李白實在不算高明。但是，我們評價古典作品的思想性，關鍵不在于作者是否具有突出的政治見解和干練的活動能力，而在于這些作品對待人民的態度如何，在歷史上有無進步意義。李白的詩歌既然表現了他希望國家強盛、社會安定、人民得以過和平生活的美好理想，表現了他對破壞這種理想的反動勢力的強烈憎恨，這就無疑地具有了鮮明的進步意義。

李白關心國事民生，把建功立業放在生活理想的首要方面。然而，他不能爲了邀取統治者的賞識，在政治上得志，像當時多數士人那樣，對當權派採取小心翼翼的恭順態度，甚至諂媚逢迎。他要求「平交王侯」，甚至以帝王師自居，要求統治者認識他的才能，以師禮相待；他是不願意卑躬屈膝地去追求政治出路的。在長安供奉翰林時期，李白對權貴們顯示了非常傲岸的態度。他把那些得勢的外戚呼爲「賣珠輕薄兒」（古風第八），對那些囂張跋扈、路人側目的宦官，也是厲聲斥責（見古風第二四）。他叫高力士脱靴的故事，更爲人所傳誦。離開長安以後，李白並不因爲政治上遭受嚴重挫折而改變心意，相反，對那些日益貪暴腐朽的統治者滿懷着鄙夷和憎恨，以睥睨黑暗勢力的昂揚氣概，唱出了高亢的歌聲：「安能摧眉折腰事權貴，使我不得開心顏！」（夢游天姥吟留別）「嚴陵高揖漢天子，何必長劍拄頤事玉階。達亦不足貴，窮亦不足悲。」（答王十二寒夜獨酌有懷）這些詩句，突出地表現了李白對于反動的當權派的兀傲不馴的態度和對于封建秩序強烈的反抗精神。對于統治階級中一般人士所豔羨追求的榮華富貴，李白也採取了鄙棄蔑視的態度。他唱道：「功名富貴若長在，漢水亦應西北流。」

（江上吟）「鐘鼓饌玉不足貴，但願長醉不復醒。」（將進酒）這種態度同傲視權貴的思想行爲是緊密結合着的，因爲榮華富貴正是權貴們所急切追求並藉以驕人的東西。如果説，關懷國事民生，李白詩歌内容在廣度和深度上還比不上杜甫；那麽，在這一方面的反抗精神，李白詩歌却是遠遠地超過了杜甫的。

李白這方面的思想作風，除了追隨古代策士魯仲連、隱士嚴子陵一流人物的行踪外，明顯地接受了道家莊周的思想影響。莊周輕視統治者和爵禄富貴。他把那些貪婪殘暴的統治者斥爲大盜。他追求個人自由，不願受爵禄的羈絆，把權位富貴看得像腐鼠一樣。所有這些，都在李白詩歌中表現出鮮明的繼承關係。龔自珍説：「莊屈實二，不可以并；并之以爲心，自白始。」（最録李白集）確實，李白詩歌把屈原和莊子兩家很有距離的思想内容融合在一起：他既有屈原那種熱愛祖國、憎恨黑暗勢力、積極關心政治的進步思想，又有莊子那種鄙夷權要、蔑視富貴、衝擊封建傳統的反抗精神。這使他詩歌的思想内容既熱情，又潑辣，既執着，又超脱，開闢出一個前無古人的新境界。

李白詩歌的思想内容豐富多采，除掉直接表現政治傾向的詩歌外，他還有許多在日常生活中抒情寫景的篇章，其中一部分相當優秀。

李白全集中投贈友人的作品占着很大的比重。這些作品中有一小部分表現出鮮明的政治態度，像送裴十八圖南歸嵩山、鳴皋歌送岑徵君、答王十二寒夜獨酌有懷、經亂離後天恩流夜郎憶舊遊書懷贈江夏韋太守良宰等等，有的思想性、藝術性結合得較好，有的藝術上平庸一些，但也是研究李白思想的重要資料。集中還有許多日常投贈的佳篇，像黄鶴樓送孟浩然之廣陵、金陵酒肆留别、以詩代書答元丹丘、沙丘城下寄杜甫、聞王昌齡左遷龍標遥有此寄、憶舊游寄譙郡元參軍、贈汪倫等等，或述别時離愁，或述别後懷念，或追敘昔時交遊，或稱頌對方情誼，常常感情深厚真摯，具有相當强烈的感染力量。

李白還有不少描繪山水風景的佳篇。其中有些作品，像獨坐敬亭山、清溪行、宿清溪主人、尋雍尊師隱居等，風格清新雋永，接近王維、孟浩然一派。更能表現李白特色的是蜀道難、廬山謡寄盧侍御虚舟、西岳雲臺歌送丹丘子、横江詞一類作品，其中有高入雲霄的廬山、華山和蜀道，有波浪奔騰的黄河和長江，形象雄偉，境界壯闊，産生揺撼人心的藝術效果。這類詩篇，表現了他的豪情壯志和開闊胸襟，從側面顯示出他追求不平凡事業的渴望，以及對于那種狹隘而庸俗生活的鄙棄。他謳歌壯美的高山大川，正如他的大鵬賦謳歌大鵬鳥一樣，表現了他那要求衝破束縛，不願「拘攣而守常」的思想性格特徵。這類詩篇，在我國古代山水風景詩中也是異軍突起，境界獨闢，罕有倫比的。

李白詩歌中也包含着不少封建性的糟粕。他宣稱人生若夢，應當及時行樂，醉酒狂歡。他描繪求仙學道，宣揚煉丹服藥。封建地主階級的消極頽廢思想和宗教迷信在他的作品中常常出現。莊周的虚無主義人生觀也常常對他産生不良影響。以上這些詩篇在他的集子中不占主導地位，但也有相當數量，閲讀時必須注意批判對待。李白在政治上失意時，常常憑藉縱酒求仙來排遣苦悶，他的某些詩篇，如像梁園吟、將進酒等，虚無頽廢思想常常同對黑暗政治的批判糅合在一起，需要我們作更加細緻的分析，區别其精華和糟粕。

三

李白是屈原以後最偉大的積極浪漫主義詩人，他的詩歌在藝術上顯示出鮮明的積極浪漫主義特色。他感情熱烈，性格豪放；他詩歌藝術的主要特徵，是善于運用誇張的手法、生動的比喻、豐富的想象、自由解放的體裁和語言來表現他的思想、感情和性格。

李白經常運用誇張的手法和生動的比喻來表現自己熾熱的感情。他强調對自己才能的自信，就説：「天生我材必有用，千金散盡還復來。」（將進酒）强調自己的才能没有受到人們的重視，就説：「吟詩作賦北窗裏，萬言不值一杯水！」（答王十二寒夜獨酌有懷）突出他長安政治失敗以後的悲憤，就説：「白髮三千丈，緣愁似個長。」（秋浦歌其十五）突出他對長安朝廷的懷念，就説：「狂風吹我心，西挂咸陽樹。」（金鄉送韋八之西京）突出他掃蕩安史叛軍的抱負，就説：「南風一掃胡塵静，西入長安到日邊。」（永王東巡歌其十一）這些詩句儘管異常誇張，但由于真實地表現了詩人内心世界燃燒着的熾熱感情，所以讀者毫不感到虚僞和浮誇，而是受到深刻的感染和激動。李白投贈朋友的詩歌，在這方面也有很好的例子。他懷念杜甫道：「思君若汶水，浩蕩寄南征。」（沙丘城下寄杜甫）懷念王昌齡道：「我寄愁心與明月，隨風直到夜郎西。」（聞王昌齡左遷龍標遥有此寄）贈汪倫道：「桃花潭水深千尺，不及汪倫送我情。」都是聯繫眼前景色，運用生動的比喻，發揮豐富的想象，用誇張的筆墨來表現自己對友人的真摯情誼，産生巨大的藝術效果。

由于感情洋溢，奔騰欲出，李白詩歌長于以奔放的語言來抒洩熱情，而不像杜甫、白居易那樣長于對客觀事物作具體細緻的描繪。例如同樣寫兵士被徵發去參加玄宗後期的擴張戰争，他的古風第三四（「羽檄如流星」篇）比起杜甫的兵車行來描寫就要簡括得多，後邊更是着重抒發自己的感想。他的豫章行寫安史亂後人民應徵入伍之苦，同杜甫的三吏、三别相比，也有類似上述的情況。他的丁都護歌寫船夫痛苦也比較簡括，同王建的水夫謡大異其趣。他的宿五松山下荀媪家觸及農家日常艱苦勞動，但只有「田家秋作苦，鄰女夜舂寒」寥寥兩句，同白居易觀刈麥一類詩作迥然不同。這些正表現出浪漫主義詩人同現實主義詩人在表現方法上的顯著差别。同是學習、繼承漢樂府民歌的藝術，杜甫、白居易着重學習它叙事具體生動的特色，李白則是着重學習它那些誇張的手法和奇特的想象。

李白具有豪放的性格和坦率的胸懷，他的詩歌善于以明朗直率的筆調來表現他的這種思想性格特點，很少顧忌和掩飾，使人洞見他的肺腑。這一特點在他贈送親友的詩篇中表現得特別鮮明。李白希望真誠的友誼建立在互相瞭解和幫助的基礎上，他唱道：「人生貴相知，何必金與錢！」（贈友人其二）但在現實世界中却是到處碰壁，實際情況乃是：「承恩初入銀臺門，著書獨在金鑾殿。……當時笑我微賤者，却來請謁爲交歡。一朝謝病游江海，疇昔相知幾人在？前門長揖後門關，今日結交明日改。」（贈從弟南平太守之遥其一）世態炎凉，理想破滅，表述得何等直率坦露。他要朋友痛飲時，就説：「岑夫子，丹丘生，進酒君莫停。與君歌一曲，請君爲我傾耳聽。」（將進酒）酒後困倦時，就説：「我醉欲眠卿且去，明朝有意抱琴來。」（山中與幽人對酌）這裏用語沿襲陶淵明，其真率處也似陶淵明。他的上李邕詩云：「時人見我恒殊調，見余大言皆冷笑。」生動地刻劃了他的自負和世人對他的奚落，一點不爲自己掩飾。他描寫被召入長安時的喜悦心情道：「仰天大笑出門去，我輩豈是蓬蒿人。」（南陵别兒童入京）坦率地表白了他不甘心長期隱遁、迫切要求在政治上有所建樹的心情，同時也無遮掩地流露了他急于求官的庸俗思想。坦率和誇張常會發生矛盾，不適當的誇張使人感到不真實，不坦率。但李白詩歌却把二者和諧地結合在一塊，處處顯示出浪漫詩人的熱情和稚氣，雖然有時不免有些可笑，但更多的是天真可愛。

在李白作品裏，除掉直接抒發自己的思想感情以外，還出現許多其他的人物形象，其中寫得較多并且值得注意的是婦女。他繼承了漢魏六朝樂府民歌的優秀傳統，善于表現封建社會中備受各種壓迫的婦女的悲慘命運和痛苦心情。在塑造婦女的形象時，李白也善于以誇張的手法來刻劃她們的思想感情，他寫熱烈的愛情是：「十五始展眉，願同塵與灰。」「相迎不道遠，直至長風沙。」（長干行）寫浩蕩的愁思是：「秋風吹不盡，總是玉關情。」（子夜吴歌）「黄河捧土尚可塞，北風雨雪恨難裁。」（北風行）在這些詩句裏，李白已經把自己的熱烈奔放的感情傾注到這些人物身上去了。

李白的一部分咏史詩，表現了他對于一些傑出的歷史人物的仰慕。他稱頌魯仲連道：「明月出海底，一朝開光耀。……意輕千金贈，顧向平原笑。」（古風第十）稱頌嚴子陵道：「長揖萬乘君，還歸富春山。清風洒六合，邈然不可攀。」（古風第十二）這些詩句不僅是對歷史人物的客觀描繪，而且也是對自己的不愛富貴、功成身退的思想作風的生動寫照。他的那些歌咏張良、諸葛亮、謝安等政治家的詩篇裏，都寄託着自己的生活理想和政治理想。

李白所寫的自然景物有着特殊的藝術魅力，它們不是一般的客觀景物的描繪，而是染上了詩人濃厚的感情色彩。他喜歡在繁複多樣的自然現象裏攫取不平凡的題材，高山大河、飛瀑巨浪、長風萬里等等。這些自然現象，本來已經具有雄偉驚險的面貌，經過詩人的藝術加工，更顯得氣勢不凡。他并不注意刻劃景物的各個方面，而是抓住他自己感受最深的某些方面，用誇張的筆墨加以描繪，並用豐富的想象加以渲染，塑造出鮮明突出的形象。他的某些篇幅較長的詩，如蜀道難、夢游天姥吟留别，更藉助于神話傳説描繪了色彩繽紛、瑰奇壯麗的境界，再加上作者感情的昂揚激蕩，熱烈奔放，這些詩篇使人讀後爲之胸懷開闊，精神振奮，向往廣闊的天地和雄偉有力的事物。儘管某些詩篇的内容描繪了山河的艱險可怖的面貌，抒發了作者的哀愁（如蜀道難、横江詞），但其基調却不是陰暗的，而是豪放的，仍然具有振奮人心的藝術效果。

除七言律詩外，李白對各體詩都頗擅長。但他更喜歡寫形式比較自由的古體和絶句，而不愛寫格律束縛較嚴的律詩。

李白的五言古詩有很大成就。其中古風五十九首是他的代表作品。它們直接繼承了阮籍詠懷詩、陳子昂感遇詩的傳統，廣泛地表現了他對黑暗政治的不滿，他的懷才不遇的感慨和隱遁游仙的消極思想。除掉阮、陳的傳統外，還多方面接受了曹植、左思、郭璞等詩人的影響，較之阮、陳之作，情調更爲慷慨，表現更爲顯豁，文采更爲豐富，語言更爲明朗，具有胡震亨所説的「以才情相勝，以宣洩見長」（李詩通）的特色。他的樂府中的五古，繼承漢魏六朝樂府民歌的優良傳統，具有很强的藝術感染力。例如丁都護歌、豫章行等，以比較樸素的語句反映人民痛苦，風格與漢樂府民歌爲近，長干行、子夜吴歌等，以宛轉纏綿的筆調描繪婦女的愁思，風格與南朝民歌爲近。但不論前者後者，都傾注了作者洋溢的熱情，具有鮮明的個性。

李白的七言古詩（包括樂府七言歌行和一般七古）較之五古具有更大的創造性。七言古詩一般篇幅較長，容量較大，除七言句外，可以兼採長短不齊的雜言句，形式最爲自由，便于表現豐富複雜的思想内容，李白在這方面特多名篇，如遠别離、蜀道難、行路難、梁園吟、將進酒、夢游天姥吟留别、宣州謝朓樓餞别校書叔雲、廬山謡寄廬侍御虚舟等篇都是，寫景則形象雄偉壯闊，色彩瑰麗，抒情則感情奔放激盪，跳脱起伏，變化多端，誠如唐宋詩醇所贊許的那樣：「往往風雨争飛，魚龍百變；又如大江無風，波浪自涌，白雲從空，隨風變滅，誠可謂怪偉奇絶者矣！」（評憶舊游寄譙郡元參軍詩語）這種雄奇俊逸的風格，繼承了屈原辭賦和鮑照樂府歌行擬行路難等的傳統，但顯得更爲縱横恣肆，如同奔騰跳躍、不可羈勒的駿馬。

李白擅長絶句。他的五絶如静夜思、玉階怨等，藴藉含蓄，意味深長。他的七絶工力更深，語言明朗精鍊，聲調和諧優美，不論寫景抒情，都能做到深入淺出，使讀者一接觸就了解喜愛，但又經得起咀嚼玩味，吟誦不厭。像黄鶴樓送孟浩然之廣陵、望廬山瀑布其二、望天門山、早發白帝城、贈汪倫等等，都是膾炙人口的名作。從文學淵源講，李白的絶句接受了南北朝樂府民歌和南朝詩人謝朓的明顯影響，但經過李白的努力創造，表現更爲精鍊動人，造詣是更深了。

李白不愛寫束縛較多的律詩。他集子中七律最少，僅十多首，也少佳作。五律有七十多首，有的寫得很好，像渡荆門送别、送友人、送友人入蜀、秋登謝朓宣城北樓，格律工整，情景交融，説明他不是不會寫律詩，而是不愛寫。他的夜泊牛渚懷古篇中間四句不用對偶，打破了五律的常規，語言流暢，聲調鏗鏘，意境開闊，顯示出浪漫主義詩人自然奔放、衝破束縛的特色。

李白詩歌語言的基本特色是明朗自然，他反對「雕蟲喪天真」（古風第三五）的雕章琢句之風。「清水出芙蓉，天然去雕飾」（經亂離後天恩流夜郎憶舊遊書懷贈江夏韋太守良宰），李白通過生動的比喻，提出了他自己認爲優良的詩歌語言的原則，他的全部作品努力實踐着這一原則，并且獲得輝煌的成就。這種成就主要得力於學習漢魏六朝的樂府民歌。李白詩歌語言真率自然，音節和諧流暢，渾然天成，不假雕飾，經常散發着民歌的氣息。但他不是一般地模擬民歌語言，而是把它們加以提高，使之更加精鍊優美，含意深長，具有更強的表現力和感染力。在明朗自然的總前提下，李白詩歌的語言風格，又因體裁不同而顯示出各别的特色，例如他的七言古詩以雄健奔放見長，其絶句則特别清新雋永，同中有異，表現出豐富多采的藝術風貌。李白的少數詩歌，也存在着語言過于淺露、詩味不足的缺點，這是要分别看待的。

李白的出現，不但把我國古代五七言詩歌的創作推到了高峯，而且對後代産生了深遠的影響。唐代的韓愈、李賀、杜牧，宋代的歐陽修、蘇軾、陸游，明代的高啓，清代的黄景仁、龔自珍等著名詩人，都在不同程度上向李白學習，進一步發展了古典詩歌的浪漫主義傳統。今天，批判地繼承李白的優秀作品，亦將有助于認識我們古代的封建社會，培養愛國感情和民族自信心，並對社會主義新文藝的創作起有益的借鑒作用。

一九七八年三月

凡例

一、本書校勘以清乾隆刊本王琦輯注李太白文集爲底本（簡稱王本），並用以下各本進行校勘：

（一）北京圖書館藏宋刊本李太白文集（簡稱宋甲本）。

（二）日本京都大學人文科學研究所影印静嘉堂藏宋刊本李太白文集（即陸心源皕宋樓藏本，簡稱宋乙本，宋甲本與宋乙本合稱兩宋本）。

（三）元刊本分類補注李太白集（宋楊齊賢集注，元蕭士贇删補，簡稱蕭本）。

（四）四部叢刊影印明郭雲鵬重刊李太白文集（係增删楊、蕭本而成，簡稱郭本）。

（五）南京圖書館藏清刊本李詩通（簡稱胡本）。

（六）清康熙繆曰芑刊本李太白文集（簡稱繆本）。

（七）清光緒劉世珩玉海堂影刻宋咸淳刊本李翰林集（簡稱咸本）。

（八）北京圖書館藏清何焯校明陸元大刊本李翰林集（簡稱何校陸本）。
（九）北京圖書館藏清黄丕烈校繆曰芑刊本李太白文集（簡稱黄校）。
二、除上列刊本及校記外，並以唐、宋兩代重要總集及選本進行校勘：
（一）鳴沙石室影印敦煌殘卷唐寫本唐人選唐詩（簡稱敦煌殘卷）。
（二）四部叢刊影印明刊本河嶽英靈集（簡稱英靈）。
（三）古典文學出版社影印日本江户昌平坂學問所官板本又玄集（簡稱又玄）。
（四）四部叢刊影印述古堂鈔本才調集（簡稱才調）。
（五）明隆慶刊本文苑英華（簡稱英華，其中並採録傅增湘宋本殘卷文苑英華校語，簡稱傅校英華）。
（六）四部叢刊影印明嘉靖本唐文粹（簡稱文粹）。
（七）文學古籍刊行社影印宋本樂府詩集（簡稱樂府）。
（八）文學古籍刊行社影印明嘉靖本唐人萬首絶句（簡稱絶句）。
三、本書注釋及評箋部份，除以楊齊賢、蕭士贇、胡震亨、王琦四家爲主外，並旁搜唐、宋以來有關詩話、筆記、考證資料，以及近人研究成果，復加以箋釋補充與考訂其中之繆誤。
四、所徵引楊齊賢、蕭士贇、胡震亨、王琦四家之説，因採録較多，不再舉其全名及書名，即冠以「某云」二字。如楊齊賢注稱「楊云」，蕭士贇注稱「蕭云」，胡震亨注稱「胡云」，王琦注稱「王云」等。注及評箋均適用此例。

五、注文中以王琦注本徵引最多。凡王注單獨徵引之一般習見古籍，則直接徵引原書，加注篇名或卷數，有删節而無改易。因已變更王注形式，故不再冠以「王云」字樣。

六、凡王注中徵引數書而加以論斷，或雖未加論斷而意在羅列衆説，或雖非羅列衆説而所徵引之書無從核校，如此之類則仍冠以「王云」字樣。

七、凡歷來各家注釋未備及繆誤者，詩文詞意非僅引證故典所能闡發者，或旁引其他材料以爲補注，或略申所見以資辨析，皆另加按語低二格排列，以示區别。

八、王注于疑難字之音釋，但取便於誦讀，本無深意，而體例亦不純，今酌採其切于實用者，仍附于注文之下，以△號别之，不加「王云」字樣。

九、所引各書，卷帙較繁者皆注明卷數或篇名。惟我國古籍板本素極紛紜，不僅内容有異，而卷次亦各不同。即以後漢書爲例，本書卷九贈何七判官昌浩詩注所引後漢書卷八五清河孝王慶傳係據武英殿本，而此傳别本如商務印書館影印宋紹興本後漢書及中華書局標點本後漢書等，則編在第五十五卷，相去三十卷之多。其餘諸例，不一一列舉。

十、集中所收僞作，凡歷來各家均有定論者，如卷七之笑歌行、悲歌行等，今仍依王本編次，存詩校而不加注。若在存疑之列者，如卷八草書歌行等，則仍加注釋。

十一、附録六卷依王本略加調整：（一）年譜，（二）碑傳，（三）序跋，（四）詩文，（五）叢説，（六）外記。碑傳中自朱駿聲傳經堂文集增輯唐李白小傳。序跋中增輯李調元重刻李太白全集序、晁公武郡齋讀書志、陳振孫直齋書録解題、錢曾讀書敏求記、黄丕烈百宋一廛書録、王芑孫書李翰林別集、丁丙善本書室藏書志、陸心源北宋本李太白文集跋等十餘篇，以供研究者參考。

十二、第三十卷詩文補遺，除王本所輯者外，復增輯鶴鳴九皋詩（據傳校文苑英華補録）、上清寶鼎詩二首（蘇軾書李白詩墨跡）、北斗延生經注解序（全唐文卷三四九）、題上陽臺（李白所書墨跡）等，所録建丑月十五日虎丘山夜宴序、冬夜裴郎中薛侍御宴集序、鄭縣劉少府兄宅月夜登臺宴集序三篇乃獨孤及文，爲黄錫珪李太白年譜所誤輯，擬删去，見後校補記。

十三、本書標點，校文不用引號，注釋、評箋引文除對話外，亦一律不用引號，其斷句疑難者均儘量擇善而從。如卷一擬恨賦「及夫李斯受戮」句注引史記李斯列傳：「二世二年七月，具斯五刑論，腰斬咸陽市。」此處斷句，中華書局標點本史記誤作「具斯五刑，論腰斬咸陽市」，現據標點本資治通鑑，較爲合理。餘例不一一列舉。

十四、本書所據王本係乾隆二十三年刊行之早期印本，與後印本文字出入甚大，如錢謙益，在早期印本中，王琦自序仍稱錢蒙叟，而非如後印本中將錢蒙叟改作張邇可。餘例不一一列舉。

李白集校注目録

前言……王運熙　一
凡例……一
卷一　古賦八首
大鵬賦　并序……一
擬恨賦……一七
惜餘春賦……二三
愁陽春賦……二七
悲清秋賦……三一
劍閣賦……三三
明堂賦　并序……三五
大獵賦　并序……七四
卷二　古詩五十九首
古風五十九首……一一一
其一　大雅……一一一
其二　蟾蜍……一一五
其三　秦王……一一八
其四　鳳飛……一二二
其五　太白……一二四
其六　代馬……一二六

其七　客有……………………一二九
其八　咸陽……………………一三一
其九　莊周……………………一三四
其十　齊有……………………一三六
其十一　黄河…………………一三八
其十二　松柏…………………一三九
其十三　君平…………………一四〇
其十四　胡關…………………一四三
其十五　燕昭…………………一四六
其十六　寶劍…………………一四九
其十七　金華…………………一五一
其十八　天津…………………一五三
其十九　西上…………………一五七
其二十　昔我…………………一五九
其二十一　郢客………………一六二
其二十二　秦水………………一六三
其二十三　秋露………………一六五
其二十四　大車………………一六七
其二十五　世道………………一七〇
其二十六　碧荷………………一七二
其二十七　燕趙………………一七三
其二十八　容顔………………一七四
其二十九　三季………………一七五
其三十　玄風…………………一七七
其三十一　鄭客………………一七九
其三十二　蓐收………………一八一
其三十三　北溟………………一八二
其三十四　羽檄………………一八三
其三十五　醜女………………一八八
其三十六　抱玉………………一九〇
其三十七　燕臣………………一九二
其三十八　孤蘭………………一九三

其三十九　登高……一九四
其四十　鳳飢……一九六
其四十一　朝弄……一九八
其四十二　摇裔……二〇〇
其四十三　周穆……二〇一
其四十四　緑蘿……二〇三
其四十五　八荒……二〇五
其四十六　一百……二〇六
其四十七　桃花……二〇八
其四十八　秦皇……二〇九
其四十九　美人……二一一
其五十　宋國……二一二
其五十一　殷后……二一三
其五十二　青春……二一五
其五十三　戰國……二一六
其五十四　倚劍……二一八
其五十五　齊瑟……二二〇
其五十六　越客……二二一
其五十七　羽族……二二二
其五十八　我行……二二三
其五十九　惻惻……二二五

卷三　樂府三十首

遠别離……二二九
公無渡河……二三五
蜀道難……二三九
梁甫吟……二五二
烏夜啼……二六二
烏棲曲……二六四
戰城南……二六七
將進酒……二七〇
行行且遊獵篇……二七五
飛龍引二首……二七七

天馬歌……二八一
行路難三首……二八六
長相思……二九三
上留田行……二九五
春日行……二九九
前有樽酒行二首……三〇二
夜坐吟……三〇四
野田黄雀行……三〇五
箜篌謡……三〇七
雉朝飛……三〇九
上雲樂……三一〇
夷則格上白鳩拂舞辭……三一七
日出入行……三二〇
胡無人……三二三
北風行……三二八
俠客行……三三〇

卷四　樂府三十七首

關山月……三三五
獨漉篇……三三七
登高丘而望遠海……三四一
陽春歌……三四四
楊叛兒……三四五
雙燕離……三四七
山人勸酒……三四八
于闐採花……三五三
鞠歌行……三五四
幽澗泉……三五七
王昭君二首……三五八
中山孺子妾歌……三六一
荆州歌……三六三
設辟邪伎鼓吹雉子班曲辭……三六四
相逢行……三六六

古有所思……三六七
久别離……三六八
白頭吟……三七〇
採蓮曲……三七八
臨江王節士歌……三七九
司馬將軍歌……三八一
君道曲……三八六
結襪子……三八八
結客少年場行……三八九
長干行二首……三九二
古朗月行……三九九
上之回……四〇一
獨不見……四〇三
白紵辭三首……四〇六
鳴雁行……四一〇
妾薄命……四一一
幽州胡馬客歌……四一四

卷五 樂府四十四首

門有車馬客行……四一七
君子有所思行……四一九
東海有勇婦……四二二
黄葛篇……四二七
白馬篇……四二九
鳳笙篇……四三二
怨歌行……四三四
塞下曲六首……四三五
來日大難……四四二
塞上曲……四四五
玉階怨……四四九
襄陽曲四首……四五〇
大堤曲……四五二
宮中行樂詞八首……四五三

清平調詞三首……四六七
鼓吹入朝曲……四七三
秦女休行……四七五
秦女卷衣……四七七
東武吟……四七八
邯鄲才人嫁爲廝養卒婦……四八一
出自薊北門行……四八三
洛陽陌……四八六
北上行……四八六
短歌行……四八九
空城雀……四九〇
菩薩蠻……四九二
憶秦娥……四九三

卷六　樂府三十八首

發白馬……四九七
陌上桑……五〇〇
枯魚過河泣……五〇四
丁都護歌……五〇六
相逢行……五〇九
千里思……五一三
樹中草……五一四
君馬黄……五一五
擬古……五一七
折楊柳……五一八
少年子……五一九
紫騮馬……五一九
少年行二首……五二一
白鼻騧……五二四
豫章行……五二五
沐浴子……五二九
高句驪……五三〇
静夜思……五三一

渌水曲……五三二
鳳凰曲……五三三
鳳臺曲……五三三
從軍行……五三四
秋思……五三五
春思……五三六
秋思……五三六
子夜吴歌四首……五三九
對酒行……五四三
估客行……五四四
擣衣篇……五四五
少年行……五四七
長歌行……五四九
長相思……五五一
猛虎行……五五二
去婦詞……五六二

卷七　古近體詩二十八首

襄陽歌……五六五
南都行……五七一
江上吟……五七四
侍從宜春苑奉詔賦龍池柳色初青聽新鶯百囀歌……五七六
玉壺吟……五七八
豳歌行上新平長史兄粲……五八一
西岳雲臺歌送丹丘子……五八三
元丹丘歌……五八八
扶風豪士歌……五九〇
同族弟金城尉叔卿燭照山水壁畫歌……五九三
白毫子歌……五九六
梁園吟……五九八
鳴皋歌送岑徵君……六〇四

鳴皋歌奉餞從翁清歸五崖山居……六一一
勞勞亭歌……六一二
橫江詞六首……六一四
金陵城西樓月下吟……六二〇
東山吟……六二二
僧伽歌……六二四
白雲歌送劉十六歸山……六二七
金陵歌送別范宣……六二八
笑歌行……六三二
悲歌行……六三三

卷八　古近體詩五十三首

秋浦歌十七首……六三五
當塗趙炎少府粉圖山水歌……六四六
永王東巡歌十一首……六五〇
上皇西巡南京歌十首……六六二
峨眉山月歌……六七二
峨眉山月歌送蜀僧晏入中京……六七五
赤壁歌送別……六七七
江夏行……六八二
懷仙歌……六八四
玉真仙人詞……六八五
清溪行……六八七
酬殷明佐見贈五雲裘歌……六八九
臨路歌……六九一
古意……六九三
山鷓鴣詞……六九三
歷陽壯士勤將軍名思齊歌并序……六九六
草書歌行……六九八
和盧侍御通塘曲……七〇三

卷九　古近體詩四十三首

贈孟浩然……七〇五
贈從兄襄陽少府皓……七〇七

淮海對雪贈傅靄……七〇九
贈徐安宜……七一一
贈任城盧主簿潛……七一三
早秋贈裴十七仲堪……七一四
贈范金鄉二首……七一七
贈瑕丘王少府……七一九
東魯見狄博通……七二〇
見京兆韋參軍量移東陽二首……七二一
贈丹陽横山周處士惟長……七二三
玉真公主別館苦雨贈衛尉張卿
二首……七二五
贈韋祕書子春……七三〇
贈韋侍御黄裳二首……七三三
贈薛校書……七三六
贈何七判官昌浩……七三七
讀諸葛武侯傳書懷贈長安崔少府
叔封昆季……七三九
贈郭將軍……七四一
駕去温泉宫後贈楊山人……七四二
温泉侍從歸逢故人……七四四
贈裴十四……七四五
贈崔侍御……七四六
述德兼陳情上哥舒大夫……七五〇
雪讒詩贈友人……七五二
贈參寥子……七六〇
贈饒陽張司户燧……七六二
贈清漳明府姪聿……七六四
贈臨洺縣令皓弟……七六七
贈郭季鷹……七六八
鄴中贈王大勸入高鳳石門山幽居……七六八
贈華州王司士……七七〇
贈盧徵君昆弟……七七一

贈新平少年 …… 七七三
贈崔侍御 …… 七七五
走筆贈獨孤駙馬 …… 七七七
贈嵩山焦鍊師 并序 …… 七七九
口號贈楊徵君 …… 七八三
上李邕 …… 七八五
贈張公洲革處士 …… 七八七

卷十 古近體詩二十四首

秋日鍊藥院鑷白髮贈元六兄林宗 …… 七八九
書情贈蔡舍人雄 …… 七九一
憶襄陽舊遊贈馬少府巨 …… 七九五
對雪獻從兄虞城宰 …… 七九七
訪道安陵遇蓋寰爲余造真籙臨別留贈 …… 七九八
贈崔郎中宗之 …… 八〇一
贈崔諮議 …… 八〇四
贈昇州王使君忠臣 …… 八〇六
贈別從甥高五 …… 八〇七
贈裴司馬 …… 八一〇
叙舊贈江陽宰陸調 …… 八一一
贈從孫義興宰銘 …… 八一五
草創大還贈柳官迪 …… 八一九
贈崔司户文昆季 …… 八二三
贈溧陽宋少府陟 …… 八二五
戲贈鄭溧陽 …… 八二七
贈僧崖公 …… 八二八
游溧陽北湖亭望瓦屋山懷古贈同旅 …… 八三二
醉後贈從甥高鎮 …… 八三四
贈秋浦柳少府 …… 八三五
贈崔秋浦三首 …… 八三六
望九華山贈青陽韋仲堪 …… 八三八

卷十一　古近體詩三十二首

贈王判官時余歸隱居廬山屏風疊……八四一
在水軍宴贈幕府諸侍御……八四四
贈武十七諤　并序……八四七
贈閭丘宿松……八四九
獄中上崔相渙……八五〇
中丞宋公以吴兵三千赴河南軍次尋陽脱余之囚參謀幕府因贈之……八五一
流夜郎贈辛判官……八五四
贈劉都使……八五六
贈常侍御……八五八
贈易秀才……八六〇
經亂離後天恩流夜郎憶舊遊書懷贈江夏韋太守良宰……八六一
江夏使君叔席上贈史郎中……八七四
博平鄭太守自廬山千里相尋入江夏北市門見訪却之武陵立馬贈别……八七六
江上贈竇長史……八七七
贈王漢陽……八七九
贈漢陽輔録事二首……八八一
江夏贈韋南陵冰……八八三
贈盧司户……八八六
贈從弟南平太守之遥二首……八八七
贈潘侍御論錢少陽……八九一
贈柳圓……八九三
流夜郎半道承恩放還兼欣克復之美書懷示息秀才……八九四
贈張相鎬二首……八九八
聞謝楊兒吟猛虎詞因有此贈……九〇七
宿清溪主人……九〇八
繫尋陽上崔相渙三首……九〇八

巴陵贈賈舍人……九一〇
卷十二 古近體詩二十五首
贈別舍人弟臺卿之江南……九一三
醉後贈王歷陽……九一五
贈歷陽褚司馬時此公爲稚子舞故作是詩也……九一六
對雪醉後贈王歷陽……九一七
贈宣城宇文太守兼呈崔侍御……九一九
贈宣城趙太守悦……九二七
贈從弟宣州長史昭……九三二
於五松山贈南陵常贊府……九三五
自梁園至敬亭山見會公談陵陽山水兼期同游因有此贈……九三七
贈友人三首……九四〇
陳情贈友人……九四三
贈從弟洌……九四五
贈閭丘處士……九四八
贈錢徵君少陽……九五〇
贈宣州靈源寺仲濬公……九五二
贈僧朝美……九五四
贈僧行融……九五五
贈黄山胡公求白鷳 并序……九五六
登敬亭山南望懷古贈竇主簿……九五七
經亂後將避地剡中留贈崔宣城……九五九
獻從叔當塗宰陽冰……九六二
書懷贈南陵常贊府……九六八
贈汪倫……九七一
卷十三 古近體詩二十五首
安陸白兆山桃花巖寄劉侍御綰……九七三
淮南卧病書懷寄蜀中趙徵君蕤……九七五
寄弄月溪吴山人……九七八
秋山寄衛尉張卿及王徵君……九八〇

望終南山寄紫閣隱者……九八一
夕霽杜陵登樓寄韋繇……九八二
秋夜宿龍門香山寺奉寄王方城十七丈奉國瑩上人從弟幼成令問……九八三
春日獨坐寄鄭明府……九八七
寄淮南友人……九八八
沙丘城下寄杜甫……九八八
聞丹丘子於城北山營石門幽居中有高鳳遺迹僕離羣遠懷亦有棲遁之志因叙舊以贈之……九九〇
淮陰書懷寄王宋城……九九三
聞王昌齡左遷龍標遥有此寄……九九四
寄王屋山人孟大融……九九六
憶舊遊寄譙郡元參軍……九九八
月夜江行寄崔員外宗之……一〇〇六
宿白鷺洲寄楊江寧……一〇〇七
新林浦阻風寄友人……一〇〇八
寄韋南陵冰余江上乘興訪之遇尋顔尚書笑有此贈……一〇一〇
題情深樹寄象公……一〇一二
北山獨酌寄韋六……一〇一三
寄當塗趙少府炎……一〇一四
寄東魯二稚子……一〇一四
獨酌清溪江石上寄權昭夷……一〇一七
禪房懷友人岑倫……一〇一七

卷十四　古近體詩二十六首

廬山謡寄盧侍御虚舟……一〇二一
下尋陽城汎彭蠡寄黄判官……一〇二六
書情寄從弟邠州長史昭……一〇二八
寄王漢陽……一〇二九
春日歸山寄孟浩然……一〇三〇
流夜郎永華寺寄潯陽羣官……一〇三二

流夜郎至西塞驛寄裴隱……一〇三三
自漢陽病酒歸寄王明府……一〇三四
望漢陽柳色寄王宰……一〇三六
江夏寄漢陽輔録事……一〇三七
早春寄王漢陽……一〇三八
江上寄巴東故人……一〇三九
江上寄元六林宗……一〇四〇
寄從弟宣州長史昭……一〇四一
涇溪東亭寄鄭少府諤……一〇四二
宣城九日聞崔四侍御與宇文太守遊敬亭余時登響山不同此賞醉後寄崔侍御二首……一〇四三
寄崔侍御……一〇四七
涇溪南藍山下有落星潭可以卜築余泊舟石上寄何判官昌浩……一〇四八
早過漆林渡寄萬巨……一〇四九
遊敬亭寄崔侍御……一〇五〇
三山望金陵寄殷淑……一〇五二
自金陵泝流過白壁山翫月達天門寄句容王主簿……一〇五四
寄上吴王三首……一〇五六

卷十五　古近體詩三十五首

秋日魯郡堯祠亭上宴别杜補闕范侍御……一〇五九
别魯頌……一〇六一
别中都明府兄……一〇六二
夢遊天姥吟留别……一〇六三
留别曹南羣官之江南……一〇六九
留别于十一兄逖裴十三遊塞垣……一〇七二
留别王司馬嵩……一〇七五
還山留别金門知己……一〇七六

夜別張五……………………………………一〇七七
魏郡别蘇明府因北游……………………一〇七八
留别西河劉少府…………………………一〇八〇
潁陽別元丹丘之淮陽……………………一〇八二
留别廣陵諸公……………………………一〇八四
廣陵贈別…………………………………一〇八六
感時留别從兄徐王延年從弟
延陵……………………………………一〇八七
别儲邕之剡中……………………………一〇九三
留别金陵諸公……………………………一〇九四
口號………………………………………一〇九七
金陵酒肆留别……………………………一〇九七
金陵白下亭留别…………………………一〇九九
别東林寺僧………………………………一一〇〇
竄夜郎於烏江留别宗
十六璟…………………………………一一〇一
留别龔處士………………………………一一〇四
贈别鄭判官………………………………一一〇五
黄鶴樓送孟浩然之廣陵…………………一一〇六
將遊衡岳過漢陽雙松亭留别族
弟浮屠談皓……………………………一一〇七
留别賈舍人至二首………………………一一〇九
渡荆門送别………………………………一一一三
聞李太尉大舉秦兵百萬出征東南
懦夫請纓冀申一割之用半道病
還留别金陵崔侍御十九韻……………一一一四
别韋少府…………………………………一一一八
南陵别兒童入京…………………………一一一九
别山僧……………………………………一一二一
贈别王山人歸布山………………………一一二二
江夏别宋之悌……………………………一一二三

卷十六　古近體詩二十一首

南陽送客……………………………………一一二五
送張舍人之江東……………………………一一二六
送王屋山人魏萬還王屋　并序…………一一二七
〔附〕金陵酬翰林謫仙子　魏萬……一一四四
送當塗趙少府赴長蘆…………………一一四七
送友人尋越中山水………………………一一四九
送族弟凝之滁求婚崔氏………………一一五二
送友人遊梅湖……………………………一一五三
送崔十二遊天竺寺………………………一一五四
送楊山人歸天台…………………………一一五五
送溫處士歸黃山白鵝峯
舊居……………………………………一一五七
送方士趙叟之東平………………………一一六〇
送韓準裴政孔巢父還山…………………一一六一
送楊少府赴選……………………………一一六三

對雪奉餞任城六父秩滿歸京……………一一六五
魯郡堯祠送吳五之琅琊…………………一一六六
魯郡堯祠送竇明府薄華還
西京……………………………………一一六七
金鄉送韋八之西京………………………一一七〇
送薛九被讒去魯…………………………一一七一
單父東樓秋夜送族弟沈之秦……………一一七六
送族弟凝至晏堌單父三十里……………一一七八
魯城北郭曲腰桑下送張子還
嵩陽……………………………………一一七九

卷十七　古近體詩四十四首

送魯郡劉長史遷弘農長史………………一一八一
送族弟單父主簿凝攝宋城
主簿至郭南月橋却回棲
霞山留飲贈之…………………………一一八四
魯郡東石門送杜二甫……………………一一八五

魯郡堯祠送張十四遊河北 …… 一一八六
杭州送裴大澤時赴廬州長史 …… 一一八七
灞陵行送別 …… 一一八八
送賀監歸四明應制 …… 一一九〇
送竇司馬貶宜春 …… 一一九二
送羽林陶將軍 …… 一一九三
送程劉二侍御兼獨孤判官赴安西幕府 …… 一一九四
送姪良攜二妓赴會稽戲有此贈 …… 一一九五
送賀賓客歸越 …… 一一九六
送張遙之壽陽幕府 …… 一二〇一
送裴十八圖南歸嵩山二首 …… 一二〇三
同王昌齡送族弟襄歸桂陽二首 …… 一二〇五
送外甥鄭灌從軍三首 …… 一二〇八
送于十八應四子舉落第還嵩山 …… 一二〇九
送別 …… 一二一一
送族弟綰從軍安西 …… 一二一二
送梁公昌從信安王北征 …… 一二一四
送白利從金吾董將軍西征 …… 一二一五
送張秀才從軍 …… 一二一六
送崔度還吳度故人禮部員外國輔之子 …… 一二一七
送祝八之江東賦得浣紗石 …… 一二一九
送侯十一 …… 一二二〇
魯中送二從弟赴舉之西京 …… 一二二一
奉餞高尊師如貴道士傳道籙畢歸北海 …… 一二二二
金陵送張十一再遊東吳 …… 一二二三
送紀秀才遊越 …… 一二二四
送長沙陳太守二首 …… 一二二六
送楊燕之東魯 …… 一二二八
送蔡山人 …… 一二三〇

送蕭三十一之魯中兼問稚子伯禽……一二三一
送楊山人歸嵩山……一二三二
送殷淑三首……一二三三
送岑徵君歸鳴皋山……一二三五
送范山人歸太山……一二三七

卷十八　古近體詩三十五首

送韓侍御之廣德……一二三九
白雲歌送友人……一二四一
送通禪師還南陵隱静寺……一二四一
送友人……一二四三
送別……一二四三
江上送女道士褚三清遊南岳……一二四五
送友人入蜀……一二四六
送趙雲卿……一二四七
送李青歸華陽川……一二四八
送舍弟……一二四九
送別……一二五〇
送鞠十少府……一二五〇
送張秀才謁高中丞　并序……一二五一
尋陽送弟昌峒鄱陽司馬作……一二五四
餞校書叔雲……一二五七
送王孝廉覲省……一二五七
同吴王送杜秀芝舉入京……一二五九
洞庭醉後送絳州吕使君杲流澧州……一二五九
與諸公送陳郎將歸衡陽　并序……一二六一
送趙判官赴黔府中丞叔幕……一二六四
送陸判官往琵琶峽……一二六六
送梁四歸東平……一二六七
江夏送友人……一二六八
送郄昂謫巴中……一二六八

江夏送張丞 …… 一二七〇
賦得白鷺鷥送宋少府入三峽 …… 一二七〇
送二季之江東 …… 一二七一
江西送友人之羅浮 …… 一二七二
宣州謝朓樓餞別校書叔雲 …… 一二七四
宣城送劉副使入秦 …… 一二七七
涇川送族弟錞 …… 一二八〇
五松山送殷淑 …… 一二八二
送崔氏昆季之金陵 …… 一二八三
登黄山淩歊臺送族弟溧陽尉濟充汎舟赴華陰 …… 一二八四
送儲邕之武昌 …… 一二八七

卷十九　古近體詩三十二首

酬談少府 …… 一二九一
酬宇文少府見贈桃竹書筒 …… 一二九二
五月東魯行答汶上翁 …… 一二九三
早秋單父南樓酬竇公衡 …… 一二九四
山中問答 …… 一二九六
答友人贈烏紗帽 …… 一二九七
酬張司馬贈墨 …… 一二九八
答湖州迦葉司馬問白是何人 …… 一二九九
答長安崔少府叔封遊終南翠微寺太宗皇帝金沙泉見寄 …… 一三〇〇
酬崔五郎中 …… 一三〇四
〔附〕贈李十二　崔宗之 …… 一三〇六
以詩代書答元丹丘 …… 一三〇八
金門答蘇秀才 …… 一三一〇
酬坊州王司馬與閻正字對雪見贈 …… 一三一二
酬中都小吏攜斗酒雙魚于逆旅見贈 …… 一三一四
酬張卿夜宿南陵見贈 …… 一三一六

酬岑勛見尋就元丹丘對酒相待以詩見招……一三一八
答從弟幼成過西園見贈……一三二〇
酬王補闕惠翼莊廟宋丞泚贈別……一三二一
酬裴侍御對雨感時見贈……一三二二
酬崔侍御……一三二五
〔附〕贈李十二　崔成甫……一三二六
翫月金陵城西孫楚酒樓達曙歌吹日晚乘醉著紫綺裘烏紗巾與酒客數人棹歌秦淮往石頭訪崔四侍御……一三二七
江上答崔宣城……一三三〇
答族姪僧中孚贈玉泉仙人掌茶　并序……一三三二
酬裴侍御留岫師彈琴見寄……一三三五
張相公出鎮荊州尋除太子詹事余時流夜郎行至江夏與張公相去千里公因太府丞王昔使車寄羅衣二事及五月五日贈余詩余答以此詩……一三三六
醉後答丁十八以詩譏予搥碎黃鶴樓……一三三九
答裴侍御先行至石頭驛以書見招期月滿泛洞庭……一三四〇
答高山人兼呈權顧二侯……一三四二
答杜秀才五松山見贈……一三四三
至陵陽山登天柱石酬韓侍御見招隱黃山……一三四七
酬崔十五見招……一三五〇
答王十二寒夜獨酌有懷……一三五一

卷二十　古近體詩六十首

遊南陽白水登石激作……一三五九

遊南陽清泠泉……………………一三六〇
尋魯城北范居士失道落蒼耳中
見范置酒摘蒼耳作…………一三六一
東魯門泛舟二首………………一三六三
秋獵孟諸夜歸置酒單父東樓
觀妓…………………………一三六四
遊太山六首……………………一三六五
秋夜與劉碭山泛宴喜亭池……一三七二
攜妓登梁王棲霞山孟氏
桃園中………………………一三七三
與從姪杭州刺史良遊天竺寺…一三七三
同友人舟行……………………一三七六
下終南山過斛斯山人宿置酒…一三七七
朝下過盧郎中敍舊遊…………一三七八
侍從遊宿温泉宫作……………一三七九
邯鄲南亭觀妓…………………一三八一
春日遊羅敷潭…………………一三八三
春陪商州裴使君遊石娥溪……一三八三
陪從祖濟南太守泛鵲山湖三首…一三八六
春日陪楊江寧及諸官宴北湖感
古作…………………………一三八七
宴鄭參卿山池…………………一三九〇
遊謝氏山亭……………………一三九一
把酒問月………………………一三九二
同族姪評事黯遊昌禪師山池
二首…………………………一三九四
金陵鳳凰臺置酒………………一三九六
秋浦清溪雪夜對酒客有唱
鷓鴣者………………………一三九七
與周剛清溪玉鏡潭宴別………一三九八
遊秋浦白笴陂二首……………一四〇〇
宴陶家亭子……………………一四〇一

在水軍宴韋司馬樓船觀妓……一四〇二
流夜郎至江夏陪長史叔及薛明府宴興德寺南閣……一四〇三
泛沔州城南郎官湖 并序……一四〇四
陪侍郎叔遊洞庭醉後三首……一四〇六
夜泛洞庭尋裴侍御清酌……一四〇九
陪族叔刑部侍郎曄及中書賈舍人至遊洞庭五首……一四一〇
楚江黄龍磯南宴楊執戟治樓……一四一三
銅官山醉後絶句……一四一四
與南陵常贊府遊五松山……一四一五
宣城清溪……一四一七
與謝良輔遊涇川陵巖寺……一四一八
遊水西簡鄭明府……一四一九
九日登山……一四二一
九日……一四二四
九日龍山飲……一四二四
九月十日即事……一四二五
陪族叔當塗宰遊化城寺升公清風亭……一四二五

卷二十一　古近體詩三十六首

登錦城散花樓……一四二九
登峨眉山……一四三〇
大庭庫……一四三二
登單父陶少府半月臺……一四三三
天台曉望……一四三四
早望海霞邊……一四三六
焦山望松寥山……一四三七
杜陵絶句……一四三八
登太白峯……一四三九
登邯鄲洪波臺置酒觀發兵……一四四〇
登新平樓……一四四二

謁老君廟……一四四三
秋日登揚州西靈塔……一四四五
登金陵冶城西北謝安墩……一四四七
登瓦官閣……一四五一
登梅崗望金陵贈族姪高座寺僧中孚……一四五四
登金陵鳳凰臺……一四五六
望廬山瀑布二首……一四六二
望廬山五老峯……一四六五
江上望皖公山……一四六六
望黄鶴山……一四六八
鸚鵡洲……一四六九
九日登巴陵置酒望洞庭水軍……一四七一
秋登巴陵望洞庭……一四七二
與夏十二登岳陽樓……一四七四
登巴陵開元寺西閣贈衡岳僧方外……一四七五
與賈至舍人於龍興寺翦落梧桐枝望灉湖……一四七七
掛席江上待月有懷……一四七八
金陵望漢江……一四七九
秋登宣城謝朓北樓……一四八〇
望天門山……一四八二
望木瓜山……一四八三
登敬亭北二小山余時客逢崔侍御並登此地……一四八四
過崔八丈水亭……一四八五
登廣武古戰場懷古……一四八五

卷二十二　古近體詩五十八首

安州應城玉女湯作……一四九一
之廣陵宿常二南郭幽居……一四九三
夜下征虜亭……一四九四

下途歸石門舊居……一四九五
客中作……一四九八
太原早秋……一四九九
奔亡道中五首……一五〇一
郢門秋懷……一五〇四
至鴨欄驛上白馬磯贈裴侍御……一五〇六
荆門浮舟望蜀江……一五〇七
上三峽……一五〇九
自巴東舟行經瞿唐峽登巫山
最高峯晚還題壁……一五〇九
早發白帝城……一五一一
秋下荆門……一五一三
江行寄遠……一五一四
宿五松山下荀媪家……一五一五
下涇縣陵陽溪至澀灘……一五一六
下陵陽沿高溪三門六刺灘……一五一七
夜泊黄山聞殷十四吴吟……一五一八
宿鰕湖……一五一九
西施……一五二〇
王右軍……一五二二
上元夫人……一五二三
蘇臺覽古……一五二三
越中覽古……一五二五
商山四皓……一五二六
過四皓墓……一五二七
峴山懷古……一五二九
蘇武……一五三〇
經下邳圯橋懷張子房……一五三一
金陵三首……一五三三
秋夜板橋浦汎月獨酌懷謝朓……一五三六
過彭蠡湖……一五三八
入彭蠡經松門觀石鏡緬懷謝康

樂題詩書遊覽之志……一五三九
廬江主人婦……一五四一
陪宋中丞武昌夜飲懷古……一五四二
望鸚鵡洲懷禰衡……一五四三
宿巫山下……一五四五
金陵白楊十字巷……一五四六
謝公亭……一五四七
紀南陵題五松山……一五四八
夜泊牛渚懷古……一五五〇
姑熟十詠……一五五三
姑熟溪……一五五三
丹陽湖……一五五四
謝公宅……一五五五
陵歊臺……一五五六
桓公井……一五五六
慈姥竹……一五五七
望夫山……一五五八
牛渚磯……一五五九
靈墟山……一五六〇
天門山……一五六〇

卷二十三　古近體詩四十七首

與元丹丘方城寺談玄作……一五六三
尋高鳳石門山中元丹丘……一五六五
安州般若寺水閣納涼喜遇
薛員外乂……一五六七
魯中都東樓醉起作……一五六八
對酒醉題屈突明府廳……一五六九
月下獨酌四首……一五七〇
春歸終南山松龍舊隱……一五七五
冬夜醉宿龍門覺起言志……一五七六
尋山僧不遇作……一五七七
過汪氏別業二首……一五七八

待酒不至……一五八〇
獨酌……一五八一
友人會宿……一五八二
春日獨酌二首……一五八二
金陵江上遇蓬池隱者……一五八四
月夜聽盧子順彈琴……一五八六
青溪半夜聞笛……一五八七
日夕山中忽然有懷……一五八八
夏日山中……一五八九
山中與幽人對酌……一五八九
春日醉起言志……一五九〇
廬山東林寺夜懷……一五九一
尋雍尊師隱居……一五九二
與史郎中欽聽黄鶴樓上吹笛……一五九三
對酒……一五九四
醉題王漢陽廳……一五九五
嘲王歷陽不肯飲酒……一五九六
獨坐敬亭山……一五九七
自遣……一五九七
訪戴天山道士不遇……一五九七
秋日與張少府楚城韋公藏書高齋作……一五九九
秋夜獨坐懷故山……一六〇〇
憶崔郎中宗之遊南陽遺吾孔子琴撫之潸然感舊……一六〇二
憶東山二首……一六〇四
望月有懷……一六〇五
對酒憶賀監二首　并序……一六〇六
重憶一首……一六〇九
春滯沅湘有懷山中……一六一〇
落日憶山中……一六一一
憶秋浦桃花舊遊時竄夜郎……一六一一

卷二十四　古近體詩六十五首

越中秋懷……一六一三
效古二首……一六一五
擬古十二首……一六一八
感興八首……一六三一
寓言三首……一六三八
秋夕旅懷……一六四二
感遇四首……一六四三
翰林讀書言懷呈集賢諸學士……一六四六
尋陽紫極宮感秋作……一六四八
江上秋懷……一六五〇
秋夕書懷……一六五一
避地司空原言懷……一六五三
上崔相百憂章……一六五五
萬憤詞投魏郎中……一六五九
荆州賊亂臨洞庭言懷作……一六六三
覽鏡書懷……一六六五
田園言懷……一六六六
江南春懷……一六六六
聽蜀僧濬彈琴……一六六七
魯東門觀刈蒲……一六六八
詠鄰女東窗海石榴……一六六九
南軒松……一六七〇
詠山樽二首……一六七一
初出金門尋王侍御不遇詠壁上鸚鵡……一六七二
紫藤樹……一六七三
觀放白鷹二首……一六七四
觀博平王志安少府山水粉圖……一六七五
題雍丘崔明府丹竈……一六七六
觀元丹丘坐巫山屏風……一六七七
求崔山人百丈崖瀑布圖……一六七九

見野草中有名白頭翁者……一六八〇
流夜郎題葵葉……一六八一
瑩禪師房觀山海圖……一六八一
白鷺鷥……一六八二
詠槿二首……一六八二
白胡桃……一六八四
巫山枕障……一六八四
南奔書懷……一六八五

卷二十五　古近體詩九十首

題隨州紫陽先生壁……一六九一
題元丹丘山居……一六九三
題元丹丘潁陽山居　并序……一六九三
題瓜洲新河餞族叔舍人賁……一六九五
洗脚亭……一六九七
勞勞亭……一六九八
題金陵王處士水亭……一六九九
題嵩山逸人元丹丘山居　并序……一七〇〇
題江夏修静寺……一七〇三
改九子山爲九華山聯句　并序……一七〇四
題宛溪館……一七〇六
題東谿公幽居……一七〇七
嘲魯儒……一七〇八
懼讒……一七〇九
觀獵……一七一一
觀胡人吹笛……一七一一
軍行……一七一二
從軍行……一七一三
平虜將軍妻……一七一四
春夜洛城聞笛……一七一五
嵩山採菖蒲者……一七一五
金陵聽韓侍御吹笛……一七一六
流夜郎聞酺不預……一七一八

放後遇恩不霑……一七一九
宣城見杜鵑花……一七二〇
白田馬上聞鶯……一七二〇
三五七言……一七二三
雜詩……一七二三
寄遠十二首……一七二四
長信宫……一七三四
長門怨二首……一七三六
春怨……一七三七
代贈遠……一七三七
陌上贈美人……一七三八
閨情……一七三九
代别情人……一七四〇
代秋情……一七四一
對酒……一七四二
怨情……一七四四
湖邊採蓮婦……一七四四
怨情……一七四五
代寄情楚辭體……一七四五
學古思邊……一七四六
思邊……一七四七
口號吴王美人半醉……一七四七
折荷有贈……一七四八
代美人愁鏡二首……一七四八
贈段七娘……一七五〇
别内赴徵三首……一七五〇
秋浦寄内……一七五二
自代内贈……一七五四
秋浦感主人歸燕寄内……一七五六
送内尋廬山女道士李騰空二首……一七五六
贈内……一七五九
在尋陽非所寄内……一七五九

南流夜郎寄内……一七六一
越女詞五首……一七六二
浣紗石上女……一七六四
示金陵子……一七六五
出妓金陵子呈盧六四首……一七六五
巴女詞……一七六八
哭晁卿衡……一七六八
自溧水道哭王炎三首……一七七〇
哭宣城善釀紀叟……一七七三
宣城哭蔣徵君華……一七七四

卷二十六　表書九首

爲吴王謝責赴行在遲滯表……一七七七
爲宋中丞請都金陵表……一七八〇
爲宋中丞自薦表……一七八八
代壽山答孟少府移文書……一七九二
上安州李長史書……一七九八
與賈少公書……一八〇七
爲趙宣城與楊右相書……一八〇九
與韓荆州書……一八一二
上安州裴長史書……一八一九

卷二十七　序二十首

暮春江夏送張祖監丞之東都序……一八三一
奉餞十七翁二十四翁尋
　桃花源序……一八三三
夏日陪司馬武公與羣賢宴
　姑熟亭序……一八三五
江夏送林公上人遊衡岳序……一八三七
金陵與諸賢送權十一序……一八三九
春于姑熟送趙四流炎方序……一八四二
秋于敬亭送從姪耑遊廬山序……一八四四
送黄鐘之鄱陽謁張使君序……一八四五
早春于江夏送蔡十還家雲夢序……一八四七

秋日于太原南栅餞陽曲王贊公賈少公石艾尹少公應舉赴上都序……一八四八
送戴十五歸衡岳序……一八五二
早夏于將軍叔宅與諸昆季送傅八之江南序……一八五四
冬日于龍門送從弟京兆參軍令問之淮南覲省序……一八五六
江夏送倩公歸漢東序……一八五八
餞李副使藏用移軍廣陵序……一八六〇
澤畔吟序……一八六六
夏日諸從弟登汝州龍興閣序……一八六九
秋夜于安府送孟贊府兄還都序……一八七〇
春夜宴從弟桃花園序……一八七二
冬夜於隨州紫陽先生餐霞樓送烟子元演隱仙城山序……一八七四

卷二十八　記頌讚二十首

任城縣廳壁記……一八七九
趙公西候新亭頌……一八八八
崇明寺佛頂尊勝陀羅尼幢頌　并序……一八九四
當塗李宰君畫讚……一九〇六
金陵名僧頵公粉圖慈親讚……一九〇七
李居士讚……一九〇八
安吉崔少府翰畫讚……一九〇九
宣城吴録事畫讚……一九一〇
壁畫蒼鷹讚……一九一一
方城張少公廳畫師猛讚……一九一二
羽林范將軍畫讚……一九一三
金銀泥畫西方浄土變相讚　并序……一九一四
江寧楊利物畫讚……一九一八
金鄉薛少府廳畫鶴讚……一九二〇

誌公畫讚……一九二一
琴讚……一九二四
朱虛侯讚……一九二五
觀佽飛斬蛟龍圖讚……一九二六
地藏菩薩讚 并序……一九二七
魯郡葉和尚讚……一九二九

卷二十九 銘碑祭文九首

化城寺大鐘銘 并序……一九三一
天門山銘……一九三九
溧陽瀨水貞義女碑銘 并序……一九四一
天長節使鄂州刺史韋公德政碑 并序……一九五〇
比干碑……一九六三
武昌宰韓君去思頌碑 并序……一九六九
虞城縣令李公去思頌碑 并序……一九七七
爲竇氏小師祭璿和尚文……一九八七
爲宋中丞祭九江文……一九九〇

卷三十 詩文補遺七十一首

雜言用投丹陽知己兼奉宣慰判官……一九九三
南陵五松山別荀七……一九九四
觀魚潭……一九九五
自廣平乘醉走馬六十里至邯鄲登城樓覽古書懷……一九九六
月夜金陵懷古……一九九九
金陵新亭……二〇〇〇
庭前晚開花……二〇〇一
宣城長史弟昭贈余琴溪中雙舞鶴詩以見志……二〇〇二
暖酒……二〇〇三
戲贈杜甫……二〇〇三
寒女吟……二〇〇五

會别離……二〇〇六
初月……二〇〇六
雨後望月……二〇〇七
對雨……二〇〇七
曉晴……二〇〇八
望夫石……二〇〇八
冬日歸舊山……二〇〇九
鄒衍谷……二〇一〇
入清溪行山中……二〇一〇
日出東南隅行……二〇一一
代佳人寄翁參樞先輩……二〇一二
送客歸吴……二〇一三
送友生遊峽中……二〇一三
送袁明府任長江……二〇一四
送史司馬赴崔相公幕……二〇一四
戰城南……二〇一六
胡無人行……二〇一六
鞠歌行……二〇一七
題許宣平菴壁……二〇一九
題峯頂寺……二〇二一
瀑布……二〇二二
斷句……二〇二三
陽春曲……二〇二四
舍利佛……二〇二五
摩多樓子……二〇二七
春感……二〇二七
殷十一贈栗岡硯……二〇二八
普照寺……二〇二八
釣臺……二〇三〇
小桃源……二〇三一
題竇圌山……二〇三一
贈江油尉……二〇三二

清平樂令二首……二〇三二
清平樂三首……二〇三四
桂殿秋……二〇三五
連理枝二首……二〇三五
雜題四則……二〇三六
鶴鳴九皋……二〇三八
上清寶鼎詩二首……二〇三八
白微時募縣小吏入令卧内嘗驅牛經堂下令妻怒將加詰責白亟以詩謝云……二〇四〇
桃源二首……二〇四〇
句一……二〇四一
句二……二〇四一
句三……二〇四一
漢東紫陽先生碑銘……二〇四二
北斗延生經注解序……二〇四六
題上陽臺……二〇四七
附録一　年譜……二〇四九
附録二　碑傳……二〇八九
附録三　序跋……二一〇一
附録四　詩文……二一四七
附録五　叢説……二一七三
附録六　外記……二二一五
後記……朱金城　二二七一
重版後記……二二七九

李白集校注卷一

古賦八首

大鵬賦 并序

余昔于江陵，見天台司馬子微，謂余有仙風道骨，可與神遊八極之表。因著大鵬遇希有鳥賦以自廣。此賦已傳于世，往往人間見之。悔其少作，未窮宏達之旨，中年棄之。及讀晉書，覩阮宣子大鵬贊，鄙心陋之。遂更記憶，多將舊本不同。今復存手集，豈敢傳諸作者？庶可示之子弟而已。其辭曰：

【校】

〔今復〕復，兩宋本、蕭本、繆本俱作腹。王本注云：蕭本、繆本俱作腹，非。郭本作復。

【注】

〔大鵬〕莊子逍遥遊篇：北冥有魚，其名爲鯤。鯤之大不知其幾千里也。化而爲鳥，其名爲鵬。鵬之背不知其幾千里也。怒而飛，其翼若垂天之雲。是鳥也，海運則將徙于南冥。南冥者天池也。齊諧者志怪者也，諧之言曰：鵬之徙于南冥也，水擊三千里，摶扶摇而上者九萬里，去以六月息者也。……湯之問棘也是已。……窮髮之北有冥海者，天池也。有魚焉，其廣數千里，未有知其修者，其名爲鯤。有鳥焉，其名爲鵬，背若泰山，翼若垂天之雲，摶扶摇羊角而上者九萬里，絶雲氣，負青天，然後圖南，且適南冥也。斥鴳笑之曰：「彼且奚適也？我騰躍而上，不過數仞而下，翱翔蓬蒿之間，此亦飛之至也，而彼且奚適也？」此小大之辯也。

〔江陵〕舊唐書地理志：山南東道：荆州江陵府：天寶元年改爲江陵郡，乾元元年三月，復爲荆州大都督府。

〔司馬子微〕大唐新語：司馬承禎，字子微，隱于天台山，自號白雲子，有服餌之術。則天、中宗朝，頻徵不起。睿宗雅尚道教，稍加尊異，承禎方赴召。無何苦辭歸，乃賜寶琴花帔以遣之。

〔八極〕淮南子原道訓：廓四方，坼八極。高誘注：八極，八方之極也。

〔希有鳥〕神異經：崑崙山……有大鳥，名曰希有。南向張左翼覆東王公，右翼覆西王母，背上小處無羽一萬九千里，西王母歲登翼上之東王公也。……其鳥銘曰：有鳥希有，緑赤煌煌。不鳴不食，東覆東王公，西覆西王母。王母欲東，登之自通。陰陽相須，唯會益工。

〔阮宣子〕晉書卷四九阮修傳：阮修，字宣子。……嘗作大鵬贊曰：蒼蒼大鵬，誕自北溟。假精靈鱗，神化以生。如雲之翼，如山之形。海運水擊，扶摇上征。翕然層舉，背負太清。志存天地，不屑雷霆。鸞鳩仰笑，尺鷃所輕。超然高逝，莫知其情。

〔多將〕王云：韻會：將，與也。

南華老仙，發天機于漆園。吐峥嶸之高論，開浩蕩之奇言。徵至怪于齊諧，談北溟之有魚。吾不知其幾千里，其名曰鯤。化成大鵬，質凝胚渾。脱鬐鬣于海島，張羽毛于天門。刷渤澥之春流，晞扶桑之朝暾。燀赫乎宇宙，憑陵乎崑崙。一鼓一舞，烟朦沙昏。五岳爲之震蕩，百川爲之崩奔。

【校】

〔老仙〕兩宋本、王本、繆本俱注云：一作仙老。按：仙字與園言叶韻，於義較長。英華亦作老仙。

〔至怪〕至，兩宋本、繆本、王本俱注云：一作志。按：依莊子逍遥遊之文，以作志爲是。

〔有魚〕有，文粹作巨。

〔知其〕兩宋本、繆本俱無其字。王本注云：繆本脱其字。文粹亦無其字。

〔鬐鬣〕英華作脩鱗。

〔羽毛〕英華作廣翅。

〔天門〕天，英華作塞。

〔燀赫〕燀，兩宋本、繆本、咸本俱作烜。文粹作赫奕。按：烜即烜字避宋諱缺筆。蕭本注云：按烜赫當作燀赫。莊子曰：警揚而奮鬐，白波若山，海水震蕩，聲侔鬼神，燀赫千里。世本作烜字，傳寫者作此烜字之誤，人解不得，遂作烜字，今就釐正之。

〔朦〕英華作蒙，是。文粹作矇。

〔震蕩〕蕩，兩宋本、繆本俱作落。王本注云：繆本作落。

【注】

〔南華〕舊唐書玄宗紀：天寶元年，詔封莊子爲南華真人。按：姚範援鶉堂筆記卷五〇：南華之名未詳所出，隋志有梁曠南華論二十五卷，南華論音三卷。其號南華真人，名書爲真經，在開元二十五年。唐地理志：曹州濟陰郡有南華本離狐，天寶元年更名，疑亦以莊子而名也。　俞樾湖樓筆談卷七云：唐天寶元年封莊子爲南華真人，列子爲沖虚真人，文子爲通玄真人，庚桑子爲洞靈真人，其四子所著書並隨號稱爲真經，事見舊唐書禮儀志，今石刻尙在盩厔縣樓。

〔漆園〕史記老莊申韓列傳：莊子者，蒙人也，名周。嘗爲蒙漆園吏，其學無所不闚，然其要本歸于老子之言，故其著書十餘萬言，大抵率寓言也。正義曰：括地志云：漆園故城在曹州冤句縣北十七里，莊周爲漆園吏即此。王云：按其城古屬蒙縣。

〔崢嶸〕音撑横，一音争營。

〔齊諧〕莊子逍遥遊篇：齊諧者，志怪者也。陸德明音義：齊諧，人姓名。

〔胚渾〕文選郭璞江賦：類胚渾之未凝。李善注：胚胎渾沌，尚未凝結。

〔渤澥〕史記司馬相如列傳：子虚賦：浮渤澥。集解：駰按漢書音義曰：海别枝名也。索隱：案齊都賦：海旁曰渤，斷水曰澥也。△澥音解。

〔扶桑〕王云：淮南子：日出于暘谷，浴于咸池，拂于扶桑，是謂晨明。楚辭：暾將出兮東方，照吾檻兮扶桑。王逸注：謂日始出東方，其容暾暾而盛貌。東方有扶桑之木，其高萬仞，日下浴于湯谷，上拂其扶桑，爰始而登，照耀四方。牛弘樂府：扶桑上朝暾。

〔崑崙〕博物志：地部之位起形高大者有崑崙山，廣萬里，高萬一千里，神物之所生，聖人仙人之所集也。出五色雲氣，五色流水，其泉南流入中國，名曰河也。其山中應于天最居中，八十城布繞之，中國東南隅居其一分。

〔崩奔〕文選謝靈運入彭蠡湖口詩：圻岸屢崩奔。吕向注：水激其岸，崩頽而奔波也。

爾乃蹶厚地，揭太清。亘層霄，突重溟。激三千以崛起，向九萬而迅征。背嶪太山之崔嵬，翼舉長雲之縱横。左迴右旋，倏陰忽明。歷汗漫以夭矯，羾閶闔之崢嶸。簸鴻蒙，扇雷霆。斗轉而天動，山摇而海傾。怒無所搏，雄無所争。固可想像其勢，髣髴其形。

【校】

〔爾乃〕兩宋本、繆本俱無爾字。王本注云：繆本脱爾字。

〔揭〕文粹作摩。

〔向〕文粹作搏。

〔太山〕兩宋本、繆本作大山，注云：一作虚。王本注云：一作太虚，繆本作大山。

〔長雲〕文粹作垂雲。

〔羾〕蕭本作塌。王本注云：許本作塌。郭本、文粹俱作排。

【注】

〔太清〕王云：高誘淮南子注：太清，元氣之清者也。抱朴子：上昇四十里，名曰太清。太清之中，其氣甚剛。

〔三千〕〔九萬〕均見上文「大鵬」注。

〔崛〕王云：韻會：勃起曰崛起。△崛音掘。
〔汗漫〕淮南子俶真訓：徙倚于汗漫之宇。高誘注：汗漫，無生形形生元氣之本神也。故盧敖見若士者言曰：吾與汗漫期于九垓之上是也。
〔豜〕揚雄甘泉賦蘇林注：豜，至也。
〔鴻蒙〕莊子在宥篇：雲將東遊，過扶摇之野而適遭鴻蒙。陸德明音義：鴻蒙，自然元氣也，一云海上氣也。

若乃足縈虹蜺，目耀日月。連軒沓拖，揮霍翕忽。噴氣則六合生雲，灑毛則千里飛雪。邈彼北荒，將窮南圖。運逸翰以傍擊，鼓奔飈而長驅。燭龍銜光以照物，列缺施鞭而啓途。塊視三山，杯觀五湖。其動也神應，其行也道俱。任公見之而罷釣，有窮不敢以彎弧。莫不投竿失鏃，仰之長吁。

【校】

〔足縈〕英華作足策。
〔目耀〕英華作目輝。
〔灑毛〕英華作落目。

〔南圖〕英華、文粹俱作南隅。英華南圖下運逸翰二句作魂視三山，杯觀五湖。

〔逸翰〕文粹作逸翮。

〔杯觀〕觀，咸本作看。王本注云：一作看。

【注】

〔連軒沓拖〕文選木華海賦：翔霧連軒，長波沓澠。張銑注：連軒，飛貌。李周翰注：沓澠，延長貌。

〔揮霍翕忽〕文選張協七命：翕忽揮霍。劉良注：並飛走亂急也。

〔飈〕音標。

〔燭龍〕王云：山海經：西北海之外，赤水之北，有章尾山，有神人面蛇身而赤，直目正乘，其瞑乃晦，其視乃明，不食不寢不息，風雨是謁，是燭九陰，是爲燭龍。郭璞注：離騷曰：日安不到，燭龍何曜？詩含神霧曰：天不足西北，無有陰陽消息，故有龍銜精以往照天門中云。謝惠連雪賦：若燭龍銜耀照崑山。

〔列缺〕王云：天隙電光也。

〔三山〕史記秦始皇本紀：海中有三神山，名曰蓬萊、方丈、瀛洲，仙人居之。

〔五湖〕王云：初學記：周官揚州，其浸五湖。案張勃吴録：五湖者太湖之別名，以其周行五百餘里，故以五湖爲名。又虞翻云：太湖有五道，別謂之五湖，或説以太湖、射貴湖、上湖、洮湖、滆湖爲五湖。按國語：吳、越戰于五湖，直在笠澤一湖中戰耳，則知或説非也。並參見卷八永王東巡歌第七首注。

〔任公〕莊子外物篇：任公子爲大鉤巨緇，五十犗以爲餌，蹲乎會稽，投竿東海，旦旦而釣，期年不得魚。已而大魚食之，牽巨鉤鉛（陷）没而下，騖揚而奮鬐，白波若山，海水震蕩，聲侔鬼神，憚（王注引作燀。）赫千里。任公子得若魚，離而腊之，自制河以東，蒼梧以北，莫不厭若魚者。

〔有窮〕左傳襄四年：有窮后羿。正義：孔安國云：羿，諸侯名。杜云：有窮君之號，則與孔不同也。羿善射，論語文也。説文云：羿，帝嚳射官也。賈逵云：羿之先祖世爲先王射官，故帝嚳賜羿弓矢，使司射。淮南子云：堯時十日並出，堯使羿射九日而落之。楚辭天問云：羿彈日烏焉解羽？歸藏易亦云羿彈十日也。言雖不經，難以取信，要言嚳時有羿，堯時有羿，則羿是善射之號，非復人之名字，信如彼言，則不知此羿名爲何也。

爾其雄姿壯觀，坱軋河漢。上摩蒼蒼，下覆漫漫。盤古開天而直視，羲和倚日以旁嘆。繽紛乎八荒之間，掩映乎四海之半。當胸臆之掩晝，若混茫之未判。忽騰覆以迴轉，則霞廓而霧散。

【校】

〔坱軋〕蕭本、咸本俱作映背。王本注云：蕭本作映背。

〔以旁嘆〕以，繆本作而。王本注云：繆本作而。

〔繽紛〕英華作繽翻。

〔掩映〕文粹作隱映。

〔當胸臆之〕英華作横大明而。

〔掩晝〕何校陸本云：晝，晏本作畫。按：晝，蕭本、王本、繆本俱作畫，據兩宋本改。

〔騰覆〕英華作騰陵。

【注】

〔坱軋〕王云：賈誼鵩鳥賦：坱圠無垠。揚雄甘泉賦：忽軮軋而無垠。顏師古注：軮軋，遠相映也。坱圠、軮軋音義俱同。

〔盤古〕太平御覽卷二：徐整三五曆紀曰：天地混沌如雞子，盤古生其中，萬八千歲，天地開闢，陽清爲天，陰濁爲地，盤古在其中，一日九變，神于天，聖于地，天日高一丈，地日厚一丈，盤古日長一丈，如此萬八千歲。天數極高，地數極深，盤古極長，後乃有三皇。

〔羲和〕王云：山海經：東南海之外，甘水之間，有羲和之國，有女子名曰羲和。方浴日于甘淵。羲和，帝俊之妻，生十日。郭璞注：羲和，蓋天地始生主日月者也。廣雅：日御謂之羲和。

然後六月一息，至于海湄。欻翳景以橫翥，逆高天而下垂。憩乎泱漭之野，入乎汪湟之池。猛勢所射，餘風所吹。溟漲沸渭，巖巒紛披。天吴爲之怵慄，海若爲之躨跜。巨鼇冠山而卻走，長鯨騰海而下馳。縮殼挫鬣，莫之敢窺。吾亦不測其神怪之若此，蓋乃造化之所爲。

【校】

〔海湄〕英華作天池。湄，兩宋本俱作濁，非。

〔翥〕蕭本作楮。王本注云：蕭本作楮。

〔沸渭〕以下直至薦觴，英華作：丘陵遷移。長鯨扶栗以辟易，巨鼇攝竄而躨跜。窮洪荒之壯觀，浮萬里之清漪。借如羽蟲三百，鳳爲之王。或歎不至，時無望遑。猶迫脅於雲羅，乃賢哲之所傷。彼衆禽之瑣屑，同蟭螟之渺茫。

〔巖巒〕巒，文粹作嶽。

〔怵〕文粹作怞。

〔之若此〕之，蕭本、咸本、文粹俱作而。王本注云：蕭本作而。

【注】

〔海湄〕文選嵇康琴賦：俯闞海湄。呂向注：海湄，海畔也。

〔欻〕音忽。

〔泱漭〕文選司馬相如上林賦：過乎泱漭之野。如淳曰：大貌也。

〔溟漲〕文選謝靈運遊赤石進帆海詩：溟漲無端倪。李周翰注：溟漲皆海也。

〔沸渭〕文選王褒洞簫賦李善注引埤蒼曰：沸渭，不安貌。

〔天吴〕山海經海外東經：朝陽之谷，神曰天吴，是爲水伯。……其爲獸也，八首人面，八足八尾，背皆青黄。

〔海若〕楚辭遠遊：令海若舞馮夷。王逸注：海若，海神名也。

〔躨跜〕文選王延壽魯靈光殿賦：頷若動而躨跜。李善注：躨跜，動貌。

〔巨鼇〕文選左思吴都賦：巨鼇贔屭，首冠靈山。吕向注：巨鼇，大龜也。靈山，海中蓬萊山，而大鼇以首戴之，冠猶戴也。

豈比夫蓬萊之黄鵠，誇金衣與菊裳？恥蒼梧之玄鳳，耀綵質與錦章。既服御于靈仙，久馴擾于池隍。精衛殷勤于銜木，鶢鶋悲愁乎薦觴。天雞警曉于蟠桃，踆烏晰耀于太陽。不曠蕩而縱適，何拘攣而守常？未若茲鵬之逍遥，無厥類乎比方。不矜大而暴猛，每順時而行藏。參玄根以比壽，飲元氣以充腸。戲暘谷而徘徊，馮炎洲而抑揚。

【校】

〔服御〕蕭本作御服。王本注云：蕭本作御服。

〔殷勤〕兩宋本、繆本、咸本俱作勤苦。王本注云：繆本作勤苦。

〔警曉〕曉，兩宋本、繆本、文粹俱作曙。王本注云：繆本作曙。

〔不曠蕩〕以下二句郭本無。

〔玄根〕玄，兩宋本俱作方。

〔充腸〕文粹作爲漿。

【注】

〔黄鵠〕王云：西京雜記：始元元年，黄鵠下太液池，上爲歌曰：黄鵠飛兮下建章，羽肅肅兮行蹡蹡，金爲衣兮菊爲裳。唼喋荷荇，出入蒹葭。自顧菲薄，媿爾嘉祥。按太液池中起三山，以象瀛洲、蓬萊、方丈，故曰蓬萊黄鵠也。

〔精衛〕山海經北山經：……發鳩之山，……有鳥焉，其狀如烏，文首白喙赤足，名曰精衛。其鳴自詨，是炎帝之少女，名曰女娃，女娃遊于東海，溺而不反，化爲精衛，常銜西山之木石，以堙于東海。

〔鶢鶋〕王云：國語：海鳥曰爰居，止于魯東門之外三日，臧文仲使國人祭之。展禽曰：「今茲海其有災乎！夫廣川之鳥獸，恒知而避其災也。」是歲也，海多大風冬暖。莊子：昔者海鳥止于魯郊，魯侯御而觴之于廟，奏九韶以爲樂，具太牢以爲膳。鳥乃眩視憂悲，不敢食一臠，不敢飲一杯，三日而死。

〔天雞〕王云：述異記：東南有桃都山，上有大樹曰桃都，枝相去三千里。上有天雞，日初出照此木，天雞則鳴，天下之雞皆隨之鳴。河圖括地象：桃都山有大桃樹，盤屈三千里，上有金雞，日照則鳴。

〔踆烏〕淮南子精神訓：日中有踆烏。高誘注：踆猶蹲也。謂三足烏。

〔晣〕咸本作晰。△晣音錫。

〔拘攣〕王云：後漢書章懷太子注：拘攣猶拘束也。

〔玄根〕文選盧諶贈劉琨詩：「處其玄根，廓然靡結。」李善注：玄，道也。張衡玄圖曰：玄者無形之類，自然之根。作于太始，莫與爲先。

〔暘谷〕王云：書堯典：分命羲仲，宅嵎夷，曰暘谷。孔安國傳曰：暘，明也，日出于谷而天下明，故稱暘谷。隋書：東曰暘谷，日之所出，西曰濛汜，日之所入。十洲記：炎洲在南海中，地方二千里，去北岸九萬里，亦多仙家。△暘音陽。

俄而希有鳥見謂之曰：偉哉鵬乎，此之樂也。吾右翼掩乎西極，左翼蔽乎東荒。跨躡地絡，周旋天綱。以恍惚爲巢，以虛無爲場。我呼爾遊，爾同我翔。于是乎大鵬許之，欣然相隨。此二禽已登于寥廓，而斥鷃之輩，空見笑于藩籬。

【校】

〔見謂〕文粹見下有而字。

〔右翼〕英華、文粹右左西東均互易。

〔爾同〕同，蕭本、文粹俱作呼。王本注云：蕭本作呼。

〔斥鷃〕斥，兩宋本、繆本俱作尺。王本注云：繆本作尺。

【注】

〔躡〕音聶。

〔地絡〕〔天綱〕王云：地絡者，地之脈絡，謂山川之屬。天綱者，天之綱維，謂南北二極不動之處。

〔寥廓〕漢書卷五七司馬相如傳：猶焦明已翔乎寥廓，而羅者猶視乎藪澤。顔師古注：寥廓，天上寬廣之處。

〔斥鷃〕莊子逍遥遊篇：斥鷃笑之曰。陸德明音義：斥，小澤也，本亦作尺。鷃，鷃雀也，今野澤中鶬鶊是也。

【評箋】

王云：古賦辨體：太白蓋以鵬自比，而以希有鳥比司馬子微。賦家宏衍巨麗之體，楚騷遠遊等作已然。司馬、班、揚猶尚此。此顯出莊子寓言，本自宏闊，太白又以豪氣雄文發之，事與辭稱，俊邁飄逸，去騷頗近。

張道云：太白之希有鳥賦、惜餘春賦，子美之三大禮賦，實可仰揖班、張，俯提徐、庾。（蘇亭詩話）

今人詹鍈云：薛仲邕年譜繫此賦開元十年下，王譜謂此賦未詳作於何年。按衛憑唐王屋山中巖台正一先生廟碣（見全唐文）謂司馬尊師嘗遊勾曲，步華陽之天……登衡山窺華陽之祕。又云：歲乙亥（開元二十三年）夏六月十八日乘空而去。舊唐書司馬承禎傳：開元九年，遣使迎入京，親受道籙。十年，駕還西都，承禎又請還天台山，玄宗賦詩以遣之。十五年，又召至都。玄宗令承禎於王屋山自選形勝，置壇室以居焉。顏真卿茅山玄靖先生廣陵李君碑：開元十七年，從司馬鍊師於王屋山，傳授大法。蓋開元十五年後，承禎即居王屋以迄於終，則其遊衡山當在開元十五年以前。唐大詔令集卷七十四令盧從愿等祭嶽瀆詔：令太常少卿張九齡祭南嶽，下注開元十四年正月。張曲江集登南嶽事畢謁司馬道士詩云：「將命祭靈岳，迴策詣真士。」此司馬道士即承禎也。白之遇承禎於江陵，當在開元十三四年間司馬道士遊衡山之前後。

擬恨賦

晨登太山，一望蒿里。松楸骨寒，宿草墳毁。浮生可嗟，大運同此。于是僕本壯夫，慷慨不歇。仰思前賢，飲恨而没。昔如漢祖龍躍，羣雄競奔。提劍叱咤，指揮中原。東馳渤澥，西漂崑崙。斷蛇奮旅，掃清國步。握瑶圖而倏昇，登紫壇而雄顧。一朝長辭，天下縞素。若乃項王虎鬥，白日争輝。拔山力盡，蓋世心違。聞楚歌之四合，知漢卒之重圍。帳中劍舞，泣挫雄威。騅兮不逝，喑嗚何歸？至如荆卿入秦，直度易水。長虹貫日，寒風颯起。遠讐始皇，擬報太子。奇謀不成，憤惋而死。若夫陳后失寵，長門掩扉。日冷金殿，霜淒錦衣。春草罷緑，秋螢亂飛。恨桃李之委絶，思君王之有違。昔者屈原既放，遷于湘流。心死舊楚，魂飛長楸。聽江風之嫋嫋，聞嶺狖之啾啾。永埋骨于渌水，怨懷王之不收。及夫李斯受戮，神氣黯然。左右垂泣，精魂動天。執愛子以長别，嘆黄犬之無緣。或有從軍永訣，去國長違。天涯遷客，海外思歸。此人忽見愁雲蔽日，目斷心飛。莫不攢眉痛骨，抆血霑衣。若乃錯繡轂，填金門。烟塵曉沓，歌鐘晝諠。亦復星沉電滅，閉影潛魂。已矣哉！桂華滿兮明月輝，扶桑曉兮白日飛。玉顔滅兮螻蟻聚，碧臺空兮歌舞稀。與天道兮共盡，莫不委骨而同歸。

【校】

〔太山〕太，兩宋本俱作大。

〔宿草〕兩宋本、繆本、咸本俱作草宿。王本注云：繆本作草宿。

〔指揮〕揮，兩宋本、繆本、咸本俱作麾。王本注云：繆本作麾。

〔奮旅〕旅，兩宋本、繆本、咸本俱作怒。王本注云：繆本作怒。

〔心違〕違，兩宋本、繆本俱作微。

〔暗嗚〕嗚，兩宋本、繆本、咸本俱作嗚。王本注云：繆本作嗚。

〔江風〕兩宋本、繆本、咸本俱作江楓。王本注云：繆本作楓。

〔永訣〕訣，咸本作決。

〔拉血〕拉，兩宋本俱作杖，非。血，咸本作淚，注云：一作血。

〔玉顏滅〕滅，兩宋本、蕭本、繆本俱作減。王本注云：蕭本作減。

【注】

〔太山〕王云：元和郡縣志：泰山一曰岱宗，在兗州乾封縣西北三十里。蒿里山在乾封縣西北二十五里。一統志：泰山在泰安州北五里，亭禪山在泰安州西南五里，一名蒿里山，上有蒿里祠。古蒿里曲：蒿里誰家地？聚斂魂魄無賢愚。蓋古時蒿里爲塋墓之所，故言葬埋處多借蒿里爲名。猶之九原、北邙也。按：日知録卷三〇：自哀、平之際而讖緯之書出，然後有如遁甲開山圖所云：泰山在左，亢父在右，亢父知生，梁父主死。博物志所云：泰山一曰天孫，言爲天帝之孫，主召人魂魄，知生命之長短者。其見於史者，則後漢書方術傳：許峻自云嘗篤病三年不愈，乃謁泰山請命。烏桓傳：死者神靈歸赤山，赤山在遼東西北數千里，如中國人死者魂神歸泰山也。三國志管輅傳：謂其弟辰曰：但恐至泰山治鬼，不得治生人，如何？而古辭怨詩行云：「齊度遊四方，各繫泰山録。人間樂未央，忽然歸東嶽。」陳思王驅車篇云：「魂神所繫屬，逝者感斯征。」劉楨贈五官中郎將詩云：「常恐游岱宗，不復見故人。」應璩百一詩云：「年命在桑榆，東嶽與我期。」然則鬼論之興其在東京之世乎！此賦中之泰山非實指泰山也。

〔宿草〕禮記檀弓：曾子曰：朋友之墓，有宿草而不哭焉。鄭注：宿草謂陳根也。

〔大運〕文選何晏景福殿賦：乃大運之攸戾。李周翰注：大運，天運也。

〔叱咤〕叱，尺栗切。咤，丑亞切。

〔斷蛇〕史記高祖本紀：高祖以亭長爲縣送徒酈山，……到豐西澤中止飲。夜乃解縱所送徒曰：「公等皆去，吾亦從此逝矣。」徒中壯士願從者十餘人。高祖被酒，夜徑澤中，令一人行前，行前者還報曰：「前有大蛇當徑，願還。」高祖醉曰：「壯士行何畏？」乃前拔劍擊斬蛇，蛇遂分爲兩，徑開，行數里，醉因卧。後人來至蛇所，有一老嫗夜哭。人問何哭，嫗曰：「人殺吾子，故哭之。」人曰：「嫗子何爲見殺？」嫗曰：「吾子白帝子也，化爲蛇當道，今爲赤帝子斬之。」人以嫗爲不誠，欲笞之，嫗忽不見。後人至，高祖覺。後人告高祖，高祖乃心獨喜自負。又漢書叙傳：爰兹發跡，斷蛇奮旅。神母告符，朱旗乃舉。

〔紫壇〕王云：藝文類聚：漢舊儀曰：皇帝祭天，紫壇帷幄。楊升菴曰：漢行宫用紫泥爲壇，齊、梁郊祀歌所謂紫壇也。

〔項王〕史記項羽本紀：項王軍壁垓下，兵少食盡，漢軍及諸侯兵圍之數重。夜聞漢軍四面皆楚歌，項王乃大驚曰：「漢皆已得楚乎？是何楚人之多也！」……起飲帳中，有美人名虞，常幸從，駿馬名騅，常騎之。于是項王乃悲歌慷慨，自爲詩曰：「力拔山兮氣蓋世，時不利兮騅不逝。騅不逝兮可奈何，虞兮虞兮奈若何！」歌數闋，美人和之。項王泣數行下，左右皆泣，莫能仰視。于是項王乃上馬騎，直夜潰圍南出馳走。平明，漢軍乃覺之，令騎將灌嬰以五千騎追之。項王……自度不得脱，……乃自刎而死。

〔騅〕音追。

〔喑噁〕史記淮陰侯列傳：項王喑噁叱咤，千人皆廢。索隱：喑噁，懷怒氣也。

〔荆卿〕戰國策燕策：燕太子丹質于秦，亡歸，見秦且滅六國，兵已臨易水，恐其禍至。……荆軻見太子，……太子曰：「丹之私計，以爲誠得天下之勇士，使于秦，劫秦王，使悉反諸侯之侵地，……不可，因而刺殺之。……此丹之上願，……唯荊卿留意焉。」荊軻……許諾，……燕國有勇士秦武陽，年十三，殺人，人不敢忤視。乃令秦武陽爲副。……太子賓客知其事者，皆白衣冠以送之，至易水上。既祖取道，高漸離擊筑，荊軻和而歌，爲變徵之聲，士皆垂淚涕泣。又前而爲歌曰：「風蕭蕭兮易水寒，壯士一去兮不復還。」復爲慷慨羽聲，士皆瞋目，髮盡上衝冠。于是荊軻遂就車而去，終已不顧。……至秦，……秦王見燕使者咸陽宮，荊軻奉樊於期之頭函，秦武陽奉地圖匣，以次進。至陛，秦武陽色變振恐，羣臣怪之。荊軻顧笑武陽，前爲謝曰：「北蠻夷之鄙人，未嘗見天子，故振慴，願大王少假借之。」……軻既取圖奉之，發圖，圖窮而匕首見，因左手把秦王之袖，而右手持匕首揕抗之。未至身，秦王驚，自引而起，袖絶，拔劍，……劍堅……不可立拔，……環柱而走，……卒惶急不知所爲。左右乃曰：「王負劍！王負劍！」遂拔以擊荊軻，斷其左股。荊軻廢，乃引匕首以提秦王，不中，中柱。秦王復擊軻，被八創，軻自知事不就，倚柱而笑，箕踞以罵曰：「事所以不成者，乃欲以生劫之。必得約契以報太子也。」……左右……前斬荊軻。如淳史記注：列士傳曰：荊軻發後，太子自相氣見虹貫日不徹，曰：吾事不成矣。後聞軻死，事不立，曰：吾知其然也。

〔颯〕音悉合切。

〔陳后〕漢書外戚傳：孝武陳皇后……擅寵驕貴十餘年而無子，……又挾婦人媚道，頗覺，……

上遂窮治之。……使有司賜皇后策，……罷，退居長門宫。

〔屈原〕王云：楚辭章句：屈原與楚同姓，仕于懷王，爲三閭大夫。同列大夫上官、靳尚妒害其能，共譖毁之。王乃疏屈原，屈原執履忠貞而被讒衺，憂心煩亂，不知所愬，乃作離騷經。是時秦昭王使張儀譎詐懷王，令絶齊交，又使誘楚，請與俱會武關，遂脅與俱歸，拘留不遣，卒客死于秦。其子襄王復用讒言，遷屈原于江南。屈原放在山野，復作九章，援天引聖，以自證明，終不見省，不忍以清白久居濁世，遂赴汨淵自沉而死。楚辭漁父云：屈原既放，遊于江潭，蓋原所遷之地，在江之南，湘水經流之處也。

〔長楸〕王云：九章云：望長楸而太息兮，涕淫淫其若霰。王逸注：長楸，大梓也。言顧望楚都，見其大道長樹，悲而太息，涕下淫淫如雨霰也。又九歌云：嫋嫋兮秋風。王逸注：嫋嫋，秋風摇木貌。

〔嶺狖〕王云：九歌云：猿啾啾兮狖夜鳴。劉逵三都賦注：異物志曰：狖，猿類，露鼻，尾長四五尺，樹上居。雨則以尾塞鼻。建安臨海北有之。△狖音又。

〔渌水〕王云：韻會：渌，水清也。張衡東京賦：渌水澹澹。太白詩中多用渌水字，疑本此。或有改作緑水者，非是。

〔李斯〕史記李斯列傳：二世二年七月，具（李）斯五刑論，腰斬咸陽市。斯出獄，與其中子俱執，顧謂其中子曰：「吾欲與若復牽黄犬，出上蔡東門，逐狡兔，豈可得乎？」遂父子相哭而夷三族。

〔抆〕文選江淹別賦：抆血相視。李善注：抆，拭也。△抆音問。

〔桂華〕酉陽雜俎卷一天咫：舊言月中有桂有蟾蜍，故異書言月桂高五百丈，下有一人常斫之，樹創隨合。人姓吴名剛，西河人，學仙有過，謫令伐樹。

【評箋】

王云：古恨賦，齊、梁間江淹所作，爲古人志願未遂抱恨而死者致慨。太白此篇，段落句法，蓋全擬之，無少差異。酉陽雜俎：李白前後三擬文選，不如意，輒焚之，惟留恨、別賦，今別賦已亡，惟存恨賦矣。

惜餘春賦

天之何爲令北斗而知春兮，迴指于東方。水蕩漾兮碧色，蘭葳蕤兮紅芳。試登高而望遠，極雲海之微茫。魂一去兮欲斷，淚流頰兮成行。吟清風而咏滄浪，懷洞庭兮悲瀟湘。何余心之縹緲兮，與春風而飄揚。飄揚兮思無限，念佳期兮莫展。平原萋兮綺色，愛芳草兮如翦。惜餘春之將闌，每爲恨兮不淺。漢之曲兮江之潭，把瑤草兮思何堪？想遊女于峴北，愁帝子于湘南。恨無極兮心氳氳，目眇眇兮憂紛紛。披衞情于淇水，結楚夢于陽雲。春每歸兮花開，花已闌兮春改。嘆長河之流速，送馳波于東海。春不留兮時已失，老衰颯兮逾疾。恨不得掛長繩于青天，繫此西飛之白日。若有人兮情相親，去南國兮往西秦。見遊絲之横路，網春輝以留人。沈吟兮哀歌，躑躅兮傷别。送行子之將遠，看征鴻之稍滅。醉愁心于垂楊，隨柔條以糾結。望夫君兮咨嗟，横涕淚兮怨春華。遥寄影于明月，送夫君于天涯。

【校】

〔望遠〕英華作遠望，注云：一作望遠。
〔欲斷〕欲，英華作目，注云：一作欲。
〔流頰〕頰，英華作顔，注云：一作頰。
〔清風〕風，繆本作楓。王注云：繆本作楓。
〔余心〕文粹作餘心。
〔飄揚句〕此句英華作思飄揚兮無限。
〔無限〕限，兩宋本俱作垠。
〔恨兮〕兮，英華作而。
〔恨無極〕英華作悵無晤，注云：一作恨無極。

〔氲氲〕英華作氤氳。

〔流速〕速，兩宋本、繆本、文粹俱作春。英華作春，注云：一作速。王本注云：繆本作春。

〔兮逾疾〕英華逾上有情字。文粹作而情逾在。

〔遥寄影〕蕭本作寄遥影。

【注】

〔知春〕王云：鶡冠子：斗柄東指，天下知春。何休公羊傳注：昏斗指東方曰春，指南方曰夏，指西方曰秋，指北方曰冬。

〔蕤〕王云：廣韻：葳蕤，草木花垂貌。△蕤，儒追切。

〔滄浪〕王云：韻會：江水出荆山，東南流爲滄浪之水。括地志云：水出嶓冢山，爲沮、爲瀁、爲沔、爲漢，至均州爲滄浪之水。楚辭漁父：歌曰：滄浪之水清兮，可以濯吾纓。滄浪之水濁兮，可以濯吾足。

〔洞庭〕王云：一統志：洞庭湖在岳州府城西南。禹貢：九江孔殷。注云：即洞庭也。沅、漸、元、辰、叙、酉、澧、資、湘九水，皆合于此，故名九江。又九江沅、資、湘最大，皆自南而入，荆江自北而過，洞庭瀦其間，名爲五瀦。戰國策云：秦與荆戰，大破之，取洞庭五瀦，是也。每歲六七月間，岷峨雪消水暴漲，自荆江逆入洞庭，清流爲之改色。瀟水源出九疑山，南流至三江口，東北與沲水合，又東北流至永州府城外，北流至湘口，會于湘。湘水源出廣西興安縣陽海山。西北流至永州，與瀟水合，曰瀟湘。至衡陽，與蒸水合，曰蒸湘。至沅州，與沅水合，曰沅湘。會衆流以達洞庭。

〔闌〕王云：韻會：闌，晚也，又盡也，衰也。

〔江之潭〕王云：張衡南都賦：遊女弄珠于漢皐之曲。楚辭：屈原既放，遊于江潭。漢曲，謂漢水灣曲處，江潭，謂湘江深匯處。

〔瑶草〕蕭云：山海經中山經曰：姑瑶之山，帝女死焉，化爲瑶草，其葉胥成，其花黄，其實如兔絲，服者媚於人。王云：瑶草，草之珍美者，故以美玉喻之，猶琪花玉樹之謂。江淹詩：瑶草正翕艶。

〔遊女〕詩周南漢廣：漢有遊女，不可求思。

〔峴北〕王云：太平寰宇記：峴山在襄州襄陽縣南十里。△峴音顯。

〔帝子〕楚辭湘夫人：帝子降兮北渚，目眇眇兮愁余。王逸注：帝子謂堯女也。堯二女，娥皇女英，隨舜不反，墮于湘水之渚，因爲湘夫人。

〔淇水〕詩衛風竹竿：淇水在右，泉源在左。巧笑之瑳，佩玉之儺。

〔陽雲〕文選宋玉高唐賦：昔者楚襄王與宋玉遊于雲夢之臺，玉曰：「昔者先王遊于高唐，怠而晝寢，夢見一婦人曰：妾在巫山之陽，高丘之岨。旦爲朝雲，暮爲行雨。朝朝暮暮，陽臺之下。旦朝視之，如言，故爲立廟，號曰朝雲。」王云：江淹詩：相思巫山渚，悵望陽雲臺。一統志：陽臺山在夔州府巫山縣治北，高百丈，上有陽雲（志作雲陽）臺遺趾。陽雲臺即陽臺也。

〔白日〕王云：傅玄詩：「歲暮景邁羣光絶，安得長繩繫白日？」

〔若有人〕楚辭九歌山鬼：若有人兮山之阿。

〔躑躅〕王云：韻會：躑躅，駐足也。△音擲逐。

〔夫君〕楚辭九歌雲中君：思夫君兮太息。

愁陽春賦

東風歸來，見碧草而知春。蕩漾惚怳，何垂楊旖旎之愁人？天光青而妍和，海氣緑而芳新。野綵翠兮阡眠，雲飄颻而相鮮。演漾兮夤緣，窺青苔之生泉。縹緲兮翩緜，見遊絲之縈煙。魂與此兮俱斷，醉風光兮悽然。若乃隴水秦聲，江猿巴吟。明妃玉塞，楚客楓林。試登高而望遠，痛切骨而傷心。春心蕩兮如波，春愁亂兮如雪。兼萬情之悲歡，兹一感于芳節。若有一人兮湘水濱，隔雲霓而見無因。灑別淚於尺波，寄東流于情親。若使春光可攬而不滅兮，吾欲贈天涯之佳人。

【校】

〔青〕蕭本作清。王本注云：蕭本作清。

〔野〕蕭本、咸本俱無此字。

〔阡眠〕兩宋本、繆本俱作芊緜。王本注云：繆本作芊緜。

〔飄颻〕兩宋本、繆本、咸本俱作飄颻。王本注云：繆本作飄飄。

〔青苔〕青，兩宋本、繆本、王本俱注云：一作新。

〔醉〕兩宋本、繆本、王本俱注云：一作對。

〔痛切〕兩宋本、繆本、王本俱注云：一作咸痛。

〔如波〕如，兩宋本俱作始。

〔玆一〕玆，才調注云：一作紛。

〔若有一人〕兩宋本、繆本、王本俱注云：一作我所思。

〔不滅〕兩宋本俱作花成。

【注】

〔旖旎〕王云：韻會：旖旎，柔弱貌。

〔阡眠〕王云：廣韻：阡眠，廣遠也。按：方以智通雅卷九云：䒓䒓通作芊芊、阡阡、仟仟。說文：䒓，望山谷，䒓䒓，青也。芊，草盛也。箋引陸機賦青麗䒓眠，今文選作精麗芊眠。……李白賦：移草兮芊眠。

〔演漾〕王云：演漾，水流而動貌。

〔夤緣〕王云：韻會：夤緣，連絡也。△夤音寅。

〔隴水〕後漢書郡國志：隴州有大阪名隴坻。劉昭注：三秦記：其坂九迴，不知高幾許。欲上者七日乃越，高處可容百餘家，清水四注下。郭仲産秦川記曰：隴山東西百八十里，登山嶺東望秦川四五百里，極目泯然，山東人行役昇此而顧瞻者，莫不悲思。故歌曰：「隴頭流水，分離四下。念我行役，飄然曠野。登高望遠，涕零雙墮。」

〔江猿〕水經注江水：常有高猿長嘯，屬引凄異。空谷傳響，哀轉久絶，故漁者歌曰：「巴東三峽猿鳴悲，猿鳴三聲淚沾衣。」

〔明妃〕王云：明妃即昭君也。晉人以文帝諱昭，改稱明君，後人又改爲明妃。藝文類聚：琴操曰：王昭君者，齊國人也。顏色皎潔，聞于國中。獻于孝元帝，訖不幸納。積五六年，昭君心有怨曠，僞不飾其形容。元帝每歷後宮，疎略不過其處。後單于遣使者朝賀，元帝陳設倡樂，令後宮粧出，昭君怨恚日久，乃便脩飾善粧盛服光暉而出，俱列坐，元帝謂使者曰：「單于何所願樂？」對曰：「珍奇怪物，皆悉自備，唯婦人醜陋，不如中國。」乃令後宮欲至單于者起。昭君喟然越席而前曰：「妾幸得備在後宮，粗醜卑陋，不合陛下之心，誠願得行。」帝大驚，悔之，良久，太息曰：「朕已誤矣。」遂以與之。昭君至單于，心思不樂，乃作怨曠思惟歌曰：「秋木萋萋，其葉萎黄。有鳥處山，集于苞桑。養育毛羽，形容生光。既得昇雲，遊倚曲房。離宫絶曠，身體摧藏。志念抑冗，不得頡頏。雖得餧食，心有徊徨。我獨伊何？改往變常。翩翩之鷰，遠集西羌。高山峨峨，河水泱泱。父兮母兮，道里悠長。嗚呼哀哉！憂心惻傷。」謝莊舞馬賦：乘玉塞而歸寶。玉塞謂玉門關，乃入西域之路。昭君入胡之路，未必由此，蓋借作邊塞字用耳。按日知録卷七：李太白詩：「漢家秦地月，流影照明妃。一上玉關道，天涯去不歸。」按史記言：匈奴左方王將直上谷以東，右方王將直上郡以西，而單于之庭，直代、雲中。漢書言：呼韓邪單于自請留居光禄塞下，又言：天子遣使，送單于出朔方雞鹿塞（原注：今在河套内。）後單于竟北歸庭。乃知漢與匈奴往來之道，大抵從雲中、五原、朔方。明妃之行，亦必出此。故江淹之賦李陵，但云，情往上郡，心留雁門。而玉關與西域相通，自是公主嫁烏孫所經。太白誤矣。顏氏家訓謂，文章地理，必須愜當，其論梁簡文雁門太守行而言日逐康居，大宛月氏，蕭子暉隴頭水而云北注黄龍，東流白馬。沈存中論白樂天長恨歌：「峨眉山下少人行」，謂峨眉在嘉州，非幸蜀路。文人之病，蓋有同者。

〔楓林〕王云：楚辭：宋玉憐哀屈原忠而斥棄，愁懣山澤，魂魄放佚，厥命將落，故作招魂，欲以復其精神，延其年壽。其卒章曰：「湛湛江水兮上有楓，目極千里兮傷春心。」王逸注：言湛湛江水浸潤楓木，使之茂盛，傷己不蒙君惠而身放棄，曾不若樹木得其所也。或曰：水旁林木中，鳥獸所聚，不可居也。

〔尺波〕文選劉孝標重答劉秣陵沼書：尺波電謝。李善注：陸機詩：「寸陰無停晷，尺波豈徒旋。」

【評箋】

王云：古賦辨體：先用連綿字以起下句之意，是學九辯第一首，若乃以下則是梁、陳體。

悲清秋賦

登九疑兮望清川，見三湘之潺湲。水流寒以歸海，雲横秋而蔽天。余以鳥道計于故鄉兮，不知去荆吴之幾千。于時西陽半規，映島欲没。澄湖練明，遥海上月。念佳期之浩蕩，渺懷燕而望越。荷花落兮江色秋，風嫋嫋兮夜悠悠。臨窮溟以有羨，思釣鼇于滄洲。無修竿以一舉，撫洪波而增憂。歸去來兮人間不可以託些，吾將採藥于蓬丘。

【校】

〔託些〕些，兩宋本俱作此。

【注】

〔九疑〕王云：史記正義：括地志云：九疑山在永州唐興縣東南一百里。太平御覽：湘中記曰：九疑山在營道縣，九山相似，行者疑惑，因名九疑。盛弘之荆州記曰：九疑山盤基數郡之界，連峯接岫，競秀争高，含霧卷霞，分天隔日。

〔三湘〕王云：隋書五行志：巴陵南有地名三湘。太平寰宇記：湘潭、湘鄉、湘源，是爲三湘。岳州府志：三湘浦在臨湘縣南四十五里。湘中記曰：湘水至清，深五六丈，下見底了了，石子如樗蒱，白沙如雪霜，赤岸如朝霞。湖嶺之間，湘水貫之，凡水皆會焉，無出湘之右者。與瀟水合則曰瀟湘，與蒸水合則曰蒸湘，與沅水合則曰沅湘，故謂之三湘。琦按：湘水源出廣西桂林府，東北流至湖廣永州府城西，瀟水自南來會焉。至衡州府城東，蒸水自西南來會焉。又北流環長沙府城，東北至湘陰縣，達青草湖而入于洞庭，凡行二千五百餘里，大小諸水會入者頗衆。若沅水則不與湘會而自入于洞庭，雖沅湘之稱，起自屈平，但雙舉二水，並未言其會同相合也。三湘之名，恐未必由此。

〔潺湲〕王云：廣韻：潺湲，水流貌。△潺，士山切；湲，于權切。

〔西陽〕王云：西陽謂西落之日，其半爲峯所蔽，僅見其半，如半規然。謝靈運詩：遠峯隱半規。蕭云：意太白時在荆湘，故懷燕而望越也。

〔上月〕王云：謝惠連詩：分袂澄湖陰。古賦辨體：澄湖練明遥海上月，與赤壁賦人影在地仰見明月語意同謂之倒語。若云遥海上月澄湖練明，仰見明月人影在地，語意一順，意味大減。琦按：太白故鄉在西蜀，而荆、吴則其東也，燕地居北，越地居南，蓋登高而徧覽四方之意。翻作兩層抒寫，便覺變幻不可測。

〔釣鼇〕王云：楚辭九歌：嫋嫋兮秋風。又九辯：襲長夜之悠悠。木華海賦：翔天沼，戲窮溟。窮溟，即莊子所云窮髪之北溟海也。漢書：古人有言曰：臨淵羨魚，不如退而結網。列子：龍伯之國有大人，舉足不盈數步，而暨五山之所，一釣而連六鼇。阮籍爲鄭沖勸晉王牋：臨滄洲而謝支伯，登箕山以揖許由。滄洲謂滄海中之洲渚也。

〔託些〕王云：楚辭招魂：歸來歸來，不可以託些。朱子注：些，説文云語辭也。沈存中云：今夔、峽、湖、湘及南北江獠人凡禁呪句尾皆云些，乃楚人舊俗。

〔蓬丘〕王云：十洲記：蓬丘，蓬萊山也。對東海之東北岸，周迴五千里。

【評箋】

王云：古賦辨體：太白諸短賦，雕脂鏤冰，是江文通别賦等篇步驟。

劍閣賦

咸陽之南直望五千里，見雲峯之崔嵬。前有劍閣横斷，倚青天而中開。上則松風蕭颯瑟颸，有巴猿兮相哀。旁則飛湍走壑，灑石噴閣，洶湧而驚雷。送佳人兮此去，復何時兮歸來？望夫君兮安極？我沉吟兮歎息。視滄波之東注，悲白日之西匿。鴻别燕兮秋聲，雲愁秦而暝色。若明月出于劍閣兮，與君兩鄉對酒而相憶。

【校】

〔題〕此下王本云：原注：送友人王炎入蜀。繆本、兩宋本無原注二字。注中之入字，兩宋本俱訛作乂。

【注】

〔劍閣〕王云：通志地理略：劍閣在劍州普安縣界，今謂之劍門。左思蜀都賦：緣以劍閣，阻以石門。劉逵注：劍閣，谷名，自蜀通漢中道一由此。背有閣道，在梓潼郡東北。一統志：劍閣在劍州北三十里，兩岸峻拔，鑿石架閣而爲棧道，連山絶險，故謂之劍閣。秦司馬錯由此道伐蜀。並參見卷八上皇西巡南京歌十首注。

〔咸陽〕王云：通典：京兆郡咸陽縣東十五里有故咸陽城，秦所都也。三輔黄圖：咸陽在九嵕山渭水北，山水俱在南，故名咸陽。今文士概指秦地曰咸陽也。

〔颸〕王云：韻會：飋颸，風貌。△颸音聿。

〔巴猿〕見本卷愁陽春賦注。

【評箋】

王云：古賦辨體：其前有「上則」「旁則」等語是擥斂上林、兩都鋪叙體格，而裁入小賦，所謂「天吴與紫鳳，顛倒在短褐」者歟！故雖以小賦亦自浩蕩而不傷儉陋。蓋太白天才飄逸，其爲詩也，或離舊格而去之，其賦亦然。

明堂賦 并序

昔在天皇，告成岱宗，改元乾封。經始明堂，年紀總章。時締構之未集，痛威靈之遐邁。天后繼作，中宗成之。因兆人之子來，崇萬祀之丕業。蓋天皇先天，中宗奉天。累聖纂就，鴻勳克宣。臣白美頌，恭惟述焉。其辭曰：

【校】

〔未集〕集，兩宋本、繆本、咸本俱作輯。王本注云：繆本作輯。

【注】

〔明堂〕王云：册府元龜：唐高宗上元元年八月，皇帝稱天皇，皇后稱天后，以避先帝先后之稱。舊唐書高宗本紀：麟德三年春正月戊辰朔，車駕至泰山頓，是日親祀昊天上帝于封祀壇，以高祖、太宗配享。己巳，帝升山，行封禪之禮。庚午，禪于社首，祭皇地祇，以太穆太皇太后、文德皇太后配享。壬申，御朝覲壇，受朝賀，改麟德三年爲乾封元年。乾封三年二月丙寅，以明堂制度歷代不同，漢、魏以還，彌更訛舛。遂增損古今，新制其圖，下詔大赦，改元爲總章元年。初學記：太山，五經通義云：一曰岱宗，言王者受命易姓，報功告成，必于岱宗也。岱者，代也，東方萬物始交代之處。宗，長也，言爲羣岳之長。王又云：按新、舊唐書及通鑑：隋無明堂，季秋大享，常寓雩壇。唐高祖、太宗時，寓于圓丘。高宗永徽二年，勑令所司與禮官學士考覈故事，造立明堂。于是太常博士柳宣依鄭玄義，以爲明堂之制，當爲五室。内直丞孔志約據大戴禮及盧植、蔡邕等義，以爲九室。諸儒紛争，互有不同。乾封二年二月，詔以製造明堂，宜及時起作，于是大赦天下，改元爲總章，分萬年縣置明堂縣，示必欲立之，而議者益紛然。乃下詔率意班其制度，至取象黄琮，上設鴟尾，其言益不經，而明堂亦不能立。則天臨朝，儒者屢上言請創立明堂，則天以高宗遺意，乃與北門學士議其制，盡棄羣言。垂拱三年春，毁東都之乾元殿，以其地立明堂。爲三層，下層象四時，各隨方色，中層法十二辰，上層法二十四氣。凡高二百九十四尺，廣三百尺。明堂以下，圜繞施鐵渠，以爲辟雍之象。四年正月，明堂成，號萬象神宫。證聖元年正月，爲火所焚，又令重造，規模率小于舊制。其上施一金塗鐵鳳，高二丈，後爲大風所損，更爲銅火珠，羣龍奉之。天册萬歲二年三月，重造明堂成，號爲通天宫。玄宗開元五年，幸東都，將行大享之禮。以武太后所造明堂，有乖典制，遂依舊拆改爲乾元殿。訖唐之世，季秋大享，皆寓圓丘。太白此賦，蓋在開元五年未復改乾元殿以前所作者也。考賦中所言，多係書傳所載古時規模制度，與則天所造明堂，或有不同。蓋身在遠方，聞其事而賦之，固未親至東都，得之目見。以古準今，約當如是以修詞焉耳。

〔子來〕詩大雅靈臺：經始勿亟，庶民子來。

〔先天〕易繫辭傳：先天而天弗違，後天而奉天時。孔穎達正義：先天而天勿違者，若在天時之先行事，天乃在後不違，是天合大人也。後天而奉天時者，若在天時之後行事，能奉順上天，是大人合天也。

伊皇唐之革天創元也，我高祖乃仗大順，赫然雷發以首之。于是横八荒，漂九陽，掃叛換，開混茫。景星耀而太階平，虹蜺滅而日月張。

【校】

〔叛换〕叛，蕭本作畔。换，郭本、咸本作涣。按：二字均通。

【注】

〔革天〕王云：革天謂改革天命，創元謂創造基業之始。

〔大順〕文選劉琨勸進表：抗明威以攝不類，仗大順以肅宇内。

〔九陽〕楚辭遠遊：夕晞予身兮九陽。王逸注：九陽謂天地之涯。按：洪興祖補注：仲長統云：沆瀣當餐，九陽代燭。注云：九陽，日也。

〔叛换〕王云：漢書：項氏畔换。顔師古注：畔换，强恣之貌，猶言跋扈也。詩大雅皇矣篇曰：無然畔换。

〔混茫〕王云：子華子：混茫之初，是名太初。此喻隋季擾亂，有若混沌茫昧之世也。

〔景星〕王云：史記：天精而見景星。景星者，德星也。其狀無常，常出于有道之國。孟康注：精，明也，有赤方氣與青方氣相連，赤方中有兩黄星，青方中有一黄星，凡三星合爲景星。宋書：景星，大星也，狀如半月，生于晦朔，助月爲明。太平御覽：孫氏瑞應圖曰：景星者，星之精也，先後月出于西方。王者不私人以官，使賢者在位則見，佐月爲明。

〔太階〕漢書東方朔傳：願陳泰階六符以觀天變。孟康注：泰階，三台也，每台二星，凡六星。應劭注：黄帝泰階六符經曰：泰階者天之三階也，上階爲天子，中階爲諸侯公卿大夫，下階爲士庶人。上階上星爲男主，下星爲女主。中階上星爲諸侯三公，下星爲卿大夫，下階上星爲元士，下星爲庶人。三階平，則陰陽和，風雨時，社稷神祇咸獲其宜，天下大安，是爲太平。三階不平，則五神乏祀，日有食之，水潤不浸，稼穡不成，冬雷夏霜，百姓不寧，故治道傾。

〔虹蜺〕晉書天文志：虹蜺，日旁氣也。斗之亂精，主惑心，主内淫，主臣謀君，天子詘，后妃顓，妻不一。

欽若太宗，繼明重光。廓區宇以立極，綴蒼顥之頽綱。淳風汮穆，鴻恩滂洋。武義烜赫于有截，仁聲駁䯪乎無疆。

【校】

〔顥〕兩宋本、繆本俱作昊。王本注云：繆本作昊。

〔䯪〕蕭本、咸本俱作沓。王本注云：蕭本作沓。

【注】

〔欽若〕書堯典：欽若昊天。

〔繼明〕易離卦：大人以繼明照于四方。

〔重光〕書顧命：昔君文王武王宣重光。

〔蒼顥〕王云：班固答賓戲：超忽荒而躆顥蒼。顏師古注：顥，顥天也，元氣顥汗，故曰顥天。其色蒼蒼，故曰蒼天。晉書：振千載之頽綱，落周孔之繩網。穀梁傳疏：上下無序，綱紀頽壞，故曰頽綱。

〔汮穆〕王云：賈誼鵩賦，汮穆無窮兮，胡可勝言。顏師古注：汮穆，深微貌。李善注：汮穆，不可分別也。

〔烜赫〕蕭云：按詩：赫兮咺兮，咺字當作烜。爾雅釋詩者曰，赫兮烜兮者，威儀也。郭璞注云：貌光宣。陸德明音義曰：赫，火格反。烜，吁遠反。烜者，光明宣著。唐、宋以前詩之晅字皆作烜，今作晅者，緣宋朝舊諱故改之耳。

〔有截〕詩商頌長發：海外有截。鄭箋：截，整齊也。四海之外率服，截爾齊整。

〔駇騠〕王云：廣韻：駇騠，馬行也。喻仁聲之流行，如馬行之疾速也。周易：牝馬地類，行地無疆。△駇騠音颯踏。

若乃高宗紹興，祐統錫羨。神休旁臻，瑞物咸薦。元符剖兮地珍見。既應天以順人，遂登封而降禪。將欲考有洛，崇明堂。惟厥功之未輯兮，乘白雲于帝鄉。天后勤勞輔政兮，中宗以欽明克昌。遵先軌以繼作兮，揚列聖之耿光。

【校】

〔以順人〕以，蕭本作而。王本注云：蕭本作而。

【注】

〔錫羨〕文選揚雄甘泉賦：卹胤錫羨，拓跡開統。李善注：應劭曰：錫，與也。羨，饒也。……言神明饒與福祥也。

〔神休〕甘泉賦：雍神休，尊明號。李善注：晉灼曰：休，美也。言見祐護以休美之祥也。

〔元符〕文選揚雄長楊賦：方將俟元符。李善注：晉灼曰：元符，大瑞也。

〔順人〕易革卦：湯、武革命，順乎天而應乎人。

〔登封〕文選張衡東京賦：登封降禪，則齊德乎黄軒。薛綜注：登謂上太山封土，降謂下禪梁父也。

〔未輯〕王云：輯，集也。古字通用。

〔帝鄉〕莊子天地篇：千歲厭世去而上仙，乘彼白雲，至于帝鄉。

〔欽明〕書堯典：欽明文思。僞孔安國傳：欽，敬也。

〔耿光〕書立政：以覲文王之耿光。

則使軒轅草圖，羲和練日。經之營之，不綵不質。因子來于四方，豈殫稅于萬室？乃準水梟，攢雲櫟。礬玉石于隴坂，空瓌材于瀟湘。巧奪神鬼，高窮昊蒼。聽天語之察察，擬帝居之將將。雖暫勞而永固兮，始聖謨于我皇。

【校】

〔將將〕兩宋本、繆本、咸本俱作鏘鏘。王本注云：繆本作鏘鏘。按：此用詩大雅緜之文，作鏘鏘者非。

【注】

〔軒轅〕漢書郊祀志：上欲治明堂奉高旁，未曉其制。濟南人公玉帶上黄帝時明堂圖。

〔練日〕王云：孔安國書傳：重黎之後，羲氏、和氏世掌天地四時之官。漢書郊祀歌：練時日，候有望。顔師古注：練，選也。

〔水臬〕王云：周禮匠人：建國水地以縣，置槷以縣，眡以景。鄭康成注：于四角立植而縣以水，望其高下，高下既定，乃爲位而平地。槷，古文臬假借字，于所平之地中央樹八尺之臬以縣正之，眡之以其景，將以正四方也。何晏景福殿賦：制無細而不協于規景，作無微而不違于水臬。

〔隴坂〕王云：通典：天水郡有大坂，名曰隴坻，亦曰隴山。三秦記曰：其坂九迴，上者七日乃越。顔師古漢書注：隴坻謂隴坂，即今之隴山也。

〔瀟湘〕王云：圖經：瀟水去零陵縣三十里，源出九疑山，至永與湘水合。湘水在零陵縣北十五里，其原自全來，與瀟水合。二水合流謂之瀟湘。

〔將將〕詩大雅緜：乃立應門，應門將將。毛傳：將將，嚴正也。

觀夫明堂之宏壯也，則突兀曈曨，乍明乍蒙。若大古元氣之結空。巃嵸頹沓，若嵬若嶪。似天闔地門之開闔。爾乃劃岩巔以嶽立，郁穹崇而鴻紛。冠百王以垂勳，燭萬象而騰文。寥惚恍以洞啓，呼嵌巖而傍分。又比乎崑山之天柱，矗九霄而垂雲。

【校】

〔若大古〕兩宋本、蕭本、咸本、繆本俱無若字。郭本若作像。王本注云：蕭本、繆本俱脱若字。

〔以垂勳〕以，兩宋本、繆本、咸本俱作而。王本注云：繆本作而。

【注】

〔曈曨〕説文：曈曨，日欲明也。

〔巃嵸〕文選司馬相如上林賦：巃嵸崔巍。郭璞注：皆高峻貌。△嵸音聳，又音宗。

〔若嵬若嶪〕文選張衡西京賦：狀嵬峩以岌嶪。張銑注：嵬峩岌嶪，高壯貌。

〔岝㟧〕文選木華海賦：啓龍門之岝㟧。李善注：岝㟧，高貌。△岝㟧音宅額。

〔天柱〕神異經：崑崙之山有銅柱焉，其高入天，所謂天柱也，圍三千里，圓如削。

〔矗〕王云：韻會：矗，聳上貌。

〔九霄〕王云：沈約詩：「託慕九霄中。」張銑注：九霄，九天仙人所居也。按道書：九霄之名，謂赤霄、碧霄、青霄、絳霄、黅霄、紫霄、練霄、玄霄、縉霄也。一説以神霄、青霄、碧霄、丹霄、景霄、玉霄、琅霄、紫霄、大霄爲九霄。

于是結構乎黄道，岧嶤乎紫微。絡勾陳以繚垣，闢閶闔而啓扉。崢嶸嶒嶷，粲宇宙兮光輝。崔嵬赫奕，張天地之神威。

【注】

〔黄道〕晉書天文志：黄道，日之所行也。半在赤道外，半在赤道内。

〔岧嶤〕王云：岧嶤、崢嶸、嶒嶷、崔嵬，並言山之高峻，借以喻室之高峻也。△岧音條，嶒音層。

〔紫微〕王云：李善文選注：七略曰：王者師天體地而行，是以明堂之制，内有太室象紫微宫，南出明堂象太微。

〔勾陳〕王云：西都賦：周以鉤陳之位。李周翰注：鉤陳，星名，衛紫微宫。今離宫别衛以取象焉。

〔閶闔〕楚辭離騷：倚閶闔而望予。王逸注：閶闔，天門也。洪興祖補曰：天文大象賦曰：儼閶闔以洞開。注云：宫牆兩藩正南開如門象者曰閶闔門。淮南子曰：排閶闔，淪天門。注云：閶闔，始升天之門也；天門，上帝所居紫微宫門也。説文云：閶，天門也。闔，門扇也。楚人名門曰閶闔。文選注云：閶闔，天門也，王者因以爲門，屈原亦以閶闔喻君門也。

夫其背泓黄河，垠瀨清洛。太行却立，通谷前廓。遠則標熊耳以作揭，豁龍門以開闔。點翠綵于鴻荒，洞清陰乎羣山。及乎煙雲卷舒，忽出乍没。岌嵩噴伊，倚日薄月。雷霆之所鼓蕩，星斗之所伭扢。挐金龍之蟠蜿，挂天珠之硉矹。

【校】

〔鴻荒〕鴻，兩宋本、繆本俱作洪。王本注云：繆本作洪。

〔扢〕蕭本作仡。王本注云：蕭本作仡。

〔矹〕蕭本作兀。王本注云：蕭本作兀。

【注】

〔泓〕王云：廣韻：泓，水深也。

〔垠瀨〕王云：垠，岸也。韻會：瀨，説文：水流沙上也。師古曰：瀨，疾流也。又湍也。△垠音銀。

〔清洛〕王云：元和郡縣志：洛水在洛陽縣西南三里，河南縣北四里。郭璞山海經注：洛水出上洛冢嶺山，東北經弘農至河南鞏縣入河。潘岳籍田賦：清洛濁渠，引流激水。

〔太行〕王云：元和郡縣志：太行山在懷州河内縣北二十五里。河南志：太行山在懷慶府城北，其山西自濟源，東北接河内、修武、輝縣、林縣，至磁州界，緜亘數十里。其間峯谷巖洞，景物萬狀，雖各因地立名，實太行一山也，爲中州巨鎮。

〔通谷〕文選曹植洛神賦：背伊闕，越轘轅。經通谷，陵景山。李善注：華延洛陽記曰：城南五十里有大谷，舊名通谷。

〔熊耳〕王云：史記正義：括地志云：熊耳山在虢州盧氏縣南五十里。水經注：洛水之北有熊耳山，雙巒競舉，狀同熊耳。

〔作揭〕文選張衡東京賦：太室作鎮，揭以熊耳。薛綜注：揭猶表也。

〔龍門〕王云：歸田録：西京龍門山夾伊水上，自端門望之如雙闕，故謂之闕塞。一統志：闕塞山在河南府城西南三十里，一名伊闕，亦名闕口。大禹疏龍門，伊水出其間。漢服虔謂南山伊闕是也，俗名龍門山。

〔岌嵩〕王云：史記正義：括地志云：嵩高山亦名太室山，亦名外方山，在洛州陽城縣北二十三里。

〔噴伊〕王云：元和郡縣志：伊水在河南縣東南十八里。郭璞山海經注：伊水出上洛盧氏縣熊耳山，東北至河南洛陽縣入洛。

〔伓扢〕王云：廣韻：扢磨也。按説文：伓，有力也。△伓音胚，扢音骨。

〔挐〕王云：説文：持也，又牽引也。

〔天珠〕隋唐嘉話：今明堂始微于西南傾，工人以木于中薦之。武后不欲人見，因加爲九龍盤糺之狀。其圓蓋上本施一金鳳，至是改鳳爲珠，羣龍捧之。

〔硉矹〕王云：廣韻：硉矹，不穩貌。△硉音勒没切。

勢拔五岳，形張四維。軋地軸以盤根，摩天倪而創規。樓臺崛屼以奔附，城闕崟岑而蔽虧。珍樹翠草，含華揚蕤。目瑶井之熒熒，拖玉繩之離離。揔華蓋以儻漭，仰太微之參差。

【校】

〔崟岑〕蕭本作嶔崟。王本注云：蕭本作嶔崟。

【注】

〔四維〕王云：淮南子：横四維而含陰陽。又曰：東北爲報德之維，西南爲背陽之維，東南爲常羊之維，西北爲號通之維。高誘注：四角爲維也。初學記：纂要曰：東西南北曰四方，四方之隅曰四維。

〔地軸〕王云：初學記：河圖括地象曰：崑崙者，地之中也。地下有八柱，柱廣十萬里，有三千六百軸，互相牽制，名山大川，孔穴相通。北堂書鈔：河圖括地象云：崑崙之山，横爲地軸。

〔天倪〕莊子齊物論篇：和之以天倪。陸德明注：倪，李云分也，崔云或作霓，際也。天倪，謂天之邊際也。

〔崛岉〕文選王延壽魯靈光殿賦：隆崛岉乎青雲。劉良注：隆崛岉，極高貌。

〔崟岑〕文選張衡思玄賦：慕歷阪之崟岑。張銑注：崟岑，高貌。

〔蕤〕王云：説文：蕤，草木花垂貌。

〔瑶井〕王云：鮑照詩：參差玉繩高，掩映瑶井没。瑶井，玉井也。晉書：玉井四星，在參左足下，主水漿以給廚。

〔玉繩〕太平御覽卷五：春秋元命苞曰：玉衡北兩星爲玉繩，玉之爲言溝刻也，瑕而不掩，折而不傷。宋均注曰：繩能直物，故名玉繩。

〔敹〕王云：甘泉賦：敹北極之嶟嶟。應劭注：敹，至也。説文：敹，刺也。

〔華蓋〕晉書天文志：大帝上九星曰華蓋，所以覆蔽大帝之座也。

〔曭漭〕王云：陸機感時賦：望八極之曭漭。曭漭即曭漭，廣大之貌。

〔太微〕王云：史記正義：太微宫垣十星在翼軫北，天子之宫庭，五帝之座，十二諸侯之府也。張衡靈憲：太微爲五帝之庭，明堂之房。春秋合誠圖：太微其星十二四方。

擁以禁扃，横以武庫。獻房心以開鑿，瞻少陽而舉措。採殷制，酌夏步。雜以代室重屋之名，括以辰次火木之數。壯不及奢，麗不及素。層簷屹其霞矯，廣厦鬱以雲布。掩日道，遏風路。陽烏轉影而翻飛，大鵬横霄而側度。

【校】

〔屹〕蕭本作屼。王本注云：蕭本作屼。

【注】

〔房心〕王云：史記索隱：春秋説題辭云：房心爲明堂，天王布政之宫。晉書天文志：房四星爲明堂，天子布政之宫也，心三星，天王正位也，中星曰明堂，天子位。

〔少陽〕王云：魯靈光殿賦：承明堂于少陽。漢書：少陽者，東方也。

〔代室〕王云：考工記：夏后氏世室，堂修二七，廣四修一。五室三四步，四三尺，九階，四旁兩夾窗，白盛門，堂三之二，室三之一。鄭康成注：夏度以步，令堂脩十四步，其廣益以四分修之一，則堂廣十七步半。堂上爲五室，象五行也。三四步，室方也。四三尺，以益廣也。木室于東北，火室于東南，金室于西南，水室于西北，其方皆三步，其廣益之以三尺。土室于中央，方四步，其廣益之以四尺。此五室居堂南北六丈，東西七丈。代室即世室也。唐以太宗諱改世爲代也。又考工記：殷人重屋，堂修七尋，堂崇三尺，四阿重屋。鄭康成注：重屋者王宫正堂，若大寢也。其修七尋，五丈六尺，放夏。周則其廣九尋，七丈二尺也。五室各二尋。蔡邕明堂論：夏后氏曰世室，殷人曰重屋，周人曰明堂。

〔辰次〕太平御覽卷五三三：春秋合誠圖：明堂在辰巳者，言在木火之際。辰木也，巳火也，木生數三，火成數七，故在三里之外七里之内。

〔日道〕漢書天文志：日有中道，月有九行，中道者黄道，一曰光道。光道北至東井，去北極近，南至牽牛，去北極遠，東至角，西至婁，去極中。

〔陽烏〕文選張協七命：陽烏爲之頓羽。李善注：春秋元命苞曰：陽成于三，故日中有三足烏。烏者陽精。張銑注：陽烏，日中烏也。

近則萬木森下，千宫對出。熠乎光碧之堂，炅乎瓊華之室。錦爛霞駮，星錯波沏。颯蕭寥以颼飀，窅陰鬱以櫛密。含佳氣之青葱，吐祥烟之鬱嵂。

【校】

〔嵂〕兩宋本、繆本、咸本俱作律。王本注云：繆本作律。

【注】

〔熠〕王云：韻會：熠，盛光也。△熠音逸。

〔光碧〕王云：十洲記：有墉城金臺玉樓相鮮，如流精之闕，光碧（今本碧下有玉字）之堂，瓊華之室。

〔炅〕王云：廣韻：炅，光也。△炅音景。

〔錦爛〕王云：錦爛霞駁者，言其鮮麗如錦彩之煥爛，雲霞之斑駁也。星錯波沏者，言其布列如天星之錯落，水波之疊起也。

〔沏〕文選木華海賦：激勢相沏。劉良注：沏，浪相拂也。

〔颼飀〕文選左思吴都賦張銑注：颼飀，風聲也。

〔窅〕王云：韻會：窈，深遠也。通作窅。△窅音伊鳥切。

〔櫛密〕文選馬融長笛賦：密櫛重重。李善注：密櫛，密如櫛也。

〔鬱律〕文選郭璞江賦：時鬱律其如烟。李善注：鬱律，烟上貌。

九室窈窕，五闥聯綿。飛楹磊砢，走栱夤緣。雲楣立岌以横綺，彩桷攢欒而仰天。皓壁書朗，朱甍晴鮮。赬欄各落，偃蹇霄漢。翠楹迴合，蟬聯汗漫。杳蒼穹之絶垠，跨皇居之太半。遠而望之，赫煌煌以輝輝，忽天旋而雲昏；迫而察之，粲炳煥以照爛，倏山訛而晷換。蔑蓬壺之海樓，吞岱宗之日觀。

【校】

〔欒〕蕭本作巒。王本注云：蕭本作巒。

〔皓壁〕壁，兩宋本俱作壁。

〔蔑〕蕭本作誇。兩宋本俱訛作篾。王本注云：蕭本作誇。

【注】

〔九室〕王云：三輔黄圖：大戴禮云：明堂九室。考工記云：明堂五室。稱九室者，取象陽數也，五室者，象五行也。

〔磊砢〕文選魯靈光殿賦李周翰注：磊砢，參差不齊貌。△磊音壘，砢音裸。

〔𦣞緣〕王云：𦣞緣，聯絡也。吴都賦：𦣞緣山岳之岊。

〔雲楣〕文選張衡西京賦：繡栭雲楣。薛綜注：楣，梁也。吕延濟注：雲楣，畫雲飾之。

〔桷〕王云：説文：桷，榱也，椽方曰桷。

〔欒〕王云：韻會：欒，曲枅木也。柱上横木承棟者謂之枅，曲枅謂之欒。

〔甍〕王云：説文：甍，屋棟也。△甍音萌。

〔絶垠〕文選張華鷦鷯賦：或託絶垠之外。李善注：絶垠，天邊之地也。

〔晷〕王云：説文：晷，日影也。△晷音癸。

〔蓬壺〕拾遺記：三壺，海中三山也。一曰方壺，則方丈也；二曰蓬壺，則蓬萊也；三曰瀛壺，則瀛洲也。形如壺器。此三山上廣中狹下方，皆如工制，猶華山之似削成。

〔日觀〕水經注汶水：應劭漢官儀云：泰山東南山頂，名曰日觀。日觀者，雞一鳴時，見日始欲出，長三丈許，故以名焉。

猛虎失道，潛虬蟠梯。經通天而直上，俯長河而下低。玉女攀星于網户，金娥納月于璇題。藻井綵錯以舒蓬，天牕赩翼而銜霓。扶標川而罔足，擬跟絓而罷蹐。要離欻曤而外喪，精視冰背而中迷。

【校】

〔蟠梯〕蟠，蕭本、咸本俱作登。王本注云：蕭本作登。

〔下低〕下，蕭本、咸本俱作復。王本注云：蕭本作復。

〔舒蓬〕何校陸本云：蓬當作蓮。

〔跟絓〕絓，兩宋本俱作挂。

〔欻曤〕曤，兩宋本俱作睢。

【注】

〔猛虎〕王云：失字當是夾字之訛。猛虎夾道，謂刻爲猛虎，以夾立道上。潛虬蟠梯，謂鏤作虬龍，以蟠繞梯側也。

〔通天〕後漢書補禮儀志引蔡邕明堂論：通天屋徑九丈，陰陽九六之變也，……高八十一尺，黄鐘九九之實也，二十八柱列于四方，亦七宿之象也。

〔綱户〕王云：楚辭：綱户朱綴。王逸注：綱户，綺文鏤也。雍録：綱户者，刻爲連文，遞相綴屬，其形如綱也。宋玉曰：綱户朱綴，刻方連，是也。既曰刻，則是彫木爲之，其狀如綱耳。

〔璇題〕王云：鮑照詩：璇題納行月。吕向注：璇，玉也；題，椽頭也。甘泉賦：璇題玉英。應劭注：題，頭也。榱椽之頭皆以玉飾，言其英華相燭也。

〔藻井〕王云：西京賦：蒂倒茄于藻井。薛綜注：藻井，當棟中交木方爲之，如井幹也。夢溪筆談：屋上覆橑，古人謂之綺井，亦曰藻井，又謂之覆海，今令文中謂之鬬八，吴人謂之罳頂，唯宫室祠觀有之。海録碎事：藻井，屋棟之間爲井形，而加水藻之飾，所以壓火災也。胡三省通鑑注：風俗通云：殿堂象東井，刻爲荷菱。荷菱水物，所以厭火。杜佑曰：漢宫殿率號屋仰爲井，皆畫水藻蓮芡之屬以厭火。何晏景福殿賦：繚以藻井，編以綷疏。又王文考靈光殿賦：圓淵方井，反植荷蕖。蓋爲方井而畫荷蕖其上也。

〔赩〕音奭，又音赫。

〔要離〕〔精視〕王云：要離事用此處不合，恐誤。精視亦未詳。按：班固西都賦：雖輕迅與僄狡，猶愕眙而不能階。攀井幹而未半，目眴轉而意迷。王延壽魯靈光殿賦：魂悚悚其驚斯，心猥猥而發悸。何晏景福殿賦：雖離朱之至精，猶眩曜而不能昭晰也。皆極言高峻足以駭人。要離言人之至勇者，精視言目之至明者。疑皆詞賦家習用之語。離婁、離朱皆狀明朗，即以爲明目人之名，非謂真有人名要離、名精視也。

〔矐〕王云：韻會：矐，失明也。

亘以複道，接乎宫掖。坌入西樓，是爲崑崙。前疑後丞，正儀躅以出入；九夷五狄，順方面而來奔。

【校】

〔複道〕以下蕭本有而字。王本注云：蕭本下多一而字。

〔是爲〕是，兩宋本、繆本俱作實。王本注云：繆本作實。

〔前疑後丞〕兩宋本、繆本俱作前丞後疑。王本注云：繆本作前丞後疑。

【注】

〔複道〕史記留侯世家：上在雒陽南宫，從複道望見諸將。集解：如淳曰：複音復，上下有道，故謂之複道。韋昭云閣道。

〔坌入〕漢書司馬相如傳：坌入曾宫之嵳峩。注：張揖曰：坌，並也。△坌音焚，上聲。

〔崑崙〕漢書郊祀志：濟南人公玉帶上黄帝時明堂圖，明堂中有一殿，四面無壁，以茅蓋通水，水圜宫垣，爲複道，上有樓，從西南入，名曰昆侖。天子從之入，以拜祀上帝焉。

〔後丞〕尚書大傳卷一：古者天子必有四鄰，前曰疑，後曰丞，左曰輔，右曰弼。天子有問無以對，責之疑。可志而不志，責之丞。可正而不正，責之輔。可揚而不揚，責之弼。其爵視卿，其禄視次國之君也。

〔九夷〕王云：禮記：昔者周公朝諸侯于明堂之位，天子負斧依，南鄉而立，三公中階之前，北面東上，諸侯之位，阼階之東，西面北上，諸伯之國，西階之西，東面北上，諸子之國，門東北面東上，諸男之國，門西北面東上，九夷之國，東門之外，西面北上，八蠻之國，南門之外，北面東上，六戎之國，西門之外，東面南上，五狄之國，北門之外，南面東上，九采之國，應門之外，北面東上，四塞世告至，此周公明堂之位也。後漢書：夷有九種，曰畎夷、于夷、方夷、黄夷、白夷、赤夷、玄夷、風夷、陽夷。

其左右也，則丹陛崿崿；彤庭煌煌。列寶鼎，敞金光。流辟雍之滔滔，像環海之湯湯。闢青陽，啓總章。廓明臺而布玄堂，儼以太廟，處乎中央。發號施令，采時順方。

【注】

〔寶鼎〕舊唐書禮儀志：萬歲通天……其年，鑄銅爲九州鼎，既成，置于明堂之庭，各依方位列焉。神都鼎高一丈八尺，受一千八百石。冀州鼎名武興，雍州鼎名長安，兖州鼎名日觀，青州鼎名少陽，徐州鼎名東源，揚州鼎名江都，荆州鼎名江陵，梁州鼎名成都。其八州鼎高一丈四尺，各受一千二百石。司農卿宗晉卿爲九鼎使，都用銅五十六萬七百一十二觔。鼎上圖寫本州山川物産之象，仍令工書人著作郎賈膺福……等分題之。左尚方署令曹元廓圖畫之。鼎成，自玄武門外曳入。令宰相諸王南北牙宿衞兵十餘萬人并仗内大牛白象共曳之。則天自爲曳鼎歌，令相倡和。……九鼎初成，欲以黄金千兩塗之。納言姚璹曰：「鼎者神器，貴于質朴，無假别爲浮飾。臣觀其狀，先有五采輝焕，錯雜其間，豈待金色爲之炫燿？」乃止。

〔辟雍〕王云：大戴禮：明堂外水曰辟雍。藝文類聚：桓譚新論曰：王者作圓池如璧形，實水其中，以圜雍之，名曰辟雍。言其上承天地，以班教令，流轉王道，周而復始。獨斷：天子曰辟雍，謂流水四面如璧，以節觀者。李善文選注：三輔黄圖曰：明堂辟雍水四周于外，象四海也。毛萇詩傳：滔滔，流貌。湯湯，水盛貌。班固辟雍詩：乃流辟雍，辟雍湯湯。

〔湯湯〕湯音商。

〔青陽〕王云：蔡邕明堂論：明堂者，天子太廟，所以崇祀其祖，以配上帝者也。東曰青陽，南曰明堂，西曰總章，北曰玄堂，中曰太室。人君南面向明而治，故雖有五名而主以明堂也。其正中皆曰太廟，取其宗祀之貌，則曰清廟，取其正室之貌，則曰太廟，取其尊崇，則曰太室，取其向明，則曰明堂，取其四門之學，則曰太學，取其四面周水環如璧，則曰辟雍。異名而同事，其實一也。書冏命：發號施令，罔有不臧。高誘淮南子注：明堂王者布政之堂，上圓下方，堂四出各有左右房謂之个，凡十二所，王者月居其房，告朔朝廟，頒宣其令。宋均禮含文嘉注：明堂者布政之宫，在國之陽，三室四面，十二法十二月也。天子孟春上辛于南郊總受十二月之政，還藏于祖廟，月取一政，頒于明堂也。蔡邕明堂月令論：天子發號施令，祀神受職，每月異禮，故謂之月令。所以順陰陽，奉四時，効氣物，行王政也。成法具備，各從時月，藏之明堂，所以示承祖考神明不敢泄瀆之義。

其閫域也，三十六户，七十二牖。度筵列位，南七西九。白虎列序而躨跜，青龍承隅而蚴蟉。

【校】

〔南七西九〕兩宋本、繆本、咸本俱作西八東九。王本注云：繆本作西八東九。

〔躨跜〕跜，兩宋本俱訛作跪。

〔蚴蟉〕蟉，兩宋本俱訛作蟉。

【注】

〔二牖〕大戴禮明堂篇：明堂者古有之也。凡九室，一室而有四户八牖，三十六户七十二牖。

〔度筵〕王云：考工記：周人明堂，度九尺之筵，東西九筵，南北七筵，堂崇一筵，五室凡室二筵。爾雅：東西牆謂之序。邢昺疏云：此謂室前堂上東廂西廂之牆也，所以序次分别内外親疏，故謂之序也。尚書顧命云：西序東嚮，敷重底席；東序西嚮，敷重豐席。及禮經每云東序西序，皆謂此也。沈括筆談：今謂兩廊爲東西序，非也，序乃堂上東西壁在室之外者。

〔蚴蟉〕文選上林賦李善注：蚴蟉，龍行貌。△蚴音有，蟉音柳。

其深沉奥密也，則赤熛掌火，招拒司金。靈威制陽，叶光摧陰。坤斗主土，據乎其心。

【校】

〔叶光〕叶，蕭本作汁。王本注云：蕭本作汁。

【注】

〔赤熛〕王云：南齊書：按禮及孝經援神契並云：明堂有五室，天子每月于其室聽朔布教，祭五帝之神，配以有功德之君。藝文類聚：黄圖曰：明堂者，明天地之堂也。所以順四時，行月令，宗祀先王，祭五帝，故謂之明堂。尚書帝命驗：帝者承天立五府，以尊天重象，蒼曰靈府，赤曰文祖，黄曰神斗，白曰顯紀，黑曰玄矩。鄭康成注：天有五帝，集居太微，降精以生聖人，故帝者承天立五帝之府，是爲天府。唐、虞之天府，夏之世室，殷之重屋，周之明堂，皆同矣。其蒼帝靈威仰之府名靈府。周曰青陽。其赤帝赤熛怒之府名文祖。火積光明，文章之祖，故曰文祖。周曰明堂。其黄帝含樞紐之府，名曰神斗。斗，主也，土精澄静，四行之主，故謂神斗。周曰太室。其白帝白招拒之府，名顯紀，紀，統也，金精斷割，萬物以成，故謂之顯紀。周曰總章。其黑帝叶光紀之府，名曰玄矩。矩，法也，水精玄昧，能權輕重，故謂玄矩。周曰玄堂。據此，本文坤斗當是神斗之訛。△熛音飄。叶音協，或作汁，亦讀爲協。

若乃熠燿五色，張皇萬殊。人物禽獸，奇形異模。勢若飛動，瞪眄睢盱。明君暗主，忠臣烈夫。威政興滅，表示賢愚。

【校】

〔表示賢愚〕兩宋本、繆本、咸本俱作表賢示愚。王本注云：繆本作表賢示愚。

【注】

〔張皇〕王云：此言室中圖畫之狀。韻會：熠燿，鮮明貌。書康王之誥：張皇六師。正義曰：

皇，大也。

〔瞪〕王云：廣韻：瞪，直視貌。△瞪音橙。

〔眄〕王云：説文：眄，邪視也。△眄音勉。

〔睢盱〕王云：説文：睢，仰目也；盱，張目也。△睢盱音雖吁。

于是王正孟月，朝陽登曦。天子乃施蒼玉，轡蒼螭。臨乎青陽左个，方御瑶瑟而彈鳴絲。展乎國容，輝乎皇儀。傍瞻神臺，順觀雲之軌；俯對清廟，崇配天之規。欽若肸蠁，維清緝熙。崇牙樹羽，熒煌葳蕤。納六服之貢，受萬邦之籍。張龍旗與虹旌，攢金戟與玉戚。延五更，進百辟。奉珪瓚，獻琛帛。顒昂俯僂，儼容疊跡。乃潔菹醢，修粢盛。奠三犧，薦五牲。享于神靈。太祝正辭，庶官精誠。鼓大武之隱轔，張鈞天之鏗鍧。孤竹合奏，空桑和鳴。盡六變，齊九成。羣神來兮降明庭。蓋聖主之所以孝治天下而享祀窅冥也。

【校】

〔王正〕兩宋本、咸本俱作天正，非。

〔六服〕六，蕭本作五。王本注云：蕭本作五。

〔奉珪〕奉，蕭本作舉。王本注云：蕭本作舉。

〔轔〕郭本作麟。

〔錡〕兩宋本、繆本、咸本俱作訇。王本注云：繆本作訇。

【注】

〔王正〕左傳隱元年：春王正月。正義：正是時王所建，故以王字冠之，言是今王之正月也。

〔曦〕王云：廣韻：曦，日光也。

〔螭〕文選甘泉賦吕向注：蒼螭，蒼龍也。凡稱龍者皆馬也。言龍，美之也。△螭音鴟。

〔青陽〕淮南子時則訓：孟春之月，……天子衣青衣，乘蒼龍，服蒼玉，建青旗，……東宫御女青色，衣青采，鼓琴瑟，……朝于青陽左个，以出春令。高誘注：馬七尺已上曰龍，明堂中方外圜，通達四出，各有左右房，謂之个，猶隔也。東出謂之青陽，南出謂之明堂，西出謂之總章，北出謂之玄堂。是月天子朝日告朔，行令于左个之房，東向堂北頭室也。

〔神臺〕王云：太平御覽：禮統曰：所以置靈臺何？以尊天重民，備災禦害，豫防未然也。夫王者當承順天地，禦節陰陽也。夏所以爲清臺何？明明相承，太平相續，故爲清臺。殷爲神臺，周爲靈臺何？質者具天而王，天者稱神，文者具地而王，地者稱靈，是其異也。

〔清廟〕左傳桓二年：清廟茅屋。杜預注：清廟，肅然清静之稱也。正義：清廟者，宗廟之大稱。

〔肸蠁〕文選司馬相如上林賦：肸蠁布寫。顔師古注：肸蠁，盛作也。李善注：司馬彪曰：肸，過也。芬芳之過，若蠁之布寫也。吕延濟注：肸蠁，天中遊氣也，言香氣發越積浮而似之。△肸音迄，蠁音響。

〔崇牙〕王云：詩周頌：維清緝熙，文王之典。鄭箋曰：緝熙，光明也。又周頌：設業設虡，崇牙樹羽。毛傳曰：業，大板也，所以飾栒爲懸也，捷業如鋸齒。或曰：畫之植者爲虡，横者爲栒，崇牙上飾，卷然可以懸也。樹羽，置羽也。正義曰：設其横者之業，又設其植者之虡，其上刻爲崇牙，因樹置五采之羽，以爲之飾。又云：虡者立于兩端，栒則横入于虡，其栒之上加于大板，側著于栒，其上刻爲崇牙，似鋸齒捷業然，故謂之業，牙即業之齒矣，以其形卷然，得挂繩于上，故言可以懸也。樹羽置羽者，置之于栒虡之上角。漢禮器制度云：爲龍頭及頷曰銜璧，璧下有旄牛尾。禮記：夏后氏之龍簨虡，殷之崇牙，周之璧翣。鄭康成注：簨虡所以懸鐘磬也，横曰簨，飾之以鱗屬，植曰虡，飾之以贏屬羽屬，簨以大板爲之謂之業，殷又于龍上刻畫之爲崇牙，以挂懸紘也。周人畫繒爲翣，載以璧，垂五采羽于其下，樹于簨之角上，飾彌多也。正義曰：殷之崇牙者，謂于簨之上刻畫木爲崇牙之形，以挂鐘磬。皇氏云：崇牙者，崇，重也，謂刻畫大板，重疊爲牙。杜氏通典：樂懸，横曰簨，竪曰虡。飾簨以飛龍，節趺以飛廉。鐘虡以鷙獸，磬虡以鷙鳥。上則樹羽，旁懸流蘇，周制也。懸以崇牙，殷制也。飾以博山，後代所加也。

〔六服〕王云：周禮：邦畿方千里，其外方五百里，謂之侯服，其貢祀物。又其外方五百里，謂之甸服，其貢嬪物。又其外方五百里，謂之男服，其貢器物。又其外方五百里，謂之采服，其貢服物。又其外方五百里，謂之衛服，其貢材物。又其外方五百里，謂之要服，其貢貨物。鄭康成注：此六服去王城三千五百里，相距方七千里，公侯伯子男封焉。書周官：六服羣辟，罔不承德。正指此六服。又益稷篇云：弼成五服，則指甸、侯、綏、要、荒五服也。

〔玉戚〕王云：公羊傳：朱干玉戚。何休注：戚，斧也。以玉飾斧。

〔五更〕王云：禮記：遂設三老五更羣老之席位焉。鄭康成注：三老五更各一人也，皆年老更事致仕者也。天子以父兄養之，示天下之孝弟也。名以三五者，取象三辰五星，天所因以昭明天下者。獨斷：天子父事三老者，適成于天地人也。兄事五更者，訓于五品也。更者，長也，更相代至五也。能以善道改更已也，取首妻男女完具者。古者天子親袒割牲，執醬而饋，三公設几，九卿正履，使者安車輭輪送迎而至其家，天子獨拜于屏，其明旦三老詣闕謝，以其禮過厚故也。又五更或爲叟，叟老稱，與三老同義也。通典：大唐制：仲秋吉辰，皇帝親養三老五更于太學，所司先奏定三師三公致仕者，用其德行及年高者一人爲三老，次一人爲五更。

〔琛〕詩魯頌：來獻其琛。毛傳：琛，寶也。△琛音癡林切。

〔菹醢〕禮記郊特牲篇：恒豆之菹，水草之和氣也，其醢，陸産之物也，加豆陸産也，其醢水物也。鄭注：此謂諸侯也，天子朝事之豆有昌本麋臡、茆菹麏臡，饋食之豆有葵菹蠃醢、豚拍魚醢，其餘則有雜錯也。

〔粢盛〕穀梁傳桓十四年：天子親耕以供粢盛。范寧注：黍稷曰粢，在器曰盛。

〔三犧〕王云：左傳昭二十五年：爲六畜五牲三犧以奉五味。杜預注：五牲，麋鹿麏狼兔。三犧，祭天地宗廟三者謂之犧。東都賦：于是薦三犧，效五牲，禮神祇，懷百靈。

〔神靈〕按：此爲單句有韻，不合。疑脱一句，或享于上有「以」字。

〔太祝〕王云：周禮：太祝掌六祝之辭，以事鬼神示，祈福祥，求永貞。唐書百官志：太祝六人，正九品上，祭祀則跪讀祝文。左傳：祝史正辭，信也。杜預注：正辭，不虚稱君美也。正義曰：正其言辭，不欺誑鬼神，是其信也。

〔大武〕周禮春官大司樂……大武。鄭注：大武，武王樂也。武王伐紂以除其害，言其德能成武功。

〔隱轔〕王云：上林賦：隱轔鬱壘，是言堆壟不平之貌。此作樂聲用，未詳。或者即殷轔之訛。

〔鈞天〕王云：史記：趙簡子疾，五日不知人，七日寤，語大夫曰：「我之帝所甚樂，與百神遊于鈞天，廣樂九奏萬舞，不類三代之樂，其聲動人心。」按淮南子：九野之名，中央曰鈞天。鈞天之樂，謂天樂也。

〔鏗鍧〕王云：廣韻：鏗鍧，鐘鼓聲相雜也。

〔孤竹〕〔空桑〕王云：周禮：孤竹之管，空桑之琴瑟。鄭康成注：孤竹，竹特生者。空桑，山名。述異記：東海畔有孤竹焉，斬而復生，中爲管。周武王時，孤竹之國獻瑞筍一株。空桑生大野山中，爲琴瑟之最者空桑也。

〔六變〕〔九成〕王云：周禮：凡六樂者，一變而致羽物及川澤之示，再變而致臝物及山林之示，三變而致鱗物及丘陵之示，四變而致毛物及墳衍之示，五變而致介物及土示，六變而致象物及天神。凡樂，圜鐘爲宫，黄鐘爲角，太簇爲徵，姑洗爲羽，靁鼓靁鼗，孤竹之管，雲和之琴瑟，雲門之舞，冬日至于地上之圜丘祭之。若樂六變，則天神皆降，可得而禮矣。鄭康成注：變猶更也，樂成則更奏也。書益稷：簫韶九成。正義曰：成謂樂曲成也。鄭云：成猶終也，每曲一終必變更奏。故經言九成，傳言九奏。周禮謂之九變，其實一也。公羊傳疏：鄭氏云：樂備作謂之成。王應麟曰：節奏俱備謂之成，備而更新謂之變。

〔明庭〕王云：邢昺孝經疏：按史記云：黄帝接萬靈于明庭，明庭即明堂也。子華子：黄帝之治天下也，百神出而受職于明堂之庭。

〔窅冥〕文選劉孝標辨命論：未達窅冥之情，未測神明之數。

然後臨辟雍，宴羣后。陰陽爲庖，造化爲宰。餐元氣，灑太和。千里鼓舞，百寮賡歌。于斯之時，雲油雨霈。恩鴻溶兮澤汪濊，四海歸兮八荒會。哤聒乎區宇，駢闐乎闕外。羣臣醉德，揖讓而退。

【校】

〔餐〕王本注云：繆本作飡。

〔濊〕郭本訛作穢。

【注】

〔鴻溶〕楚辭九歎：波淫淫而周流兮，鴻溶溢而滔蕩。

〔汪濊〕王云：漢書：澤汪濊輯萬國。顔師古注：汪濊，言饒多也。司馬相如難蜀父老文：威武紛紜，湛恩汪濊。顔師古注：汪濊，深廣也。△濊音穢。

〔哤聒〕王云：説文：哤，雜語也。聒，讙語也。馬融長笛賦：哤聒其前後。李善注：哤聒，雜聲也。△哤音厖。

〔闕外〕王云：古今注：闕，觀也。古每門樹兩觀于其前，所以標表宫門也。其上可居，登之則可遠觀，故謂之觀。人臣將朝至此，則思其所闕，故謂之闕。其上皆丹堊，其下皆畫雲氣、仙靈、奇禽、怪獸以昭示四方焉。韻會：闕，説文：門觀也。蓋爲二臺于門外，作樓觀于上，上圓下方。以其縣法，謂之象魏。象，治象也。魏者，言其狀巍巍然高大也。使民觀之，因謂之觀。兩觀雙植，中不爲門，闕而爲道，故謂之闕。

而聖主猶夕惕若厲，懼人未安。乃目極于天，耳下于泉。飛聰馳明，無遠不察。考鬼神之奥，推陰陽之荒。下明詔，班舊章。振窮乏，散敖倉。毁玉沉珠，卑宫頽牆。使山澤無間，往來相望。帝躬乎天田，后親于郊桑。棄末反本，人和時康。建翠華兮萋萋，鳴玉鑾之鉠鉠。遊乎昇平之圃，憩乎穆清之堂。天欣欣兮瑞穰穰。巡陵于鶉首之野，講武于驪山之旁。封岱宗兮祀后土，掩栗陸而苞陶唐。遨遊乎崆峒之上，汾水之陽。吸沆瀣之精英，黜滋味之馨香。貴理國其若夢，幾華胥之故鄉。於是元元澹然，不知所在。若羣雲從龍，衆水奔海。此真所謂我大君登明堂之政化也。

【校】

〔推陰陽〕推，兩宋本俱作催。

〔苞〕王本注云：蕭本作包。

〔遨遊〕此下至故鄉三十五字，兩宋本、繆本俱作遂邀崆峒之禮，汾水之陽。吸沆瀣之精，黜滋味而貴理國，其若夢華胥之故鄉。王本注云：自遨遊以下至故鄉三十五字，繆本作遂邀崆峒之禮，汾水之陽，吸沆瀣之精，黜滋味而貴理國，其若夢華胥之故鄉三十字。

【注】

〔夕惕〕易乾卦：君子終日乾乾，夕惕若，厲無咎。王弼注：終日乾乾，至于夕惕，猶若厲也。

〔不察〕按：此句獨不叶韻，疑脱句，或察字誤。

〔敖倉〕王云：史記：敖倉天下轉輸久矣。臣聞其下乃有藏粟甚多。正義曰：敖倉在鄭州滎陽縣西十五里，石門之東，北臨汴水，南帶三皇山，秦時置倉于敖山上，故名敖倉。

〔天田〕〔郊桑〕王云：東京賦：躬三推于天田，脩帝籍之千畝。吕延濟注：天田，天子之籍田也。何休公羊傳注：禮，天子親耕東田千畝，諸侯百畝，后夫人親西郊采桑，以供粢盛祭服，躬行孝道，以先天下。

〔翠華〕王云：上林賦：建翠華之旗。顔師古注：翠華之旗，以翠羽爲旗上葆也。説文：萋，草盛也。言旗上之翠羽萋萋然如草色之鮮縟也。

〔玉鑾〕王云：楚辭：鳴玉鸞之啾啾。王逸注：鸞，鸞鳥也，以玉作之，著于衡。東京賦：鸞聲噦噦，和鈴鉠鉠。薛綜注：鸞在衡，和在軾，皆以金爲鈴也。鉠鉠，小聲。玉鑾即玉鸞，字異而義同也。

〔穆清〕王云：漢書：受命于穆清。顔師古注：穆，美也。言天子有美德而政化清也。

〔穰穰〕王云：甘泉賦：瑞穰穰兮委如山。顔師古注：穰穰，多也。

〔巡陵〕王云：唐會要：貞觀式文，春秋仲月，命使巡陵，春則掃除枯朽，秋則芟薙繁蕪。據此巡陵乃公卿事，文則借爲天子謁陵之稱矣。

〔鶉首〕晉書天文志：自東井十六度至柳八度爲鶉首，於辰在未，秦之分也。

〔栗陸〕易繫辭：包犧氏没。正義：女媧氏没，次有大庭氏、柏黄氏、中央氏、栗陸氏、驪連氏、赫胥氏、尊盧氏、混沌氏、皞英氏、有巢氏、朱襄氏、葛天氏、陰康氏、無懷氏，凡十五世，皆襲庖犧氏之號也。

〔陶唐〕王云：邢昺論語疏：書傳云：堯年十六，以唐侯升爲天子，遂以爲號，或謂之陶唐氏。書曰：惟彼陶唐。世本云：帝堯爲陶唐氏。韋昭云：陶、唐皆國名，猶易稱殷、商也。案經傳契居商，故湯以商爲國號，後盤庚遷殷，故殷商雙舉。歷檢書傳，未聞帝堯居陶而以陶冠唐，蓋以二字爲名，所稱或單或複也。

〔崆峒〕〔汾水〕莊子在宥篇：黄帝立爲天子十九年，令行天下。聞廣成子在于空同之上，故往見之。又曰：堯治天下之民，平海内之政，往見四子藐姑射之山，汾水之陽，窅然喪其天下焉。

〔沆瀣〕王云：楚辭：飡六氣而飲沆瀣。王逸注：陵陽子明經言冬飲沆瀣者，北方夜半氣也。張衡思玄賦：餐沆瀣以爲粻。注云：沆瀣，夕霞也。吕向注：沆瀣，露氣也。△沆音杭上聲，瀣音械。

〔華胥〕列子黄帝篇：黄帝……晝寢而夢，遊于華胥氏之國。華胥氏之國在弇州之西，台州之北，不知斯齊國幾千萬里。蓋非舟車足力之所及，神遊而已。其國無師長，其民無嗜欲，自然而已，不知樂生，不知惡死，故無夭殤。不知親己，不知疏物，故無愛憎。不知背逆，不知向順，故無利害。都無所愛憎，都無所畏忌。入水不溺，入火不熱，斫撻無傷痛，指擿無痟癢，乘空如履實，寢虚若處牀，雲霧不硋其視，雷霆不亂其聽，美惡不滑其心，山谷不躓其步，神行而已。黄帝既寤，怡然自得，召天老、力牧、太山稽告之曰：「朕閑居三月，齋心服形，思有以養身治物之道，弗獲其術，疲而睡，所夢若此。今知至道不可以情求矣，朕知之矣，朕得之矣，而不能以告若矣。」又二十有八年，天下大治，幾若華胥氏之國。

〔元元〕王云：後漢書：下爲元元所福。章懷太子注：元元謂黎庶也。史記索隱：戰國策云：制海内，子元元。高誘注：元元，善也。又按姚察云：古者謂人云善人也，因善爲元，故云黎元，其言元元者，非一人也。顧野王云：元元猶喁喁，可憐愛貌。未安其説，聊記異也。

〔澹然〕王云：長楊賦：海内澹然。李善注：澹，安也。李周翰注：謂晏然無事也。

豈比夫秦趙吴楚，争高競奢。結阿房與叢臺，建姑蘇及章華。非享祀與嚴配，徒掩月而淩霞。由此觀之，不足稱也。況瑶臺之巨麗，復安可以語哉？敢揚國美，遂作辭曰：

【校】

〔叢臺〕叢，蕭本作崇。王本注云：蕭本作崇。按：以上下文觀之，作叢爲是。

【注】

〔阿房〕史記秦始皇本紀：始皇以爲咸陽人多，先王之宫庭小。吾聞周文王都豐，武王都鎬，豐、鎬之間，帝王之都也。乃營作朝宫渭南上林苑中。先作前殿阿房，東西五百步，南北五十丈，上可以坐萬人，下可以建五丈旗，周馳爲閣道，自殿下直抵南山，表南山之巔以爲闕。爲複道，自阿房渡渭，屬之咸陽，以象天極閣道絶漢抵營室也。阿房宫未成，成更欲擇令名名之。作宫阿房，故天下謂之阿房宫。

〔叢臺〕水經注濁漳水：其水又東逕叢臺南，六國時趙王之臺也。郡國志曰：邯鄲有叢臺，故劉劭趙都賦曰：結雲閣于南宇，立叢臺于少陽者也。

〔姑蘇〕吴越春秋：……吴王不聽，遂受而起姑蘇之臺，三年聚材，九年乃成，高見二百里。

〔章華〕王云：左傳：楚子成章華之臺。杜預注：臺今在華容城内。水經注：離湖在華容縣東七十五里。湖側有章華臺，臺高十丈，基廣十五丈。左丘明曰：楚築臺于章華之上，韋昭以爲章華亦地名也。王與伍舉登之。舉曰：臺高不過望國之氛祥，大不過容宴之俎豆，蓋譏其奢而諫其失也。太平寰宇記：章華臺在荆州江陵縣東三十里。按渚宫故事云：楚靈王所築，臺形三角。並參見卷四司馬將軍歌注。

〔嚴配〕孝經：孝莫大于嚴父，嚴父莫大于配天。

〔瑶臺〕新序：紂作瑶臺。

穹崇明堂，倚天開兮。龍嵸鴻濛，構瓌材兮。偃蹇坱莽，邈崔嵬兮。周流辟雍，岌靈臺兮。赫奕日，噴風雷。宗祀肸蠁，王化弘恢。鎮八荒，通九垓。四門啓兮萬國來。考休徵兮進賢才。儼若皇居而作固，窮千祀兮悠哉！

【校】

〔莽〕蕭本作⿰土莽。王本注云：蕭本作⿰土莽。

【注】

〔鴻濛〕王云：羽獵賦：鴻濛沆茫。顔師古注：鴻濛沆茫，廣大貌。

〔坱莽〕王云：坱莽，廣遠寥廓之意。上林賦：過乎泱漭之野。杜甫八哀詩：胡塵昏坱漭。泱漭、坱莽，其義同也。

【評箋】

王云：古賦辨體云：太白明堂賦從司馬、揚、班諸賦來，氣豪辭豔，疑若過之。論其體格，則不及遠甚。蓋漢賦體未甚俳，而此篇與大獵賦則悦于時而俳甚矣。晦翁云：白有逸才，尤長于詩，而其賦乃不及魏、晉。斯言信夫。

何焯云：明堂、大獵二賦，晉、宋以降未有此作。（陸本李集校評）

今人詹鍈云：按通鑑開元十年：冬十月癸丑復以乾元殿爲明堂。又開元二十五年：是歲命將作大匠康𧦬素之東都毀明堂，𧦬素上言毀之勞人，請去上層，卑於舊九十五尺，仍舊爲乾元殿，從之。是開元十年以後、二十五年以前白亦有作明堂賦之可能。

大獵賦　并序

白以爲賦者古詩之流。辭欲壯麗，義歸博遠。不然，何以光贊盛美，感天動神？而相如、子雲競誇辭賦，歷代以爲文雄，莫敢詆訐。臣謂語其略，竊或褊其用心。子虚所言，楚國不過千里，夢澤居其大半，而齊徒吞若八九，三農及禽獸無息肩之地，非諸侯禁淫述職之義也。

【校】

〔博遠〕遠，蕭本作達。王本注云：蕭本作達。

〔其略〕文粹略上有大字。

〔大半〕大，兩宋本、咸本俱作太。

【注】

〔賦者〕文選班固兩都賦序：或曰：賦者，古詩之流也。李善注：毛詩序曰：詩有六義，二曰賦，故賦爲古詩之流也。

〔夢澤〕文選司馬相如子虛賦：臣聞楚有七澤，……臣之所見，蓋特其小小者耳，名曰雲夢。雲夢者，方九百里。……烏有先生曰：且齊東渚巨海，南有琅琊，觀乎成山，射乎之罘，浮渤澥，遊孟諸。邪與肅慎爲鄰，右以湯谷爲界。秋田乎青丘，徬徨乎海外。吞若雲夢者八九，于其胸中曾不蔕芥。又上林賦：亡是公曰：夫使諸侯納貢者，非爲財幣，所以述職也。封疆畫界者，非爲守禦，所以禁淫也。……從此觀之，齊、楚之事，豈不哀哉？地方不過千里，而囿居九百，是草木不得墾闢，而人無所食也。

〔三農〕周禮天官大宰：三農生九穀。鄭注：鄭司農云三農，平地山澤也。玄謂三農，原澤及平地也。

上林云：左蒼梧，右西極。考其實地，周袤纔經數百。長楊誇胡，設網爲周阹，放麋鹿其中，以搏攫充樂。羽獵于靈臺之囿，圍經百里而開殿門，當時以爲窮壯極麗。迨今觀之，何齷齪之甚也！

【校】

〔窮壯〕窮，蕭本作雄。郭本作窮。王本注云：蕭本作雄。

【注】

〔上林〕王云：上林賦：獨不聞天子之上林乎？左蒼梧，右西極。丹水更其南，紫淵經其北。文穎注：蒼梧郡屬交州，在長安東南，故言左。爾雅云：西至于豳國爲西極。在長安西，故言右。漢書：武帝廣開上林，東南至宜春鼎湖，御宿昆吾，旁南山西至長楊五柞，北繞黄山，濱渭而東，周袤數百里。師古曰：袤，長也。△袤音茂。

〔長楊〕文選揚雄長楊賦序：上將大誇胡人以多禽獸。秋命右扶風發民入南山，西自褒斜，東至弘農，南敺漢中，張羅網罝罘，捕熊羆豪猪虎豹狖玃狐兔麋鹿，載以檻車，輸長楊射熊館，以網爲周阹，縱禽獸其中，令胡人手搏之，自取其獲，上親臨觀焉。是時農民不得收斂，雄從至射熊館還，上長楊賦。

〔周阹〕李善文選注：李奇曰：阹，遮禽獸圍陣也。△阹音區。

〔殿門〕文選揚雄羽獵賦：虎落三嵕，以爲司馬，圍經百里，而爲殿門。

〔齷齪〕文選左思吴都賦張銑注：齷齪，局小貌。

但王者以四海爲家，萬姓爲子，則天下之山林禽獸，豈與衆庶異之？而臣以爲不能以大道匡君，示物周博，平文論苑之小，竊爲微臣之不取也。今聖朝園池遐荒，殫窮六合。以孟冬十月大獵于秦，亦將曜威講武，掃天蕩野。豈荒淫侈靡，非三驅之意耶！臣白作頌，折中厥美。其辭曰：

【校】

〔匡君〕匡，咸本注云：一作淫。

〔荒淫〕兩宋本、繆本、咸本俱作淫荒。王本注云：繆本作淫荒。

【注】

〔三驅〕王云：周易：王用三驅，失前禽。正義曰：三驅之禮，先儒皆云：三度驅禽而射之也。三度則已。又漢書：田狩有三驅之制。顔師古注：三驅之禮，一爲乾豆，二爲賓客，三爲充君之庖也。

〔折中〕王云：楚辭：令五帝以折中。王逸注：折猶分也，分明言是與非也。賦意謂分之而求其中，惟茲所頌美較勝古人也。

粵若皇唐之契天地而襲氣母兮，粲五葉之葳蕤。惟開元廓海寓而運斗極兮，總六聖之光熙。誕金德之淳精兮，漱玉露之華滋。文章森乎七曜兮，制作參乎兩儀。

括衆妙而爲師。明無幽而不燭兮，澤無遠而不施。慕往昔之三驅兮，順生殺于四時。

【校】

〔括衆妙〕按：此句單行叶韻，文氣不屬，疑上脱一句。

【注】

〔氣母〕莊子大宗師篇：狶韋氏得之以挈天地，伏羲氏得之以襲氣母。陸德明音義：挈，司馬云：要也，得天地要也。崔云：成也。司馬云：襲，入也。氣母，元氣之母也。崔云：取元氣之本。

〔五葉〕王云：葉，世也。自高祖至玄宗凡五世。葳蕤，草木盛貌，喻言其粲美如草木之盛也。

〔斗極〕王云：爾雅：北戴斗極爲空桐。邢昺疏：斗，北斗也。極者，中宫天極星。其一明者，太乙之常居也。以其居天之中，故謂之極。極，中也，北斗拱極，故曰斗極。長楊賦：高祖奉命，順斗極，運天關。李善注：服虔曰：隨天斗極星運轉也。雒書曰：聖人受命，必順斗極。宋均尚書中候注曰：順斗機爲政也。

〔六聖〕王云：六聖者，高祖、太宗、高宗、武后、中宗、睿宗也。玄宗誕生于八月，故以金德玉露頌言也。

〔七曜〕初學記天部上：日月五星謂之七曜。

〔兩儀〕王云：河圖括地象：易有太極，是生兩儀，兩儀未分，其氣混沌。清濁既分，伏者爲天，偃者爲地。

〔衆妙〕老子：玄之又玄，衆妙之門。

若乃嚴冬慘切，寒氣凛冽。不周來風，玄冥掌雪。木脱葉，草解節。土囊烟陰，火井冰閉。是月也，天子處乎玄堂之中。滄八水兮休百工，考王制兮遵國風。樂農人之閑隙兮，因校獵而講戎。

【校】

〔滄八水〕滄，兩宋本、繆本俱作飡。王本注云：繆本作飡。

【注】

〔不周〕王云：春秋正義：易緯通卦驗云：立冬不周風至。史記律書：不周風居西北，主殺生。

〔玄冥〕禮記月令：孟冬之月，其神玄冥。

〔土囊〕文選宋玉風賦：盛怒于土囊之口。李善注：土囊，大穴也。盛弘之荆州記曰：宜都佷山縣有山，山有穴，口大數尺，爲風井，土囊當此之類也。

〔火井〕華陽國志：臨邛縣……有火井，夜時光映上照，民欲其火光，以家火投之，頃許如雷聲，火燄出，通耀數十里。以竹筒盛其光藏之，可拽行終日不滅。

〔玄堂〕禮記月令：孟冬之月，天子居玄堂左个。鄭注：玄堂左个，北堂西偏也。

〔滄〕按：滄有涼義，今云滄八水，蓋謂冬令水寒也。

〔八水〕王云：三輔黄圖：關中八水，皆出入上林苑。霸水出藍田谷，西北入渭。滻水亦出藍田谷，北至霸陵入霸。涇水出安定涇陽幵頭山，東至陽陵入渭。渭水出隴西首陽縣鳥鼠同穴山，東北至華陰入河。豐水出鄠縣南山豐谷，北入渭。鎬水在昆明池北，牢水出鄠縣，西南入潦谷，北流入渭。潏水在杜陵，從皇子陂西北流，經昆明池入渭。駱賓王詩：「五緯連影集星躔，八水分流横地軸。」許景先詩：「千門望成錦，八水明如練。」皆謂此八水也。

〔校獵〕王云：漢書成帝紀：行幸長楊宫，從胡客大校獵。如淳曰：合軍聚衆，有幡校擊鼓也。周禮：校人掌王田獵之馬，故謂之校獵。顔師古曰：如説非也。此校謂以木自相貫穿爲闌校耳。校人職云：六廐成校，是則以遮闌爲義也。校獵者，大爲欄校，以遮禽獸而獵取也。軍之幡旗雖有校名，本因部校，此無豫也。上林賦：天子校獵。李奇曰：以五校兵出獵也。李周翰注：校獵，謂出校隊而獵也。

乃使神兵出于九闕，天仗羅于四野。徵水衡與林虞，辨土物之衆寡。千騎飈掃，萬乘雷奔。梢扶桑而拂火雲兮，括月窟而搜寒門。赫壯觀于今古，業搖蕩于乾坤。此其大略也。而内以中華爲天心，外以窮髪爲海口。豁咽喉以洞開，吞荒裔而盡取。大章按步以來往，夸父振策而奔走。足跡乎日月之所通，囊括乎陰陽之未有。

【校】

〔括月窟〕括，兩宋本、蕭本、咸本俱作刮。

〔寒門〕寒，兩宋本、蕭本、咸本、文粹俱作塞。王本注云：蕭本作塞。

〔業〕蕭本、咸本俱作業。

〔而盡取〕而，兩宋本、繆本、咸本、文粹俱作以。王本注云：繆本作以。

〔未有〕文粹作所有。

【注】

〔九闕〕王云：九闕即九門也。

〔水衡〕〔林虞〕王云：漢書：水衡都尉：武帝元鼎二年初置，掌上林苑。應劭注：古山林之官曰衡，掌諸池苑，故稱水衡。張晏注：主都水及上林苑，故曰水衡。周禮有山虞澤虞，皆掌山澤之官，今稱林虞者，變文言之也。

〔月窟〕〔寒門〕王云：長楊賦：西壓月窟。服虔注：月窟，月所生也。大人賦：軼先驅于寒門。應劭注：寒門，北極之門也。

〔窮髮〕莊子逍遥遊篇：窮髮之北。李注云：髮，毛也。司馬彪注：北極之下，無毛之地也。

〔大章〕淮南子墬形訓：禹乃使太章步自東極至于西極，二億三萬三千五百里七十五步。使豎亥步自北極至于南極，二億三萬三千五百里七十五步。高誘注：太章、豎亥，善行人，皆禹臣也。

〔夸父〕列子湯問篇：夸父不量力，欲追日影，逐之于隅谷之際。渴欲得飲，赴飲河、渭，河、渭不足，將走北飲大澤，未至，道渴而死。棄其杖，尸膏肉所浸生鄧林。鄧林彌廣數千里焉。

君王于是撞鴻鐘，發鑾音。出鳳闕，開宸襟。駕玉輅之飛龍，歷神州之層岑。遊五柞兮瞰三危，挾細柳兮過上林。攢高牙以總總兮，駐華蓋之森森。于是擢倚天之劍，彎落月之弓。崑崙叱兮可倒，宇宙噫兮增雄。河漢爲之却流，川岳爲之生風。羽毛揚兮九天絳，獵火燃兮千山紅。

【校】

〔羽毛〕毛，兩宋本、繆本、文粹俱作旄。王本注云：繆本作旄。

【注】

〔鑾音〕王云：爾雅翼：有虞氏之輅謂之鸞車，亦曰鸞輅。明堂月令：春則乘之。蔡邕稱以金爲鸞鳥，懸鈴其中，施于衡爲遲速之節。崔豹古今注亦以爲五輅衡上金雀者，朱鳥也，口銜鈴，鈴謂之鑾。禮云：衡前朱雀。或謂朱雀者鸞鳥，以前有鸞鳥，故謂之鸞，鸞口有鈴，故謂之鑾，事一而義異。然則鳥之鸞主形，鈴之鑾主聲，鈴之爲鑾，亦以象鸞鳥之聲爲名耳。

〔鳳闕〕王云：史記：建章宮，其東則鳳闕，高二十餘丈。水經注：漢武故事曰：鳳闕高二十丈。關中記曰：建章宮圓闕臨北道，有金鳳在闕上，高丈餘，故號鳳闕也。

〔五柞〕三輔黄圖：五柞宮，漢之離宮也。在扶風盩厔，宮中有五柞樹，因以爲名。五柞皆連抱，上枝覆蔭數畝。

△柞音昨。

〔三危〕王云：甘泉賦：攀璇璣而下視兮，行遊目乎三危。張銑注：言臺高可攀北斗，下視三危山。史記正義：括地志云：三危山上有三峯，故曰三危，俗亦名卑羽山。在沙州燉煌縣東南三十里。

〔細柳〕王云：上林賦：登龍臺，掩細柳。郭璞注：細柳，觀名也，在昆明池南。西京賦：斜界細柳。薛綜注：細柳在長安西北。

〔高牙〕王云：潘岳詩：桓桓梁征，高牙乃建。李善注：牙，牙旗也。薛綜東京賦注：兵書曰：牙旗者將軍之旗。古者天子出建大牙旗，竿上以象牙飾之，故云牙旗。

〔總總〕王云：甘泉賦：齊總總撙撙其相膠葛兮。顏師古注：總總撙撙，聚貌。

〔華蓋〕王云：古今注：華蓋，黄帝所作也。與蚩尤戰于涿鹿之野，常有五色雲氣，金枝玉葉，止于帝上，有花葩之象，故因而作華蓋也。

〔九天〕王云：楚辭：指九天以爲正兮。王逸注：九天謂中央八方也。淮南子：天有九野，中央曰鈞天，東方曰蒼天，東北方曰變天，北方曰玄天，西北方曰幽天，西方曰顥天，西南方曰朱天，南方曰炎天，東南方曰陽天。

乃召蚩尤之徒，聚長戟，羅廣澤。呵雨師，走風伯。稜威耀乎雷霆，烜赫震于蠻貊。陋梁都之體制，鄙靈囿之規格。而南以衡霍作襟，北以岱恒作陆。夾東海而爲壍兮，拖西冥而流渠。麾九州之珍禽兮，迴千羣以坌入。聯八荒之奇獸兮，屯萬族而來居。

【校】

〔岱恒〕岱，文粹作代，恒，繆本作常。王本注云：繆本作常。按：作常仍宋本之舊。

〔陋梁都之體制〕何校陸本都改作鄒。

〔作陆〕陆，兩宋本、繆本俱作祛。王云：繆本作祛。

【注】

〔蚩尤〕太平御覽卷七九：龍魚河圖曰：黄帝攝政，前有蚩尤兄弟八十一人，並獸身人語，銅頭鐵額，食沙石子。造立兵仗刀戟大弩，威震天下，誅殺無道，不仁不慈。萬民欲令黄帝行天子事，黄帝仁義，不能禁止蚩尤，仰天而歎。天遣玄女下授黄帝兵信神符，制伏蚩尤，以制八方。蚩尤殁後，天下復擾亂，黄帝遂畫蚩尤形像，以威天下，天下咸謂蚩尤不死，八方萬邦，皆爲殄伏。俞正燮癸巳存稿卷一云：管子五行篇云：黄帝得蚩尤而明於天道。又云：蚩尤明乎天道，故使爲當時。困學紀聞云：黄帝六相，一曰蚩尤，通鑑外紀改爲風后，此一蚩尤也。吕刑云：蚩尤乃始作亂。大戴禮用兵篇云：蚩尤，庶人之貪者也。史記云：黄帝戮蚩尤。任昉述異記云：冀州有蚩尤神，涿鹿間往往得髑髏如銅鐵，言是蚩尤骨。雲笈七籤：廣成子傳云：蚩尤飛空走險，以馗牛皮爲鼓，九擊而止之，蚩尤不能飛走。此又一蚩尤也。太平御覽引尸子云：造冶者蚩尤也，謂作兵。

〔雨師〕〔風伯〕王云：風俗通：飛廉，風伯也。玄冥，雨師也。搜神記：風伯者箕星也，雨師者畢星也。龍魚河圖：太白星主兵凶，其精下爲雨師之神。熒惑星主司非，其精下爲風伯之神。揚雄河東賦：呵雨師于西東。

〔稜威〕王云：漢書：威稜憺乎鄰國。李奇曰：神靈之威曰稜。

〔梁都〕王云：梁都當是梁鄒之訛。東都賦：制同乎梁鄒，義合乎靈囿。章懷太子注：魯詩傳曰：古有梁鄒者，天子之田也。

〔襟〕〔阹〕王云：襟字以下文作阹爲壍流渠例之，當是襟字之訛。方言：襟，格也。類篇：今竹木格，蓋籬落之屬。若以襟帶義解之，與文義不合。上林賦：江河爲阹。郭璞注：因山谷遮禽獸爲阹。蘇林曰：阹，獵者，圖陣遮禽獸也。説文：阹，依山谷爲牛馬圈也。

〔壍〕王云：廣韻：壍，遶城水也。△壍音籤上聲。

〔坌入〕按：入字突與上下文不叶韻，古無此例，似有誤。△坌音焚上聲。

雲羅高張，天網密布。罝罘緜原，峭格掩路。蟣蠓過而猶礙，蟭螟飛而不度。彼層霄與殊榛，罕避鳥與伏兔。從營合技，彌巒被岡。金戈森行，洗晴野之寒霜。虹旗電掣，卷長空之飛雪。吴驂走練，宛馬蹀血。縈衆山之聯緜，隔遠水之明滅。

【校】

〔高張〕兩宋本俱無張字。

〔殊榛〕文粹作翳榛。

〔避鳥〕兩宋本、繆本、郭本俱作翔鳥。蕭本作身鳥。

〔從營〕文粹作促營。

【注】

〔罝罘〕禮記月令：田獵罝罘羅網。鄭注：獸罟曰罝罘，鳥罟曰網。△罝音嗟，罘音孚。

〔峭格〕文選左思吴都賦：峭格周施。吕向注：峭，高也。格，張網之木也。

〔蠛蠓〕爾雅釋蟲：蠓，蠛蠓。郭璞注：小蟲，似蜹，喜亂飛。

〔蟭螟〕列子湯問篇：江浦之間生麽蟲，其名曰蟭螟。羣飛而集于蚊睫，勿相觸也。栖宿去來，蚊勿覺也。離朱、子羽方晝，拭眥揚眉而望之，弗見其形。䚦俞、師曠方夜，擿耳俛首而聽之，弗聞其聲。

〔殊榛〕王云：上林賦：騰殊榛。張揖注：殊榛，異枿也。顔師古注：殊榛，特立株枿也。張守節注：爾雅曰：木叢生爲榛也。殊，異也。西京賦：超殊榛。薛綜注：殊猶大也。

〔吴騶〕論衡言虚篇：顔淵與孔子俱上魯太山，孔子東南望吴閶門，外有繫白馬，引顔淵指以示之曰：「若見吴閶門乎？」顔淵曰：「見之。」孔子曰：「門外何有？」曰：「有如繫練之狀。」

〔宛馬〕漢書武帝紀：（太初）四年，貳師將軍廣利斬大宛王首，獲汗血馬來。應劭注：大宛舊有天馬種，蹋石汗血，汗從前肩膊出如血，號一日千里。

〔蹀〕音疊。

使五丁摧峯，一夫拔木。下整高頹，深平險谷。擺椿栝，開林叢。喤喤呷呷，盡奔突于場中。而田彊古冶之疇，烏獲中黄之黨。越峥嶸，獵莽蒼。喑嗚哮闞，風旋電往。脱文豹之皮，抵玄熊之掌。批狻手猱，挾三挈兩。既徒搏以角力，又揮鋒而争先。行䖘號以鶚睨兮，氣赫火而敵烟。拳封貐，肘巨狿。梟羊應叱以斃踣，猰貐亡精而墜巔。或碎腦以折脊，或歕髓而飛涎。窮遐荒，蕩林藪。扼土狛，殪天狗。脱角犀頂，探牙象口。掃封狐于千里，捩雄虺之九首。咋騰蛇而仰吞，拖奔兕以卻走。

【校】

〔下整〕文粹作下塹。

〔擺椿栝〕擺，兩宋本俱訛作襬。

〔田彊〕彊，兩宋本、繆本俱作強。王本注云：繆本作強。

〔喑嗚〕嗚，兩宋本、繆本、文粹俱作呼。王本注云：繆本作呼。

〔哮闞〕闞，王注承繆刻誤作嚪，今依各本改。

〔肘巨狿〕肘，兩宋本、繆本俱作引。王本注云：繆本作引。

〔而飛涎〕而，兩宋本、繆本俱作以。王本注云：繆本作以。

〔林藪〕林，文粹作淵。

〔探牙〕牙，蕭本作采。

【注】

〔擺椿栝〕王云：韻會：擺，開也，撥也。椿，杙也。類編：栝，木杖也。△椿音莊，栝音忝。

〔喤喤呷呷〕王云：韻會：喤呷，衆聲。

〔田疆古冶〕晏子春秋内篇諫下：公孫接、田開疆、古冶子事景公，以勇力搏虎聞。

〔烏獲〕孟子告子篇：然則舉烏獲之任，是亦爲烏獲而已矣。趙岐注：烏獲，古之有力人也。能移舉千鈞。孫奭疏：皇甫士安帝王世紀云：秦武王好多力之士，烏獲之徒並皆歸焉。秦王于洛陽舉周鼎，烏獲兩目血出。六國時人也。

〔中黄〕文選張衡西京賦：乃使中黄之士。李周翰注：中黄，國名，其俗多勇力。李善注：尸子：中黄伯曰：余左執太行之猱，而右搏彫虎。

〔莽蒼〕莊子逍遥遊篇：適莽蒼者三月而反。司馬彪注：莽蒼，近郊之色。崔氏注：草野之色。

〔哮闞〕文選陸機辨亡論：哮闞之羣風驅。李周翰注：哮闞，虎震聲，言兵勇叫之聲，若虎之震聲也。△哮音孝平聲，闞音喊。

〔玄熊〕王云：爾雅翼：熊類大豕，人足黑色，春出冬蟄，輕捷好緣高木，見人自投而下，亦以革厚而筋駑，用此自快，故稱熊經鳥伸。方冬蟄時，惟自舐其掌，故其掌特美。魯靈光殿賦：玄熊蚺蜦以齗齗。

〔批狻〕〔手猱〕王云：韻會：批，手擊也。狻有二義，一音酸，乃獅子之名。爾雅：狻麑如虦貓，食虎豹者是也。一借用音俊，又音逡，又音詮，乃狡兔之名。戰國策：東郭逡者，海内之狡兔也。或作鵕，亦有作狻者。此賦與猱類用，而繼之以挾三挐兩，是可用之于幺麽之獸，而難以試之雄猛之獅，當作兔解爲當。陸璣詩疏：猱，獮猴也，楚人謂之沐猴，老者爲玃，長臂者爲猿。△猱，奴刀切。

〔甝號〕王云：爾雅：甝，白虎。宋書：接衝拔距，鷹瞵鶚視。言獵徒勇健，其聲猛如虎之號，其視精如鶚之睨也。△甝音酣。

〔貒〕〔狿〕王云：廣韻：貒，野豚也。字林：貒獸似豕而肥。西京賦：鼻赤象，圈巨狿。薛綜注：巨狿，麏也，怒走者爲狿。△貒音彖。

〔梟羊〕王云：郭璞爾雅注：狒狒，梟羊也。山海經曰：其狀如人，面長脣黑，身有毛，反踵，見人則笑。交、廣及南康郡山中多有此物，大者長丈許，俗呼之曰山都。

〔猰貐〕王云：爾雅：猰貐類貙，虎爪食人迅走。述異記：猰貐獸中最大者，龍頭馬尾虎爪，長四百尺，善走，以人爲食，遇有道君即隱藏，無道君即出食人。△猰音札，貐音與。

〔狛〕王云：說文：狛如狼，善驅羊。古賦辨體：狛似狼有角。

〔殪〕王云：韻會：殪，殺也。

〔天狗〕山海經西山經：……陰山有獸焉，其狀如狸而白首，名曰天狗。其音如榴榴，可以禦凶。又大荒西經：大荒之中，……金門之山，……有赤犬，名曰天犬，其所下者有兵。郭璞注：周書云：天狗所止地盡傾，餘光燭天爲流星，長十數丈，其疾如風，其聲如雷，其光如電。吴、楚七國反時，吠過梁國者是也。

〔犀〕王云：埤雅：犀形似水牛，大腹卑脚，脚有三蹄，黑色。三角，一在頂上，一在額上，一在鼻上，鼻上者即食角也。亦有一角者，犀亦絶愛其角，墮角即自埋之。交州記曰：犀有二角，鼻上角長，額上角短，或曰：三角者水犀也，二角者山犀也。

〔象口〕王云：爾雅翼：象，南越之大獸。獸之最大者，形體特詭。三歲一乳，其身倍數牛，而目不踰豕。鼻長六七尺，大如臂。其牙長一尺。每雷震，必倉卒間似花暴出，逡巡隱没。其齒歲脱，猶愛惜之，掘地而藏焉。削木爲僞齒，潛往易之，覺則不藏故處。

〔封狐〕〔雄虺〕楚辭招魂：蝮蛇蓁蓁，封狐千里些，雄虺九首，往來儵忽，吞人以益其心些。王逸注：封狐，大狐也。……大狐健走千里，……雄虺一身九頭。△虺音毁。

〔捩〕王云：捩，紾也。△捩音列。

〔咋〕王云：咋，嚙也。△咋音責。

〔騰蛇〕〔奔兕〕王云：郭璞爾雅注：騰蛇，龍類也，能興雲霧而遊其中。通志略：兕如野牛，青色，重千斤，一角，長三尺餘，形如馬鞭柄。其皮堅厚可製鎧。陳琳與魏文帝書：駭鯨之決細網，奔兕之觸魯縞。

君王于是峩通天，靡星旃。奔雷車，揮電鞭。觀壯士之効獲，顧三軍而欣然。曰：夫何神抶鬼摽之駭人也！又命建夔鼓，勵武卒。雖躪轢之已多，猶抝怒而未歇。集赤羽兮照日，張烏號兮滿月。戎車轞轞以陸離，彀騎煌煌而奮發。鷹犬之所騰捷，飛走之所蹉蹶。攫麏麚之咆哮，蹂豺貉以挂格。膏鋒染鍔，填巖掩窟。觀殊材與逸羣，尚揮霍以出没。

【校】

〔神抶〕抶，繆本作挾。兩宋本俱作狹。文粹作讋。王本注云：繆本作挾。

〔鬼摽〕摽，兩宋本俱作慓。何校陸本云：慓，急也，晏本訛慓。

〔躪轢〕轢，兩宋本、繆本俱作躒。王本注云：繆本作躒。

〔與逸羣〕與，王本注云：諸本皆作舉，今從唐文粹本校正。

【注】

〔通天〕王云：蔡邕獨斷：天子冠通天冠。後漢書：通天冠高九寸，正竪，頂少邪却，乃直下爲鐵卷梁，前有山展筩爲述。乘輿所常服。唐書車服志：通天冠者，冬至受朝賀祭還燕羣臣養老之服也。二十四梁，附蟬十二，首施珠翠，金博山，黑介幘，組纓翠緌，玉犀簪導。

〔靡星旃〕王云：琦按子虛賦：靡魚須之橈旃，靡字本此。靡，偃也，方獵而偃其旗者，即王制天子殺則下大綏之義。廣韻：旃，曲柄旗，以招衆士也。羽獵賦：立歷天之旗，曳捎星之旃。呂向注：言旗旃之高，歷拂于天星也。

〔抶〕文選羽獵賦李善注：埤蒼曰：抶，笞擊也。△抶音叱。

〔摽〕王云：廣韻，摽，擊也。△摽音鰾。

〔夔鼓〕山海經大荒東經：東海中有流波山，其上有獸，狀如牛，蒼身而無角，一足。出入水則必風雨，其光如日月，其聲如雷，其名曰夔。黄帝得之，以其皮爲鼓，橛以雷獸之骨，聲聞五百里，以威天下。

〔躪轢〕文選上林賦郭璞注：躪，踐也。轢，蹍也。△躪音吝，轢音歷。

〔拗〕文選西都賦李善注：拗猶抑也。△拗音於絞切。

〔烏號〕王云：子虛賦：左烏號之雕弓，右夏服之勁箭。史記索隱：張揖云：黄帝乘龍上仙，小臣不得上，挽持龍髯，髯拔，墮黄帝弓，羣臣抱弓而號，故名弓烏號。見封禪書及郊祀志。又韓詩外傳云：弓工之妻曰，此弓是泰山南烏號之柘。案淮南子云：楚有柘桑，其材堅勁，烏棲其上，將飛，枝勁復起，摽呼其上，伐取其材爲弓，因曰烏號。古史考、風俗通皆同此説也。

〔轞轞〕王云：詩小雅：戎車嘽嘽。韻會：轞，車聲，通作檻。詩國風：大車檻檻。毛傳曰：檻，車行聲也。△轞音檻。

〔陸離〕漢書卷五七司馬相如傳：先後陸離。顔師古注：陸離，分散也。文選李善注引廣雅曰：陸離參差。

〔彀騎〕史記廉頗藺相如列傳：彀者十萬人。索隱：彀謂能射者也。△彀音姤。

〔麏麚〕王云：楚辭：白鹿麏麚兮，或騰或倚。朱子注：麏，麞也。按韻會：麏即麕字。埤雅：麞，麕也。齊人謂麕爲麞，麞如小鹿而美。或曰：麞性善驚。蓋麕鹿皆健駭，而麕膽尤怯，飲水見影輒奔。道書曰：麞鹿無魂。又曰：麞鹿白膽善怖，爲是故也。説文：麚，牡鹿，以夏至解角。

〔貃貉〕王云：埤雅：貃似狗，而長尾白頰，高前廣後，其色黄。季秋取獸，四面陳之，以祀其先世，謂之貃祭獸。故先王候之以田。貉似貍，善睡，其營窟與貛皆爲曲穴，以避雨暘，亦以防患。△貉音鶴。

〔揮霍〕王云：揮霍謂飛走亂急也。

別有白貙飛駿，窮奇貙貐。牙若錯劍，鬣如叢竿。口呑殳鋋，目極槍櫓。碎琅弧，攫玉弩。射猛彘，透奔虎。金鏃一發，旁疊四五。雖鑿齒磨牙而致伉，誰謂南山白額之足覩？

【校】

〔別有〕文粹作則有。

〔貓〕蕭本作貓。王本注云：蕭本作貓。

〔牙若〕若，蕭本作如。王本注云：蕭本作如。

【注】

〔白貓〕王云：白貓飛駿俱未詳。按：駿，疑當作駮。

〔窮奇〕山海經西山經：邽山其上有獸焉，其狀如牛蝟毛，名曰窮奇，音如嗥狗，是食人。

〔貙貓〕王云：爾雅：貙獌似狸。郭璞注：今山民呼貙虎之大者爲貙豻。邢昺疏：字林云：貙似狸而大，一名獌。釋文云：獌一作貓。是貙貓即貙獌也。韻會：説文，貙獌似狸者，能捕獸祭天。陸佃云：虎五指爲貙。△貙音樞。貓音瞞。

〔殳〕文選吴都賦：干鹵殳鋋。張銑注：殳鋋，戈類也。△殳音殊。

〔琅弧〕〔玉弩〕王云：狼弧玉弩者，以玉石飾弧弩之上爲觀美也。

〔鑿齒〕漢書卷八七揚雄傳：鑿齒之徒，相與磨牙而争之。服虔曰：鑿齒，齒長五尺似鑿，亦食人。參見卷五北上行注。

〔白額〕王云：晉書周處傳以南山白額虎爲三害之一。白額虎，蓋虎之老者，力雄勢猛，人所難禦。今以鑿齒磨牙之怪獸尚能與之相抗而不懼，彼南山白額虎又焉在目中耶？深狀獵士之勇。

總八校，搜四隅。馳專諸，走都盧。趫喬林，撇絶壁。抄獮猢，攬貊貙。囚鼬鼯于峻崖，頓豰玃于穹石。養由發箭，奇肱飛車。巧聒更嬴，妙兼蒲且。墜鸝鳲于青雲，落鴻雁于紫虛。捎鶬鴰，漂鸕鷀。彈地廬與神居。斬飛鵬于日域，摧大鳳于天墟。龍伯釣其靈鼇，任公獲其巨魚。窮造化之譎詭，何神怪之有餘？

【校】

〔豰〕蕭本作毅。王本注云：蕭本作毅。

〔鴰〕蕭本作䳓。郭本作鴰。王本注云：蕭本作䳓。

〔與神居〕與，文粹作空。

【注】

〔八校〕王云：漢書：中壘校尉、屯騎校尉、步兵校尉、越騎校尉、長水校尉、胡騎校尉、射聲校尉、虎賁校尉，凡八校尉，皆武帝初置。通典：漢武帝初置中壘、屯騎、步兵、越騎、長水、胡騎、射聲、虎賁等校尉爲八校。文獻通考：漢八校尉領禁衛諸軍，皆尊顯之官。

〔專諸〕吴越春秋：勇士專諸，堂邑人也。……碓顙而深目，虎膺而熊背。

〔都盧〕王云：漢書地理志：有都盧國。顏師古注：都盧國人勁捷善緣高，故張衡西京賦曰：烏獲扛鼎，都盧尋橦。又曰：非都盧之輕趫，孰能超而究升也？西域傳作巴俞都盧之戲。李奇曰：都盧，體輕善緣者也。

〔趫〕王云：廣韻，趫，緣木也。△趫音蹺。

〔撇〕王云：韻會：撇，略也。△撇音匹蔑切。

〔抄〕王云：説文：鈔，叉取也。徐鉉曰：今俗别作抄。

〔獑猢〕王云：上林賦：獑胡縠蛫。張揖曰：獑胡似獼猴，頭上有髦，腰以後黑。薛綜西京賦注：獑猢猿類而白，腰以前黑，在木表。陸璣詩疏：猿之白腰者爲獑胡，獑胡駿捷于獼猴，其鳴噭噭而悲。太平御覽：蜀地志曰：僰道有獸名獑猢，似猴而四足短，爲獸奇捷，常在樹上，欻然騰躍，可一百五十步，若迅鳥之飛。取此皮爲狐白之用，盈百方成。△獑音讒。

〔貊⿰豸國〕王云：劉逵三都賦注：貊，獸毛黑白臆，似熊而小，以舌舐鐵，須臾便數十斤。出建寧郡。章懷太子後漢書注：南中八郡志曰：貊大如驢，狀頗似熊，多力，食鐵，所觸無不拉。廣志曰：貊色蒼白，其皮温暖。⿰豸國音義俱無考。△貊音麥。

〔鼬鼯〕王云：郭璞爾雅注：鼬似鼦，赤黄色，大尾，啖鼠。江東呼爲鼪。埤雅：鼬鼠健于捕鼠，今俗謂之鼠狼。郭璞爾雅注：鼯鼠狀如小狐，似蝙蝠肉翅，翅尾項脅毛紫赤色，背上蒼艾色，腹下黄，喙頷雜白，脚短爪長，尾三尺許，飛且乳，亦謂之飛生。聲如人呼，食煙火，能從高赴下，不能從下上高。△鼬音又。

〔㲉玃〕王云：史記索隱：郭璞曰：㲉似鼬而大，腰以後黄，一名黄腰，食獮猴。爾雅：玃父善顧。郭璞注：貜，玃也。似獮猴而大，色蒼黑，能攫持人，好顧盼。邢昺疏：大猨也。説文：玃，母猴也。△㲉音忽，玃音覺。

〔養由〕戰國策西周策：楚有養由基者善射，去柳葉者百步而射之，百發百中。

〔奇肱〕博物志：奇肱國民……能爲飛車，從風遠行。湯時西風至，吹其車至豫州。湯破其車，不以視民。後十年東風至，乃復作車，遣反其國，去玉門關四萬里。

〔更嬴〕戰國策楚策：更嬴與魏王處京臺之下。仰見飛鳥，謂魏王曰：「臣爲王引弓虚發而下鳥。」魏王曰：「然則射可至此乎？」更嬴曰：「可。」有間雁從東方來，更嬴以虚發而下之。王曰：「然則射可至此乎？」更嬴曰：「此孽也，……其飛徐而鳴悲，飛徐者故瘡痛也，鳴悲者久失羣也。故瘡未息，驚心未忘，聞絃音引而高飛，故瘡隕也。」

〔蒱且〕列子湯問篇：蒱且子之弋也，弱弓纖繳，乘風振之，連雙鶬於青雲之際，用心專動手均也。

〔鸀鳿〕王云：史記正義：鸀鳿，郭云似鴨而大，長頸赤目，紫紺色，辟水毒。晉灼漢書注：屬玉水鳥，似鵁鶄。△鸀鳿音燭玉。

〔捎〕王云：韻會：捎，取也，掠也。

〔鶬鴰〕王云：子虛賦：雙鶬下。顔師古注：鶬，鶬鴰也。今關西呼爲鴰鹿，山東通謂之鶬，鄙俗名爲錯落，錯落者，言鶬聲之急耳。又謂之鴰將，鴰鹿、鴰將，皆象其鳴聲也。史記正義：司馬彪云：鶬似雁而黑，亦呼爲鶬括。韓詩外傳云：胎生也。按本草：鶬者，水鳥也，食于田澤洲渚之間，大如鶴，青蒼色，亦有灰色者。頂無丹，兩頰紅，長頸高脚，羣飛。爾雅謂之麋鴰，關西呼曰鴰鹿，山東呼曰鶬鴰，南人呼爲鶬雞，江人呼爲麥雞。天將霜，鶬先知而鳴，不過旬日而霜下。鵠者，今謂之天鵝。禽經云：鵠鳴哠哠，故謂之鵠。身大于雁，羽毛白澤，所謂鵠不日浴而白也。亦有黄鵠、丹鵠，其翔極高而善步，所謂黄鵠一舉千里是也。湖、海、江、漢之間皆有之。△鴰音括。

〔漂鸕鷀〕王云：埤雅：鸕鷀，水鳥，似鶂而黑，一名鷧。嘴曲如鉤，食魚入喉則爛，其熱如湯。其骨主哽及噎，蓋以類推之者也。此鳥吐而生子。神農書所謂鸕鷀不卵生，口吐其雛，獨爲一異，是也。楊孚異物志云：鸕鷀能没于深水，取魚而食之。不生卵而孕雛于池澤間，既胎而又吐，生多者坐七八，少生五六，相連而出，若絲緒焉。水鳥而巢高樹之上。上林賦：煩鶩鷛鷞。漢書作庸渠。郭璞曰：庸渠似鳧，灰色而雞脚，一名章渠。顔師古曰：庸渠即今之水雞也。

〔彈地廬〕王云：彈當作殫，盡也。魏都賦：天宇駭，地廬驚。木華海賦：惟神是宅，亦祇是廬。劉良注：宅，居也，言神祇之所居處。

〔日域〕漢書卷八七揚雄傳：東震日域。顔師古注：日域，日所出之處也。

〔大鳳〕王云：大鳳非瑞鳥之鳳也，若是瑞鳥之鳳，則下文有解鳳凰與鸑鷟之語，而此又云摧大鳳，不但重複，兼亦自相矛盾。考楊升菴字説引通史：繳大鳳于青丘，戮修蛇于洞庭，大鳳作大風云云。是古書先有以大風爲大鳳者，而太白因之歟！淮南子云：堯之時，猰貐、鑿齒、九嬰、大風、封豨、修蛇皆爲民害。堯乃使羿誅鑿齒于疇華之野，殺九嬰于凶水之上，繳大風于青丘之澤下，殺猰貐、斷修蛇于洞庭，擒封豨于桑林。夫大風與猰貐、鑿齒、封豨、修蛇並稱，是亦物類中之凶怪者。而高誘注云：大風，風伯也，能壞人屋舍，則又以爲神名矣。風俗通云：飛廉，風伯也。漢書音義：應劭曰：飛廉神禽，能致風氣者也。晉灼曰：身似鹿，頭如爵，有角而蛇尾，文如豹文，豈大風即飛廉之神鳥，而因以訛爲風伯歟！姑廣其説，以俟知者。升菴又引内典鳳當作鳳，中從馬，非鳳凰之鳳。然鳳字他書不載，恐未足據。

〔龍伯〕見本卷悲清秋賦注。

〔任公〕見本卷大鵬賦注。

所以噴血流川，飛毛灑雪。狀若乎高天雨獸，上墜於大荒；又似乎積禽爲山，下崩於林穴。陽烏沮色於朝日，陰兔喪精於明月。思騰裝上獵於太清，所恨穹昊於路絶。而忽也莫不海晏天空，萬方來同。雖秦皇與漢武兮，復何足以争雄？

【校】

〔狀若〕文粹作乍若。

【注】

〔雨獸〕文選司馬相如子虚賦：獲若雨獸，揜草蔽地。

〔騰裝〕文選枚乘七發：如三軍之騰裝。李善注：裝，束也。

〔忽也〕蕭本於此斷句。按：絶字與上文叶韻，應於絶字斷句爲是。

俄而君王茫然改容，愀然有失。於居安思危，防險戒逸。斯馳騁以狂發，非至理之弘術。且夫人君以端拱爲尊，玄妙爲寶。暴殄天物，是謂不道。乃命去三面之網，示六合之仁。已殺者皆其犯命，未傷者全其天真。雖剪毛而不獻，豈割鮮以焠輪？解鳳凰與鸑鷟兮，旋騶虞與麒麟。獲天寶于陳倉，載非熊于渭濱。

【校】

〔於居安思危〕兩宋本、繆本、咸本俱無居字。王本注云：繆本少居字。文粹無於字。按：此句文氣似有不屬，故各本或無居字，或無於字。

〔人君〕文粹無人字。

〔焠輪〕焠，兩宋本俱作悴。繆本作淬。王本注云：繆本作淬。文粹作染。何校陸本云：淬，染也。作悴無義。

【注】

〔茫然〕〔愀然〕王云：上林賦：天子芒然而思。顔師古注：芒然，猶罔然也。又上林賦：愀然改容，超若自失。李善注：郭璞曰：愀然，變色貌。

〔三面〕史記殷本紀：湯出，見野張網四面，祝曰：「自天下四方皆入吾網。」湯曰：「嘻！盡之矣。」乃去其三面，祝曰：「欲左左，欲右右，不用命乃入吾網。」諸侯聞之曰：「湯德至矣，及禽獸。」

〔剪毛〕王云：毛萇詩傳：面傷不獻，剪毛不獻。正義曰：面傷不獻者，謂當面射之。剪毛不獻者，謂在旁而逆射之。二者皆爲逆射，不獻者嫌誅降之意。

〔割鮮〕王云：子虛賦：割鮮染輪。李奇曰：鮮，生也。染，擩也。切生肉擩車輪，鹽而食之也。吕向注：鮮，牲也，謂割牲之血，染於車輪也。又子虛賦：將割輪焠。韋昭曰：焠謂割鮮焠輪也。郭璞曰：焠，染也。顔師古注：焠亦揾染之義，言臠割其肉揾車輪，鹽而食之。

按：王先謙漢書補注：梁章鉅云：史記焠作淬，説文繫傳引亦作淬。

〔鸑鷟〕王云：陸璣詩疏：雄曰鳳，雌曰凰，其雛爲鸑鷟。説文：鸑鷟，鳳屬，神鳥也。江中有鸑鷟，似鳧而大，赤目。張華禽經注：鳳之小者曰鸑鷟，五彩之文，三歲始備。按：國語周語：周之興也，鸑鷟鳴於岐山。韋昭解：鸑鷟，鳳皇之別名也。

〔騶虞〕〔麒麟〕王云：埤雅：騶虞尾參于身，白虎黑文，西方之獸也。王者有至信之德則應。不踐生草，食自死之肉。傳曰：白虎仁，即此是也。夫其色見於白，其文見於黑，又義獸也，而名之曰虎，則宜只以殺爲事。今反不履生草，食自死之肉，蓋仁之至也。故序詩者曰，仁如騶虞，則王道成也。山海經曰：騶虞五采畢具，尾長於身，乘之日行千里。陸璣詩疏：麟，麕身牛尾馬足，黄色，圓蹄，一角，角端有肉。音中鐘吕，行中規矩，遊必擇地，詳而後處，不履生蟲，不踐生草，不羣居，不侣行，不入陷阱，不罹羅網，王者至仁則出。史記索隱：張揖云：雄曰麒，雌曰麟，其狀麇身牛尾狼蹄，一角。郭璞云：麒似麟而無角。京房傳云：麟有五采，腹下黄色。

〔天寶〕漢書卷八七揚雄傳：追天寶。應劭注：天寶，陳寶也。晉灼注：天寶雞頭而人身。又文選羽獵賦注引太康記曰：秦文公時，陳倉人獵得獸若彘，而不知其名。道逢二童子曰：「此名糟弗述。」糟弗述亦語曰：「彼二童子名爲寶雞。得雄者王，得雌者霸。」陳倉人舍糟弗述，逐二童子，化爲雉，雌止陳倉仙爲石，雄如楚止南陽也。

〔非熊〕搜神記：吕望釣於渭陽，文王出遊獵，占曰：今日獵得一獸，非龍非螭，非熊非羆，合得帝王師。果得太公於渭之陽，與語大悦，同車載而還。

於是享獵徒，封勞苦。軒行炰，騎酌酤。韜兵戈，火網罟。然後登九霄之臺，宴八紘之圃。開日月之扃，闢生靈之户。聖人作而萬物覩，覽蒐岐與狩敖，何宣成之足數？哂穆王之荒誕，歌白雲之西母。

【校】

〔行炰〕炰，兩宋本、繆本俱作庖。王本注云：繆本作庖。

〔蒐岐〕以下五字兩宋本、繆本俱作蒐敖與狩岐。王本注云：繆本作蒐敖與狩岐。

〔宣成〕成，文粹作城。何校陸本云：成有岐陽之蒐，作城訛。

【注】

〔炰〕説文：炰，毛炙肉也。△炰音庖。

〔酤〕説文：酤，一宿酒也。△酤音古。

〔九霄〕見本卷明堂賦注。

〔八紘〕淮南子墬形訓：九州之外，乃有八殥，方千里，……八殥之外，乃有八紘，亦方千里。高誘注：紘，維也，維落天地而爲之表，故曰紘也。△紘音横。

〔蒐岐〕〔狩敖〕王云：左傳：成有岐陽之蒐。杜預注：周成王歸自奄，大蒐於岐山之陽，岐山在扶風美陽縣西北。詩小雅：建旐設旄，搏獸於敖。美宣王田獵之詩也。東京賦：搏獸於敖，既瑣瑣焉。岐陽之狩，又何足數？薛綜注：敖，鄭地，今之河南滎陽也。謂宣王所狩之地。岐陽，岐山之陽，謂成王所狩之地。

〔穆王〕穆天子傳：吉日甲子，天子賓於西王母。乃執白圭元璧，以見西王母。好獻錦組百純，組三百純，西王母再拜受之。乙丑，天子觴西王母於瑶池之上。西王母爲天子謡曰：「白雲在天，山陵自出。道里悠遠，山川間之。將子無死，尚能復來！」天子答之曰：「予歸東土，和洽諸夏。萬民平均，吾顧見汝。比及三年，將復而野。」

曷若飽人以淡泊之味，醉時以淳和之觴。鼓之以雷霆，舞之以陰陽。虞乎神明，狃於道德。張無外以爲罝，琢大朴以爲杙。頓天綱以掩之，獵賢俊以御極。若此之狩，罔有不克。使天人晏安，草木繁殖。六宫斥其珠玉，百姓樂于耕織。寢鄭衛之聲，却靡曼之色。天老掌圖，風后侍側。是三階砥平而皇猷允塞。豈比夫子虚、上林、長楊、羽獵計麋鹿之多少，誇苑囿之大小哉！

【校】

〔繁殖〕殖，兩宋本、繆本俱作植。王本注云：繆本作植。

〔大小哉〕文粹哉上有也字。

【注】

〔天老〕太平御覽卷七九：河圖挺佐輔曰：黄帝修德立義，天下大治，乃召天老而問焉，余夢見兩龍挺日圖即帝以授余於河之都，覺昧素喜不知其理，敢問於子，……天老以授黄帝，舒視之，名曰録圖。

〔風后〕史記五帝本紀正義：帝王世紀云：黄帝夢大風，吹天下之塵垢皆去。……帝寤而歎曰：「風爲號令，執政者也，垢去土，后在也。天下豈有姓風名后者哉？」于是依占而求之，得風后于海隅，登以爲相。

方將延榮光於後昆，軼玄風於邃古。擁嘉瑞，臻元符。登封於太山，纂德於社首。豈與乎七十二帝同條而共貫哉？君王于是迴蜺旌，反鑾輿。訪廣成於至道，問大隗之幽居。使罔象掇玄珠於赤水，天下不知其所如也。

【校】

〔蜺旌〕旌，文粹作旄。

【注】

〔七十二帝〕王云：漢書：管仲曰：古者封泰山禪梁父者七十二家，而夷吾所記者十有二焉。昔無懷氏封泰山，禪云云，虙羲封泰山，禪云云，神農氏封泰山，禪云云，炎帝封泰山，禪云云，黄帝封泰山，禪亭亭，顓頊封泰山，禪云云，帝嚳封泰山，禪云云，堯封泰山，禪云云，舜封泰山，禪云云，禹封泰山，禪會稽，湯封泰山，禪云云，周成王封泰山，禪於社首。風俗通：封泰山，封者立石高一丈二尺，刻之曰：「事天以禮，立身以義，事父以孝，成名以仁，四守之内，莫不爲郡縣，四夷八蠻，咸來俱職，與天下無極，人民蕃息，天禄永得。」祭上玄尊而俎生魚。壇廣十二丈，高三尺，階三等，必於其上，示增高也。刻石紀號，著己績也。或曰：金泥銀繩，印之璽下，篆德，謂篆刻于石以頌功德也。應劭曰：社首，山名，在博縣。元和郡縣志：社首山在兖州乾封縣西北二十六里。

〔廣成〕見本卷明堂賦「崆峒」注。

〔大隗〕莊子徐無鬼篇：黄帝將見大隗乎具茨之山，方明爲御，昌寓驂乘，張若謵朋前馬，昆閽滑稽後車。至于襄城之野，七聖皆迷，無所問途。適遇牧馬童子問途焉，曰：「若知具茨之山乎？」曰：「然。」「若知大隗之所存乎？」曰：「然。」黄帝曰：「異哉小童，非徒知具茨之山，又知大隗之所存。」陸德明注：大隗或云大司，神名也。△隗音五賄切。

〔罔象〕莊子天地篇：黄帝遊乎赤水之北，登乎崑崙之丘而南望，還歸遺其玄珠，使知索之而不得，使離朱索之而不得，使喫詬索之而不得，乃使象罔。象罔得之。黄帝曰：「異哉，象罔乃可以得之乎！」陸德明注：赤水在崑崙山下。並參見卷十五感時留别從兄徐王延年從弟延陵詩注。

【評箋】

王云：古賦辨體：大獵賦與子虚、上林、羽獵等賦，首尾布叙，用事遣辭，多相出入。又曰：太白天才英卓，所作古賦差强人意。但俳之蔓雖除，律之根故在。雖下筆有光燄，時作奇語，只是六朝賦爾。

俞樾云：李太白集有大獵賦，序言「以孟冬十月大獵於秦」，不言何年。據史則先天元年、開元元年、八年並有其事。太白生年或云聖曆二年己亥，或云長安元年辛丑，則作此賦總在十三歲以後、二十三歲以前。（九九銷夏録）

今人詹鍈云：薛譜：開元元年十月甲辰，帝獵渭川，有大獵賦。王曰：按賦序但云以孟冬十月大獵於秦而不書年分。考通鑑：先天元年十月癸卯，上幸新豐，獵於驪山之下，開元元年十月甲辰，獵於渭川，八年十月壬午，畋於下邽。十月而獵於秦地凡三見。舊譜竟屬之癸丑歲者，大約以太白生于聖曆二年，至是合十有五歲。因十五觀奇書、作賦淩相如一詩而附會其説。若以太白生日自長安元年數之，至是始十有三歲耳。恐未是。然王譜竟不注其著於何年。按賦中自稱臣，則當爲上於君王者。且賦中所鋪叙者亦每有實事可據，非盡出於想像。開元初年，太白尚在蜀中，安得而出此？太白温泉侍從歸逢故人詩云：「……獻賦有光輝。」答杜秀才五松山見贈詩云：「……昔獻長楊賦。」秋夜獨坐懷故山：「誇胡新賦作……。」則白所獻者即此賦歟！獨孤及送李白之曹南序云：囊子之入秦也，上方覽子虚賦，喜相如同時，……亦可證白嘗獻賦於玄宗也。天寶二年十月帝獵渭川一事不見正史。唐張讀宣室志云：明皇狩近郊，射中大鹿，張果曰：千年仙鹿也。據唐新語知張果入京在開元二十三年。又唐薛用弱集異記徐佐卿條：明皇天寶十三載重陽日獵於沙苑。二事均不見正史，蓋畋獵之事不見於正史者甚多，大獵一賦未必作於開元初年也。

李白集校注卷二

古詩五十九首

古風五十九首

大雅久不作，吾衰竟誰陳？王風委蔓草，戰國多荆榛。龍虎相啖食，兵戈逮狂秦。正聲何微茫！哀怨起騷人。揚馬激頽波，開流蕩無垠。廢興雖萬變，憲章亦已淪。自從建安來，綺麗不足珍。聖代復元古，垂衣貴清真。羣才屬休明，乘運共躍鱗。文質相炳焕，衆星羅秋旻。我志在删述，垂輝映千春。希聖如有立，絶筆於獲麟。

【校】

〔唊食〕唊，胡本作噉。

〔廢興〕廢，咸本注云：一作占。

〔自從〕兩宋本、繆本、王本俱注云：一作蹉跎。

〔垂輝〕垂，兩宋本、繆本俱作重。王本注云：繆本作重。

【注】

〔大雅〕詩大序：雅者正也，言王政之所由廢興也。政有小大，故有小雅焉，有大雅焉。

〔王風〕詩大序：關雎麟趾之化，王者之風。

〔揚馬〕王云：揚、馬，揚雄、司馬相如也。

〔無垠〕王云：史記：推而大之，至于無垠。無垠，謂無畔岸也。△垠音銀。

〔建安〕王云：建安，漢末年號。于時曹氏父子及鄴中七子作焉。詩體一變，世謂之建安體。自是而後，每降每變，下逮梁、陳、隋氏，靡麗極矣。世總謂之六朝體。

〔垂衣〕易繫辭傳：黄帝、堯、舜垂衣裳而天下治。

〔秋旻〕爾雅釋天：秋爲旻天。邢疏引李巡注：秋萬物成熟，皆有文章，故曰旻天。△旻音民。

〔希聖〕王云：夏侯湛閔子騫贊：聖既擬天，賢亦希聖。

〔獲麟〕杜預春秋左傳集解序：麟鳳五靈，王者之嘉瑞也。今麟出非時，虚其應而失其歸，此聖人所以爲感也。「絶筆于獲麟」之一句者，所感而起，固所以爲終也。

【評箋】

蕭云：按本事詩話曰：李白才逸氣高，與陳拾遺子昂齊名，先後合德。其論詩云：齊、梁以來，豔薄斯極，沈休文又尚以聲律，將復古道，非我而誰？觀此詩則太白之志可見矣。斯其所以爲有唐詩人之稱首者歟！

徐禎卿云：此篇白自言其志也。（郭本李集引）

胡云：統論前古詩源，志在删詩垂後，以此發端，自負不淺。

王云：楊齊賢曰：詩大雅凡三十六篇。詩序云：雅者，正也，言王政之所由廢興也。大雅不作，則斯文衰矣。平王東遷，黍離降於國風，終春秋之世，不復能振。戰國迭興，王道榛塞。干戈相侵，以迄于秦。中正之聲，日遠日微。一變而爲離騷，軒翥詩人之末，奮飛詞家之前。司馬、揚雄激揚其頽波，疏導其下流，使遂閎肆，法乎無窮。而世降愈下，憲章乖離。建安諸子，夸尚綺靡，摛章繡句，競爲新奇，雄健之氣，由此萎爾。至于唐，八代極矣。掃魏、晉之陋，起騷人之廢，太白蓋以自任乎！覽其著述，筆力翩翩，如行雲流水，出乎自然，非由思索而得，豈欺我哉？琦按：「吾衰竟誰陳」，是太白自嘆吾之年力已衰，竟無能陳其詩于朝廷之上也。楊氏以斯文衰萎爲釋，殊混。唐仲言詩解引孔子吾衰之説更非。徐昌穀謂首二句爲一篇大旨，綺麗不足珍以上是申第一句意，聖代復元古以下是申第二句意。其説極爲明了。學者試一玩味，前之二解不待辯而確知其誤矣。本事詩曰：李白才逸氣高，與陳拾遺齊名，先後合德，其論詩云，梁、陳以來，豔薄斯極，沈休文又尚以聲律，將復古道，非我而誰？此詩乃自明其素志歟！

唐宋詩醇云：古風詩多比興，此篇全用賦體，括風雅之源流，明著作之意旨，一起一結，有山立波迴之勢。昔劉勰明詩一篇略云：兩漢之作，結體散文，直而不野，爲五言之冠冕。又云：建安之初，五言騰踴，不求纖密之巧，惟取昭晰之能。何晏之徒，率多浮淺。惟嵇志清峻，阮旨遥深，故能標焉。晉世羣才稍入輕綺，采縟於正始，力柔於建安。觀白此篇即劉氏之意。指歸大雅，志在删述，上溯風騷，俯觀六代，以綺麗爲賤，情真爲貴，論詩之義，昭然明矣。舉筆直書所見，氣體實足以副之。陽冰稱其馳驅屈、宋，鞭撻揚、馬，千載獨步，惟公一人。洵非阿好。其纂草堂集以古風列於卷首，又以此弁之，可謂有卓見者。枕上授簡，同不朽矣。

沈德潛云：昌黎云：「齊梁及陳隋，衆作等蟬噪。」太白則云：「自從建安來，綺麗不足珍。」是從來作豪傑語。不足珍謂建安以後也。謝朓樓餞别云「蓬萊文章建安骨」一語可證。（唐詩别裁）

周中孚云：太白云：「自從建安來，綺麗不足珍。」昌黎云：「齊梁及陳隋，衆作等蟬噪。」二公俱有鄙棄六朝之意。嚴久能注云：鄙意謂太白、昌黎詩亦自六朝出，此云云者英雄欺人語耳。少陵云：「李侯有佳句，往往似陰鏗。」亦以六朝許之。（鄭堂札記）

其二

蟾蜍薄太清，蝕此瑶臺月。圓光虧中天，金魄遂淪没。蝃蝀入紫微，大明夷朝暉。浮雲隔兩曜，萬象昏陰霏。蕭蕭長門宫，昔是今已非。桂蠹花不實，天霜下嚴威。沉嘆終永夕，感我涕沾衣。

【校】

〔蝃蝀〕蝀，兩宋本俱作蝶，誤。繆本改。

〔沾衣〕繆本沾作沽，誤，據兩宋本、王本改。

【注】

〔蟾蜍〕淮南子精神訓：月中有蟾蜍。高誘注：蟾蜍，蝦蟆也。又説林訓：月照天下，蝕于詹諸。高誘注：詹諸，月中蝦蟆食月，故曰蝕于詹諸。

〔薄〕王云：薄，侵也，迫也。釋名：日月虧曰蝕，稍稍侵虧，如蟲食草木葉也。

〔金魄〕王云：沈佺期詩：「玉流含吹動，金魄度雲來。」魄，月體黑暗處。朔日之月謂之死魄，望日之月謂之生魄。金魄者，是言滿月之影，光明燦熳，有似乎金，故曰金魄也。

〔蝃蝀〕王云：毛詩正義：蝃蝀，虹也，色青赤，因雲而見。春秋潛潭巴：虹出日旁，后妃陰脅主。後漢書：凡日旁氣色白而純者名爲虹。琦按：蝃蝀亦日之光氣，但日在東則蝃蝀見西方，日在西則蝃蝀見東方。與日旁白色之氣均有虹之名，而實則判然二物也。太白以日旁之虹呼爲蝃蝀，不無混稱。△蝃蝀音帝凍。

〔紫微〕晉書天文志：紫宫垣十五星，其西蕃七，東蕃八，在北斗北。一曰紫微，大帝之座也，天子之常居也，主命主度也。參見卷一明堂賦注。

〔大明〕禮記禮器：大明生於東，月生於西。鄭注：大明，日也。

〔兩曜〕王云：初學記：日月謂之兩曜。

〔長門宫〕漢書卷九七外戚傳：孝武陳皇后，長公主嫖女也。……初，武帝得立爲太子，長主有力，取主女爲妃。及帝即位，立爲皇后，擅寵驕貴，十餘年而無子。聞衛子夫得幸，幾死者數焉。上愈怒。后又挾婦人媚道，頗覺。元光五年，上遂窮治之。女子楚服等坐爲皇后巫蠱祠祭祝詛，大逆無道，相連及誅者三百餘人。楚服梟首於市。使有司賜皇后策曰：皇后失序，惑于巫祝，不可以承天命。其上璽綬，罷退居長門宫。

〔桂蠹〕王云：楚辭：桂蠹不知所淹留。漢書：成帝時歌謡曰：桂樹花不實，黄雀巢其顛。

【評箋】楊云：按唐書，王皇后久無子而武妃有寵，后不平，顯詆之，遂廢。武妃進册爲惠妃，欲立爲后。太白詩意似屬乎此。

胡云：此詩舊注以爲白詠玄宗寵武妃廢王皇后事，桂蠹一聯實用廢后詔「皇后華而不實，不可承宗廟」語，其説是矣。然白之意自謂當世相如惟我，賦長門悟主，我事耳。纔詠志在删述，即及此事，故當自有深指，不作是觀，倫次將無突如！

王云：新唐書：玄宗皇后王氏，同州下邽人。梁冀州刺史神念之裔孫。帝爲臨淄王，聘爲妃。將清内難，預大計。先天元年，立爲皇后，久無子，而武妃稍有寵，后不平，顯詆之。然撫下素有恩，終無肯譖短者。帝密欲廢后，以語姜皎，皎漏言即死。后兄守一懼，爲求厭勝，浮屠明悟教祭北斗，取霹靂木刻天地文及帝諱合佩之，曰后有子與則天比。開元十二年事覺，帝自臨劾有狀。乃制詔有司：皇后天命不祐，花而不實，有無將之心，不可以承宗廟，母儀天下。其廢爲庶人。賜守一死。當時王諲作翠羽帳賦諷帝。未幾卒，以一品禮葬，後宫思慕之。此詩蓋詠其事也。蕭士贇曰：王后事與漢武陳后事極相類，二后雖各以無子巫蠱厭勝廢，然推原其由，實衛子夫、武惠妃争寵有以激之也。陳后之廢，司馬相如作長門賦。王后之廢，王諲亦作翠羽帳賦。先後一致。太白引此爲證，最爲切當。桂蠹不實，是采廢后制中語。唐仲言曰：蟾蜍蝕月，比武妃逼后，月光虧而魄没，見后已廢而憂死也。螮蝀借日之光以成形，今入紫微，而日反爲所蔽，比武妃既得幸，而蠱惑帝心，至于荒亂也。苟日月俱爲陰邪所傷，而蒼生無以仰照，則萬象皆昏冥矣。因言后之被廢，正如陳后之居長門。然陳后以嫉妒幾絶皇嗣，實有可廢之條。今王后撫下有恩，明皇特以武妃之故而謀廢之，則非陳后比矣。所謂昔是而今非也。且帝以后無子，罪其花而不實，然不觀諸桂樹乎？桂蠹則不能成實，寵分則不能有子，奈何遽以天霜之威加之哉？大抵國家之亂，起自宮闈。我因念及此事，爲之感嘆沾衣也。其後武妃幸早世，而明皇卒以太真亂國，太白可謂知幾矣。琦按：舊唐書：開元十二年秋七月壬申月蝕既。己卯，廢皇后王氏爲庶人。太白此篇，首以月蝕爲喻，是雖比而實賦也。

沈德潛云：意指武惠妃有寵，王皇后見廢而作，通體皆作隱語，而「蕭蕭長門宮」二句若晦若顯，布置最佳。（唐詩别裁）

按：前人但見詩中長門宮一語，遂附會爲指王皇后之被廢，其實唐人詩中託宫怨以喻士之見棄者已成常調，李詩中亦不止此一首。王氏更據開元十二年七月月蝕，同月王后被廢，遂指此首爲是年所作。然是年李才二十四歲，遠在蜀中，無由知此，即知之亦無緣關心此宫闈中之事。若云事後追詠，則天下事大於此者甚多，李意恐不在此也。

方東樹云：此似感禄山之亂而作。（昭昧詹言）

其三

秦王掃六合，虎視何雄哉！揮劍決浮雲，諸侯盡西來。明斷自天啓，大略駕羣才。收兵鑄金人，函谷正東開。銘功會稽嶺，騁望琅邪臺。刑徒七十萬，起土驪山限。尚採不死藥，茫然使心哀。連弩射海魚，長鯨正崔嵬。額鼻象五岳，揚波噴雲雷。鬐鬣蔽青天，何由覩蓬萊？徐市載秦女，樓船幾時回？但見三泉下，金棺葬寒灰。

【校】

〔秦王〕兩宋本、繆本俱作秦皇。

〔揮劍〕揮，蕭本、胡本俱作飛。王本注云：蕭本作飛。

〔明斷〕此句兩宋本、繆本、王本俱注云：一作雄圖發英斷。

〔心哀〕心，兩宋本、繆本、王本俱注云：一作人。

〔由覩〕覩，咸本作觀。

〔徐市〕市，兩宋本、咸本俱作氏。

【注】

〔虎視〕後漢書卷七〇班固傳：西都賦：周以龍興，秦以虎視。章懷太子注：龍興虎視，喻盛強也。

〔浮雲〕莊子説劍篇：天子之劍，……直之無前，舉之無上，按之無下，運之無旁。上決浮雲，下絶地紀。此劍一用，匡諸侯，天下服矣。

〔收兵〕史記秦始皇本紀：二十六年，……收天下兵聚之咸陽，銷以爲鐘鐻，金人十二，重各千石，置宫廷中。

〔函谷〕水經注河水：（潼關）歷北出東崤通謂之函谷關也。邃岸天高，空谷幽深，澗道之峽，車不容軌，號曰天險。函谷正東開者，當六國未滅之時，慮其侵伐，以函谷爲守禦之要樞，啓閉甚嚴。六國已滅，天下一統，無事守禦，函谷可以常開矣。

〔銘功〕王云：史記：始皇三十七年，上會稽，祭大禹，望于南海，而立石刻，頌秦德。又云：二十八年，南登琅邪，大樂之，留三月，乃徙黔首三萬户琅邪臺下。復十二歲，作琅邪臺，立石刻，頌秦德，明得意。太平御覽伏滔地記曰：琅邪東南十里有琅邪山，即古琅邪臺也。秦始皇二十八年，至琅邪，大樂之，留三月，作琅邪臺。臺亦孤山也，然高顯出于衆山之上，高五里，下周二十五里，山上壘石爲臺，石形爲磚，長八尺，廣四尺，厚八寸。三級而上，級高三丈，上級平敞，二百餘步，刊石立碑，紀秦功德。

〔刑徒〕史記秦始皇本紀：三十五年，……隱宫徒刑者七十餘萬人，乃分作阿房宫，或作麗山，發北山石椁。

〔不死藥〕王云：史記又云：三十一年，使韓終、侯公、石生求仙人不死之藥。又云：二十八年，齊人徐市等上書言海中有三神山，名曰蓬萊、方丈、瀛洲，仙人居之，請得齋戒，與童男女求之。于是遣徐市發童男女數千人，入海求仙人。徐市等入海求神藥，數歲不得，費多恐譴，乃詐曰：蓬萊藥可得，然常爲大蛟魚所苦，故不得至。願請善射者與俱，見則以連弩射之。

始皇夢與海神戰，如人狀，問占夢，博士曰：水神不可見，以大魚蛟龍爲候，今上禱祠備謹，而有此惡神，當除去而善神可致。乃令入海者齎捕巨魚具，而自以連弩候大魚出射之。自琅邪北至榮成山弗見，至之罘見巨魚，射殺一魚。木華海賦：魚則横海之鯨，巨鱗插雲，鬐鬣刺天。顱骨成岳，流膏爲淵。

〔三泉〕史記秦始皇本紀：葬始皇酈山。始皇初即位，穿治酈山。及并天下，天下徒送詣七十餘萬人，穿三泉，下銅而致棺，宫觀百官奇器珍怪徙藏滿之。正義曰：顔師古云：三重之泉，言其深也。

【評箋】

蕭云：白意者曰：仙者清浄自然，無爲而化，秦皇之所爲若此，求仙者豈如是乎？宜其卒爲方士之所欺而不免於死也。

徐禎卿云：此篇借秦皇以爲諷也。（郭本李集引）

沈德潛云：既期不死而又築高陵，自相矛盾矣。（唐詩别裁）

陳沆云：此亦刺明皇之詞，而有二意：一則太白樂府中所謂「窮兵黷武有如此，鼎湖飛龍安可乘」。二則人心苦不足，周穆、秦、漢同一轍也。（詩比興箋）

今人詹鍈云：通鑑：天寶九載十月，太白山人王玄翼上言：見玄元皇帝言寶仙洞有妙寶真符，命刑部尚書張均等往求得之。時上尊道教，慕長生，故所在争言符瑞，羣臣表賀無虚月。此詩所譏倘指此等事而言，當是天寶十載作。

其四

鳳飛九千仞，五章備綵珍。銜書且虚歸，空入周與秦。横絶歷四海，所居未得鄰。吾營紫河車，千載落風塵。藥物祕海嶽，採鉛青溪濱。時登大樓山，舉首望仙真。羽駕滅去影，飈車絶回輪。尚恐丹液遲，志願不及申。徒霜鏡中髮，羞彼鶴上人。桃李何處開？此花非我春。惟應清都境，長與韓衆親。

【校】

〔舉首〕首，蕭本作手。王本注云：蕭本作手。

〔丹液〕咸本注云：一作神州，又作金液。

〔徒霜〕霜，咸本作落。

【注】

〔五章〕左傳昭二十五年：爲九文六采五章以奉五色。杜預注：青與赤謂之文，赤與白謂之章，白與黑謂之黼，黑與青謂之黻，五色備謂之繡。集此五章，以奉成五色之用。

〔銜書〕宋書符瑞志：有鳳凰銜書，遊文王之都。書又曰：殷帝無道，虐亂天下。黄命已移，不得復久。靈祇遠離，百神吹去。五星聚房，昭理四海。

〔橫絶〕漢書卷四〇張良傳：鴻鵠高飛，一舉千里。羽翮以就，橫絶四海。顔師古注：絶謂飛而直度也。

〔紫河車〕蕭云：道家蓬萊修煉法：河車是水，朱雀是火。取水一斗鐺中，以火炎之令沸，致聖石九兩其中，初成姹女，次謂之玉液。後成紫色，謂之紫河車，白色曰白河車，青色曰青河車，赤色曰赤河車，亦曰黄芽。

〔鉛〕音沿。

〔青溪〕王云：一統志：清溪在池州府，源出涔溪山，與石人嶺水合，北流匯爲玉鏡潭，又東流經府門外，復折而北，至清溪口入大江。大樓山在池州府城南七十里。按：青當作清。

〔丹液〕抱朴子金丹篇：抱朴子曰：余考覽養性之書，鳩集久視之方，曾所披涉，篇卷以千計矣，莫不皆以還丹金液爲大要者焉。然則此二事蓋仙道之極也。

〔清都〕列子周穆王篇：王實以爲清都紫微，鈞天廣樂，帝之所居。

〔韓衆〕王云：楚辭：見韓衆而宿之兮，問天道之所在。王逸注：韓衆，仙人也。抱朴子：韓衆服菖蒲十三年，身生毛，日視書萬言，皆誦之，冬恒不寒。

【評箋】

蕭云：此篇遊仙詩，太白自言其志云。

胡云：舊注云：此遊仙詩。太白少遇司馬承禎，謂其有仙風道骨，可與學仙，故自言其志。今考古風爲篇六十，言仙者十有二，其九自言遊仙，其三則譏人主求仙，不應通蔽互殊乃爾。白之自謂可仙，亦借以抒其曠思，豈真謂世有神仙哉！他詩云：「此人古之仙，羽化竟何在。」意自可見，是則雖言遊仙，未嘗不與譏求仙者合也。時玄宗方用兵吐蕃、南詔而受籙投龍，崇尚玄學不廢，大類秦皇、漢武之爲，故白之譏求仙者亦多借秦、漢爲喻。白他詩又云：「窮兵黷武今如此，鼎湖飛龍安可乘？」其本旨也歟！

王夫之云：規運廣遠，而示人者恒以新密。若直以太白爲一往豪宕人，則視此類詩爲何語邪？（唐詩評選）

方東樹云：此託言仙人，放懷忘世。（昭昧詹言）

按：卷二十二宿鰕湖詩云「明晨大樓去……」，卷二十七金陵與諸賢送權十一序云：「而嘗采姹女於江華，收河車於清溪，與天水權昭夷服勤爐火之業久矣。」皆與此首所云「採鉛青溪濱，時登大樓山」，情事相合。

其五

太白何蒼蒼！星辰上森列。去天三百里，邈爾與世絶。中有緑髮翁，披雲卧松雪。不笑亦不語，冥棲在巖穴。我來逢真人，長跪問寶訣。粲然啓玉齒，授以鍊藥説。銘骨傳其語，竦身已電滅。仰望不可及，蒼然五情熱。吾將營丹砂，永與世人別。

【校】

〔披雲〕兩宋本、繆本、王本俱注云：一作千春。

〔啓玉齒〕兩宋本、繆本、咸本俱作忽自哂，注云：一作啓玉齒。王本注云：一作忽自哂。

〔永與世人別〕王本訛作永世與人別，今據各本改。

【注】

〔太白〕水經注渭水：……太白山在武功縣南，去長安二百里，不知其高幾許。俗云：武功、太白，去天三百。……杜彥達曰：太白山南連武功山，于諸山最爲秀傑，冬夏積雪，望之皓然。

〔粲然〕王云：穀梁傳：軍人粲然皆笑。范寧注：粲然，盛笑貌。郭璞詩：「靈妃顧我笑，粲然啓玉齒。」李善注：啓齒笑也。

〔五情〕文選曹植上責躬應詔詩表：形影相弔，五情愧赧。劉良注：五情，喜怒哀樂怨也。

【評箋】

蕭云：太白少遇司馬承禎，謂其有仙風道骨，可與學仙，太白亦有志焉。凡方外異人圖録丹訣無不參授，其四五兩詩非泛然之作，蓋亦一時紀實之詞也。

徐禎卿云：此篇語意與上亦相類，蓋白真有慕於仙而作也。（郭本李集引）

唐宋詩醇云：郭璞遊仙「青谿百餘仞」一首純是寓意。白詩與彼不同。蓋士之不得志於時者，姑寄其意於此耳。舊史稱白少有逸才，志氣宏放，飄然有超世之心。殆亦性之所近。或其被放東歸，將受道籙時作也。

今人詹鍈云：按岑參有太白胡僧歌，序云：太白中峯絶頂有胡僧，不知幾百歲。眉長數寸，身不製繒帛，衣以草葉，恒持楞伽經，雲壁迥絶，人跡罕到。歌云：「聞有胡僧在太白，蘭若去天三百尺。一持楞伽入中峯，世人難見但聞鐘。」太白所見之緑髮翁疑即此人。

按：岑詩所詠爲胡僧，李詩意指仙者，恐不能牽合。同時常建有夢太白西峯詩云：「夢寐昇九崖，杳靄逢元君。遺我太白峯，寥寥辭垢氛。」而岑亦有太白東溪張老舍即事詩云：「主人東溪老，兩耳生長毫。遠近知百歲，子孫皆二毛。」蓋以太白爲仙境，自是當時人共有之觀念耳。

其六

代馬不思越，越禽不戀燕。情性有所習，土風固其然。昔别雁門關，今戍龍庭前。驚沙亂海日，飛雪迷胡天。蟣虱生虎鶡，心魂逐旌旃。苦戰功不賞，忠誠難可宣。誰憐李飛將，白首没三邊？

【校】

〔代馬〕代，蕭本作岱，咸本注云：一作岱。

【注】

〔代馬〕王云：代馬，代地所産之馬。曹植詩：「願騁代馬，倏忽北徂。」張協詩：「土風安所習，由來有故然。」徐禎卿曰：代北越南，鳥獸各有所戀，以比去家就戍，非人之情也。按：文選古詩：「胡馬依北風，越鳥巢南枝。」

〔雁門關〕王云：山西通志：雁門山在代州北三十五里，雙闕陡絶，雁欲過者必由此徑，故名。一名雁門塞，倚山立關，謂之雁門關。山西之關凡四十有餘，皆踞隘保固，而聳拔雄壯則雁門爲最。趙李牧、漢郅都備邊於此，匈奴不敢近塞。固皆一時良將，然不可謂非藉地險也。

〔龍庭〕後漢書卷五三竇憲傳：班固燕然山銘：躡冒頓之區落，焚老上之龍庭。章懷太子注：匈奴五月大會龍庭，祭其先天地鬼神。按：漢書匈奴傳云大會龍城，龍庭蓋以龍城爲單于之庭也。

〔虎鶡〕王云：後漢書：武冠俗謂之大冠，環纓無蕤，以青系爲緄，加雙鶡尾，豎左右，爲鶡冠。五官左右虎賁羽林五中郎將羽林左右監皆冠鶡冠，紗縠單衣。虎賁將虎文袴，白虎文劍佩刀，虎賁武騎皆鶡冠虎文單衣。襄邑歲獻織成虎文衣。鶡者勇雉也，其鬬對一死乃止，故趙靈王以表武士。秦施安焉。太白所謂蟣虱生虎鶡者，蓋謂其生於虎衣鶡冠之上，猶之甲胄生蟣虱也。

〔飛將〕王云：史記：李廣爲右北平太守，匈奴聞之，號曰漢之飛將軍。避之，數歲不敢入右北平。元狩四年，從大將軍青擊匈奴，引兵出東道。軍無導，惑失道，後大將軍。大將軍使長史問失道狀，欲上書報天子軍曲折。廣謂其麾下曰：「廣結髮與匈奴大小七十餘戰，今幸從大將軍出，接單于兵，而大將軍徙廣部行回遠，而又迷失道，豈非天哉！廣年六十餘矣，終不能復對刀筆之吏。」遂引刀自剄。顧炎武曰：昔人譏此詩以飛將軍剪截作飛將，然古人自有此語。後漢班勇傳：班將能保北鹵不爲邊害乎？後魏唐永，正光中爲北地太守，數與賊戰，未嘗敗北。時人語曰：莫陸梁，恐爾逢唐將。並以將軍爲將。

〔三邊〕王云：小學紺珠：三邊，幽、并、涼三州也。

【評箋】

蕭云：此篇感諷之詩，於時必有所爲而作也。

徐禎卿云：此篇言塞下事，或有所感於時而作也。（郭本李集引）

唐宋詩醇云：民安鄉井，離别爲難，況驅之死地乎！起意惻然可念。杕杜勞士，道其室家之情；出車勞率，美其執獲之功。盛世豈無征役哉！明皇喜邊事，致有冒賞掩功者，故蕭士贇謂其感諷時事，有爲而作。揚水折父，所以爲風雅之變也。

今人詹鍈云：詩比興箋：此傷王忠嗣也。忠嗣兼河西、隴右、河東節度使，仗四節，制萬里，屢破突厥、吐蕃、吐谷渾。李林甫忌其功名日盛，恐其入相，因事構陷幾死。賴哥舒翰力救，乃貶漢陽太守而卒。故悲傷其功高不賞，忠誠莫諒也。按舊唐書王忠嗣傳：天寶六載十一月貶漢陽太守，七載量移漢東郡太守，明年暴卒。則此詩之作當亦在天寶八載以後。

其七

客有鶴上仙，飛飛淩太清。揚言碧雲裏，自道安期名。兩兩白玉童，雙吹紫鸞笙。去影忽不見，回風送天聲。舉首遠望之，飄然若流星。願餐金光草，壽與天齊傾。

【校】

〔客有〕此句咸本注云：一本作家有鸐上來。

〔舉首〕首，蕭本作手。王本注云：蕭本作手。此句兩宋本、繆本俱注云：一作我欲一問之。

〔齊傾〕以上全首兩宋本、繆本俱注云：一作五鶴西北來，飛飛淩太清。仙人綠雲上，自道安期名。兩兩白玉童，雙吹紫鸞笙。飄然下倒景，倏忽無留行。遺我金光草，服之四體輕。將隨赤松下，對博坐蓬瀛。胡本前四句作五鶴西北來，飛飛淩太清，仙人綠雲上，自道安期名。注云：一作客有鶴上仙，飛飛淩太清，揚言碧雲裏，自道安期名。兩兩白玉童，雙吹紫鸞笙。飄然下倒影，倏忽無留形。遺我金光草，服之四體輕。將隨赤松去，對博坐蓬瀛。

【注】

〔淩〕王云：淩，經歷也。

〔太清〕楚辭九嘆：譬若王僑之乘雲兮，載赤霄而淩太清。

〔安期〕史記封禪書：（李）少君曰：……臣嘗游海上，見安期生。安期生食臣棗大如瓜。安期生仙者，通蓬萊中。合則見人，不合則隱。於是天子……遣方士入海，求蓬萊安期生之屬。參見卷六對酒行注。

〔回風〕楚辭悲回風：悲回風之摇蕙兮。王逸注：回風爲飄風。

〔金光草〕唐宋詩醇注引廣異記：東岳夫人所居有異草，葉如芭蕉，花正黄色，光可鑑，曰此金明草。

【評箋】

葛立方云：李太白古風兩卷近七十篇，身欲爲神仙者殆十三四。或欲把芙蓉而躡太清，或欲挾兩龍而淩倒影，或欲留玉舄而上蓬山，或欲折若木而游八極，或欲結交王子晉，或欲高揖衞叔卿，或欲借白鹿於赤松子，或欲餐金光於安期生，豈非因賀季真有謫仙之目，而因爲是以信其説耶？抑身不用鬱鬱不得志而思高舉遠引耶？（韻語陽秋）

蕭云：此篇亦遊仙詩體，恐是贈答之詩，非泛然之作也。

其八

咸陽二三月，宫柳黄金枝。緑幘誰家子？賣珠輕薄兒。日暮醉酒歸，白馬驕且馳。意氣人所仰，冶遊方及時。子雲不曉事，晚獻長楊辭。賦達身已老，草玄鬢若絲。投閣良可歎，但爲此輩嗤。

【校】

〔咸陽二三月〕王注云：此首繆本編入二十二卷，題作感寓，與諸本不同。按：此首兩宋本亦均編入第二十二卷。

〔輕薄兒〕以上三句，蕭本注云：一作百鳥鳴花枝。玉劍誰家子，西秦豪俠兒。兩宋本、繆本俱作百鳥鳴花枝。玉劍誰家子，西秦豪俠兒。注云：一作宫柳黄金枝。緑幘誰家子，賣珠輕薄兒。

〔所仰〕仰，兩宋本、繆本、王本俱注云：一作傾。

〔冶遊〕兩宋本、繆本俱作遊冶。王本注云：繆本作遊冶。

【注】

〔緑幘〕漢書卷六五東方朔傳：帝姑館陶公主，號竇太主，堂邑侯陳午尚之。午死，主寡居，年五十餘矣。近幸董偃。始偃與母以賣珠爲事，偃年十三，隨母出入主家，左右言其姣好。主召見曰：「吾爲母養之。」因留第中，教書計、相馬、御射，頗讀傳記。至年十八而冠，出則執轡，入則侍内，爲人温柔愛人。以主故，諸公接之，名稱城中，號曰董君。主因推令散財交士，令中府曰：「董君所發，一日金滿百斤，錢滿百萬，帛滿千匹，乃白之。」安陵爰叔……與偃善，謂偃曰：「足下私侍漢主，挾不測之罪，將欲安處乎？……何不白主獻長門園，此上所欲也。如是上知計出于足下，則安枕而卧，長無慘怛之憂。」偃入言之主，主立奏書獻之。上大悦，更名竇太主園爲長門宫。……上以錢千萬從主飲，後數日，上臨山林。主自執宰蔽膝，道入登階就坐。坐未定，上曰：「願謁主人翁。」主乃下殿，去簪珥，徒跣頓首謝。……有詔謝。主簪履起，之東廂自引董君。董君緑幘傅韝隨主前，伏殿下。主乃贊館陶公主庖人臣偃昧死再拜謁，因叩頭謝。上爲之起，有詔賜衣冠上。……當是時，董君見尊不名，稱爲主人翁，飲大驩樂。主乃請賜將軍列侯從官金錢雜繒各有數。于是董君貴寵，天下莫不聞。

〔子雲〕文選楊修答臨淄侯牋：吾家子雲，老不曉事。

〔草玄〕漢書卷八七揚雄傳：揚雄，字子雲，蜀郡成都人。……孝成帝時，……待詔承明之庭，……從至射熊館還，上長楊賦……以風。……哀帝時，丁、傅、董賢用事，諸附離之者或起家至二千石。時雄方草太玄，有以自守，泊如也。……王莽時，劉歆、甄豐皆爲上公，莽既以符命自立，即位之後，欲絶其原，以神前事。而豐子尋、歆子棻復獻之。莽誅豐父子，投棻四裔，辭所連及，便收不請。時雄校書天禄閣上，治獄事使者來欲收雄，雄恐不能自免，乃從閣上自投下，幾死。莽聞之曰：「雄素不與事，何故在此？」間請問其故，乃劉棻嘗從雄學作奇字，雄不知情。有詔勿問。然京師爲之語曰：惟寂寞，自投閣。爰清净，作符命。

〔嗤〕音鴟。

【評箋】

蕭云：此時戚里驕縱踰制，動致高位，儒者沈困下僚，是詩必有所感諷而作。

宋長白云：劍具稍短，佩于脅下者，謂之腰品。隴西韋景珍常衣玉篆袍，佩玉鞢兒腰品，酣飲酒肆，李太白識之，有詩曰：「玉劍誰家子，西秦豪俠兒。」謂景珍也。見陶穀清異録。（柳亭詩話）

王云：唐仲言曰：此刺戚里驕横而以子雲自況。所謂緑幘必有所指。

吴昌祺云：言子雲不能自守，則反爲小人所嗤，謂以子雲自況者非也。（唐宋詩醇引）

方東樹云：此言少年乘時，賢者無位。（昭昧詹言）

今人詹鍈云：「緑幘誰家子，賣珠輕薄兒」一作「玉劍誰家子，西秦豪俠兒」。一作是也。五代陶穀清異録云：唐劍具稍短，常施於脅下者名腰品，隴西人韋景珍有四方志，呼盧酣酒，衣玉篆袍，佩玉鞶兒腰品，修飾若神人，李太白常識之，見感寓詩云：「玉劍誰家子，西秦遊俠兒。」謂景珍也。是知此詩本無諷刺之意，蕭士贇、唐仲言二家之説皆左矣。

按：清異録説此詩姑無論有無確據，即使李意果指韋景珍而言，篇末「但爲此輩嗤」一語，顯非褒許之詞。

其九

莊周夢胡蝶，胡蝶爲莊周。一體更變易，萬事良悠悠。乃知蓬萊水，復作清淺流。青門種瓜人，舊日東陵侯。富貴故如此，營營何所求？

【校】

〔題〕英靈此首題作詠懷。

〔乃知〕乃，兩宋本、繆本、王本俱注云：一作那。

〔故如此〕故，兩宋本、繆本俱作固，又注云：一作苟。咸本作固。王本注云：一作苟，繆本作固。

【注】

〔莊周〕莊子齊物論篇：昔者莊周夢爲胡蝶，栩栩然胡蝶也，自喻適志與，不知周也。俄然覺，則蘧蘧然周也。不知周之夢爲胡蝶與，胡蝶之夢爲周與！周與胡蝶則必有分矣。此之謂物化。

〔蓬萊〕神仙傳：麻姑自説云：接待以來，已見東海三爲桑田，向到蓬萊，水又淺於往者。會時略半耳，豈將復爲陵陸乎？

〔青門〕三輔黄圖：長安城東出南頭第一門曰霸城門，民見門色青，名曰青城門，或曰青門。門外舊出佳瓜，廣陵人邵平爲秦東陵侯，秦破，爲布衣，種瓜青門外，瓜美，故時人謂之東陵瓜。

【評箋】

蕭云：此詩達生者之辭也，然意却有三節。謂忽然爲人，化爲異物，忽爲異物，化而爲人，一體變易尚未能知，悠悠萬事豈能盡知乎？况又何能知桑田滄海之變乎？故侯種瓜，富貴者固如是也。既燭破此理，則尚何所求而營營苟苟以勞吾生哉？

徐禎卿云：此篇嘆世之難保而人貴達理以自守也。（郭本李集引）

王夫之云：用事總别，意言之間，藏萬里于尺幅。（唐詩評選）

沈德潛云：言一體尚有變易，而富貴能長保耶？（唐詩别裁）

方東樹云：言世事幻妄，不必營營富貴。（昭昧詹言）

其十

齊有倜儻生，魯連特高妙。明月出海底，一朝開光曜。却秦振英聲，後世仰末照。意輕千金贈，顧向平原笑。吾亦澹蕩人，拂衣可同調。

【校】

〔一朝〕朝，文粹作夕。

【注】

〔倜〕音惕。

〔魯連〕史記魯仲連列傳：魯仲連者，齊人也。好奇偉倜儻之畫策，而不肯仕宦任職。……適遊趙，會秦圍趙，聞魏將欲令趙尊秦爲帝，乃見平原君曰：「事將奈何？」平原君曰：「勝也何敢言事？前亡四十萬之衆于外，今又内圍邯鄲而不去，魏王使客將軍辛垣衍令趙帝秦，今其人在是。」……魯仲連曰：「梁客辛垣衍安在？吾請爲君責而歸之。」……魯仲連見辛垣衍而無言。辛垣衍曰：「吾視居此圍城之中者，皆有求於平原君者也。今觀先生之玉貌，非有求於平原君者也，曷爲久居此圍城之中而不去？」魯仲連曰：「……彼秦者棄禮義而上首功之國也。權使其士，虜使其民。彼即肆然而爲帝，過而爲政於天下，則連有蹈東海而死耳，吾不忍爲之民也。所爲見將軍者，欲以助趙也。」辛垣衍曰：「先生助之將奈何？」魯連曰：「吾將使梁及燕助之，齊、楚則固助之矣。」辛垣衍曰：「吾乃梁人也，先生惡能使梁助之？」魯連曰：「梁未覩秦稱帝之害耳，使梁覩秦稱帝之害，則必助趙矣。……秦無已而帝，則且變易諸侯之大臣，奪其所不肖，而與其所賢。奪其所憎，而與其所愛。又將使其子女讒妾，爲諸侯妃姬，處梁之宮。梁王安得晏然而已乎？而將軍又何以得故寵乎？」於是辛垣衍起再拜謝曰：「……吾請出，不敢復言帝秦。」秦將聞之，爲却軍五十里。適會魏公子無忌奪晉鄙軍以救趙擊秦軍，秦軍遂引而去。於是平原君欲封魯連，魯連辭讓。使者三，終不肯受。平原君乃置酒，酒酣，起前，以千金爲魯連壽。魯連笑曰：「所爲貴於天下之士者，爲人排患釋難解紛亂而無所取也。即有取者，是商賈之事也。而連不忍爲也。」遂辭平原君而去，終身不復見。

【評箋】

楊云：此篇蓋慕魯仲連之爲人也。

梅鼎祚云：曹植詩：「南國有佳人，容華若桃李。朝遊江北岸，夕宿瀟湘沚。時俗薄朱顏，誰爲發皓齒？俛仰歲將暮，榮耀難久恃。」白此詩全用之。（李詩鈔評）

唐宋詩醇云：曹植詩「大國多良材，譬海出明珠」即「明月出海底」意。白姿性超邁，故感興於魯連。後篇子陵、君平，亦此志也。

方東樹云：此託魯連起興以自比。（昭昧詹言）

按：以魯連功成不受賞自比，爲李詩中常用之調，例如：在水軍宴幕府諸侍御：「所冀旄頭滅，功成追魯連。」留別王司馬：「願一佐明主，功成返舊林。」五月東魯行：「我以一箭書，能取聊城功。」皆是。此蓋受左思詠史詩之影響，即以下第十二、十三首亦不出左詩之範圍。

其十一

黄河走東溟，白日落西海。逝川與流光，飄忽不相待。春容捨我去，秋髮已衰改。人生非寒松，年貌豈長在？吾當乘雲螭，吸景駐光彩。

【校】

〔年貌〕兩宋本、繆本、王本俱注云：一作顔色。

〔光彩〕以上二句，兩宋本、繆本、王本俱注云：一作誰能學天飛，三秀與君採。

【注】

〔春容〕王云：春容謂少年之容，秋髮謂衰暮時之髮。

〔雲螭〕文選郭璞遊仙詩：雖欲騰丹谿，雲螭非我駕。吕延濟注：雲螭，龍也。△螭音鴟。

〔吸景〕楊云：吸景，吸日月之景以駐吾之顔。

【評箋】楊云：蕭云：古詩：「人生非金石，豈能長壽考？奄忽隨物化，榮名以爲寶。」太白此詩亦此之意。
徐禎卿云：此篇悲年命也。（郭本李集引）
唐宋詩醇云：郭璞遊仙詩云：「雖欲騰丹谿，雲螭非我駕。」結語本此。别本作「誰能學天飛，三秀與君采」。語意殊穉。

其十二

松柏本孤直，難爲桃李顔。昭昭嚴子陵，垂釣滄波間。身將客星隱；心與浮雲閑。長揖萬乘君，還歸富春山。清風灑六合，邈然不可攀。使我長嘆息，冥棲巖石間。

【校】
〔本孤直〕本，蕭本作峯。

【注】
〔嚴子陵〕後漢書卷一一三嚴光傳：嚴光字子陵，會稽餘姚人。少有高名，與光武同遊學。及

光武即位，乃變名姓，隱身不見。帝思其賢，令以物色訪之。後齊國上言，有一男子，披羊裘，釣澤中。帝疑其光，備安車玄纁，遣使聘之。三反而後至。舍於北軍，給牀褥，太官朝夕進膳。……車駕即日幸其館，光卧不起。帝即其卧所撫光腹曰：「咄咄子陵，不可相助爲理耶！」光眠不應，良久，張目熟視曰：「唐堯著德，巢父洗耳，士固有志，何至相迫乎？」帝曰：「子陵，我竟不能下汝耶！」於是升輿嘆息而去。復引光入，論道舊故，相對累日。因共偃卧，光以足加帝腹上。明日，太史奏客星犯御座甚急。帝笑曰：「朕故人嚴子陵共卧耳。」除爲諫議大夫，不屈，乃耕於富春山，後人名其釣處爲嚴陵瀨。

〔身將〕王云：將猶與也。按：已詳卷一大鵬賦注。

〔富春山〕明一統志卷四一：富春山在桐廬縣西三十里，一名嚴陵山。清麗奇絶，號錦峯繡嶺，乃漢嚴子陵隱釣處，前臨大江，上有東西二釣臺。

【評箋】

徐禎卿云：此篇蓋有慕乎子陵之高尚也。（郭本李集引）

邢昉云：詠史亦人所同，氣體高妙則獨步矣。（唐風定）

其十三

君平既棄世，世亦棄君平。觀變窮太易，探元化羣生。寂寞綴道論，空簾閉幽情。騶虞不虛來，鸑鷟有時鳴。安知天漢上，白日懸高名？海客去已久，誰人測沉冥？

【校】

〔探元〕元，兩宋本、繆本、王本俱注云：一作玄。胡本作玄。

〔道論〕兩宋本、繆本、王本俱注云：一作真道。

〔幽情〕情，兩宋本、繆本、王本俱注云：一作清。

〔虛來〕虛，兩宋本、繆本、王本俱注云：一作復。

〔誰人〕人，兩宋本、繆本、王本俱注云：一作能。

【注】

〔君平〕王云：鮑照詩：「君平獨寂寞，身世兩相棄。」李善注：身棄世而不仕，世棄身而不任。漢書：嚴君平卜筮於成都市。以爲卜筮者賤業，而可以惠衆人。有邪惡是非之問，則依蓍龜爲言利害。與人子言依於孝，與人弟言依於順，與人臣言依於忠，各因勢道之以善，從吾言者已過半矣。裁日閲數人，得百錢足自養，則閉肆下簾而授老子，博覽無不通。依老子嚴周之旨，著書十萬餘言。（按：嚴周即莊周。）

〔太易〕王云：列子：有太易，有太初，有太始，有太素。太易者，未見氣也。太初者，氣之始也。太始者，形之始也。太素者，質之始也。孝經鉤命訣：天地未分之前，有太易，有太初，有太始，有太素，有太極，是爲五運。形象未分，謂之太易。元氣始萌，謂之太初。形氣之端，謂之太始。形變有質，謂之太素。質形已具，謂之太極。鄭康成乾鑿度注，以其寂然無物，故名之爲太易。

〔道論〕漢書卷三二司馬遷傳：太史公……習道論於黄子。

〔騶虞〕詩召南騶虞：于嗟乎騶虞。毛傳：騶虞，義獸也。白虎黑文，不食生物，有至信之德則應之。參見卷一明堂賦注。

〔天漢〕博物志：舊説云：天河與海通，近世有人居海濱者，年年八月有浮槎去來不失期。人有奇志，立飛閣於槎上，多齎糧，乘槎而去。十餘日中，猶觀星月日辰，自後茫茫忽忽，亦不覺晝夜。去十餘日，奄至一處，有城郭狀，屋舍甚嚴。遥望宫中多織婦，見一丈夫牽牛渚次飲之。牽牛人乃驚問曰：「何由至此？」此人見説來意，并問此是何處。答曰：「君還至蜀郡訪嚴君平則知之。」竟不上岸，因還如期。後至蜀，問平君，曰：某年月日，有客星犯牽牛宿。計年月，正是此人到天河時也。

〔沉冥〕王云：漢書：蜀嚴湛冥，不作苟見，不治苟得，久幽而不改其操。孟康注：蜀郡嚴君平沉深玄默無欲也。揚子：蜀莊沉冥。李軌注：沉冥猶玄寂，泯然無跡之貌。吴祕注：晦跡不仕，故曰沉冥。陳子昂詩：「玄感非象識，誰能測沉冥？」

【評箋】

蕭云：此詩雖詠史事，其自負之意亦深矣，大意與詠子陵詩意同。

徐禎卿云：此篇白自託於君平之詞也。（郭本李集引）

沈德潛云：言人之不泯如騶虞鸑鷟，必然見知，即世人不知，天上猶懸其名也。天漢二句用海渚人乘槎至織女宫意。（唐詩别裁）

方東樹云：此言賢士不求名，非人所知。（昭昧詹言）

其十四

胡關饒風沙，蕭索竟終古。木落秋草黄，登高望戎虜。荒城空大漠，邊邑無遺堵。白骨横千霜，嵯峨蔽榛莽。借問誰陵虐？天驕毒威武。赫怒我聖皇，勞師事鼙鼓。陽和變殺氣，發卒騷中土。三十六萬人，哀哀淚如雨。且悲就行役，安得營農圃？不見征戍兒，豈知關山苦？李牧今不在，邊人飼豺虎。

【校】

〔蕭索〕索，兩宋本、繆本、王本俱注云：一作颯。

〔木落〕木，兩宋本、繆本俱作歲。王本注云：繆本作歲。

〔陵虐〕虐，咸本注云：一作虎。

〔征戍〕戍，繆本誤作成，今據兩宋本、黄校本改。

〔關山苦〕兩宋本、繆本、王本俱注云：一本此下多争鋒徒死節，秉鉞皆庸豎。戰士塗蒿萊，將軍獲圭組四句。

〔李牧〕兩宋本、繆本、王本俱注云：一作衞、霍。

【注】

〔胡關〕王云：胡關，近胡地之關。若雁門、玉門、陽關之類。張正見詩：「胡關辛苦地。」

〔大漠〕文選班固封燕然山銘：經鹵磧，絶大漠。李周翰注：大漠，沙漠也。

〔遺堵〕王云：説文：堵，垣也，五板爲一堵。張載詩：「周墉無遺堵。」

〔榛莽〕楚辭離騷：夕攬洲之宿莽。洪興祖補注：莽，莫補切。

〔李牧〕史記廉頗藺相如列傳：李牧，趙之北邊良將也。常居代雁門備匈奴。……匈奴小入，佯北不勝。……單于聞之，大率衆來入。李牧多爲奇陣，張左右翼擊之，大破殺匈奴十餘萬騎。滅襜襤，破東胡，降林胡。單于奔走。其後十餘歲，匈奴不敢近趙邊城。

【評箋】

楊云：聖皇，玄宗也。玄宗承國家富庶，侈心動，遂貪邊功，罷張九齡，相李林甫、楊國忠，從事吐蕃、南詔，訖唐世爲患。

嚴羽云：此首可與老杜塞上諸篇伯仲。（嚴羽評點李集）

蕭云：此詩楊子見以爲討閤羅鳳之事，非也。雲南乃西南邊，此詩專指北邊而言，當是爲哥舒翰攻吐蕃石堡城之事而作也。唐史，天寶六載，上欲使河西、隴右節度使王忠嗣攻吐蕃石堡城。忠嗣上言，石堡城險固，吐蕃舉國守之，今頓兵其下，非殺數萬人不能克，臣恐所得不如所亡。上意不決，將軍董延光自請將兵攻石堡城，上命忠嗣分兵，哥舒翰率隴右、河西、朔方、河東兵凡六萬三千攻吐蕃石堡城，其城三面險絶，唯一徑可上，吐蕃但以數百人守之，多貯糧食，積擂木及石，唐兵前後屢攻之不能克，翰進攻拔之。獲吐蕃鐵刃悉諾羅等四百人，唐士卒死亡略盡，果如忠嗣之言。蓋當時上好邊功，諸將皆希旨開邊隙，忠嗣獨能持重安邊不生事，嘗曰：平世爲將，撫衆而已，吾不欲竭中國力以幸功名。傳中所載全與李牧相類。此詩末句曰「李牧今不在，邊人飼豺虎」者，蓋以李牧比忠嗣也。今不在者，翰取石堡時，忠嗣已死二年，無能諫止，卒喪數萬之師也。（按：此注據郭本分類補注李太白詩所引。）

徐禎卿云：此篇之意，蕭説近是。（郭本李集引）

胡云：楊注以爲詠鮮于仲通南詔之役。蕭注以爲辭指北邊詠哥舒翰石堡之役。考翰傳，石堡用兵止十萬，與所云三十六萬者亦未合。此亦約略言開、天數十年間用兵吐蕃之概，歎中外之騷蔽耳。指石堡一役言則非也。

唐宋詩醇云：開元以來，歲有征役，至王君㚟戰勝青海，益事邊功。石堡一城耳，得之不足制敵，不得無害於國。唐兵前後屢攻，所失無數，哥舒翰雖能拔之，而士卒死亡亦略盡矣。此詩極言邊塞之慘，中間直入時事，字字沉痛，當與杜甫前出塞參看。別本多四句，語盡而露。詩詞意已足，不當更益。

今人詹鍈云：哥舒翰拔石堡城在天寶八載，王忠嗣卒亦在是年，此詩之作當在本年（八載）以後。

其十五

燕昭延郭隗，遂築黄金臺。劇辛方趙至，鄒衍復齊來。奈何青雲士，棄我如塵埃！珠玉買歌笑，糟糠養賢才。方知黄鶴舉，千里獨徘徊。

【校】

〔燕昭〕昭，兩宋本俱作趙，誤。

〔趙至〕至，兩宋本、繆本、王本俱注云：一作往。

〔黄鶴〕鶴，王本注云：一作鵠。文粹作鵠。

【注】

〔燕昭〕史記燕召公世家：燕昭王……即位，卑身厚幣，以招賢者。謂郭隗曰：「齊因孤之國亂而襲破燕，孤極知燕小力少不足以報，誠得賢士以共國，以雪先王之恥，孤之願也。先生視可者，得身事之。」郭隗曰：「王必欲致士，先從隗始。況賢於隗者，豈遠千里哉？」於是昭王爲隗改築宮而師事之。樂毅自魏往，鄒衍自齊往，劇辛自趙往，士争趨燕。△隗音危，或讀上聲。

〔黄金臺〕王云：李善文選注：上谷郡圖經曰：黄金臺在易水東南十八里。燕昭王置千金於臺上，以延天下之士。

按：葛立方韻語陽秋云：余考史記，不載黄金臺之名，止云昭王築臺以尊郭隗。上谷郡圖經乃云……遂因以爲名。又按：齊東野語卷一七：王文公詩云：「功謝蕭規慙漢第，恩從隗始詫燕臺。」然史記止云爲隗改築宮而師事之，初無臺字，而李白詩有「何人爲築黄金臺」之語。吴虎臣漫録以此爲據。按新序、通鑑亦皆云築宮，不言臺也。然李白屢慣用黄金臺事，如：「誰人更埽黄金臺」、「燕昭延郭隗，遂築黄金臺」、「掃灑黄金臺，招邀廣平客」、「如登黄金臺，遥謁紫霞仙」、「侍筆黄金臺，傳觴青玉案」。杜甫亦有「揚眉結義黄金臺」、「黄金臺貯賢俊多」。柳子厚亦云「燕有黄金臺，遠致望諸君」。白氏六帖有「燕昭王置千金於臺上以延天下士，謂之黄金臺」。此語唐人相承用者甚多，不特本於白也。又按唐文粹有皇甫松登郭隗臺詩，又梁任昉述異記：燕昭爲郭隗築臺，今在幽州燕王故城中，土人呼賢士臺，亦爲招賢臺。然則必有所謂臺矣。後漢孔文舉論盛孝章書曰：昭築臺以延郭隗。然皆無黄金字。宋鮑照放歌行云：「豈伊白屋賜？將起黄金臺。」然則黄金之名始見於此。李善注引王隱晉書：段匹磾討石勒，屯故燕太子丹黄金臺。又引上谷郡圖經曰：黄金臺在易水東南十八里，昭王置千金臺上以延天下士。且燕臺事多以爲昭王，而王隱以爲燕丹何也？余後見水經注云：固安縣有黄金臺，耆舊言昭王禮賢，廣延方士，故修建下都館之南陲，燕昭創於前，子丹踵於後云云，以此知王隱以爲燕丹者，蓋如此也。又按：孫璧文攷古録略謂：王隱晉人，太興初爲著作郎，在鮑照之前，則金臺之説不始於鮑照，但隱書不以爲燕昭，鮑詩亦未明言燕昭，……燕昭金臺似始於酈注。又白氏六帖云云，御覽一百七十七引史記與此一字不差，雖今本史記無此條，似燕昭金臺之説由來已久。但李善爲唐初人，果史記有此語，何以鮑詩注不引及而引隱書圖經耶？又引史記曰：虞卿説趙王賜黄金百鎰，何以不引此黄金臺而但引賜黄金耶？孔融書注引史記與今本史記同，何以御覽所引者竟不引及耶？故知御覽沿六帖之誤，未足據也。

〔黄鶴〕韓詩外傳卷二：田饒事魯哀公而不見察，田饒謂哀公曰：「臣將去君，黄鵠舉矣。」哀公曰：「何謂也？」曰：「……夫黄鵠一舉千里，止君園池，食君魚鼈，啄君黍粱，無此五德，君猶貴之，以其所從來者遠也。……雖有此五德，君猶日瀹而食之者，何也？以其所從來者近也。臣將去君，黄鵠舉矣。」按：古鶴、鵠二字往往通用。

【評箋】

楊云：太白意謂吴姬越女資其一歌笑，則不惜珠玉之費，至於賢人才士，則待之以糟糠，其好色而不好德如此，則賢者將遠去，徘徊顧望而不肯輒下。

按：詩意似指李林甫之蔽賢，「珠玉買歌笑」不過比喻讒諂面諛之近倖。楊説似失之淺。

蕭云：太白少有高尚之志，此詩豈出山之後不爲時相所禮，有輕出之悔歟！不然，何以曰：「方知黄鵠舉，千里一徘徊？」吁！讀其詩者，百世之下猶有感慨。

徐禎卿云：此篇刺時貴也。（郭本李集引）

唐宋詩醇云：國策：田需對管燕云：士三日不得咽，而君鵝鶩有餘粟。與孟子所云豕交獸畜者，更有甚焉。乃知穆生辭楚，見色斯舉耳。

陳沆云：刺不養士求賢也。天寶之末，宰臣娼嫉，林甫賀野無遺賢，國忠非私人不用。廟堂惟聲色是娛，而天地閉賢人隱矣。（詩比興箋）

其十六

寶劍雙蛟龍，雪花照芙蓉。精光射天地，雷騰不可衝。一去别金匣，飛沉失相從。風胡殁已久，所以潛其鋒。吴水深萬丈，楚山邈千重。雌雄終不隔，神物會當逢。

【校】

〔寶劍雙蛟龍〕王注云：此首繆本編入二十三（當作二）卷，與咸陽二三月一首俱題作感寓。

按：此首兩宋本亦編在第二十二卷。王本注云：繆本作雹。

〔雷騰〕雷，兩宋本、繆本俱作雹騰。

〔已久〕此句兩宋本、繆本俱注云：一作聖人歿已久。蕭本、咸本俱作風胡滅已久。王本注云：一作聖人歿已久，蕭本作風胡歿已久。

【注】

〔風胡〕王云：越絶書：客有能相劍者，名薛燭。越王句踐召而問之。乃召掌者使取純鉤。薛燭望之，手振拂揚，其華捽如芙蓉始出。又越絶書：楚王召風胡子而問之曰：「寡人聞吴有干將，越有歐冶子，此二子甲世而生，天下未嘗有。寡人願齎邦之重寶以奉子，因吴王請此二人作鐵劍，可乎？」于是乃令風胡子之吴，見歐冶子、干將使作鐵劍，歐冶子、干將鑿茨山，洩其溪，取鐵英，作爲鐵劍三枚。風胡子奏之楚王，楚王見此三劍之精神，大悦。問之曰：「此三劍何物所象，其名爲何？」風胡子對曰：「一曰龍淵，二曰泰阿，三曰工布。」楚王曰：「何爲龍淵、泰阿、工布？」風胡子對曰：「欲知龍淵，觀其狀如登高山，臨深淵。欲知泰阿，觀其釽巍巍翼翼，如流水之波。欲知工布，釽從文起，至脊而止，如珠不可衽，文若流水不絶。」

〔雌雄〕晉書卷三六張華傳：華聞豫章人雷煥妙達緯象，……煥曰：「僕察之久矣。惟斗牛之間頗有異氣。」華曰：「是何祥也？」煥曰：「寶劍之精上徹於天耳。……」即補煥爲豐城令，焕到縣掘獄屋基，入地四丈餘，得一石函，光氣非常，中有雙劍，並刻題，一曰龍泉，一曰太阿，……遣使送一劍并土與華，留一自佩。……焕曰：「靈異之物終當化去，不永爲人服也。……」華報焕書曰：「……莫邪何不復至？雖然，天生神物終當合耳。……」焕卒，子華……行經延平津，劍忽於腰間躍出墮水，但見兩龍各長數丈，……華歎曰：「先君化去之言，張公終合之論，此其驗乎？」

【評箋】

胡云：此篇全祖鮑照詩云：「雙劍將離別，先在匣中鳴。烟雨交將夕，從此遂分形。雌沉吴江裏，雄飛入楚城。吴江深無底，楚關有崇扃。一爲天地別，豈直恨幽明。神物終不隔，千祀儻還并。」張華干鏌二劍並入吴水，此兼言楚者，借用湛盧飛入楚事也。詳吴越春秋。

徐禎卿云：此篇白自況也。（郭本李集引）

王云：鮑照贈故人馬子喬詩：「雙劍將別離，先在匣中鳴。烟雨交將夕，從此忽分形。雌沉吴江水，雄飛入楚城。吴江深無底，楚關有崇扃。一爲天地別，豈直限幽明？神物終不隔，千祀倘還并。」太白此篇蓋擬之也。然鮑詩爲故人而贈別，其居要處在神物一聯。李詩感知己之不存，其警策處在風胡二語。辭調雖近，意旨自別。

其十七

金華牧羊兒，乃是紫烟客。我願從之遊，未去髮已白。不知繁華子，擾擾何所迫？崑山採瓊蕊，可以鍊精魄。

【校】

〔繁華〕兩宋本、繆本、王本俱注云：一作朱顔。

〔瓊蕊〕蕊，兩宋本、繆本、王本俱注云：一作蕤。

【注】

〔金華〕神仙傳：皇初平者，丹溪人也。年十五，家使牧羊，有道士見其良謹，便將至金華山石室中，四十餘年，不復念家。其兄初起行山尋索初平，歷年不得。後見市中有一道士，初起召問之曰：「吾有弟名初平，因令牧羊，失之四十餘年，莫知死生所在，願道君爲占之。」道士曰：「金華山中有一牧羊兒，姓黄名初平，是卿弟非疑。」初起聞之，即隨道士去求弟，遂得相見，悲喜語畢，問初平羊何在？曰：「近在山東耳。」初起往視之不見，但見白石而還。謂初平曰：「山東無羊也。」初平曰：「羊在耳。兄但自不見之。」初平與初起俱往看之，初平乃叱曰：羊起！於是白石皆變爲羊數萬頭。初起曰：「弟獨得仙道如此，吾可學乎？」初平曰：「惟好道便可得之耳。」初起便棄妻子留住，就初平學，共服松脂茯苓，至五百歲，能坐在立亡，行於日中無影，而有童子之色。後乃俱還鄉里，親族死終略盡，乃復還去。初平改字爲赤松子，初起改字爲魯班，其後服此藥得仙者數十人。

〔瓊蕊〕王云：司馬相如大人賦：嘰瓊華。張揖注：瓊樹生崑崙西流沙濱，大三百圍，高萬仞。華蕊也，食之長生。陸機詩：「上山采瓊蕊，穹谷饒芳蘭。」呂延濟注：瓊蕊，玉英也。

〔精魄〕文選江淹雜擬詩：「隱淪駐精魄。」呂向注：精魄，魂魄也。

【評箋】

徐禎卿云：此篇諷不知止也。（郭本李集引）

其十八

天津三月時，千門桃與李。朝爲斷腸花，暮逐東流水。前水復後水，古今相續流。新人非舊人，年年橋上遊。雞鳴海色動，謁帝羅公侯。月落西上陽，餘輝半城樓。衣冠照雲日，朝下散皇州。鞍馬如飛龍，黄金絡馬頭。行人皆辟易，志氣横嵩丘。入門上高堂，列鼎錯珍羞。香風引趙舞，清管隨齊謳。七十紫鴛鴦，雙雙戲庭幽。行樂争晝夜，自言度千秋。功成身不退，自古多愆尤。黄犬空嘆息，緑珠成釁讎。何如鴟夷子，散髮棹扁舟？

【校】

〔復後水〕復，兩宋本、繆本、王本俱注云：一作非。

〔新人〕新，兩宋本、繆本、王本俱注云：一作今。

〔西上陽〕兩宋本、繆本、王本俱注云：一作上陽西。

〔棹扁舟〕棹，兩宋本、繆本、胡本、王本俱注云：一作弄。

【注】

〔天津〕王云：元和郡縣志：天津橋在河南縣北四里。隋煬帝大業元年初造此橋，以駕洛水，用大船維舟，皆以鐵鎖鈎連之。南北夾路對起四樓，其樓爲日月表勝之象。然洛水溢，浮橋輒壞。唐貞觀十四年，更令石工累方石爲脚。爾雅曰：斗牛之間爲天漢之津，故取名焉。

〔海色〕楊云：海色，曉色也。雞鳴之時，天色昧明，如海氣朦朧然。

〔上陽〕舊唐書地理志：東都上陽宫在宫城之西南隅。南臨洛水，西距穀水，東即宫城，北連禁苑。宫内正門正殿皆東向，正門曰提象，正殿曰觀風。其内别殿亭觀九所。上陽之西，隔穀水有西上陽宫，虹橋跨穀，行幸往來，皆高宗龍朔後置。

〔馬頭〕古雞鳴曲：「黄金絡馬頭，熲熲何煌煌。」

〔辟易〕漢書卷三一項羽傳：楊喜人馬俱驚，辟易數里。顔師古注：辟易謂開張而易其本處。

△辟音闢。

〔嵩丘〕王云：嵩丘即嵩山也。又藝文類聚：俗説曰：傅亮北征，在黄河中，垂至洛，遥見嵩高山。于時同從客在坐問傳曰：「潘安仁懷舊賦云，前瞻太室，旁眺嵩高。嵩高、太室故是一山，何以言旁眺？」亮曰：「有嵩丘山，去太室七十里，此是寫書誤耳。」據此則嵩丘别是一山矣。

〔齊謳〕太平御覽卷五七三古樂志曰：齊歌曰謳，吴歌曰歈。

〔鴛鴦〕王云：古雞鳴曲：「鴛鴦七十二，羅列自成行。」西京雜記：茂陵富人袁廣漢於北邙山下築園，養白鸚鵡紫鴛鴦牦牛青兕，奇獸怪禽，委積其間。爾雅翼：鸂鶒亦鴛鴦之類，其色多紫。李白詩所謂「七十紫鴛鴦，雙雙戲庭幽」，謂鸂鶒也。

〔緑珠〕晉書卷三三石崇傳：崇有妓曰緑珠，美而豔，善吹笛。孫秀使人求之。崇時在金谷别館，方登涼臺，臨清流，婦人侍側。使者以告，崇盡出其婢妾數十人以示之，皆藴蘭麝，被羅縠。曰：「在所擇。」使者曰：「君侯服御，麗則麗矣，然本受命指索緑珠，不識孰是。」崇勃然曰：「緑珠吾所愛，不可得也。」使者曰：「君侯博古通今，察遠照邇，願加三思。」使者出而又反，……崇竟不許。秀怒，乃勸（趙王）倫誅崇，……崇正宴於樓上，介士到門。崇謂緑珠曰：「我今爲爾得罪！」緑珠泣曰：「當効死於官前。」因自投於樓下而死。崇母兄妻子無少長皆被害。

〔鴟夷子〕漢書卷九一貨殖傳：越王句踐困於會稽之上，迺用范蠡、計然。……十年國富，厚賂戰士，遂報強吴，刷會稽之恥。范蠡……乃乘扁舟，浮江湖，變姓名，適齊爲鴟夷子皮。

注：孟康曰：扁舟，特舟也。師古曰：自號鴟夷者，言若盛酒之鴟夷，多所容受，而可卷懷，與時弛張也。史記越王句踐世家：范蠡浮海出齊，變姓名，自謂鴟夷子皮。索隱：范蠡自謂也，以吴王殺子胥而盛以鴟夷，今蠡自以有罪，故爲號也。韋昭曰：鴟夷，革囊也，或曰生牛皮也。按：伍子胥列傳集解：應劭曰：取馬革爲鴟夷。鴟夷，榼形。

【評箋】

蕭云：大意蓋謂天津橋水閲人亦多矣。富與貴者自謂可以長保而不知退，安知其無李斯、石崇之禍乎？何如范蠡之勇退爲高也？

徐禎卿云：此篇諷時貴也。（郭本李集引）

胡云：神仙傳：衛叔卿降漢，殿謁武帝，自稱中山人。武帝曰：「中山乃朕臣也。」叔卿默不應去。白自比叔卿，辭翰林供奉，亦不臣玄宗，因得免禄山之難。視天下之流血而豺狼冠纓也。

王云：徐禎卿曰：黄犬句應前貴寵之言，緑珠句應前歌舞之言，鴟夷句應前功成身退之言。

唐宋詩醇云：此刺當時貴幸之徒，怙侈驕縱而不恤其後也。杜甫麗人行其刺國忠也微而婉，此則直而顯，自是異曲同工。

沈德潛云：歷言權貴豪侈，沉溺不返，而有李斯、石崇之禍，不如范蠡扁舟歸去之爲得也。

前用興起。（唐詩别裁）

今人詹鍈云：蕭注以爲天津橋在咸陽，誤。……是年（開元二十三年）春，玄宗在東都，白親見上朝之盛，乃有此詩。

按：蕭注據三輔記渭水貫都以象天河之語，以天津橋爲在咸陽，是未諦觀下文西上陽一語，誠不足取。但必以此詩爲白述所親見，亦稍拘牽。

其十九

西上蓮花山，迢迢見明星。素手把芙蓉，虚步躡太清。霓裳曳廣帶，飄拂昇天行。邀我登雲臺，高揖衛叔卿。恍恍與之去，駕鴻淩紫冥。俯視洛陽川，茫茫走胡兵。流血塗野草，豺狼盡冠纓。

【校】

〔西上〕上，蕭本作嶽。兩宋本、繆本、王本俱注云：一作嶽。咸本作嶽，注云：一作上。

【注】

〔蓮花山〕太平御覽卷三九：華山記曰：山頂有池，生千葉蓮花，服之羽化，因曰華山。

〔明星〕太平廣記卷五九：集仙録：明星玉女者，居華山，服玉漿，白日升天。

〔雲臺〕王云：慎蒙名山記：雲臺峯在太華山東北，兩峯峥嶸，四面陡絶。上冠景雲，下通地脈。嶷然獨秀，有若靈臺。

〔衛叔卿〕神仙傳：衛叔卿者，中山人也。服雲母得仙。漢元封二年八月壬辰，孝武皇帝閑居殿上，忽有一人，乘雲車，駕白鹿，從天而下，來集殿前。其人年可三十許，色如童子，羽衣星冠。帝驚問曰爲誰，答曰：「吾中山魏叔卿也。」帝曰：「子若是中山人，乃朕臣也，可前共語。」叔卿本意謁帝，謂帝好道，見之必加優禮，而帝今云是朕臣也。於是大失望，默然不應，忽焉不知所在。帝甚悔恨，即遣使者梁伯至中山推求叔卿，不得見，但見其子度世……共之華山，求尋其父。……未到其嶺，於絶巖之下，望見其父與數人博戲於石上，紫雲鬱鬱於其上，白玉爲牀，又有數仙童執幢節立其後。……

【評箋】

蕭云：太白此詩似乎紀實之作，豈禄山入洛陽之時，太白適在雲臺觀乎！

按：此説不妨姑作擬議之據，但詩云「恍恍與之去，駕鴻淩紫冥」，恐不能即謂身在雲臺觀也。

徐禎卿云：此篇刺玄宗也。（郭本李集引）

王云：此詩大抵是洛陽破没之後所作，胡兵謂禄山之兵，豺狼謂禄山所用之逆臣。蕭氏以胡兵爲回紇，以豺狼盡冠纓爲用官爵賞功不分流品，似未是。

陳沆云：皆遯世避亂之詞，託之游仙也。古風五十九章，涉仙居半，惟此二章差有古意，則詞含寄託故也。世人本無奇臆，好言昇舉，雲離鶴駕，翻成土苴。太白且然，况觸目悠悠者乎？（詩比興箋）

按：陳氏此評並鄭客西入關一首言之也。

其二十

昔我遊齊都，登華不注峯。兹山何峻秀？緑翠如芙蓉。蕭颯古仙人，了知是赤松。借予一白鹿，自挾兩青龍。含笑淩倒景，欣然願相從。泣與親友别，欲語再三咽。勗君青松心，努力保霜雪。世路多險艱，白日欺紅顔。分手各千里，去去何時還？在世復幾時？倏如飄風度。空聞紫金經，白首愁相誤。撫己忽自笑，沉吟爲誰故？名利徒煎熬，安得閑余步？終留赤玉舃，東上蓬萊路。秦帝如我求，蒼蒼但煙霧。

【校】

〔借予〕予，咸本注云：一作與。

〔分手〕手，兩宋本、繆本俱作首。才調注云：一作首。王本注云：繆本作首。

〔在世〕胡本以下另爲一首。

〔閑余〕余，咸本作途，注云：一作余。

〔蓬萊〕萊，兩宋本、繆本、咸本俱作山，注云：一作萊。胡本作山。王本注云：一作山。

【注】

〔華不注〕王云：水經：濟水又東北徑華不注山。酈道元注：單椒秀澤，不連丘陵以自高。虎牙桀立，孤峯特拔以刺天。青崖翠發，望同點黛。山下有華泉。通典：齊州歷城縣有華不注山，其山直上如筍。山東通志：華不注山在濟南府城東北十五里。不字即柎字，如詩棠棣之華鄂不韡韡之不，花之蒂也。喻此山孤秀如華柎之注於水者然。△不音乎。按：凌揚藻蠡勺編卷三十二：華不注：成公二年，戰於鞌，齊師敗績，逐之，三周華不注。胡傳讀不如卜，非也。蓋不，芳無切，與柎通，花蕚跗也。詩常棣箋：不當作柎。陸璣詩疏作跗。東晳補亡詩白華絳趺。作趺，皆同。花之蔕也。伏琛齊記引摯虞畿服經言此山孤秀如華跗之注於水。丹鉛録謂水經注言華不注山單椒秀澤，孤峯刺天，青崖翠發，望同點黛。九域志言大明湖望華不注山，如在水中。太白詩：「昔我游齊都，登華不注峯。茲山何峻秀，綵翠如芙蓉。」比以芙蓉，亦可爲華不之一證也。

〔赤松〕太平御覽卷六六一：真誥：赤松子者，黄帝時雨師也。號太極真人。

〔青龍〕蕭云：列仙傳：衛叔卿乘雲駕鹿，傳于華山石上，追之不可得。又呼子先者，漢中關下卜師，壽百餘歲，臨去，呼酒家媪令急裝，便有仙人持二茅狗來至（來至御覽卷九二九引作呼子先），子先持一與酒媪，因各騎之，乃龍也。上華陰，常於山大呼曰：子先酒母在此。

按：此注王氏不取，然蕭氏似得詩意，不宜略去。

〔倒景〕王云：司馬相如大人賦：貫列缺之倒景兮。服虔注：人在天上，下向視日月，故景倒在下也。張揖注：陵陽子明經曰：倒景氣去地四千里，其景皆倒在下也。漢書：登遐倒景。如淳注：在日月之上，反從下照，故其景倒也。沈約詩：「一舉陵倒景，無事適華嵩。」

〔咽〕音一結切。

〔閑余步〕文選沈約宿東園詩：「聊可閑余步。」李善注：七啓：從容閑步。張銑注：閑，緩也。

〔赤玉舃〕抱朴子極言篇：……安期受而置之於阜鄉亭，以赤玉舃一量爲報。

【評箋】

蕭云：此詩恐其是一時與親友話別者，故中有不能忘情之詞，未有永訣割斷之語也。

徐禎卿云：此篇白欲謝親友而遠遊也。（郭本李集引）

王云：此詩古本「昔我遊齊都」以下五韻作一首，「泣與親友別」以下四韻作一首，「在世復幾時」以下六韻作一首。蕭本合作一首而解之曰：此遊仙詩，意分三節。第一節謂從仙人以遠遊，第二節謂別親友而嗚咽，第三節是泣別之際，忽翻然自悟而笑曰：沉吟泣別者爲誰故哉！在世幾時，不過爲名利煎熬耳。於己分上事，初何所益？於是決意遠遊，終當高舉，但留遺跡於人間，雖帝王求之且不可得。豈更復爲親友之戀哉？琦按：中節語意與上下全不相類。當棄世遠遊，何事猶作兒女子態與親友泣別，至于欲語再三咽耶？韋縠才調集只選中四韻作一首，而前後不録，是知古本似未失真。蕭本未免誤合。但首章語意似未完，或有缺文未可知。朱子謂太白詩多爲人所亂，有一篇分爲三篇者，有二篇合爲一篇者，豈指此章而言耶？今姑仍蕭本，俟識者再爲定之。

今人詹鍈云：按才調集將此詩分爲二首，與胡本同，未嘗只選中四韻作一首，王氏之言不知何據。唐宋詩醇曰：此詩或作兩篇，今合而觀之，上憶昔日之遊，下決今日之去，意正相屬。「泣與親友別」八句，既將别矣，復自疑焉。故下云：「撫己忽自笑，沉吟爲誰故？」然後決然欲往。東上蓬萊，蓋倦遊之餘，聊以寄意。范傳正所云，非慕其輕舉，將不可求之事求之，欲耗壯心，遺餘年者也。按唐宋詩醇所解較是，蕭氏合成一首，不爲無見。

按：兩宋本、繆本此詩亦作兩篇，「昔我遊齊都」至「欣然願相從」爲一首，「泣與親友别」至「蒼蒼但煙霧」爲一首。

其二十一

郢客吟白雪，遺響飛青天。徒勞歌此曲，舉世誰爲傳？試爲巴人唱，和者乃數千。吞聲何足道？嘆息空悽然。

【注】

〔郢客〕文選宋玉對楚王問：客有歌於郢中者，其始曰下里巴人，國中屬而和者數千人，其爲陽阿薤露，國中屬而和者數百人，其爲陽春白雪，國中屬而和者不過數十人。引商刻角，雜以流徵，國中屬而和者不過數人而已。是其曲彌高，其和彌寡。

【評箋】

蕭云：此感嘆之辭，高才者知遇之難，卑污者投合之易，負才不遇者，能不爲之吞聲嘆息也歟！

徐禎卿云：此篇白自傷之詞也。（郭本李集引）

其二十二

秦水别隴首，幽咽多悲聲。胡馬顧朔雪，躞蹀長嘶鳴。感物動我心，緬然含歸情。昔視秋蛾飛，今見春蠶生。嫋嫋桑結葉，萋萋柳垂榮。急節謝流水，羈心揺懸旌。揮涕且復去，惻愴何時平？

【校】

〔桑結〕兩宋本、繆本俱作桑枯，注云：一作結。王本注云：一作枯，俗本作栢，誤。劉刊本（咸本）校記云：俗本指楊蕭本，楊本句雖作桑柘，其注云：桑華如結，則詩原作結葉可知。按：胡本亦作柘。咸本作枯。

〔急節〕節，蕭本作歸。

【注】

〔隴首〕王云：太平御覽：辛氏三秦記曰：隴右西關，其坂紆迴，不知高幾里，欲上者七日乃越。高處可容百餘家，上有清水，四注流下。俗歌曰：「隴頭流水，鳴聲幽咽。遥望秦川，肝腸斷絶。」隴首即隴頭也。沈約詩：「西征登隴首。」通鑑地理通釋：秦州隴城縣有大隴山，亦曰隴首山。

〔躞蹀〕王云：廣韻：躞蹀，行貌。△蹀音疊。

〔昔視〕楊云：毛詩：「昔我往矣，楊柳依依。今我來思，雨雪霏霏。」曹子建詩：「昔我初遷，朱華未希。今我旋止，素雪云飛。」太白意亦同此。昔我在此，見秋蛾之飛，今既改歲，春蠶生矣，桑葉如結，柳條争榮，猶未得歸。

〔嫋嫋萋萋〕廣雅釋訓：嫋嫋，弱也。萋萋，茂也。

〔急節〕王云：曹植與吴質書：日不我與，曜靈急節。吕延濟注：急節謂遷移速也。楊齊賢曰：謝，去也，謂時節之去如流水之急也。

【評箋】

徐禎卿云：此篇白感時思歸之詞也。（郭本李集引）

其二十三

秋露白如玉，團團下庭緑。我行忽見之，寒早悲歲促。人生鳥過目，胡乃自結束。景公一何愚？牛山淚相續。物苦不知足，得隴又望蜀。人心若波瀾，世路有屈曲。三萬六千日，夜夜當秉燭。

【校】

〔團團〕兩宋本俱作團圓。

〔人生〕兩宋本、繆本俱作生猶。咸本注云：一作生猶。

〔得隴〕得，兩宋本、繆本俱作登，注云：一作得。王本注云：一作登。

〔有屈曲〕有，兩宋本、繆本、王本俱注云：有一作多。

【注】

〔庭緑〕王云：王融詩：「秋風下庭緑。」庭緑謂庭中草木也。

〔過目〕張協詩：「人生瀛海内，忽如鳥過目。」

〔結束〕古詩：「蕩滌放情志，何爲自結束？」

〔牛山〕列子力命篇：齊景公遊於牛山，北臨其國城而流涕曰：「美哉國乎！鬱鬱芊芊，若何滴滴去此國而死乎！使古無死者，寡人將去斯而之何！」艾孔、梁丘據皆從而泣曰：「臣賴君之賜，疏食惡肉，可得而食，駑馬稜車，可得而乘也。且猶不欲死。而況吾君乎？」晏子獨笑於旁，公雪泣而顧晏子曰：「寡人今日之遊悲，孔與據皆從寡人而泣，子之獨笑何也？」晏子對曰：「使賢者常守之，則太公、桓公將常守之矣。使勇者常守之，則莊公、靈公將常守之矣。數君者將守之，吾君方將簑笠而立乎畎畝之中，惟事之恤，何暇念死乎？則吾君又安得此位而立焉？以其迭處之，迭去之，至於君也，而獨爲之流涕，是不仁也。見不仁之君，見諂諛之臣，見此二者，臣之所爲獨竊笑也。」景公慙焉，舉觴自罰，罰二臣者各二觴焉。

〔望蜀〕後漢書卷四七岑彭傳：敕岑彭書曰：人苦不知足，既平隴，復望蜀。

〔三萬〕王云：三萬六千日，約計百年歲月有此數也。抱朴子：百年之壽，三萬餘日耳。沈炯詩：「百年三萬日，處處此傷情。」

〔秉燭〕古詩：「晝短苦夜長，何不秉燭遊？」

【評箋】

蕭云：此篇大意謂人生在世，少而壯，壯而老，老而死，猶春而夏，夏而秋，秋而冬，四時代謝，功成者去，理之常也。奈何畏死，戀戀斯世，常懷不足之嘆而謬用其心哉？既如此不知止足，則百年之内惟當夜夜遊宴以留連光景而已，識者觀之，豈不大可笑歟！

徐禎卿云：此篇言人當及時爲樂也。（郭本李集引）

方東樹云：言歲時易盡而自苦思，亦放意也。（昭昧詹言）

其二十四

大車揚飛塵，亭午暗阡陌。中貴多黄金，連雲開甲宅。路逢鬬雞者，冠蓋何輝赫！鼻息干虹蜺，行人皆怵惕。世無洗耳翁，誰知堯與跖？

【注】

〔亭午〕王云：初學記：纂要云：日在午曰亭午。孫綽天台山賦：羲和亭午，遊氣高褰。劉良注：亭，至也。

〔阡陌〕王云：阡陌，田間道也。史記索隱：風俗通曰：南北曰阡，東西曰陌。河東以東西爲阡，南北爲陌。△陌音麥。

〔中貴〕史記李將軍列傳：天子使中貴人從李廣。索隱曰：案董巴輿服志云：黄門丞主密近，使聽察天下，天下謂之中貴人使者。崔浩云：在中而貴幸非德望，故云中貴也。集解：駰案漢書音義曰：内臣之貴幸者。

〔甲宅〕王云：甲宅猶甲第。魏書閹官列傳：太后嘉其忠誠，爲造甲宅。新唐書宦者傳：開元、天寶中，宦官黄衣以上三千員，衣朱紫千餘人，其稱旨者輒拜三品將軍，列戟於門。其在殿頭供奉，委任華重，持節傳命，光燄殷殷動四方。所至郡縣奔走獻遺至萬計，修功德，市禽鳥。一爲之使，猶且數千緡。監軍持權，節度反出其下。於是甲舍名園，上腴之田，爲中人所占者半京畿矣。又高力士傳：中人若黎敬仁、林昭隱、尹鳳翔、韓莊、牛仙童、劉奉廷、王承恩、張道斌、李大宜、朱光輝、郭全、邊令誠等，並内供奉，或外監節度軍，修功德，市鳥獸，皆爲之使。使還，所裒獲動巨萬計。京師甲第池園，良田美産，占者十六。與力士略等。又王鉷傳：鉷子準爲衛尉少卿，以鬬雞供奉禁中。李林甫子岫亦親近。準驕甚，淩岫出其上。過駙馬都尉王繇以彈彈其巾，折玉簪爲樂。既置酒，永穆公主親視供具。萬年尉韋黄裳、長安尉賈季鄰等候準經過，饌具倡樂必素辦，無敢逆意。

〔鬬雞〕陳鴻東城老父傳：老父，姓賈名昌，長安宣陽里人，……生七歲，趫捷過人，能摶柱乘梁，善應對，解鳥語音。玄宗在藩邸時，樂民間清明節鬬雞戲。及即位，治雞坊於兩宫間，索長安雄雞，金毫鐵距、高冠昂尾千數，養於雞坊。選六軍小兒五百人，使馴擾教飼之。上之好之，民風尤甚。諸王世家外戚家公主家侯家傾帑破産市雞，以償雞直。都中男女以弄雞爲事。貧者弄假雞。帝出遊，見昌弄木雞於雲龍門道旁，召入爲雞坊小兒，衣食右龍武軍。昌三尺童子，入雞羣如狎羣小，壯者弱者，勇者怯者，水穀之時，疾病之候，悉能知之。舉二雞，雞畏而馴，使令如人。護雞坊中謁者王承恩言於玄宗，召試殿廷，皆中玄宗意。即日爲五百小兒長，加之以忠厚謹密，天子甚愛幸之。金帛之賜，日至其家。開元十三年，籠雞三百從封東岳，父忠死太山下，得子禮奉尸歸葬雍州，縣官爲葬器喪車，乘傳洛陽道。十四年三月，衣鬭雞服，會玄宗於温泉，當時天下號爲雞神童。時人爲之語曰：「生兒不用識文字，鬭雞走馬勝讀書。賈家小兒年十三，富貴榮華代不如。能令金距期勝負，白羅繡衫隨軟轝。父死長安千里外，差夫治道挽喪車。」

〔洗耳〕高士傳：堯之讓許由也，由以告巢父，巢父曰：「汝何不隱汝形，藏汝光？若非吾友也。」擊其膺而下之。由悵然不自得，乃過清泠之水，洗其耳曰：「向聞貪言，負吾友矣。」遂去，終身不相見。

〔跖〕王云：莊子盜跖篇：柳下季之弟名曰盜跖。從卒九千人，横行天下，侵暴諸侯，穴室樞户，驅人牛馬，取人婦女。貪得忘親，不顧父母兄弟，不祭先祖。所過之邑，大國守城，小國入保，萬民苦之。史記正義：按跖者，黄帝時大盜之名，以柳下惠弟爲天下大盜，故世放古號之盜跖。△跖音職。

【評箋】

蕭云：此篇諷刺之詩，蓋爲賈昌輩而作，末句謂世無高識者，故莫知此等之爲跖行而太白輩之爲賢人也，亦太白不遇而自嘆歟！

徐禎卿云：此篇譏時貴也。（郭本李集引）

今人詹鍈云：按新唐書宦者傳：開元、天寶中，宦官黄衣以上三千員，衣朱紫千餘人。……修功德，市禽鳥，一爲之使，猶且數千緡。監軍持權，節度反出其下。於是甲舍名園，上腴之田，爲中人所占者半京畿矣。又高力士傳：中人若黎敬仁……等，並内供奉，或外監節度軍，修功德，市鳥獸，皆爲之使。使還，所裒獲動巨萬計。京師甲第池園、良田美産，占者十六，與力士略等。……此詩所刺未必專指某人，蓋白寓長安時親見羣小之豪奢，有所感而爲此詩耳。

其二十五

世道日交喪，澆風散淳源。不采芳桂枝，反棲惡木根。所以桃李樹，吐花竟不言。大運有興没，羣動争飛奔。歸來廣成子，去入無窮門。

【校】

〔芳桂枝〕咸本作芳枝桂。

【注】

〔交喪〕王云：莊子：世喪道矣，道喪世矣，世與道交相喪也。蕭士贇曰：世不知有道之可尊，是世喪道矣。有道者見世如此，遂亦無心用世焉，非所謂道喪世者歟！故曰交相喪也。

〔淳源〕文選王中頭陀寺碑：淳源上派，澆風下黷。△澆音梟。

〔不言〕漢書卷五四李廣傳：桃李不言，下自成蹊。

〔廣成子〕神仙傳：廣成子者，古之仙人也。居崆峒之山，石室之中。黄帝聞而造焉，曰：「敢問治道之要。」……廣成子答曰：「至道之精，杳杳冥冥。無視無聽，抱神以静。形將自正，必静必清。無勞爾形，無摇爾精，乃可長生。慎内閉外，多知爲敗。我守其一，以處其和。故千二百歲而形未嘗衰。得吾道者上爲皇，失吾道者下爲土，將去汝入無窮之門，遊無極之野，與日月參光，與天地爲常，人其盡死而我獨存矣。」

【評箋】

徐禎卿云：此篇刺時也。（郭本李集引）

王夫之云：大似庾子山入關後詩，杜以爲縱横，抑以爲清新，乃其不可及者正在綿密。（唐詩評選）

陳沆云：三章皆疾末世而思古人，鄙榮利而懷道德，骨氣高奇，頗近射洪、阮公，世人讀古風者，但取遊仙飄逸之詞，衷懷不繫耳。（詩比興箋）

按：陳氏此評乃并二十九、三十各章言之。

今人詹鍈云：按此詩起句云：「世道日交喪」，似與第十三首「君平既棄世，世亦棄君平」之意略同。

其二十六

碧荷生幽泉，朝日豔且鮮。秋花冒緑水，密葉羅青烟。秀色空絶世，馨香誰爲傳？坐看飛霜滿，凋此紅芳年。結根未得所，願託華池邊。

【校】

〔冒緑水〕冒，咸本注云：一作冒。

〔誰爲〕蕭本、胡本俱作竟誰。王本注云：蕭本作竟誰。

〔華池邊〕邊，咸本注云：一作蓮。

【注】

〔華池〕楚辭七諫：黿鼉游乎華池。王逸注：華池，芳華之池也。

【評箋】

蕭云：此篇荷與華池，比也。謂君子有絶世之行，處於僻野而不爲世所知，常恐老之將至，而所抱不見於所用，安得託身於朝廷之上而用世哉？是亦太白自傷之意也歟！

徐禎卿云：此篇蕭説是也。（郭本李集引）

唐宋詩醇云：前有「郢客吟白雪」一篇云「舉世誰爲傳」，此篇云「馨香竟誰傳」，傷不遇也。

末二句情見乎辭，白未嘗一日忘事君也。求仙採藥，豈其本心哉？嚴羽云：觀白詩，要識其安身立命處。此類是也。

陳沆云：君子履潔懷芳，何求於世？然而未嘗忘意當世者，懼盛年之易逝，而思遇主以成功名也。（詩比興箋）

其二十七

燕趙有秀色，綺樓青雲端。眉目豔皎月，一笑傾城歡。常恐碧草晚，坐泣秋風寒。纖手怨玉琴，清晨起長歎。焉得偶君子，共乘雙飛鸞？

【校】

〔綺樓〕樓，兩宋本俱作樹。咸本注云：一作樹。

〔共乘〕乘，咸本注云：一作成。文粹作成。

【注】

〔一笑〕陸厥中山孺子妾歌：一笑傾城，一顧傾市。

【評箋】

蕭云：此詩比興與二十六首同意，謂懷才抱藝之士，惟恐未見用之時，而老之將至。思得君子而附離，與共爵位而用世也。

徐禎卿云：此篇與上同意。（郭本李集引）

按：此首與卷十之贈裴司馬詩意略同，既以怨女自喻，亦以怨女喻人。

其二十八

容顔若飛電，時景如飄風。草緑霜已白，日西月復東。華鬢不耐秋，颯然成衰蓬。古來賢聖人，一一誰成功？君子變猿鶴，小人爲沙蟲。不及廣成子，乘雲駕輕鴻。

【校】

〔廣成子〕咸本注云：一作廣塞上。

〔乘雲〕雲，咸本注云：一作馬。

【注】

〔猿鶴〕王云：藝文類聚：抱朴子曰：周穆王南征，久而不歸，君子爲猿爲鶴，小人爲蟲爲沙。今本抱朴子云：三軍之衆，一朝盡化，君子爲鶴，小人成沙。與古書所引迥異。

【評箋】

蕭云：此言人暫少忽老，光景易流，千變萬化，未始有極，然不若仙化之爲高也。徐禎卿云：爲猿鶴爲蟲沙，言君子小人皆莫逃於陰陽變化之中也。誰成功，言未有能仙舉者也。（郭本李集引）

其二十九

三季分戰國，七雄成亂麻。王風何怨怒？世道終紛拏。至人洞玄象，高舉淩紫霞。仲尼欲浮海，吾祖之流沙。聖賢共淪没，臨岐胡咄嗟？

【校】

〔欲浮海〕欲，兩宋本、繆本俱作亦，注云：一作欲。王本注云：一作亦。

【注】

〔三季〕漢書卷一〇〇叙傳：三季之後，厥事放紛。顔師古注：三季，三代之末也。

〔怨怒〕詩大序：亂世之音怨以怒，其政乖。正義曰：亂世之政教，與民心乖戾，民怨其政教所以忿怒，述其怨怒之心而作歌，故亂世之音亦怨以怒也。

〔紛拏〕王云：史記：漢匈奴相紛拏。正義曰：三蒼解詁云：紛拏，相牽也。師古曰：紛拏，亂相持搏也。挐音女居反。楚辭：殽亂兮紛挐。淮南子：芒繁亂澤，巧爲紛挐。按説文：拏，牽引也，从手奴聲，女加切。挐，持也，从手如聲，女加切。蓋義雖别而音則同。至韻會始以拏入麻韻，挐入魚韻，析而爲二。然考之經史傳注，挐拏二字通用，並有二音，義亦相互，從合可也。

〔至人〕王云：至人謂聖人，玄象謂天象。莊子：不離於真謂之至人。後漢紀：玄象錯度，日月不明。

〔吾祖〕蕭云：唐以老子爲祖，太白乃興聖皇帝九世孫，故稱吾祖。

〔流沙〕王云：列仙傳：關令尹喜者，周大夫也。老子西遊，喜先見其氣，知有真人當過，物色而遮之，果得老子。老子亦知其奇，爲著書授之。後與老子俱遊流沙化胡，服巨勝實，莫知其所終。　參見卷四幽州胡馬客歌注。

〔咄〕當没切。

【評箋】

蕭云：此詩其作於安、史亂離之後，遭難被黜之時乎！不然，何有羨乎古人之高飛遠舉者邪！其志亦可哀矣。

徐禎卿云：此篇白厭世亂而思去之之詞也。（郭本李集引）

其三十

玄風變太古，道喪無時還。擾擾季葉人，雞鳴趨四關。但識金馬門，誰知蓬萊山？白首死羅綺，笑歌無休閑。渌酒哂丹液，青娥凋素顔。大儒揮金椎，琢之詩禮間。蒼蒼三珠樹，冥目焉能攀？

【校】

〔季葉〕兩宋本、繆本、胡本、王本俱注云：一作市井。

〔誰知〕誰，兩宋本、繆本俱注云：一作距。按：距爲詎之壞字。胡本、王本俱注云：一作詎。

〔休閑〕休，兩宋本、繆本、王本俱注云：一作時。蕭本作時。

〔渌酒〕渌，蕭本作緑。王本注云：蕭本作緑。

〔丹液〕液，咸本作經。

〔素顔〕此二句兩宋本、繆本、王本、胡本俱注云：一作萋萋千金骨，風塵凋素顔。

〔琢之〕兩宋本、繆本、王本俱注云：一作發塚。

【注】

〔四關〕王云：李善文選注：陸機洛陽記曰：洛陽有四關，東成皋，南伊闕，北孟津，西函谷。

史記索隱：關中，咸陽也，東函谷，南嶢武，西散關，北蕭關，在四關之中。

〔金馬門〕王云：三輔黃圖：金馬門宦者署。武帝得大宛馬，以銅鑄象立於署門，因以爲名。東方朔、主父偃、嚴安、徐樂皆待詔金馬門，即此。後漢書：孝武皇帝時，善相馬者東門京鑄作銅馬法獻之。有詔立馬於魯班門外，則更名魯班門曰金馬門。

〔蓬萊山〕十洲記：蓬丘，蓬萊山是也。對東海之東北岸，周迴五千里，……上有九老丈人九天真王宫。蓋太上真人所居，惟飛仙有能到其處耳。

〔大儒〕莊子外物篇：儒以詩禮發塚，大儒臚傳曰：「東方作矣，事之何若？」小儒曰：「未解裙襦，口中有珠。詩固有之曰：青青之麥，生於陵陂。生不布施，死何含珠爲？接其鬢，壓其顪，儒以金椎控其頤，徐别其頰，無傷口中珠。」

〔珠樹〕山海經海外南經：三珠樹在厭火北，生赤水上，其爲樹如柏，葉皆爲珠。一曰其爲樹如彗。

【評箋】

徐禎卿云：此篇傷玄風之寂寥也。（郭本李集引）

王云：蕭士贇曰：此太白感時憂世之作。意謂古道日喪，季世之人不復返朴，汩没於名利聲色之場，至死不悟。所謂儒者，又皆假經欺世，借儒術以行其竊取之心。漢諺所謂懸牛頭，賣馬脯，盜跖行，孔子語者也。彼豈知大道無爲自然之化哉？三珠之樹，喻大道也。雖蒼蒼在前，乃如之人，冥然無見，安能攀而至乎？憂憤之意，微而顯矣。琦按：三珠樹乃仙境所生。冥目焉能攀？謂至死而不得採，以照上文焉知蓬萊山之意。

其三十一

鄭客西入關，行行未能已。白馬華山君，相逢平原里。璧遺鎬池君，明年祖龍死。秦人相謂曰：吾屬可去矣。一往桃花源，千春隔流水。

【校】

〔鎬池君〕君，兩宋本、繆本、咸本俱作公。王本注云：繆本作公。

【注】

〔鄭客〕王云：搜神記：秦始皇三十六年，使者鄭容從關東來，將入函關，西至華陰，望見素車白馬，從華山上下。疑其非人道，住止而觀之，遂至。問鄭容曰：「安之？」鄭容曰：「之咸陽。」車上人曰：「吾華山使也，願託一牘書致鎬池君所。子之咸陽道，過鎬池，見一大梓，有文石，取款梓，當有應者，即以書與之。」容如其言，以石款梓，果有人來取書，云明年祖龍死。史記：秦始皇三十六年，使者從關東夜過華陰平舒道，有人持璧遮使者曰：爲吾遺鎬池君，因言曰：今年祖龍死。使者問其故，因忽不見，置其璧去。使者奉璧俱以聞。始皇默然良久曰：「山鬼固不過知一歲事也。」退言曰：祖龍者人之先也。使御府視璧，乃二十八年行渡江所沉璧也。張晏曰：武王居鎬，鎬池君則武王也。武王伐商，故神云始皇荒淫若紂矣，今亦可伐也。孟康曰：長安西南有鎬池。索隱曰：鎬池君，按服虔云水神，是也。江神以璧遺鎬池之神，告始皇之將終也。且秦水德王，故其君將亡，水神先自相告也。蘇林曰：祖，始也，龍，人君象，謂始皇也。按：閻若璩潛丘雜記卷二云：余嘗疑秦始皇本紀今字必明字之譌，證有二焉。一，果三十七年七月，始皇崩於沙丘平臺，其言驗。一，始皇曰：山鬼固不過知一歲事。譏其伎倆僅知今年，若彼所云明年之事，彼豈能預知乎？幸其言不驗。可謂妙解而苦無文字可據，今讀李白古風詩云……乃知太白唐時所見史記本尚無譌。（自注：太白詩本搜神記，正作明年。）又按：高步瀛唐宋詩舉要云：梁玉繩史記志疑曰：漢書五行志引史記云：鄭客從關東來，（自注曰：初學記引史作鄭容。）至華陰望見素車白馬從華山上下，知其非人道，住止而待之，遂至，持璧與客曰：爲我遺鎬池君，因言今年祖龍死。而晉干寶搜神記（卷四）及水經注十九引春秋後傳（自注曰：後漢書襄楷傳及初學記引樂資春秋後傳同。）皆以鄭客爲鄭容，以遺璧爲致書，並有文石款梓之説，與史、漢大異，真酈公所謂神道茫昧，理難辨測者也。至今年當依搜神記作明年爲確。各處並誤。文選潘岳西征賦注及初學記卷五引史記作明年，可補閻氏所未及。

〔桃花源〕陶潛桃花源記：晉太元中，武陵人捕魚爲業。緣溪行，忘路之遠近，忽逢桃花林，夾岸數百步，中無雜樹，芳草鮮美，落英繽紛。漁人甚異之。復前行，欲窮其林。林盡水源，便得一山，山有小口，髣髴若有光。便捨船從口入，初極狹，纔通人，復行數十步，豁然開朗。土地平曠，屋舍儼然，有良田美池桑竹之屬。阡陌交通，雞犬相聞，男女衣著悉如外人，黄髮垂髫，並怡然自樂。見漁人方大驚，問所從來，具答之。便要還家，設酒殺雞作食。村中人聞有此人，咸來問訊。自云先世避秦時亂，率妻子邑人來此絶境，不復出焉，遂與外人間隔。問今是何世，乃不知有漢，無論魏晉。此人一一爲具言所聞，皆嘆惋，餘人各復延至其家，皆出酒食，停數日辭去。此中人語曰：「不足爲外人道也。」既出得其船，便扶向路，處處誌之。及郡下，詣太守説如此。太守即遣人隨其往，尋向所誌，遂迷不復得路。

【評箋】

徐禎卿云：此篇白惡世而思隱，故自託於秦人之言也。（郭本李集引）

方東樹云：衍古高妙。（昭昧詹言）

陳沆云：皆遯世避亂之詞，託之游仙也。（詩比興箋）

其三十二

蓐收肅金氣，西陸弦海月。秋蟬號階軒，感物憂不歇。良辰竟何許？大運有淪忽。天寒悲風生，夜久衆星没。惻惻不忍言，哀歌達明發。

【校】

〔達明發〕達，蕭本、咸本俱作逮。咸本注云：一作達。王本注云：蕭本作逮。

【注】

〔蓐收〕禮記月令：孟秋之月，其神蓐收。

〔西陸〕後漢書補律曆志：日行北陸謂之冬，西陸謂之秋，南陸謂之夏，東陸謂之春。

〔弦〕釋名：弦，月半之名也。其形一旁曲，一旁直，若張弓弛絃也。

〔何許〕文選謝朓在郡卧病呈沈尚書詩：「良辰竟何許？夙昔夢佳期。」吕延濟注：許，處也。言平生良時竟在何處。

〔明發〕王云：詩小雅：明發不寐。毛傳曰：明發，發夕至明。正義曰：夜地而暗，至旦而明，明地發後，故謂之明發也。集傳曰：明發謂將旦而光明開發也。

【評箋】

徐禎卿云：此愁秋之詞也。（郭本李集引）

陳沆云：遠别離篇：「我縱言之將何補？皇天竊恐不鑒予之衷誠。」即此意也。（詩比興箋）

其三十三

北溟有巨魚，身長數千里。仰噴三山雪；横吞百川水。憑陵隨海運；燀赫因風起。吾觀摩天飛，九萬方未已。

【校】

〔憑陵〕陵，兩宋本、繆本俱作淩。王本注云：繆本作淩。

〔爗赫〕爗，兩宋本、繆本俱作烜。王本注云：繆本作烜。

【注】

〔北溟〕見卷一大鵬賦注。

〔海運〕王云：陸德明莊子音義：海運，司馬彪云：運，轉也。向秀云：非海不行，故云海運。梁簡文云：運，徙也。

【評箋】

徐禎卿云：此假莊生之言以自況也。（郭本李集引）

其三十四

羽檄如流星，虎符合專城。喧呼救邊急，羣鳥皆夜鳴。白日曜紫微，三公運權衡。天地皆得一，澹然四海清。借問此何爲？答言楚徵兵。渡瀘及五月，將赴雲南征。怯卒非戰士，炎方難遠行。長號別嚴親，日月慘光晶。泣盡繼以血，心摧兩無聲。困獸當猛虎，窮魚餌奔鯨。千去不一回，投軀豈全生？如何舞干戚，一使有苗平？

【校】

〔楚徵〕兩宋本、繆本、王本俱注云：一作征楚。

〔雲南征〕征，咸本注云：一作行。

〔遠行〕行，咸本注云：一作征。

【注】

〔羽檄〕王云：史記：吾以羽檄徵天下兵。裴駰注：魏武奏事曰：今邊有小警，輒露檄插羽，非羽檄之意也。駰按推此言，則以鳥羽插檄書，謂之羽檄，取其急速若飛鳥也。顔師古漢書注：檄者，以木簡爲書，長尺二寸，用徵召也。其有急事，則加以鳥羽插之，示疾速也。又淮南王傳：持羽檄從南方來。顔師古注：羽檄徵兵之書也。

〔虎符〕王云：後漢書：舊制發兵皆以虎符，其餘徵調竹使符而已。潘岳馬汧督誄：剖符專城，紆青拖墨之司。張銑注：專，擅也，擅一城也，謂守宰之屬。

〔羣鳥〕蕭云：此言一時之喧呼驚擾，栖鳥亦不得安其巢，至於夜鳴也。

〔三公〕王云：韓詩外傳：三公者何？曰司空、司馬、司徒也。司馬主天，司空主地，司徒主人。

故陰陽不和，四時不節，星辰失度，災變非常，則責之司馬。山陵崩弛，川谷不流，五穀不殖，草木不茂，則責之司空。君臣不正，人道不和，國多盜賊，下怨其上，則責之司徒。通典：周以太師、太傅、太保爲三公，漢以丞相、大司馬、御史大夫爲三公，後漢、魏、晉、宋、齊、梁、陳、後魏、北齊皆以太尉、司徒、司空爲三公，後周以太師、太傅、太保爲三公，隋以太尉、司徒、司空爲三公。大唐因之。

〔得一〕老子：天得一以清，地得一以寧。河上公注：一無爲道之子也。天得一，故能垂象清明，地得一，故能安静不動摇。

〔借問〕沈德潛云：言天下清平，不應有用兵之事，故因問之。

〔渡瀘〕王云：琦按瀘水即禹貢梁州之黑水也。漢時名瀘，唐名金沙江，今雲南姚州之金沙江是也。……下流至四川叙州府爲馬湖江。水經注：瀘峯最爲高秀，水之左右，馬步之徑裁通。而時有瘴氣，三月四月逕之必死。非此時猶令人吐悶。五月以後，行者差得無害。故諸葛亮表言五月渡瀘，并日而食，臣非不自惜也，顧王業不可偏安於蜀故也。益州記曰：瀘水源出曲羅舊山下三百里，曰瀘水。兩峯有殺氣，暑月舊不行，故武侯以夏渡爲艱。太平寰宇記：十道記云：瀘水出蕃中，入黔府，歷越嶲郡界，出柘州，至此有瀘津關。關上有石峯，高三十丈，四時多瘴氣，三四月間發，人衝之立死。非此時中，則人多悶吐，唯五月上伏即無害。故諸葛武侯征越嶲上疏云：五月渡瀘，深入不毛之地。舊唐書：南蠻質子閣羅鳳亡歸，帝怒，欲討之。楊國忠薦閬州人鮮于仲通爲益州長史，令率精兵八萬討南蠻，與羅鳳戰於瀘南，全軍陷没。國忠掩其敗狀，叙其戰功，仍令仲通上表，請國忠兼領益部。十載，國忠權知蜀郡都督府長史，充劍南節度副大使知節度事。國忠又使司馬李宓率師七萬，再討南蠻。宓渡瀘水，爲蠻所誘，至太和城，不戰而敗。李宓死於陣，國忠又隱其敗，以捷書上聞。自仲通、李宓再舉討蠻之軍，其徵發皆中國利兵。然於土風不便，沮洳之所陷，瘴疫之所傷，饋餉之所乏，物故者十八九，凡舉二十萬衆，棄之死地，隻輪不返，人銜冤毒，無敢言者。新唐書楊國忠傳：國忠雖當國，常領劍南召募使，遣戍瀘南，餉路險乏，舉無還者。舊勳户免行，所以寵戰功，國忠令當行者先取勳家，故士無鬭志。凡募法，願奮者則籍之。國忠歲遣宋昱、鄭昂、韋儇以御史迫促郡縣。吏窮無以應，乃詭設餉召貧弱者，密縛置室中，衣絮衣，械而送屯，亡者以送吏代之。人人思亂。尋遣劍南留後李宓率兵十餘萬擊閣羅鳳，敗死西洱河。國忠矯爲捷書上聞。自再興師，傾中國驍卒二十萬，踦履無遺，天下冤之。通鑑：天寶十載夏四月，劍南節度使鮮于仲通討南詔蠻，大敗於瀘南。制大募兩京及河南北兵以擊南詔。人聞雲南多瘴癘，未戰士卒死者十八九，莫肯應募。楊國忠遣御史分道捕人，連枷送詣軍所。舊制，百姓有勳者免征役，時調兵既多，國忠奏先取高勳。於是行者愁怨，父母妻子送之，所在哭聲振野。

〔干戚〕書大禹謨：帝乃誕敷文德，舞干羽于兩階，七旬而有苗格。正義：明堂位云：朱干玉戚以舞大武。沈德潛云：干羽改干戚，本淵明「刑天舞干戚」句。

【評箋】

胡云：此篇詠討南詔事，責三公非人，黷武喪師，有慕益、禹之佐舜。

王云：蕭士贇曰：此詩蓋討雲南時作也。首即徵兵時景象而言。當此君明臣良，天清地寧，海内澹然，四郊無警之時，而忽有此舉。問之於人，始知徵兵者討雲南也。乃所調之兵，不堪受甲，所謂驅市人而戰之，如以困獸當虎，窮魚餌鯨，吾見師之出而不見師之入矣。末則深嘆當國之臣，不能敷文德以來遠人，致有覆軍殺將之恥也。

查慎行云：當天寶之世，忽開邊釁，驅無罪之人，置之必死之地。誰爲當國運權衡者，白日以下四句，國忠之蒙蔽殃民，二罪可併案矣。（初白詩評）

唐宋詩醇云：「羣鳥夜鳴」，寫出騷然之狀。「白日」四句，形容黷武之非。至於征夫之悽慘，軍勢之怯弱，色色顯豁，字字沈痛。結歸德化，自是至論。此等詩殊有關繫，體近風雅，杜甫兵車行、出塞等作，工力悉敵，不可軒輊。宋人羅大經作鶴林玉露，乃謂：白作爲歌詩，不過狂醉於花月之間，社稷蒼生，曾不繫其心膂。視甫之憂國憂民，不可同年語。此種識見，真「蚍蜉撼大樹」，多見其不知量也。

陳沆云：集中書懷贈常贊府詩云：「雲南五月中，頻喪渡瀘師。毒草殺漢馬，張兵奪秦旗。至今西洱河，流血擁僵尸。……」與此篇同旨。（詩比興箋）

今人詹鍈云：按詩中又稱「怯卒非戰士，炎方難遠行。長號别嚴親，日月慘光晶。困獸當猛虎，窮魚餌奔鯨。千去不一回，投軀豈全生」。通鑑：天寶十載：夏四月，劍南節度使鮮于仲通討南詔蠻，大敗於瀘南。制大募兩京及河南北兵以擊南詔。……於是行者愁怨，父母妻子送之，所在哭聲震野。兩相吻合，則王譜之説良是。（王譜繫此詩於天寶十載下）

其三十五

醜女來効顰，還家驚四鄰。壽陵失本步，笑殺邯鄲人。一曲斐然子，雕蟲喪天真。棘刺造沐猴，三年費精神。功成無所用，楚楚且華身。大雅思文王，頌聲久崩淪。安得郢中質，一揮成風斤？

【校】

〔一曲〕兩宋本、繆本、王本俱注云：一作東西。

〔華身〕華，兩宋本、繆本、王本俱注云：一作榮。

〔一揮〕此句兩宋本、蕭本、咸本俱作一揮成斧斤，兩宋本、繆本、咸本俱注云：一作承風一運斤。王本注云：一作承風一運斤，蕭本作一揮成斧斤。

【注】

〔醜女〕莊子天運篇：故西施病心而矉其里，其里之醜人見而美之，歸亦捧心而矉其里。其里之富人見之，堅閉門而不出。貧人見之，挈妻子而去之走。陸德明注：蹙額曰矉。

〔壽陵〕莊子秋水篇：子獨不聞夫壽陵餘子之學行於邯鄲與？未得國能，又失其故行矣。直匍匐而歸耳。

〔雕蟲〕法言卷二：或問吾子少而好賦，曰：然。童子雕蟲篆刻。俄而曰：壯夫不爲也。

〔棘刺〕韓非子外儲説左：宋人有請爲燕王以棘刺之端爲母猴者，必三月齋然後能觀之。燕王因以三乘養之，右御冶工言王曰：「臣聞人主無十日不燕之齋，今知王不能久齋以觀無用之器也，故以三月爲期。凡刻削者，以其所以削必小。今臣冶人也，無以爲之削，此不然物也。王必察之。」王因囚而問之，果妄，乃殺之。冶人謂王曰：「計無度量言談之士，多棘刺之説也。」一曰：燕王好微巧。衛人曰：「能以棘刺之端爲母猴。」燕王説之，養之以五乘之奉，王曰：「吾試觀客爲棘刺之母猴。」客曰：「人主欲觀之，必半歲不入宫，不飲酒食肉，雨霽日出視之晏陰之間，而棘刺之母猴乃可見也。」燕王因養衛人，不能觀其母猴。鄭有臺下之冶者，謂燕王曰：「臣爲削者也，諸微物必以削削之，而所削必大於削。今棘刺之端不容削鋒，難以治棘刺之端。王試觀客之削，能與不能可知也。」王曰：「善。」謂衛人曰：「客爲棘削之？」（此句有脱誤）曰：「以削。」王曰：「吾欲觀見之。」客曰：「臣請之舍取之。」因逃。

〔楚楚〕詩曹風蜉蝣：衣裳楚楚。毛傳：楚楚，鮮明貌。

〔成風斤〕莊子徐無鬼篇：莊子送葬，過惠子之墓，顧謂從者曰：「郢人堊漫其鼻端若蠅翼，使匠石斲之。匠石運斤成風，聽而斲之。盡堊而鼻不傷。郢人立不失容，宋元君聞之，召匠石曰：『嘗試爲寡人爲之。』匠石曰：『臣則嘗能斲之。雖然，臣之質死久矣。自夫子之死也，吾無以爲質矣，吾無與言之矣。』」

【評箋】

蕭云：此篇蓋譏世之作詩賦者，不過藉此以取科第干禄位而已。何益於世教哉？太白嘗論詩曰：將復古道，非我而誰？雅頌之作，太白自負者如此，然安得雅頌之人識之，使郢中之質能當匠石之運斤耶？

徐禎卿云：蕭説是也。（郭本李集引）

沈德潛云：譏世之文章無補風教，而因追思大雅也。（唐詩別裁）

其三十六

抱玉入楚國，見疑古所聞。良寶終見棄，徒勞三獻君。直木忌先伐，芳蘭哀自焚。盈滿天所損；沉冥道爲羣。東海汎碧水；西關乘紫雲。魯連及柱史，可以躡清芬。

【校】

〔汎碧水〕汎，蕭本、咸本俱作沉。水，兩宋本、繆本俱注云：一作流。王本汎下注云：蕭本作沉，水下注云：一作流。

【注】

〔抱玉〕韓非子和氏篇：楚人和氏得玉璞楚山中，奉而獻之厲王。厲王使玉人相之。玉人曰：「石也。」王以和爲誑而刖其左足。及厲王薨，武王即位，和又奉其璞而獻之武王。武王使玉人相之，又曰：「石也。」王又以和爲誑而刖其右足。武王薨，文王即位，和乃抱其璞而哭於楚山之下，三日三夜，淚盡而繼之以血。王聞之，使人問其故，曰：「天下之刖者多矣，子奚哭之悲也？」和曰：「吾非悲刖也，悲夫寶玉而題之以石，貞士而名之以誑，此吾所以悲也。」王乃使玉人理其璞，而得寶焉，遂命曰和氏之璧。墨子：和氏之璧，隋侯之珠，三棘六異，此諸侯之所謂良寶也。

〔直木〕莊子山木篇：直木先伐，甘井先竭。

〔西關〕高士傳：老子生於殷時，爲周柱下史。後周德衰，乃乘青牛車去，入大秦，過西關。關令尹喜望氣先知焉，乃物色遮候之。已而老子果至，乃強使著書，作道德經五千餘言，爲道家之宗。

【評箋】

徐禎卿云：此白自傷才不遇世，思遠舉以全身也。（郭本李集引）

今人詹鍈云：按此詩與卷二十四感興第七首略同。蕭氏於感興第七首下注曰：此篇已見二卷古風之三十六首，但有數語之異。是亦當時初本傳寫之殊，編詩者不忍棄，兩存之耳。

其三十七

燕臣昔慟哭，五月飛秋霜。庶女號蒼天，震風擊齊堂。精誠有所感，造化爲悲傷。而我竟何辜？遠身金殿旁。浮雲蔽紫闥，白日難回光。羣沙穢明珠，衆草凌孤芳。古來共歎息，流淚空沾裳。

【校】

〔殿旁〕王本注云：一本少此二句。兩宋本、繆本此下俱注云：一本此下添而我竟何辜，遠身金殿旁。

〔古來〕咸本注云：歎息一作今來。

【注】

〔燕臣〕論衡感虛篇：鄒衍無罪，見拘於燕。當夏五月，仰天而嘆，天爲隕霜。

〔庶女〕淮南子覽冥訓：庶女叫天，雷電下擊。景公臺隕，支體傷折，海水大出。高誘注：庶賤之女，齊之寡婦，無子不嫁，事姑謹敬。姑無男有女，女利母財，令母嫁婦，婦益不肯。女殺母以誣寡婦，婦不能自明，冤結叫天，天爲行雷電，下擊景公之臺隕壞也，毀景公之支體，海水爲之大溢出也。

〔紫闥〕文選曹植求通親親表：注心皇極，結情紫闥。劉良注：皇極、紫闥，天子所居也。

【評箋】

王云：蕭士贇曰：此詩其遭高力士譖於貴妃而放黜之時所作乎！浮雲比力士，紫闥比中宮，白日比明皇，羣沙衆草以喻小人，明珠孤芳以喻君子。

其三十八

孤蘭生幽園，衆草共蕪没。雖照陽春暉，復悲高秋月。飛霜早淅瀝，緑豔恐休歇。若無清風吹，香氣爲誰發？

【校】

〔爲誰〕誰，咸本作君，注云：一作誰。

【評箋】

蕭云：首兩句謂君子在野，未能自拔於衆人之中。三句至六句謂雖蒙主知，而小人之讒譖者已至，孤寒之士亦如是而已矣。末句則謂若非在位之人，引類拔萃而薦用之，雖有馨香，何以自見哉？

徐禎卿云：此亦太白自傷之詞也。（郭本李集引）

唐宋詩醇云：前有「燕臣昔痛哭」一章，與此均遭讒被放而作。前篇哀而不傷，怨而不誹，尚近離騷悲痛之旨，此則温柔敦厚，上追風雅矣。

陳沆云：在野不能自拔，雖蒙主知，已被衆忌，若無當位之人，披拂而吹噓之，雖有德馨，何由自達哉！此自傷遇主被讒，孤立莫援也。（詩比興箋）

其三十九

登高望四海，天地何漫漫！霜被羣物秋，風飄大荒寒。榮華東流水，萬事皆波瀾。白日掩徂暉，浮雲無定端。梧桐巢燕雀；枳棘棲鴛鸞。且復歸去來，劍歌行路難。

【校】

〔荒寒〕兩宋本、繆本俱注云：一本自第四句後云：殺氣落喬木，浮雲蔽層巒。孤鳳鳴天霓，遺聲何辛酸！遊人悲舊國，撫心亦盤桓。倚劍歌所思，曲終涕洄瀾。按：胡本洄作泗。

〔行路難〕行，兩宋本、繆本、王本俱注云：一作悲。

【注】

〔鴛鸞〕王云：鴛當是鵷字之訛。莊子：南方有鳥，其名鵷鶵，發於南海而飛於北海，非梧桐不止，非練實不食，非醴泉不飲。陸德明注：鵷鶵，鸞鳳之屬也。廣韻：鵷鶵似鳳。埤雅：鸞赤色五采雞形，鳴中五音，頌聲作則至。一曰青鳳爲鸞。後漢書：枳棘非鸞鳳所棲。陳書：枳棘棲鵷，常以增歎。

〔劍歌〕王云：劍歌謂彈其劍而歌也。按：行路難，樂府曲名。見卷三行路難三首詩注。

〔鴛〕與鵷同，音冤。

【評箋】

蕭云：此篇「登高望四海，天地何漫漫」者，以喻高見遠識之士知時世之昏亂也。「霜被羣物秋，風飄大荒寒」者，以喻陰小用事而殺氣之盛也。「榮華東流水，萬事皆波瀾」者，謂遭時如此，所謂榮華者如水之逝，萬事之無常亦猶波瀾之無有底止也。日君象，浮雲奸臣也，掩者蔽也，徂暉者日落之光也。以喻人君晚節爲奸臣蔽其明，猶白日將落爲浮雲掩其輝也。無定端者，政令之無常也。「梧桐巢燕雀」者，喻小人在上位而得志也。「枳棘棲鴛鸞」者，喻君子在下位而失所也。「且復歸去來，劍歌行路難」者，白意蓋謂危邦不入亂邦不居，識時知幾之士，當此之際，惟有歸隱而已。

徐禎卿云：蕭説是也。（郭本李集引）

王云：琦按：「登高望四海，天地何漫漫」，見宇宙廣大之意。「霜被羣物秋，風飄大荒寒」，見生計蕭索之意。「榮華東流水」，言年華日去，如水之東流，滔滔不返。「萬事皆波瀾」，言生事擾擾，反覆相乘，如水之波瀾，無有静時。「白日掩徂暉」，謂日將落而無光，如人將有去志而意色不快。「浮雲無定端」，言人生世上，行踪原無一定，何必戀戀於此？或以落日爲浮雲所掩，喻英明之人爲讒邪所惑，兩句作一意解者亦可。梧桐之木本鳳凰所止，而燕雀得巢其上，喻小人得志。枳棘之樹本燕雀所萃，而鵷鸞反棲其間，喻君子失所。以上皆即景而寓感嘆於間，以見不得不動歸來之念。意者是時太白所投之主人惑於羣小而不見親禮，將欲去之而作此詩。舊注以時世昏亂陰小用事爲解，專指朝政而言，恐未是。

今人詹鍈云：「且將歸去來，劍歌行路難」等句，似應指被讒去朝而言。

按：梧桐二語與第十五首之「珠玉買歌笑，糟糠養賢才」意同，「且復歸去來」二句又與第二十三首之「人心若波瀾，世路有屈曲」一致。

其四十

鳳飢不啄粟，所食唯琅玕。焉能與羣雞，刺蹙争一餐？朝鳴崑丘樹，夕飲砥柱湍。歸飛海路遠，獨宿天霜寒。幸遇王子晉，結交青雲端。懷恩未得報，感别空長歎。

【校】

〔刺蹙〕兩宋本、繆本俱作蹙促，蹙下注云：一作刺。咸本亦作蹙促。王本注云：一作蹙促。

【注】

〔啄〕音卓。

〔琅玕〕太平御覽卷九一五：莊子曰：老子見孔子從弟子五人，……老子歎曰：吾聞南方有鳥名爲鳳，所居積石千里，天爲生食，其樹名瓊枝，高百仞，以璆琳琅玕爲實。

〔刺〕音七。

〔崑丘〕王云：淮南子：鳳凰曾逝萬仞之上，翱翔四海之外。過崑崙之疏圃，飲砥柱之湍瀨。山海經：西海之南，流沙之濱，赤水之後，黑水之前，有大山名曰崑崙之丘。

〔砥柱〕王云：元和郡縣志：底柱山俗名三門山，在陝州硤石縣東北五十里黄河中。禹貢曰：導河積石，至於龍門。又東至於底柱。注云：河水分流包山而過，山見水中若柱然也。又以禹理洪水，山陵當水者，破之以通河。三穿既決，河出其間，有似於門，故亦謂之三門。

〔王子晉〕文選何劭遊仙詩李善注：列仙傳曰：王子喬者，周靈王太子晉也。好吹笙作鳳鳴。遊伊洛之間，道人浮丘公接以上嵩高山……。

【評箋】

蕭云：此詩似太白自比之作，太白雖帝族，非凡輩可儕。然孤寒疏遠，知章薦之方能致身金鑾，蒙帝知遇，可謂結交青雲端矣。此恩未報，臨別之時安能不感嘆哉？

徐禎卿云：蕭説近是。（郭本李集引）

胡云：王子晉，指長安中知己。史稱白自知不爲親近所容，與賀知章、李適之、汝陽王璡等八人縱飲，爲酒中八仙。璡爲讓皇帝之子，子晉豈指璡也歟！

王夫之云：此作如神龍，非無首尾，而不可以方體測知，直與步兵、弘農並驅天路矣。（唐詩評選）

唐宋詩醇云：前有鳳凰九千仞一篇與此皆白自比懷恩未報，感别長嘆。惓惓之誠，溢於言表。

陳沆云：徒懷知遇之感，愧無國士之報。（詩比興箋）

其四十一

朝弄紫泥海，夕披丹霞裳。揮手折若木，拂此西日光。雲卧遊八極，玉顔已千霜。飄飄入無倪，稽首祈上皇。呼我遊太素，玉杯賜瓊漿。一餐歷萬歲，何用還故鄉？永隨長風去，天外恣飄揚。

【校】

〔朝弄〕此句蕭本、咸本俱作朝弄紫沂海，兩宋本、繆本俱注云：一作朝駕碧鸞車。沂，咸本注云：一作泥。胡本作朝駕碧鸞車，注云：一作朝弄紫泥海。王本注云：一作朝駕碧鸞車，蕭本作朝弄紫沂海。

〔若木〕若，咸本注云：一作弱。

〔雲臥〕臥，兩宋本、繆本、王本俱注云：一作舉。胡本作舉。

〔已千〕咸本注云：一作如清。

〔飄揚〕咸本注云：一本無此二句。

【注】

〔紫泥海〕洞冥記：東方朔……後復去，經年乃歸。母忽見大驚曰：「汝行經年一歸，何以慰我耶？」朔曰：「兒至紫泥海，有紫水污衣，仍過虞淵湔洗，朝發中返，何云經年乎？」

〔若木〕楚辭離騷：折若木以拂日兮，聊逍遥以相羊。王逸注：若木在崑崙西極，其華照下地。

〔上皇〕楚辭九嘆：信上皇而質正。王逸注：上皇，上帝也。

〔太素〕太平御覽卷六七四太洞真經曰：太素三元山有中黄太一上帝之館。

【評箋】

蕭云：或疑首二句爲不類起句，不知正是取法選詩。如「朝發鄴都橋，暮濟白馬津」、「朝發廣莫門，暮宿丹水山」、「朝旦發陽崖，暮落憩陰峯」之類，皆起句也。而其文法則又皆自楚辭中來。如朝發軔於天津兮，夕予濟乎西極；朝馳余馬乎江皋，夕濟乎西澨，是也。又云：此亦遊仙篇。

其四十二

摇裔雙白鷗，鳴飛滄江流。宜與海人狎；豈伊雲鶴儔？寄影宿沙月；沿芳戲春洲。吾亦洗心者，忘機從爾遊。

【校】

〔宜與〕宜，咸本注云：一作冥。

〔寄影〕影，蕭本作形。王本注云：蕭本作形。

【注】

〔摇裔〕王云：摇裔猶摇蕩也。盧思道詩：「丰茸雞樹密，摇裔鶴烟稠。」

〔白鷗〕王云：列子：海上之人有好漚鳥者，每旦之海上，從漚鳥遊。漚鳥之至者百住而不止。

其父曰：「吾聞漚鳥皆從汝遊，汝取來吾玩之。」明日之海上，漚鳥舞而不下。埤雅：鳧好没，鷖好浮，故鷖一名漚。列子曰漚鳥，今字從鳥，後人加之也。蒼頡解詁曰：鷖，鷗也。今鷗一名水鴞，似白鴿而羣飛。

【評箋】

蕭云：此太白託興之詩也。……雲中之鶴……以喻在位之人也，海上之鷗……以喻閑散之人也。太白少有放逸之志，此詩豈供奉翰林之時忽動江海之興而作乎？

徐禎卿云：蕭説近是。大抵白志在疎逸，不在禄位，故有是言。至謂供奉翰林之時忽動江海之興，則滯矣。（郭本李集引）

其四十三

周穆八荒意，漢皇萬乘尊。淫樂心不極，雄豪安足論？西海宴王母；北宫邀上元。瑶水聞遺歌，玉杯竟空言。靈跡成蔓草，徒悲千載魂。

【注】

〔周穆〕列子周穆王篇：周穆王……肆意遠遊，命駕八駿之乘，右服蒒騮而左緑耳，右驂赤驥而左白㵒。主車則造父爲御，离冏爲右。次車之乘，右服渠黄而左踰輪，左驂盜驪而右山子，柏夭主車，參百爲御，奔戎爲右，馳驅千里。……遂賓於西王母，觴於瑤池之上。西王母爲王謡，王和之，其辭哀焉。

〔上元〕王云：漢武外傳：元封元年七月七日，王母至，天仙咸住殿下。王母惟將二侍女上殿，東向坐，帝跪拜，問寒暄畢而立，因呼帝坐。帝面南，王母乃遣侍女與上元夫人相聞云：「王九光之母敬謝，比不相見四千餘年，天事勞我，致以愆面。夫人可暫來否？若能屈駕，當停相須。」帝問王母：「上元何真也？」曰：「是三天真王之母，上元之官，統十萬玉女名録者也。」俄而夫人至。年可二十餘，天姿精耀，靈眸豔絶，服青霜袍，雲彩亂色，非錦非繡，不可名字。頭作三角髻，餘髮散垂至腰。戴九雲夜光之冠，帶火山大玉之佩，結鳳林華錦之綬，腰流黄揮精之劍，上殿向王母拜。王母坐止之，呼同坐，北向。王母勑帝曰：「此真元之母，尊貴之人，汝當起拜。」問寒温還坐。夫人笑曰：「五濁之人，耽酒營利，嗜味淫色，固其常也。且徹以天子之貴，其亂目者倍於凡焉。而復於華嚴之墟，折嗜欲之根，願無爲之事，良有志矣。」按漢武内傳外傳諸書，載王母及上元夫人來降漢庭，俱不言所在宫名。北宫則禮神君之地也。此云北宫邀上元，當另有所本。

〔玉杯〕王云：王融曲水詩序：穆滿八駿如舞瑤水之陰。劉良注：瑤水，瑤池也。三輔黄圖：廟記曰：神明臺，武帝造，祭仙人處。上有承露盤，有銅仙人舒掌捧銅盤玉杯，以承雲表之露。以露和玉屑服之，以求仙道。太平御覽：漢武故事曰：上崩後，鄠縣有一人於市貨玉杯，吏疑其御物，欲捕之，因忽不見。縣送其器，推問乃茂陵中物也。霍光自呼吏問之，説市人形貌如先帝。其事載在杯類中，而今本多作玉碗，蓋今本誤矣。按二事注此皆可通，但未知太白所用者何事耳。若舊注引辛垣平玉杯，則文帝時事，非武帝也。恐未是。

【評箋】

蕭云：此言二君雖遇王母、上元夫人，然亦卒不免於死，是亦猶辛垣平玉杯之空言耳。後之求神仙者可不鑒諸！當時明皇亦好神仙之事，此詩蓋有所諷云耳。

徐禎卿云：蕭説是也。（郭本李集引）

唐宋詩醇云：唐人多以王母比楊妃，如杜甫「西望瑶池降王母」，亦然。則上元即指秦、虢輩，末句蓋傷之也。

陳沆云：刺明皇荒淫，怠廢政事也。若如蕭注謂譏求仙，則不當有「淫樂心不極」之語。王母、上元皆喻女寵，瑶池玉杯盛陳宴樂，空言、徒跡，則歎萬幾曠廢，朝政荒蕪也。未知其指武惠妃歟，楊妃歟！斯謂主文而譎諫，言之者無罪。（詩比興箋）

其四十四

緑蘿紛葳蕤，繚繞松柏枝。草木有所託，歲寒尚不移。奈何夭桃色，坐嘆葑菲詩？玉顔豔紅彩，雲髮非素絲。君子恩已畢，賤妾將何爲？

【注】

〔緑蘿〕王云：詩小雅：蔦與女蘿，施於松柏。廣雅：女蘿，松蘿也。

〔夭桃〕詩周南桃夭：桃之夭夭，灼灼其華。毛傳：夭夭，其少壯也。

〔葑菲〕詩邶風谷風：習習谷風，以陰以雨。黽勉同心，不宜有怒。采葑采菲，無以下體。德音莫違，及爾同死。序云：谷風刺夫婦失道也，衛人化其上，淫於新婚而棄其舊室，夫婦離絶，國俗傷敗焉。

〔君子〕王云：江淹詩：「君子恩未畢。」古詩：「賤妾亦何爲？」琦按：古稱色衰愛弛，此詩則謂色未衰而愛已弛，有感而發，其寄諷之意深矣。

【評箋】

蕭云：詩有比有興，所以抒下情而通諷諭也。當時君臣夫婦之大倫不合於禮義而不克終者無所不有，太白此詩必有爲而作也。

徐禎卿云：此篇亦似太白被黜而作。（郭本李集引）

唐宋詩醇云：純用比興，亦騷雅之遺，金鑾召對，欣有託矣。中道被放，如去婦以盛顔鬒髪而不見答也。辭意怨而不怒，皆合風人，蕭士贇以爲有爲而作，殆未必然。

陳沆云：受知被謗，君恩不終，與孤蘭篇同旨。（詩比興箋）

方東樹云：小人得志，君子棄捐，君恩不結，芳意何申？（昭昧詹言）

其四十五

八荒馳驚飈，萬物盡凋落。浮雲蔽頹陽，洪波振大壑。龍鳳脱罔罟，飄颻將安託？去去乘白駒，空山詠場藿。

【校】

〔馳驚飈〕馳，咸本注云：一作駐。

〔場藿〕場，咸本注云：一作長。

【注】

〔大壑〕莊子天地篇：夫大壑之爲物也，注焉而不滿，酌焉而不竭。陸德明注：大壑，東海也。列子湯問篇：渤海之東，不知幾億萬里，有大壑焉，實惟無底之谷。其下無底，名曰歸墟。八紘九野之水，天漢之流，莫不注之，而無增無減焉。

〔白駒〕詩小雅白駒：皎皎白駒，食我場苗。毛傳：宣王之末，不能用賢，賢者有乘白駒而去者。次章云：皎皎白駒，食我場藿。毛傳：藿猶苗也。

【評箋】

王云：蕭士贇曰：此詩前指禄山之亂，乘輿播遷，天下驚擾。後言己之罹難，脱身羈囚，無所依託。

沈德潛云：浮雲二語隱指亂世景象。（唐詩別裁）

陳沆云：此皆天寶亂作以後，無志用世而思遠逝之詞。（詩比興箋）

今人詹鍈云：按詩云：「龍鳳脱網罟，……」蓋以出獄之後無所依託，乃思出世耳。非以世亂而隱也。贈張相鎬詩云：「捫虱對桓公，願得論悲辛。大塊方噫氣，何辭鼓青蘋？」斯言倘不合，歸老漢江濱。」張鎬既不用之，故太白乃以求出世自解。諸家説未能盡其旨。

其四十六

一百四十年，國容何赫然！隱隱五鳳樓，峨峨横三川。王侯象星月，賓客如雲烟。鬬雞金宫裏，蹴踘瑶臺邊。舉動摇白日，指揮回青天。當塗何翕忽！失路長棄捐。獨有揚執戟，閉關草太玄。

【校】

〔雲烟〕以上六句，兩宋本、繆本、王本俱注云：一本首六句云：帝京信佳麗，國容何赫然！劍戟擁九關，歌鐘沸三川。蓬萊象天構，珠翠誇雲仙。

〔金宫裏〕宫，兩宋本、繆本、王本俱注云：一作城。

〔蹴踘〕此句兩宋本、繆本、王本俱注云：一作走馬蘭臺邊。

【注】

〔一百四十年〕王云：唐自武德元年至天寶十四載得一百三十八年，此詩約是天寶初年太白在翰林時所作，四字疑誤。

〔三川〕王云：初學記：關中記云：涇與渭、洛爲關中三川。

〔蹴鞠〕王云：史記：處後蹴鞠。正義曰：謂打毬也。漢書：蹴鞠刻鏤。顔師古注：蹴，足蹴之也。鞠，以韋爲之，中實以物，蹴蹋爲戲樂也。荆楚歲時記：劉向别録曰：蹴鞠，黄帝所造，本兵勢也。或云：起於戰國。按鞠與毬同，古人蹋鞠以爲戲也。按：踘字當以从革爲是。廣韻云：以革爲之，今通謂之毬。唐時鬬雞打毬之戲盛行，此二語皆實寫。鬬雞見第二十四首注。

〔太玄〕王云：曹植與楊修書：昔揚子雲先朝執戟之臣耳。閉關猶閉門也。鮑照詩：閉幃草太玄，兹事殆愚狂。漢書：哀帝時丁、傅、董賢用事，諸附離之者或起家至二千石，時揚雄方草太玄，有以自守，泊如也。

【評箋】

徐禎卿云：當塗以後，蕭説未善。蓋言此輩得志之人據要路則氣燄揮霍，而失路者則終於棄捐而不用也。唯揚子雲則閉門著書，以道自守，不以得喪爲心。（郭本李集引）

胡云：自武德迄天寳十四載恰百四十年，豈此詩作於此年歟？

王云：蕭士贇曰：白日青天，以比其君，鬬雞蹴鞠，明皇所好。此等得志用事，舉動指揮，足以動揺主聽。揚雄解嘲：當塗者升青雲，失路者委溝渠。翕忽，疾貌。吴都賦：神化翕忽。太白意謂此輩幸臣，當其得志不過翕忽之頃，一朝失寵，長於棄捐不用。蓋言不足恃之意。而蕭注謂得其蹊徑而依附之，可以翕忽而暴貴，不得其蹊徑而不依附，終於棄捐而不用，似失其解。

今人詹鍈云：按太白爲宋中丞請都金陵表云：皇朝百五十年，金革不作。謂至天寳十四載，唐有天下已百五十年，則此詩當是天寳四載左右太白被讒去朝後作。

其四十七

桃花開東園，含笑誇白日。偶蒙春風榮，生此豔陽質。豈無佳人色？但恐花不實。宛轉龍火飛，零落早相失。詎知南山松，獨立自蕭颾？

【校】

〔春風〕春，蕭本、胡本俱作東。王本注云：蕭本作東。

〔生此〕生，兩宋本、繆本、胡本、王本俱注云：一作矜。

【注】

〔龍火〕文選張協七命：龍火西頽。李善注：漢書曰：東宫蒼龍房心，心爲火，故曰龍火也。

【評箋】

蕭云：此詩謂士無實行，偶然榮遇者，寵衰則易至於棄捐。孰若君子之有特操者獨立而不改其節哉？

徐禎卿云：此篇刺時也。（郭本李集引）

陳沆云：言榮遇無常，君子思獨立也。（詩比興箋）

今人詹鍈云：按此與卷二十四感興第四首略同，惟首尾稍有差異。蕭氏於感興第四首下注曰：按此篇已見卷二古詩四十七首，必是當時傳寫之殊，編詩者不能別，姑存於此卷。

其四十八

秦皇按寶劍，赫怒震威神。逐日巡海右，驅石駕滄津。徵卒空九寓，作橋傷萬人。但求蓬島藥，豈思農鳸春？力盡功不贍，千載爲悲辛。

【校】

〔震威神〕震，兩宋本、繆本、咸本俱作振，王本注云：繆本作振。

〔駕滄津〕駕，兩宋本、繆本、咸本俱作架，王本注云：繆本作架。

〔農鳸〕咸本作農雁，注云：一作農鳸。

【注】

〔驅石〕王云：藝文類聚：三齊略記曰：秦始皇作石橋，欲過海觀日出處。於時有神人能驅石下海，城陽十一山石盡起立，嶷嶷東傾，狀似相隨而去。云石去不速，神人輒鞭之，盡流血，石莫不悉赤。至今猶爾。江淹恨賦：秦帝按劍，諸侯西馳。削平天下，同文共規。雄圖既溢，武力未畢。方架黿鼉以爲梁，巡海右以送日。

〔寓〕即宇字。

〔蓬島藥〕史記封禪書：自威、宣、燕昭使人入海求蓬萊、方丈、瀛洲，此三神山者，其傳在勃海中，去人不遠。患且至則船風引而去，蓋嘗有至者，諸僊人及不死之藥皆在焉。……及至秦始皇并天下，至海上，則方士言之不可勝數。始皇自以爲至海上而恐不及矣。使人乃齎童男女入海求之，船交海中，皆以風爲解，曰未能至，望見之焉。

〔農鳸〕王云：獨斷：少昊之世，置九農之官。春扈氏農正趣民耕種，夏扈氏農正趣民芸除，秋扈氏農正趣民收斂，冬扈氏農正趣民蓋藏，棘扈氏農正掌人百果，行扈氏農正晝爲民驅鳥，宵扈氏農正夜爲民驅獸，桑扈氏農正趣民養蠶，老扈氏農正趣民收麥。陳子昂詩：「願罷瑶池宴，來觀農扈春。」宋之問詩：「吾君不事瑶池樂，時雨來觀農鳸春。」鳸、扈，古字通用。

〔贍〕説文：贍，給也。

【評箋】

蕭云：此詩於時亦有所諷，借秦爲喻云。

陳沆云：此刺好大務遠而不勤恤民隱也。（詩比興箋）

其四十九

美人出南國，灼灼芙蓉姿。皓齒終不發，芳心空自持。由來紫宮女，共妒青蛾眉。歸去瀟湘沚，沉吟何足悲？

【校】

〔由來〕由，文粹作猶，非。

【注】

〔紫宮〕文選左思詠史詩：「列宅紫宮裏。」李周翰注：紫宮，天子所居處。

〔沚〕王云：曹植詩：「夕宿瀟湘沚。」爾雅：小渚曰沚。

【評箋】

張戒云：國風云：愛而不見，搔首踟躕。瞻望弗及，佇立以泣。其詞婉，其意微，不迫不露，此其所以可貴也。古詩云：「馨香盈懷袖，路遠莫致之。」李太白云：「皓齒終不發，芳心空

自持。」皆無愧于國風矣。(歲寒堂詩話)

蕭云:此太白遭讒擯逐之詩也。去就之際,曾無留難。然自後人而觀之,其志亦可悲矣。

唐宋詩醇云:亦緑蘿篇之意。但前篇寓意於君,此則謂張垍輩之譖毁也。

按:曹植詩云:「南國有佳人,容華若桃李。朝遊江北岸,夕宿瀟湘沚。」乃此詩格調所從出。白晚年雖嘗至零陵,瀟湘恐非實指。

其五十

宋國梧臺東,野人得燕石。誇作天下珍,却哂趙王璧。趙璧無緇磷,燕石非貞真。流俗多錯誤,豈知玉與珉?

【校】

〔燕石〕以上二句兩宋本、繆本、胡本、王本俱注云:一作宋人枉千金,去國買燕石。

〔與珉〕與,咸本作無。

【注】

〔梧臺〕太平御覽卷五一:闞子曰:宋之愚人得燕石於梧臺之東,歸而藏之以爲大寶。周客聞而觀焉。主人齋七日,端冕玄服以發寶,華匱十重,緹巾十襲。客見之,盧胡而笑曰:「此燕石也，與瓦甓不異。」主人大怒，藏之愈固。

〔緇磷〕王云：劉孝威詩：「白玉遂緇磷。」野客叢書：論語：磨而不磷，涅而不緇。今讀磷字多作去聲，讀緇字多作平聲。而古來文士以磷字爲平聲，如摯虞、傅咸以至李、杜、元、白之流皆然。緇字作去聲協，見沈約高士贊。今禮部押韻，緇字只平聲一音，蓋當時未分四聲故耳。△緇音兹，磷音鄰。

〔玉與珉〕王云：說文：石之美者。禮：君子貴玉而賤珉。珉，石似玉而非也。

【評箋】

蕭云：此詩譏世之人不識真儒，而假儒反得用世，而非笑真儒焉。辭簡意明，切中古今時病。

徐禎卿云：此篇譏世人不辨美惡也。（郭本李集引）

其五十一

殷后亂天紀，楚懷亦已昏。夷羊滿中野，菉葹盈高門。比干諫而死，屈平竄湘源。虎口何婉孌？女嬃空嬋娟。彭咸久淪没，此意與誰論？

【校】

〔菉葹〕菉，兩宋本、繆本、咸本俱作緑，王本注云：繆本作緑。

〔女嬃〕嬃，兩宋本、繆本俱作顔。王本注云：繆本作顔。

〔彭咸〕咸，兩宋本、咸本俱作城，疑非。

【注】

〔天紀〕王云：胤征：俶擾天紀。正義曰：始亂天之紀綱也。陶潛詩：「嬴氏亂天紀。」

〔夷羊〕國語周語：商之興也，檮杌次于丕山，其亡也夷羊在牧。韋昭解：夷羊，神獸；牧，商郊牧野。

〔菉葹〕楚辭離騷：薋菉葹以盈室兮，判獨離而不服。王逸注：薋，蒺藜也；菉，王芻也；葹，枲耳也。三者皆惡草，以喻讒諂盈滿于側也。

〔比干〕論語微子篇：微子去之，箕子爲之奴，比干諫而死。孔子曰：殷有三仁焉。

〔屈平〕王云：史記：……屈平疾王聽之不聰也，讒諂之蔽明也，邪曲之害公也，方正之不容也，故憂愁幽思而作離騷。所謂薋菉葹以盈室，及女嬃、彭咸事，皆離騷中語也。其後又信上官之讒，遷屈原于湘江之南，乃頃襄王時事，非懷王也，詩蓋互言之耳。

〔虎口〕王云：蕭士贇曰：虎口事如史記：秦二世拜叔孫通爲博士，通曰：我幾不脱于虎口之類。謂比干以諫死是陷于虎口，何所爲而婉孌如是哉？詩云：婉兮孌兮。注曰：皆顧慕貌。陸機詩：「婉孌崑山陰。」注曰：婉孌，存思貌。琦按：虎口二句是反言以起下文，見賢者所爲，衆人不知，反以爲非之意。離騷：女嬃之嬋媛兮，申申其詈予。王逸注：女嬃，屈原姊也。嬋媛，猶牽引也：言女嬃見己施行不與衆合，以見流放，故來牽引，數怒重詈我也。又離騷：雖不周于今之人兮，願依彭咸之遺則。王逸注：彭咸，殷賢大夫也，諫其君不聽，自投水而死。△孌音戀。

【評箋】

今人詹鍈云：蕭曰：此詩，比興之詩也。其作於貶責張九齡之時乎！……詩比興箋：此歎明皇拒直諫之臣，張九齡、周子諒俱竄死也。按通鑑：開元二十五年，夏四月辛酉，監察御史周子諒彈牛仙客非才，……流瀼州，至藍田而死。李林甫言：子諒，張九齡所薦也。甲子，貶九齡荆州長史。又：開元二十八年二月，荆州長史張九齡卒。此詩之作當在九齡卒後。

其五十二

青春流驚湍，朱明驟回薄。不忍看秋蓬，飄揚竟何託？光風滅蘭蕙，白露灑葵藿。美人不我期，草木日零落。

【校】

〔朱明〕明，兩宋本、繆本、王本俱注云：一作火。胡本作火。

〔灑葵藿〕兩宋本、繆本、胡本、王本俱注云：一作委蕭藿。

【注】

〔朱明〕爾雅釋天：夏爲朱明。郭璞注：氣赤而光明也。

〔回薄〕文選賈誼鵩鳥賦：萬物迴薄兮，振蕩相轉。李善注：鶡冠子曰：水激則悍，矢激則遠。精神迴薄，振蕩相轉。

〔光風〕文選宋玉招魂：光風轉蕙，汜崇蘭些。王逸注：言天霽日明，微風奮發，動摇草木，皆令有光。

〔葵藿〕王云：王禎農書：葵，陽草也。其菜易生，郊野甚多，不拘肥瘠地皆有之，爲百菜之主，備四時之饌。本豐而耐旱，味甘而無毒，可防荒儉，可以菹腊，其枯枿可以榜簇，根子又能療疾，咸無遺棄，誠蔬茹之要品，民生之資益者也。而今人不復食之，亦無植者。説文：藿，菽之少也。蓋謂豆之初生者。廣雅：豆角謂之莢，其葉謂之藿。

【評箋】

蕭云：楚辭：日月忽其不淹兮，春與秋其代謝。惟草木之零落兮，恐美人之遲暮。詩意全出於此。美人，况時君也。時不我用，老將至矣。懷才而見棄於世，能不悲夫！

徐禎卿云：此篇白自傷也。（郭本李集引）

其五十三

戰國何紛紛！兵戈亂浮雲。趙倚兩虎鬬，晉爲六卿分。姦臣欲竊位，樹黨自相羣。果然田成子，一旦殺齊君。

【校】

〔自相〕自，咸本作日，注云：一作自。

〔殺齊君〕殺，兩宋本、繆本俱作弒。王本注云：繆本作弒。

【注】

〔兩虎〕史記廉頗藺相如列傳：相如曰：彊秦之所以不敢加兵於趙者，徒以吾兩人在也。今兩虎共鬭，其勢不俱生。

〔六卿〕王云：按史記晉世家曰：頃公十二年，晉之宗家祁傒孫、叔嚮子，相惡于君。六卿欲弱公室，乃遂以法盡滅其族，而分其邑爲十縣，各令其子爲大夫。晉弱，六卿皆大。太白所謂晉爲六卿分者，蓋用此事。

〔田成子〕莊子胠篋篇：田成子一旦殺齊君而有其國。論語憲問篇：陳成子弒簡公，孔子沐浴而朝，告於哀公曰：陳恒弒其君，請討之。邢昺疏：陳成子弒簡公者，春秋哀十四年，齊人弒其君壬，是也。

【評箋】

嚴羽云：太白此詩作於天寶間，時上自東都還，從容謂高力士曰：「朕欲高居無爲，悉以政事委林甫，如何？」對曰：「天下大柄不可假人，彼威勢成，誰敢議之者？」上不悦。太白位卑分疏，欲諫不可，故作是詩。（嚴羽評點李集）

蕭云：此詩其作於天寶間乎？

徐禎卿云：蕭説是也。（郭本李集引）

陳沆云：……此即遠别離篇「權歸臣兮鼠變虎」之意。内倚權相，外寵驕將，卒之國忠、禄山兩虎相鬬，遂致漁陽之禍。（詩比興箋）

其五十四

倚劍登高臺，悠悠送春目。蒼榛蔽層丘，瓊草隱深谷。鳳鳥鳴西海，欲集無珍木。鸒斯得所居，蒿下盈萬族。晉風日已頽，窮途方慟哭。

【校】

〔鳳鳥〕鳥，兩宋本、繆本俱作皇。王本注云：繆本作皇。

〔所居〕兩宋本、繆本俱作匹居。匹，注云：一作所。居，注云：一作棲。咸本亦作匹，注同。王本注云：一作匹居，一作所棲。

〔慟哭〕兩宋本、繆本俱注云：一本首四句以下云：翩翩衆鳥飛，翱翔在珍木。羣花亦便娟，榮耀非一族。歸來愴途窮，日暮還慟哭。王本注云：一本後六句云：翩翩衆鳥飛，翺翔在珍木。羣花亦便娟，榮耀非一族。歸來愴途窮，日暮還慟哭。

【注】

〔鷽斯〕王云：爾雅：鷽斯，鵯鶋。郭璞注：鴉烏也，小而多羣，腹下白，江東亦呼爲鵯烏。鄭樵注亦謂之鴉烏。蓋雀類差小，多羣飛，食穀粟，俗呼必烏。江淹詩：「鷽斯蒿下飛。」△鷽音豫，又音余。

〔窮途〕晉書卷四九阮籍傳：時率意獨駕，不由徑路，車跡所窮，輒慟哭而返。

【評箋】

蕭云：此篇首兩句乃居高見遠之意也。三句四句比小人據高位而君子在野也。五句至八句蓋謂當時君子亦有用世之意，而在朝無君子以安之，反不如小人之得位，呼儔引類至於萬族之多也。末句借晉爲喻，謂如此則君子道消，風俗頹靡，居然可知，若阮籍之途窮然後慟哭，毋乃見事之晚乎！

徐禎卿云：窮途慟哭，蕭解未善，言風既頹矣，途既窮矣，方可慟哭而已。（郭本李集引）

胡云：以上六句，一作「翩翩衆鳥飛，翺翔在珍木。羣花亦便娟，榮耀非一族。歸來愴途窮，日暮還慟哭」。以阮籍晉人，故云晉風。舊注謂毛詩之唐魏，失之遠矣。

唐宋詩醇云：天寶以還，小人道長，君子道消矣，物亦各從其類也。篇中連類引象，雜而不越。窮途慟哭，亦無可如何而已。

其五十五

齊瑟彈東吟，秦絃弄西音。慷慨動顏魄，使人成荒淫。彼美佞邪子，婉孌來相尋。一笑雙白璧；再歌千黄金。珍色不貴道，詎惜飛光沉？安識紫霞客，瑶臺鳴素琴。

【校】

〔彈東吟〕彈，兩宋本、繆本、胡本、王本俱注云：一作揮。

〔彼美〕美，兩宋本、繆本俱作女。咸本注云：一作女。王本注云：繆本作女。

〔素琴〕素，兩宋本、繆本俱作玉，注云：一作素。咸本作素，注云：一作玉。王本注云：一作玉。

【注】

〔齊瑟〕王云：曹植詩：「秦筝發西氣，齊瑟揚東謳。」魏文帝詩：「齊倡發東舞，秦筝奏西音。」

〔飛光〕文選沈約宿東園詩：「飛光忽我遒。」張銑注：飛光，日月也。

〔素琴〕王云：素琴謂琴之素朴不用金銀珠寶以爲飾者也。

【評箋】

徐禎卿云：此篇譏人之好色而不好仙術也。（郭本李集引）

其五十六

越客採明珠，提攜出南隅。清輝照海月，美價傾皇都。獻君君按劍，懷寶空長吁。魚目復相哂，寸心增煩紆。

【校】

〔皇都〕皇，兩宋本、繆本俱作鴻，注云：一作皇。王本注云：一作鴻。

【注】

〔按劍〕漢書卷五一鄒陽傳：臣聞明月之珠，夜光之璧，以闇投人於道，衆莫不按劍相眄者，何則？無因而至前也。

〔魚目〕文選張協雜詩：「魚目笑明月。」張銑注：魚目，魚之目精白者也。

〔煩紆〕文選張衡四愁詩：「何爲懷憂心煩紆？」李周翰注：煩紆，思亂也。

【評箋】

徐禎卿云：此篇白自傷被黜也。（郭本李集引）

其五十七

羽族稟萬化，小大各有依。周周亦何辜！六翮掩不揮。願銜衆禽翼，一向黄河飛。飛者莫我顧，嘆息將安歸？

【校】

〔周周〕兩宋本、繆本俱作啁啁。咸本作啁啁，注云：一本作周周。王本注云：繆本作啁啁。

【注】

〔周周〕文選阮籍詠懷詩：「周周尚銜羽」，李善注：韓子曰：鳥有周周者，首重而屈尾，將欲飲於河，則必顛，乃銜羽而飲。今人之所有飢不足者，不可以不索其羽矣。

【評箋】

蕭云：此詩之意以鳥爲喻。言小大各有所依，猶周周之無力者依有力者銜羽而飲。今有力者飛而不顧。唯有嘆息而已。猶言在野之賢望在位之賢汲引同類以就君禄，而在位者卒無進賢之心，有志而不能自援者，茫無所歸，唯有嘆息而已。

徐禎卿云：蕭説是也。（郭本李集引）

陳沆云：野有憂國之人，朝無用賢之相。（詩比興箋）

其五十八

我行巫山渚，尋古登陽臺。天空綵雲滅，地遠清風來。神女去已久，襄王安在哉？荒淫竟淪没，樵牧徒悲哀。

【校】

〔我行〕行，蕭本作到。胡本注云：一作到。王本注云：蕭本作到。

〔去已久〕去，蕭本、咸本俱作知。咸本注云：一作去。王本注云：蕭本作知。

〔淪没〕没，蕭本、咸本俱作替。咸本注云：一作没。胡本注云：一作替。王本注云：蕭本作替。

【注】

〔巫山〕王云：宋玉高唐賦：楚襄王與宋玉遊于雲夢之臺，望高唐之觀。其上獨有雲氣，崪兮直上，忽兮改容。須臾之間，變化無窮。王問玉曰：「此何氣也？」玉對曰：「所謂朝雲者也。昔者先王嘗遊高唐，怠而晝寢，夢見一婦人曰：妾，巫山之女也。爲高唐之客。聞君遊高唐，願薦枕席。王因幸之，去而辭曰：妾在巫山之陽，高丘之岨。旦爲行雲，暮爲行雨。朝朝暮暮，陽臺之下。」旦朝視之如言，故爲立廟，號曰朝雲。通典：夔州巫山縣有巫山。一統志：陽臺在夔州府巫山縣治西北，南枕大江。宋玉賦云：楚王遊于陽雲之臺，望高唐之觀，即此。王阮亭曰：巫山形絶肖巫字，其東即陽雲臺，在縣治西北五十步。高一百五十丈。二山皆土阜，殊乏秀色，而古今豔稱之，以楚大夫詞賦重耳。江淹詩：「相思巫山渚，悵望陽雲臺。」

【評箋】

蕭云：此篇是太白南遷時過巫山懷古而作。

徐禎卿云：蕭説是也。（郭本李集引）

王夫之云：三四本情語，而命景正麗，此謂雙行。雙行者，古今文筆之絶技也。（唐詩評選）

今人詹鍈云：按宿巫山下詩云：「雨色風吹去，南行拂楚王。高丘懷宋玉，懷古一沾裳。」此詩則云：「我行巫山渚，尋古登陽臺。……神女去已久，襄王安在哉？」疑是同時之作。

按：張九齡曲江集有登古陽雲臺一首。姚範援鶉堂筆記卷四〇云：按此及樊妃冢皆感於明皇之荒淫而作，詩當爲荆州長史時作，是時或以武惠妃擅寵故耶？

又按：阮籍詠懷詩云：「三楚多秀士，朝雲進荒淫。」即此詩所本，李詩與詠懷多同調，未可以有荒淫二字遂指爲刺荒淫也。必以爲身至巫山方作此詩，恐失之泥。

其五十九

惻惻泣路岐，哀哀悲素絲。路岐有南北，素絲易變移。萬事固如此，人生無定期。田竇相傾奪，賓客互盈虧。世途多翻覆，交道方嶮巇。斗酒強然諾，寸心終自疑。張陳竟火滅；蕭朱亦星離。衆鳥集榮柯；窮魚守枯池。嗟嗟失懽客，勤問何所規。

【校】

〔易變移〕易，兩宋本俱作無，注云：一作有。繆本、王本俱注云：一作有。

〔萬事〕兩宋本、繆本俱無此下四句。王本注云：一本少萬事固如此四句，世途多翻覆作谷風刺輕薄，交道以下皆同。

〔世途〕此句兩宋本、繆本、胡本俱作谷風刺輕薄。

〔枯池〕枯，兩宋本、繆本俱作空，注云：一作枯。王本注云：一作空。

〔所規〕規，兩宋本、繆本、胡本俱注云：一作悲，又作窺。

【注】

〔路岐〕淮南子説林訓：楊子見逵路而哭之，爲其可以南可以北。墨子見練絲而泣之，爲其可以黄可以黑。

〔田竇〕史記魏其武安侯列傳：武安侯田蚡者，孝景后同母弟也。……武安侯新欲用事爲相，卑下賓客，進名士家居者貴之，欲以傾魏其（竇嬰）諸將相。……天下吏士趨勢利者，皆去魏其，歸武安。

〔嶮〕與險同。

〔張陳〕後漢書卷五七王丹傳：張陳凶其終，蕭朱隙其末。章懷太子注：張耳、陳餘初爲刎頸交，後構隙。耳後爲漢將兵，殺陳餘於泜水之上。蕭育字次君，朱博字子元，二人爲友，著聞當代，後有隙不終，故時以交爲難。並見前書。

【評箋】

嚴羽云：古調近體，可冠初唐。（嚴羽評點李集）

蕭云：此詩譏市道交者，必當時有所爲而作。太白罹難之餘，友朋之交道，其不能始終如一而奔趨權門者，諒亦多矣。徒有一類失懽之客勤勤問勞，亦何所規益乎？

按：規字恐不作規益解，何所規者何所營也，此猶陶潛桃花源詩序「欣然規往」之規也。

胡云：太白古風，其篇富于子昂之感遇，儉于嗣宗之詠懷。其抒發性靈，寄託規諷，實相源流也。但嗣宗詩旨淵放而文多隱避，歸趣未易測求。子昂淘洗過潔，韻不及阮，而渾穆之象尚多包含。太白六十篇中，非指言時事，即感傷己遭。循徑而窺，又覺易盡。此則役于風氣之遞盛，不得不以才情相勝，宣洩見長，律之往製，未免言表繫外尚有可議。亦時會使然，非後賢果不及前哲也。

王云：劉克莊曰：太白古風與陳子昂感遇之作筆力相上下，唐之詩人皆在下風。

宋漫堂詩説：阮嗣宗詠懷，陳子昂感遇，李太白古風，韋蘇州擬古，皆得十九首遺意。

唐宋詩醇云：辭旨明白，白古風凡五十九首，以此篇結之，總厥所述，遠追嗣宗詠懷，近比子昂感遇，其間指事深切，言情篤摯，纏綿往復，每多言外之旨，白之流品亦可睹其概焉。夫開元天寶治亂迥殊，林甫國忠相繼柄政，宵小盈朝，賢人在野，卒致禄山之亂，宗社幾墟，白以倜儻之才遭讒被放，雖放浪江湖而忠君憂國之心未嘗少忘，身世之感一於詩發之，諸篇之中可指數也。豈非風雅之嗣音、詩人之冠冕乎？朱子嘗欲擇歷代之詩爲一編，以繼三百篇、楚辭之後，而以白之古風爲之羽翼輿衛，蓋有以取之矣。羣兒謗傷，何足信哉？

陸時雍云：太白古風八十二首發源於漢魏而託體於阮公，然寄託猶苦不深，而作用尚未盡委蛇盤礴之妙。要之，雅道時存。（詩鏡總論）

陳廷焯云：……自風騷以迄太白，皆一線相承，其間惟彭澤一派超然物外，正如巢許夷齊，有不可以常理論。至杜陵負其倚天拔地之才，更欲駕風騷而上之，則有所不能。僅於風騷中求門户，又若有所不甘，故别建旗鼓以求勝於古人。詩至杜陵而勝，亦至杜陵而變。顧其力量充滿，意境沉鬱，嗣後爲詩者舉不能出其範圍，而古調不復彈矣。……世人論詩，多以太白之縱横超逸爲變，而以杜陵之整齊嚴肅爲正。此第論其形骸，不知本原也。太白一生大本領全在古風五十九首。今讀其詩，何等朴拙，何等忠厚！至如蜀道難、行路難、天姥行、鳴皋歌等篇，粗而不精，枝而不理，絶非太白高作。若杜陵忠愛之忱，千古共見，而發爲歌詠則無一篇不與古人爲敵，其陰狠在骨，更不可以常理論。故余嘗謂太白詩人，謹守古人繩墨，亦步亦趨，不敢相背。至杜陵乃真與古人爲敵，而變化不可測矣。（白雨齋詞話）

李白集校注卷三

樂府三十首

遠别離

遠别離，古有皇英之二女。乃在洞庭之南，瀟湘之浦。海水直下萬里深，誰人不言此離苦？日慘慘兮雲冥冥，猩猩啼煙兮鬼嘯雨。我縱言之將何補？皇穹竊恐不照余之忠誠，雷憑憑兮欲吼怒。堯舜當之亦禪禹。君失臣兮龍爲魚，權歸臣兮鼠變虎。或云：堯幽囚，舜野死。九疑聯綿皆相似。重瞳孤墳竟何是？帝子泣兮緑雲間，隨風波兮去無還。慟哭兮遠望，見蒼梧之深山。蒼梧山崩湘水絶，竹上之淚乃可滅。

【校】

〔古有〕英靈此上無遠別離三字。

〔皇英〕皇，宋本英華同。兩宋本、繆本俱作黄。王本注云：繆本作黄，誤。

〔乃在〕咸本注云：一本無在字。

〔離苦〕咸本注云：一本無此二句。胡本、英靈此句俱作人言不深此離苦。

〔竊恐〕竊，英靈作切。

〔忠誠〕忠，宋本英華作衷。

〔雷〕蕭本、咸本俱作雲。王本注云：蕭本作雲。

〔或云〕云，蕭本、胡本俱作言。王本注云：蕭本作言。

〔聯綿〕聯下英華注云：一作連。

〔何是〕何，胡本作誰，注云：一作何。

〔蒼梧〕英靈此下無山字。

【注】

〔遠別離〕蕭云：樂府遠别離者，别離十九曲之一也。王云：江淹作古别離，梁簡文帝作生别離，太白之遠别離、久别離一作大概本此。按：郭茂倩樂府詩集云：楚辭云：「悲莫悲兮生别離」，古詩云：「行行重行行，與君生别離。」李陵與蘇武詩云：「良時不可再，離别在須臾。」故後人擬之爲古别離。梁簡文爲生别離、宋吴邁遠有長别離、李白有遠别離，亦皆類此。

〔二女〕列女傳母儀傳：有虞二妃者，帝堯之二女也。長娥皇，次女英。

〔之浦〕水經注湘水：大舜之陟方也，二妃從征，溺於湘江，神遊洞庭之淵，出入瀟湘之浦。瀟者水清深也。

〔此離苦〕王云：海水直下二句是倒裝句法，謂生死之别永無見期，其苦如海水之深，無有底止也。

〔皇穹〕文選潘岳寡婦賦，李善注：皇穹，天也。

〔忠誠〕按：此句與楚辭離騷荃不察余之中情句意相似。

〔憑憑〕左傳昭五年：震電憑怒。杜預注：憑，盛也。

〔爲魚〕説苑正諫篇：吴王欲從民飲酒，子胥諫曰：昔白龍下清泠之淵，化爲魚，漁者豫且射中其目。

〔變虎〕東方朔答客難：用之則爲虎，不用則爲鼠。

〔堯幽囚〕史記五帝本紀正義：括地志云：故堯城在濮州鄄城縣東北十五里。竹書云：昔堯德衰，爲舜所囚也。又有偃朱故城在縣西北十五里。竹書云：舜囚堯，復偃塞丹朱，使不與父相見也。按：史通卷一三：堯典序又云：將遜于位，讓于虞舜。孔氏注云：堯之子丹朱不肖，故有禪位之志。按汲冢瑣語云：舜放堯于平陽，而書云，某地有城以囚堯爲號。識者憑斯異説，頗以禪授爲疑。然則觀此二書已足爲證者矣。而猶有所未覩也，何者？據山海經謂放勛之子爲帝丹朱，而列君於帝者，得非舜雖廢堯，仍立堯子，俄又奪其帝者乎？觀近有姦雄奮發，自號霸王，或廢父而立其子，或黜兄而奉其弟，始則示相推戴，終亦成其篡奪。求諸歷代，往往而有，必以古方今，千載一揆，斯則堯之授舜，其事難明，謂之讓國，徒虚語耳。其疑一也。虞書舜典又云：五十載陟方乃死。注云：死蒼梧之野因葬焉。按蒼梧者，於楚則川號汨羅，在漢則邑稱零桂。地總百越，山連五嶺。人風婐劃，地氣歊瘴，雖使百金之子，猶憚經復其途，況以萬乘之君，而堪巡幸其國？且舜必以菁華既竭、形神告勞，捨兹寶位，如釋重負，何得以垂暮之年更踐不毛之地？兼復二妃不從，怨曠生離，萬里無依，孤魂溘盡，讓王高蹈，豈其若是者乎？歷觀自古人君廢逐，若夏桀放於南巢，趙嘉遷於房陵，周王流彘，楚帝徙郴，語其艱棘，未有如斯之甚也。斯則陟方之死，其殆文命之志乎？其疑三也。

〔野死〕國語魯語：舜勤民事而野死。韋昭注：野死，謂征有苗，死於蒼梧之野。

〔九疑〕史記五帝本紀集解：皇覽曰：舜冢在零陵營浦縣。其山九谿皆相似，故曰九疑。清一統志：湖南永州府：九疑山在寧遠縣南六十里。

〔重瞳〕史記項羽本紀：吾聞之周生曰：舜目蓋重瞳子。

〔帝子〕楚辭湘夫人：帝子降兮北渚。王逸注：帝子謂堯女也。

〔蒼梧〕王云：山海經：南方蒼梧之丘，蒼梧之淵，其中有九疑山。舜之所葬在長沙零陵界中。郭璞注：山在零陵營道縣南，其山九谿皆相似，故云九疑。古者總名其地爲蒼梧也。蓋古所稱蒼梧之野，其地甚廣。凡九疑山前後數百里，粵西、湖南之地兼跨而有之。若漢之所置蒼梧郡，視古之蒼梧野爲狹。唐之所置蒼梧郡，視漢之蒼梧郡則又狹。皆祇在粵西一隅，而長沙零陵非其所統矣。或者據史記本紀，舜崩於蒼梧之野，葬於江南九疑，是爲零陵，因崩葬各紀其地，疑蒼梧九疑不在一處者，非也。舜葬於蒼梧之野，蓋檀弓先已記之矣。

【評箋】

李東陽云：古律詩各有音節，然皆限于字數，求之不難，樂府長短句，初無定數，最難調疊，然亦有自然音，如太白遠別離，子美桃竹杖，皆極其操縱；曷嘗按古人聲調，而自和順委曲。（李詩選）

范梈云：此篇最有楚人風。所貴乎楚言者，斷如復斷，亂如復亂，而辭意反復行乎其間者，實未嘗斷而亂也；使人一唱三嘆，而有遺音。至于收淚謳吟，又足以興夫三綱五典之重者，豈虚也哉？兹太白所以不可及也。（李詩選）

梅鼎祚云：近代朱諫刪入辨疑，大瞶，范文白之論庶幾得之。（李詩鈔）

王夫之云：通篇樂府，一字不入古詩，如一匹蜀錦，中間固不容一尺吴練。工部譏時語開口便見，供奉不然，習其讀而問其傳，則未知己之有罪也。工部緩，供奉深。（唐詩評選）

翁方綱云：太白遠别離一篇極盡迷離，不獨以玄、肅父子事難顯言，蓋詩家變幻至此，若一説煞，反無歸著處也。惟其極盡迷離，乃即其歸著處。（小石帆亭詩話）

按：此詩各家之説不同：一以爲刺玄宗、肅宗父子間事，如王世懋藝圃擷餘云：太白遠别離篇……其太白晚年之作邪！先是肅宗即位靈武，玄宗不得已稱上皇，迎歸大内，又爲李輔國劫而幽之，太白幽憤而作此詩。因今度古，將謂堯、舜事亦有可疑。曰堯、舜禪禹，罪肅宗也。曰魚龍鼠虎，誅輔國也。故隱其詞，託興英皇，而以遠别離名篇。……然幽囚野死，則已露本相矣。沈德潛云：玄宗禪位於肅宗，宦者李輔國謂上皇居興慶宫，交通外人，將不利於陛下，於是徙上皇於西内，怏怏不逾時而崩。詩蓋指此也。太白失位之人，雖言何補？故託弔古以致諷焉。一以指玄宗入蜀事。如陳沆詩比興箋云：此篇或以爲肅宗時李輔國矯制遷上皇於西内而作，或以爲明皇内任林甫外寵禄山而作，皆未詳繹篇首英、皇二女之興，篇末帝子湘竹之淚託興何指也。本此以繹全詩，其西京初陷、馬嵬賜死時作乎？「海水直下萬里深，誰人不言此離苦」，言天上人間永訣也。我縱以下，乃追痛禍亂之源。方其伏而未發，忠臣志士，結舌吞聲，人人知之而不敢言，一旦禍起不測，天地易位，「六軍不發無奈何，宛轉蛾眉馬前死」，「君失臣兮龍爲魚，權歸臣兮鼠變虎」之謂也。或云以下乃倉皇西幸，傳聞不一之詞，故有幽囚野死之議。帝子以下乃又反復流連以哀痛之，……「蒼梧山崩湘水絶，竹上之淚乃可滅」，「天長地久有時盡，此恨綿綿無絶期」也。故長恨歌千言不及遠别離一曲。一以爲譏權歸李林甫、楊國忠，如蕭士贇云：此詩前輩咸以爲上元間李輔國矯制遷上皇於西内時太白有感而作，余曰非也。此詩大意謂無借人國柄，借人國柄則失其權，失其權則雖聖哲不能保其社稷妻子，其禍有必至之勢。詩之作其在天寶之末乎！按唐史高力士傳曰：天寶中，帝嘗曰：「朕春秋高，朝廷細務問宰相，蕃夷不龔付諸將，寧不暇耶？」又嘗齋大同殿，力士侍，帝曰：「海内無事，朕將吐納導引，以天下事付林甫，若何？」力士對曰：「天下大柄不可假人，威權既振，誰敢議者？」自是國權卒歸於林甫、國忠，兵權卒歸於禄山、舒翰，太白熟觀時事，欲言則懼禍及己，不得已而形之詩，聊以致其愛君憂國之志，所謂皇、英之事，特借之以隱喻耳。曰日曰皇穹，比其君也。曰雲，比其臣也。「日慘慘兮雲冥冥」，喻君昏於上而權臣障蔽於下也。「猩猩啼烟鬼嘯雨」，極小人之形容而政亂之甚也。「堯、舜當之亦禪禹」而下，乃太白所欲言之事，權歸臣下，禍必至此。詩意切直著明，流出胸臆，非識時憂世之士，存懷君忠國之心者，其孰能興於此哉？以上皆今人詹鍈李白詩文繫年所綜録，諸説之中，似以一二兩説爲近。

公無渡河

黄河西來決崑崙，咆哮萬里觸龍門。波滔天，堯咨嗟。大禹理百川，兒啼不窺家。殺湍堙洪水，九州始蠶麻。其害乃去，茫然風沙。披髮之叟狂而癡，清晨徑流欲奚爲？旁人不惜妻止之，公無渡河苦渡之。虎可搏，河難馮，公果溺死流海湄。有長鯨白齒若雪山，公乎公乎挂罥於其間。箜篌所悲竟不還。

【校】

〔咆哮〕樂府作咆吼。

〔堙〕咸本作湮。王本注云：蕭本作湮。

〔洪水〕水，英華作流，注云：一作水。

〔乃去〕去，咸本注云：一作古。

〔蠶〕王本注云：一作桑。胡本作桑。

〔茫然〕茫，咸本注云：一作茫。

〔狂而〕而，黄校作兒。咸本注云：一作兒。

〔徑〕咸本、胡本俱作臨。兩宋本、繆本、王本俱注云：一作臨。

〔海湄〕英華重此二字，屬下句，是。胡本同。

〔罥〕兩宋本、繆本、樂府俱作骨。胡本注云：挂骨或作挂罥。王本注云：繆本作骨。

【注】

〔公無渡河〕王云：王僧虔技録：相和歌瑟調三十八曲中有公無渡河行，即箜篌引也。古今

注：箜篌引，朝鮮津卒霍里子高妻麗玉所作也。子高晨起刺船而濯，有一白首狂夫，披髮提壺，亂流而渡，其妻隨呼止之，不及，遂墮河水死。於是援箜篌而鼓之，作公無渡河之歌，聲甚悽愴，曲終，亦投河而死。子高還以其聲語妻麗玉，麗玉傷之，乃引箜篌而寫其聲，聞者莫不墮淚飲泣。麗玉以其聲傳鄰女麗容，名爲箜篌引焉。

〔崑崙〕爾雅釋水：河出昆侖虚。

〔龍門〕書禹貢：至于龍門西河。正義：……三秦記云：龍門水懸船而下，兩旁有山，水陸不通，龜魚集龍門下數千，不得上，上則爲龍，故云：暴鰓點額龍門下。

〔滔天〕書堯典：帝曰：咨！四岳，湯湯洪水方割，蕩蕩懷山襄陵，浩浩滔天。孔傳：浩浩盛大若漫天。

〔理〕按：唐人避高宗諱，改治爲理。

〔窺家〕書益稷：啓呱呱而泣，予弗子。又孟子滕文公篇：禹八年於外，三過其門而不入。

〔堙洪水〕書洪範：鯀陻洪水。△堙音因。

〔風沙〕按：此句意謂水雖不至有滔天之害，仍有風沙之患。

〔難馮〕詩小雅小旻：不敢暴虎，不敢馮河。毛傳：徒涉曰馮河。

〔挂罥〕文選木華海賦：或挂罥於岑嶅之峯。李善注：聲類曰：罥，係也。△罥音絹。

【評箋】

蕭云：詩謂洪水滔天，下民昏墊，天之作孽，不可違也。當地平天成、上下相安之時，乃無故馮河而死，是則所謂自作孽者，其亦可哀而不足惜也矣。故詩曰：「旁人不惜妻止之」，是亦諷止當時不靖之人自投憲網者，借此以爲喻云耳。

胡云：「波滔天，堯咨嗟。大禹理百川，兒啼不窺家。其害乃去，茫然風沙。」太白之極力於漢者也。然詞氣太逸，自是太白語。（詩藪）

今人詹鍈云：詩比興箋：是詩自昔不言所指。蓋悲永王璘起兵不成誅死，而新唐書言永王璘辟白爲府僚佐，及璘起兵，白逃還彭澤。蓋永王初起事時，太白實望其勤王，不圖其猖獗江、淮，是以見幾逃遁。及璘兵敗身戮，太白被誣，坐流夜郎，至後遇赦得還，乃追悲之。「黄河咆哮」云云，喻叛賊之匈潰。「波滔天，堯咨嗟」云云，喻明皇之憂危。「大禹理百川，兒啼不窺家」云云，謂肅宗出兵朔方，諸將戮力，轉戰連年，乃克收復也。艱難若此，豈狂癡無知之永王所能立功乎？乃既無戡亂討賊之才，復無量力守分之智，馮河暴虎，自取覆滅，與渡河之叟何異乎？豫章篇云：「本爲休明人，斬虜素不閑。豈惜戰鬬死，爲君掃凶頑。精感不没羽，豈云憚險艱。樓船若鯨飛，波蕩落星灣。」即此詩所指。按陳沆所言，頗得本詩微意。

按：陳氏能知此詩必有所指，是其卓識，但李白於永王但有擁護而無刺譏，陳氏於舊史猶泥而不化，非李集中悲悼永王各詩之意也。又郭沫若李白與杜甫謂此詩中「披髮之叟」乃李白自喻，「堯」指玄宗，「大禹」指肅宗長子廣平王李俶，「妻」指宗氏，疑作于流夜郎途中。

蜀道難

噫吁嚱！危乎高哉！蜀道之難，難於上青天。蠶叢及魚鳧，開國何茫然！爾來四萬八千歲，不與秦塞通人烟。西當太白有鳥道，可以横絶峨眉顛。地崩山摧壯士死，然後天梯石棧相鈎連。上有六龍迴日之高標，下有衝波逆折之回川。黄鶴之飛尚不得過，猿猱欲度愁攀援。青泥何盤盤！百步九折縈巖巒。捫參歷井仰脅息，以手撫膺坐長嘆。問君西遊何時還，畏途巉巖不可攀。但見悲鳥號古木，雄飛雌從繞林間。又聞子規啼，夜月愁空山。蜀道之難，難於上青天，使人聽此凋朱顔。連峯去天不盈尺，枯松倒挂倚絶壁。飛湍瀑流争喧豗，砯崖轉石萬壑雷。其險也若此，嗟爾遠道之人胡爲乎來哉！劍閣峥嶸而崔嵬。一夫當關，萬夫莫開。所守或匪親，化爲狼與豺。朝避猛虎，夕避長蛇。磨牙吮血，殺人如麻。錦城雖云樂，不如早還家。蜀道之難，難於上青天，側身西望長咨嗟。

【校】

〔題〕兩宋本、繆本題下俱注云：諷章仇兼瓊也。

〔噫吁嚱〕吁嚱，咸本注云：一作嚱吁。

〔不與〕不，咸本注云：一作乃不。兩宋本、繆本、王本俱注云：一作乃。敦煌殘卷、又玄、樂府俱作乃不。

〔可以〕可，王本注云：一作何。

〔相鈎連〕相，兩宋本、繆本俱作方，注云：一作相。敦煌殘卷、樂府俱作方。王本注云：一作方。

〔六龍〕以下七字兩宋本、繆本、王本俱注云：一作横河斷海之浮雲。敦煌殘卷、又玄、英靈、文粹俱與兩宋本、繆本注同。英華注云：一作上有横河斷海之浮雲。

〔不得過〕兩宋本、繆本、樂府俱無過字，兩宋本、繆本得下俱注云：一作過。文粹作不能過。又玄此句作黄鶴之飛兮上不得。咸本注云：一本無過字。王本注云：繆本少過字。

〔攀援〕又玄、樂府作牽率。兩宋本、繆本作攀緣，緣下注云：一作牽。王本注云：繆本作緣，一作牽。

〔撫膺〕膺，英華作心，注云：一作膺。

〔問君〕黄校作征人。咸本注云：一作征人。

〔何時〕時，咸本、文粹、又玄、黄校俱作當。

〔悲鳥〕鳥，英華作烏。

〔古木〕古，樂府、黄校俱作枯。咸本注云：一作枯。

〔雌從〕英華、樂府俱作呼雌，注云：一作雌從。胡本、又玄俱作從雌。咸本注云：一作呼雌。王本注云：蕭本作從雌。

〔林間〕林，敦煌殘卷作花。

〔子規啼〕敦煌殘卷此下無夜字。

〔夜月〕英華作月落，注云：一作夜月。

〔去天〕此下五字，兩宋本、繆本、王本、英華、樂府俱注云：一作入煙幾千尺。又玄煙作雲。

〔飛湍〕飛，又玄作崩。

〔砯崖〕砯，兩宋本作冰。傅校英華作峻，注云：一作砯。

〔若此〕若，蕭本作如。王本注云：蕭本作如。又玄、樂府若上無也字。

〔萬夫〕夫，兩宋本、繆本、胡本俱作人，注云：一作夫。英靈亦作人。王本注云：一作人。

〔匪親〕親，兩宋本、繆本、王本俱注云：一作人。文粹、英靈俱作人。

〔錦城〕敦煌殘卷無以下十字。

〔雖云〕云，黄校作言。

〔長咨嗟〕兩宋本、繆本、王本俱注云：一作令人嗟。英華注同。

【注】

〔蜀道難〕王云：按樂府詩集：王僧虔技録，相和歌瑟調三十八曲内有蜀道難行。樂府古題要解：蜀道難備言銅梁玉壘之險。

〔噫吁嚱〕王云：宋景文公筆記：蜀人見物驚異，輒曰噫嘻嚱，李白作蜀道難因用之。

〔蠶叢〕文選蜀都賦劉逵注：揚雄蜀王本紀曰：蜀王之先，名蠶叢、柏濩、魚鳧、蒲澤、開明……從開明上到蠶叢，積三萬四千歲。

〔太白〕元和郡縣志卷二：太白山在（鳳翔府郿）縣東南五十里。

〔峨眉〕太平寰宇記卷七四：（嘉州峨眉縣有）峨眉山。按益州記云：峨眉山在南安縣界，兩山相對，狀似蛾眉。張華博物志以爲牙門山。參見卷八當塗趙炎少府粉圖山水歌及卷二十一登峨眉山注。

〔壯士〕華陽國志蜀志：秦惠王知蜀王好色，許嫁五女於蜀，蜀遣五丁迎之，還到梓潼，見一大蛇入穴中，一人攬其尾，掣之不禁，至五人相助，大呼拽蛇，山崩時壓殺五人及秦五女并將從，而山分爲五嶺。

〔六龍〕易乾卦：時乘六龍以御天。孔疏云，陽氣升降，謂之六龍。按：此句意謂雖天上駕日之龍車亦爲高標所阻。文選蜀都賦：陽烏回翼乎高標。句亦采其意。初學記天部三引淮南子曰：爰止羲和，爰息六螭，是謂懸車。注曰：日乘車駕以六龍，羲和御之，日至此而薄於虞淵，羲和至此而迴，六螭即六龍也。

〔黄鶴〕高步瀛唐宋詩舉要云：黄鶴即黄鵠，古書鶴、鵠字通用。莊子天運、庚桑楚釋文皆曰鵠本作鶴。朱駿聲説文通訓定聲孚部：鵠形似鶴，色蒼黄，亦有白者，其翔極高，一名天鵝。

〔青泥〕元和郡縣志卷二二：青泥嶺在（興州長舉）縣西北五十三里，接溪山東，即今通路也。懸崖萬仞，上多雲雨，行者屢逢泥淖，故號爲青泥嶺。

〔參〕音森。

〔歷井〕王云：謂仰視天星去人不遠，若可以手捫及之，極言其嶺之高也。參、井二宿本相近，參三星居西方七宿之末，占度十，爲蜀之分野，井八星居南方七宿之首，占度三十三，爲秦之分野。青泥嶺乃自秦入蜀之路，故舉二方分野之星相聯者言之。

〔脅息〕文選高唐賦：脅息增欷。李善注：脅息，縮氣也。

〔雌從〕王云：雉子斑古辭：雉子高飛止，黄鵠高飛已千里。雄來飛從雌視。

〔子規〕王云：子規即杜鵑也。蜀中最多，南方亦有之。狀如雀鷂而色慘黑，赤口有小冠，春暮即鳴，夜啼達旦，至夏尤甚，晝夜不止，鳴必向北。若云不如歸去，聲甚哀切。

〔空山〕按：本句可於夜月點斷，但似與「但見悲鳥號古木」七言二句爲對文，作五言二句亦佳。

〔喧豗〕王云：韻會：豗，喧聲。△豗音灰。

〔砯崖〕文選郭璞江賦：砯巖鼓作。李善注：砯，水擊巖之聲也。△砯音烹。

〔遠道〕蕭云：遠道之人以喻疎遠之臣若白者，雖欲從君於難，胡爲而能來也。高步瀛唐宋詩舉要云：蕭解胡爲乎來，似與詩之語意未浹，故詩醇謂遠道之人蓋指從者而言，語意雖合，亦失之泥。其弊止在以上之君字實指明皇，故下句爾字不能不曲爲解説矣。

〔劍閣〕見卷一劍閣賦注。

〔吮〕音徂兗切。

〔錦城〕元和郡縣志卷三一：錦城在〔成都〕縣南十里，故錦官城也。

【評箋】

沈德潛云：筆陣縱橫，如虬飛蠖動，起雷霆乎指顧。任華、盧仝輩仿之，適得其怪耳。太白所以爲仙才也。

又云：太白七古想落天外，局自變生。大江無風，波浪自湧。白雲從空，隨風變滅。此殆天授，非人可及。集中如笑矣乎，悲來乎，懷素草書歌等作皆五代凡庸子所擬，後人無識，將此種入選，嫯訾者爲粗淺人作俑矣。讀李詩者，于雄快之中，得其深遠宕逸之神，纔是謫仙面目。（唐詩别裁）

今人詹鍈云：唐殷璠河岳英靈集論李白詩云：至如蜀道難等篇，可謂奇之又奇，然自騷人以還，鮮有此體調也。璠與太白同時，不言詩意所本。中唐而後，諸説紛紜，幾如聚訟，兹列舉之：唐李綽尚書故實：陸暢嘗爲韋南康作蜀道易，首句曰：「蜀道易，易於履平地。」南康大喜，贈羅八百匹。……蜀道難，李白罪嚴武也。暢感韋之遇，遂反其詞焉。唐范攄雲溪友議：嚴武……擁旄西蜀，累於飲筵對客騁其筆札，杜甫拾遺乘醉而言曰：「不謂嚴挺之乃有此兒也。」武恚目久之曰：「杜審言孫子欲捋虎鬚耶！」合座皆笑以彌縫之。武曰：「與公等飲饌，所以謀歡，何至於祖耶？」房太尉琯微亦有所忤，憂怖成疾。武母恐害損忠良，遂以小舟送甫下峽，母則可謂賢也。然二公幾不免於虎口矣。李白作蜀道難，乃爲房、杜危之也。其略曰：「劍閣崢嶸……側身西望長咨嗟。」杜初自作閬中行：「豺狼當路，無地遊從。」（按杜少陵集無閬中行，其發閬中詩云：「前有毒蛇後猛虎，溪行盡日無村塢。」雲溪友議所引疑有訛誤。）或謂章仇大夫兼瓊爲陳子昂拾遺雪獄，高侍御適與王江寧昌齡申冤，當時同爲義士也。李翰林作此歌，朝右聞之，疑嚴武有劉焉之志。　新唐書嚴武傳：武爲劍南節度使，房琯以故相爲部内刺史，武慢倨不爲禮。最厚杜甫，然欲殺甫數矣。李白爲蜀道難者，乃爲房、杜危之也。又韋臯傳：天寶時，李白爲蜀道難以斥嚴武，陸暢更爲蜀道易以美臯。宋錢易南部新書：蜀道難或曰作於天寶初，或曰作於天寶末，二説皆出於後世。以意逆之曰：此爲房、杜危之也。陸暢去白未遠，作蜀道易以美韋臯，傳之當時。而蜀道難之詞曰：「錦城雖云樂，不如早還家。」其意必有所屬，房、杜之説蓋近之矣。　按嚴武之鎮成都乃肅宗上元二年事，此詩若爲刺嚴武而作，當在上元二年以後。　唐孟棨本事詩高逸第三：李太白初自蜀至京師，舍於逆旅，賀監知章聞其名，首訪之，既奇其姿，復請所爲文，出蜀道難以示之，讀未竟，稱歎者數四，號爲謫仙。解金龜换酒，與傾盡醉，期不間日，由是稱譽光赫。　五代王定保唐摭言卷七：李太白始自西蜀至京，名未甚振，因以所業贄謁賀知章，知章覽蜀道難一篇，揚眉謂之曰：「公非人世之人，可不是太白星精耶？」繆氏影印北宋本李太白集於蜀道難題下注曰：諷章仇兼瓊也。沈括夢溪筆談卷四：前史稱嚴武爲劍南節度使，放肆不法，李白爲之作蜀道難。按孟棨所記，白初至京師，賀知章聞其名首詣之。白出蜀道難，讀未畢，稱嘆數四。時乃天寶初也。此時白已作蜀道難，嚴武爲劍南乃在至德以後肅宗時，年代甚遠。蓋小説所記各得於一時見聞，本末不相知，率多舛誤。皆此文之類。李白集中稱刺章仇兼瓊，與唐書所載不同，此唐書誤也。蕭士贇曰：有客曰：洪駒父（名芻，紹聖進士）詩話云：新唐書嚴武傳云云，按白本傳，天寶初因吴筠被召，亦至長安，時往見賀知章，則與嚴武帥蜀歲月懸遠。嘗見李集一本於蜀道難題下注諷章仇兼瓊也，考其年月近之矣。謂危房、杜者非也。新唐書第勿深考耳（又見苕溪漁隱叢話前集卷五）。沈存中筆談曰云云（已見前引）。子以何説爲是乎？予曰：以臆斷之，其説皆非也。史不足徵，小説傳記反足信乎？所謂嘗見李集一本於蜀道難下注諷章仇兼瓊者，黄魯直嘗於宜州用三錢買雞毛筆，爲周維深作草書蜀道難，亦於題下注云：諷章仇兼瓊也。然天寶初天下乂安，四郊無警，劍閣乃長安入蜀之道，太白乃拳拳然欲嚴劍閣之守，不知將何所拒乎？以此知其不爲章仇兼瓊也。嘗以全篇詩意與唐史參考之，蓋太白初聞禄山亂華、天子幸蜀時作也。若曰爲房琯、杜甫、章仇兼瓊而作，何至始引蠶叢開國，終言劍閣之險，復及所守匪親，化爲豺狼等語哉？引喻非倫，是以知其不爲章與房、杜也。唐史，哥舒翰兵敗，潼關不守，楊國忠首倡幸蜀之策，當時臣庶皆非之。馬嵬父老諫曰：「宮闕，陛下家居；陵寢，陛下墳墓，今捨此欲何之？」又告太子曰：

「若殿下與至尊皆入蜀，中原百姓誰爲主？」建寧王倓亦曰：「今殿下從至尊皆入蜀，若賊兵燒絶棧道，則中原之地拱手授賊。」既上至扶風，士卒潛懷去就，往往流言不遜。比至成都，從官及六軍至者千三百人而已。太白深知幸蜀之非計，欲言則不在其位，不言則愛君憂國之情不能自已，故作詩以達意也。胡震亨曰：此詩説者不一，有謂爲嚴武鎮蜀放恣，危房琯、杜甫而作者，出范攄雲溪友議，新史所採也。有謂爲章仇兼瓊作者，沈存中、洪駒父駁前説而爲之説者也。有謂諷玄宗幸蜀之非者，蕭士贇注語也。兼瓊在蜀，無據險跋扈之跡可當斯語。而嚴武出鎮在至德後，玄宗幸蜀在天寶末，與此詩見賞賀監在天寶初者，年歲皆不合，則此數説似並屬揣摩。愚謂蜀道難自是古相和歌曲，梁、陳間擬者不乏，詎必盡有爲而作？白蜀人，自爲蜀詠耳。言其險，更著其戒。如云，所守或匪親，化爲狼與豺，風人之義遠矣。必求一人一時之事以實之，不幾失之鑿乎？日知録卷二十六新唐書條：嚴武傳：李白作蜀道難者，乃爲房、杜危之也。此宋人穿鑿之論，其説又見韋臯傳。蓋因陸暢之蜀道易而造爲之耳。李白蜀道難之作，當在開元、天寶間，時人共言錦城之樂，而不知畏途之險，異地之虞。即事成篇，别無寓意。及玄宗西幸，升爲南京，則又爲詩曰：誰道君王行路難？六龍西幸萬人歡，地轉錦江成渭水，天迴玉壘作長安。一人之作，前後不同如此，亦時爲之矣。沈德潛曰：諸解紛紛，蕭士贇謂爲禄山亂華天子幸蜀而作爲得其解。臣子忠愛之詞，不比尋常穿鑿（唐詩别裁）。而於錦城雖云樂二句下且云：恐蜀地有發難之人，則乘輿危矣，故望其早還帝都也。通篇結穴。陳沆詩比興箋：按蕭氏説迥出諸家之上，彼唐摭言謂賀知章曾見此詩者，亦猶陳子昂感遇詩刺武后時事，見於杜陵忠義之褒，而舊唐書顧謂其少作見許於王適，皆道聽塗説，未嘗真讀其詩者也。唐宋詩醇：解此詩者，幾如聚訟。惟蕭士贇謂爲禄山亂華天子幸蜀而作者得之。蓋其詩筆勢奇崛，詞旨隱躍，往往求之不得，遂妄爲之説。……蠶叢及魚鳧，至以手撫膺坐長嘆，極言山川道路之險，以還題意。而其非尋常遊幸之地已見言外。「問君西遊何時還」，正指幸蜀事。當日倉皇西幸，扈從蕭條，棧道崎嶇，霖鈴悲感，鳥號鵑啼，寫出淒涼之狀，故曰：「使人聽此凋朱顔」，此爲明皇悲也。以下重寫難字，而以其險也若此三句束之。遠道之人蓋指從者而言，故承以劍閣峥嶸六句。楚蔿賈云，我能往寇亦能往。蜀之險必不可恃，故爲危之之詞，以致其忠愛之意。若如諸説所云，爲守蜀者發，於義爲不倫矣。猛虎六句直言避亂，而祝其早還，通篇結穴在此……。今人徐嘉瑞頹廢之文人李白一文，發表於小説月報十七號號外，文中於蜀道難亦有説明。其意與蕭士贇略同，而又藉遠別離一詩以證蜀道難之定爲玄宗幸蜀而作。並謂詩義與馬嵬父老諫阻玄宗入蜀之議論相同，故云：嗟爾遠道之人胡爲乎來哉。楊國忠早有入川之計，因自領劍南節度使，以私黨崔圓爲副。國忠既死，崔圓有無異志尚不可知。又國忠被殺後，將士皆云國忠謀反，其將士皆在蜀，不可往。故詩云：「所守或匪親，化爲狼與豺。」朝避猛虎指安、史，夕避長蛇指崔圓與蜀中將士。　綜以上諸家之説，可得四種。一、罪嚴武，二、諷章仇兼瓊，三、諷玄宗幸蜀，四、即事成篇，別無寓意。其間一二四兩説與本事詩所載不相衝突，而一三兩説則否。按：此詩已見於殷璠所編之河岳英靈集。集序云：昭明太子撰文選後，相效著述者十有餘家，咸自盡善。……且大同至於天寶，把筆者近千人，……開元十五年後，聲律風骨始備矣。實由主上惡華好樸，去僞從真，使海内詞場翕然尊古。……粤若王維、昌齡、儲光羲等二十四人皆河岳英靈也。此集便以河岳英靈爲號，詩二百三十四首，分爲上下卷，起甲寅終癸巳（文苑英華作乙酉）。由上文觀之，主上當指玄宗，而玄宗朝之癸巳年爲天寶十二載，乙酉年爲天寶四載，是蜀道難一詩至晚亦當作於天寶十二載以前，而一三兩説之不可信，勿庸置辨矣。

今進而論第二説。按章仇兼瓊事跡，除略見於其太府君碑文外，唯有兩唐書吐蕃傳及楊國忠傳。碑文自是諛辭，不足論。舊唐書吐蕃傳云：開元二十七年，詔以華州刺史張宥爲益州長史、劍南防禦使，主客員外郎章仇兼瓊爲益州司馬、防禦副使。宥既文吏，素無攻戰之策，兼瓊遂專其戎事。俄而兼瓊入奏，盛陳攻取安戎之策，上甚悦。……拔兼瓊令知益州長史事，代張宥節度。二十八年，引官軍入（安戎）城，盡殺吐蕃將士，使監察御史許還率兵鎮守。上聞之甚悦。其年十月，吐蕃又引衆寇安戎城及維州，章仇兼瓊遣裨將率衆禦之。時屬凝寒，賊久之自引退。新唐書楊國忠傳云：劍南節度使章仇兼瓊與宰相李林甫不平，聞楊氏新有寵，思有以結納之爲奥助，使（鮮于）仲通之長安，仲通辭，以國忠見。……兼瓊喜，表爲推官，使部春貢長安。……國忠至京師，見羣女弟致贈遺。……諸楊日爲兼瓊譽，……兼瓊入爲户部尚書兼御史大夫，用其力也。兼瓊爲人略可概見，然殊無跋扈之跡可尋。太白答杜秀才五松山見贈詩云：「聞君往年遊錦城，章仇尚書倒屣迎。飛牋絡繹奏明主，天書降問迴恩榮。」是太白亦斷不致以兼瓊比諸豺狼也。諷章仇兼瓊之説疑自雲溪友議誤傳。雲溪友議云：或謂章仇兼瓊爲陳子昂拾遺雪獄，後人不察其義，略去下半句，漸訛成章仇兼瓊耳。又按：太白劍閣賦注云：送友人王炎入蜀，賦中寫劍閣之險與此頗多相似之處。如：

「咸陽之南直望五千里，見雲峯之崔嵬。前有劍閣横斷，倚青天而中開。」——「西當太白有鳥道，可以横絶峨眉巔。」又：「劍閣崢嶸而崔嵬。」又：「連峯去天不盈尺。」

「上則松風蕭颯瑟颸。」——「枯松倒挂依絶壁。」

「有巴猿兮相哀。」——「猿猱欲度愁攀援。」又：「但見悲鳥號古木，雄飛雌從繞林間。」

「旁則飛湍走壑，灑石噴閣，洶湧而驚雷。」——「飛湍瀑流争喧豗，砯崖轉石萬壑雷。」

「送佳人兮此去，復何時兮歸來？」——「問君西遊何時還？」

「望夫君兮安極，我沉吟兮歎息。」——「側身西望長咨嗟。」

白又有送友人入蜀詩云：「見説蠶叢路，崎嶇不易行。山從人面起，雲傍馬頭生。芳樹籠秦棧，春流遶蜀城。升沉應已定，不必問君平。」其中「見説蠶叢路」一聯與蜀道難詩「蠶叢及魚鳧，開國何茫然」同一出典。「山從人面起」一聯，即極寫蜀道之難也。秦棧爲自秦入蜀之棧道，今詩中稱「芳樹籠秦棧」，送別之地當在秦中可知。末聯則忠告友人之詞，謂功名不可強求也。意者，劍閣賦、送友人入蜀及此詩三者俱是先後之作。蜀道難，唐殘卷作古蜀道難，則其本爲規模古調，當可想見。陰鏗蜀道難云：「蜀道難如此，功名詎可要？」王炎入蜀或爲求取功名，故太白自溧水哭王炎詩云：「逸氣竟莫展，英圖俄夭殤。」今詩中稱：「其險也若此，嗟爾遠道之人胡爲乎來哉？」亦此意也。又詩雖題蜀道難，而全詩所敍僅及劍閣，外乎此者止「錦城雖云樂，不如早還家」二句而已。而此二句復不見於唐殘卷，是否後人所加，尚不可知。是詩與劍閣賦內容絶無二致明矣。至「一夫當關」以下四句亦别無寄託。「一夫當關，萬夫莫開」，言劍閣一帶棧路之狹，設欲入蜀，别無他道可由。「所守或匪親」，親字一作人，河岳英靈集、文苑英華及雲溪友議所引正作人。按人字是也。「所守或匪人，化爲狼與豺」者，言守此萬夫莫開之關者，或非其人，而化爲豺狼。此輩之凶殘直如猛虎長蛇，磨牙吮血，殺人如麻，故不得不朝夕避之。又解謂守此萬夫莫開之關者，或非人類而爲豺狼。途經此處，設有人（蔡夢弼曰：喻盜賊也。）守之，尚屬幸運，若遇豺狼守之則危矣。故途中不得不「朝避猛虎，夕避長蛇」，因其磨牙吮血殺人如麻也。説亦可通。杜甫發閬中詩云：「前有毒蛇後猛虎，溪行盡日無村塢。」蓋當時蜀地荒涼，本自如此。蜀地位秦之西南，太白萬憤詞投魏郎中詩稱玄宗幸蜀曰：「還白日於秦西」，則自秦去蜀自可稱曰西遊，自秦望蜀中亦可稱曰西望也。劍閣賦開首即稱咸陽，而此詩亦有「不與秦塞通人烟，西當太白有鳥道」之句，似白之送王炎當在長安或咸陽，其時白方至長安未久，旋遇賀知章，因出近作示之，賀遂歎爲謫仙人耳。貫休觀李翰林真詩云：「雖稱李太白，知是那星精？」則其太白星精之譬亦必有所本也。

按：詹氏備列前人各異説，頗具條貫，故備録之。其匯通劍閣賦及送友人入蜀詩，證蜀道難之爲寫實，固前人所未發，惟張綸言林泉隨筆（今獻彙言本）論此詩云：蓋白之天才絶倫，是樂府諸題各效一篇以寓其傷今懷古之情，蜀道難亦其中之一耳。初非有諷有爲如説者之云也。見解略同。

又按：詹氏駁章仇兼瓊之説亦尚無堅證。答杜秀才五松山見贈詩云：「聞君往年遊錦城，章仇尚書倒屣迎」，下文有「骯髒不能就珪組，至今空揚高蹈名」之句，知兼瓊亦非好賢之人，更觀其妄啓邊釁，夤緣權要諸端，亦未可謂太白斷不致比諸豺狼也。

又按：當時蜀中道路雖艱，而成都實爲一大都會，集中長干行：「早晚下三巴，預將書報家。」杜甫詩：「商胡離别下揚州，憶上西陵舊驛樓。」楊巨源詩：「細雨濛濛溼芰荷，巴東商旅挂帆多。」可知長江上下游商貨運輸之繁盛。「錦城雖云樂」，亦是寫實也。

梁甫吟

長嘯梁甫吟，何時見陽春？君不見，朝歌屠叟辭棘津，八十西來釣渭濱！寧羞白髮照清水，逢時壯氣思經綸。廣張三千六百鈎，風期暗與文王親。大賢虎變愚不測，當年頗似尋常人。君不見，高陽酒徒起草中，長揖山東隆準公！入門不拜騁雄辯，兩女輟洗來趨風。東下齊城七十二，指揮楚漢如旋蓬。狂客落魄尚如此，何況壯士當羣雄！我欲攀龍見明主，雷公砰訇震天鼓。帝旁投壺多玉女。三時大笑開電光，倏爍晦冥起風雨。閶闔九門不可通，以額叩關閽者怒。白日不照吾精誠，杞國無事憂天傾。猰貐磨牙競人肉，騶虞不折生草莖。手接飛猱搏彫虎，側足焦原未言苦。智者可卷愚者豪，世人見我輕鴻毛。力排南山三壯士，齊相殺之費二桃。吴楚弄兵無劇孟，亞夫咍爾爲徒勞。梁甫吟，聲正悲。張公兩龍劍，神物合有時。風雲感會起屠釣，大人峴屼當安之。

【校】

〔清水〕清，兩宋本、繆本、樂府俱作淥。胡本作緑。咸本、英華俱注云：一作淥。王本注云：繆本作淥。

〔壯氣〕壯，咸本、胡本、文粹、英華、樂府、黄校俱作吐。兩宋本、繆本、王本俱注云：一作吐。

〔六百鈞〕鈞，繆本、王本俱注云：一作釣。兩宋本作鈞，注云：一作釣。樂府、文粹俱作釣。咸本作釣。按：作釣者近是。

〔風期〕咸本、樂府、文粹俱作風雅。

〔君不見高陽〕君，英華作又，注云：一作君。

〔入門不拜〕兩宋本、繆本俱作入門開説，注云：一作一開遊説。胡本作一開遊説，注云：一作入門不拜。英華同。兩宋本、繆本，開説下注云：一作不拜。文粹作入門不拜騁雄辯。王本注云：一作入門開説，一作入開遊説。

〔揮〕兩宋本、繆本俱作麾。王本注云：繆本作麾。

〔狂客〕客，英華作生。繆本、胡本、王本俱注云：一作生。

〔落魄〕魄，兩宋本、繆本、樂府俱作拓。王本注云：繆本作拓。

〔開電光〕開，胡本、英華俱作生，注云：一作開。

〔費二桃〕費，英華作用，注云：一作費。

〔吴楚弄兵〕文粹作吴越，無弄兵二字。咸本注云：一本無此四字。

〔無劇孟〕無，英華作非，注云：一作無。

〔大人〕大，英華作天，注云：一作大。

【注】

〔梁甫吟〕王云：按樂府詩集：古今樂録曰：王僧虔技録相和歌楚調曲有梁父吟行，今不歌。謝希逸琴論曰：諸葛亮作梁父吟。陳武别傳曰：武常騎驢牧羊，諸家牧豎數十人，或有知歌謡者，武遂學太山梁甫吟、幽州馬客吟及行路難之屬。蜀志曰：諸葛亮好爲梁甫吟，然則不起於亮矣。李勉琴説曰：梁父吟，曾子撰。琴操曰：曾子耕泰山之下，天雨雪凍，旬日不得歸，思其父母，作梁山歌。蔡邕琴頌曰：梁甫悲吟，周公越裳。西溪叢語：樂府解題有梁父吟，不知名爲梁父吟何義。張衡四愁詩云：「欲往從之梁父艱。」注云：泰山，東岳也。君有德則封此山，願輔佐君王致於有德，而爲小人讒邪之所阻。梁父，泰山下小山名。諸葛亮好爲梁父吟，恐取此義。

〔陽春〕楚辭九辯：恐溘死而不得見乎陽春。

〔棘津〕韓詩外傳卷八：太公望少爲人壻，老而見去，屠牛朝歌，賃於棘津，釣於磻溪。水經注河水：徐廣曰：棘津在廣川。司馬彪曰：縣北有棘津城。吕尚賣食之困，疑在此也。劉澄之曰：譙郡酇縣東北有棘津亭故邑也，吕尚所困處也。

〔渭濱〕史記范雎列傳：吕尚之遇文王也，身爲漁父而釣於渭濱耳。

〔六百鈞〕蕭云：三千六百鈞，以指太公八十釣於渭十年間事也。十年三千六百日，每日而釣，故曰三千六百釣。唐宋詩醇云：三千六百釣，迄無定論。按説苑云：吕望年七十釣於渭渚。孔叢子云：太公勤身苦志，八十而遇文王。以百年三萬六千場計之，七十至八十約三千六百釣也。或又以八十始釣，九十始遇爲十年，殆未知楚辭所云太公九十始顯榮，蓋指封國時言也。黄本驥癡學云：太白梁甫吟：「廣張三千六百釣，風期暗與文王親。」言渭水之釣志在天下，非一丘一壑之比，即鞠歌行「虎變磻溪中，一舉釣六合」之意。三千六百，偶舉其數，無所取義也。歷來詮釋皆近於鑿。

〔風期〕王云：風期，猶風度也。世説注：支遁風期高亮。

〔虎變〕易革卦：大人虎變。

〔酒徒〕史記酈生列傳：酈生食其者，陳留高陽人也。家貧落魄，無以爲衣食業，縣中皆謂之狂生。沛公至高陽傳舍，使人召酈生，酈生入謁，沛公方踞牀，使兩女子洗足。酈生入，則長揖不拜，曰：「必聚徒合義兵誅無道秦，不宜倨見長者。」於是沛公輟洗攝衣，延酈生上坐，謝之。初沛公引兵過陳留，酈生踵軍門上謁，使者出謝曰：「沛公未嘗見儒人也。」酈生瞋目按劍叱使者曰：「走復入言沛公，吾高陽酒徒也，非儒人也。」

〔隆準公〕漢書高帝紀：高祖……爲人隆準而龍顏。注：應劭曰：隆，高也。李斐曰：準，鼻也。△準音拙。

〔趨風〕左傳成十六年：郤至免冑而趨風。注：疾如風也。

〔七十二〕史記酈生列傳：漢三年，漢王數困滎陽、成皋，酈生因曰：「臣願得奉明詔説齊王，使爲漢而守東藩。」上曰：「善。」使酈生説齊王曰：「王疾先下漢王，齊國社稷可得而保也，不下漢王，危亡可立而待也。」田廣以爲然，迺聽酈生，罷歷下兵守戰備，淮陰侯聞酈生伏軾下齊七十餘城，迺夜度兵平原襲齊。漢書卷三五吴王濞傳：昔高帝……孽子悼惠王王齊七十二城。

〔明主〕後漢書光武帝紀：其計固望攀龍鱗、附鳳翼，以成其所志耳。

〔雷公〕論衡雷虚篇：圖畫之工，圖雷之狀，纍纍如連鼓之形，又圖一人若力士之容，謂之雷公，使之左手引連鼓，右手推椎，若擊之狀。

〔砰訇〕王云：廣韻：砰訇，大聲也。△訇音轟。

〔天鼓〕太平御覽卷一三河圖帝通紀曰：雷，天地之鼓。

〔電光〕神異經東荒經：東王公……恒與一玉女投壺，每投千二百矯。設有入不出者，天爲之噫噓，矯出而脱誤不接者，天爲之笑。注：言笑者，天口流火炤灼，今天下不雨而有電光，是天笑也。

〔晦冥〕漢書高帝紀：雷電晦冥。注：師古曰：晦冥皆謂暗也。

〔九門〕後漢書卷四六寇榮傳：閶闔九重。注：閶闔，天門也。

〔閽者〕楚辭離騷：吾令帝閽開關兮，倚閶闔而望予。王逸注：閽，主門者也。閶闔，天門也。

〔天傾〕列子天瑞篇：杞國有人憂天地崩墜，身無所寄，廢寢食者。

〔猰貐〕爾雅釋獸：𧳜貐，類貙，虎爪，食人，迅走。釋文：𧳜，字亦作猰；……貐，字或作窳。

△猰音札，貐音與。

〔騶虞〕見卷一大獵賦注。

〔焦原〕清一統志：山東沂州府：焦原山在莒州南四十里。

〔言苦〕文選思玄賦注引尸子：中黄伯曰：余左執太行之獶而右搏彫虎。又：莒國有石焦原者，廣五十步，臨百仞之谿，莒國莫敢近也。有以勇見莒子者，獨却行齊踵焉，所以稱於世。按楊慎丹鉛總録卷一六云：蓋用尸子載中黄伯及莒國勇夫事而楊子見、蕭粹可皆不能注。按：楊氏引此文，但仍未著出處。

〔可卷〕論語衛靈公篇：君子哉蘧伯玉，邦無道則可卷而懷之。

〔鴻毛〕漢書卷六二司馬遷傳：死有重於泰山，或輕於鴻毛。

〔二桃〕諸葛亮梁甫吟：「步出齊城門，遥望蕩陰里。里中有三墳，纍纍正相似。問是誰家墳，田疆古冶子。力能排南山，文能絶地紀。一朝被讒言，二桃殺三士。誰能爲此謀？相國齊晏子。」晏子春秋内篇諫下：公孫接、田開疆、古冶子事齊景公，以勇力搏虎聞。晏子過而趨，三子者不起。晏子入見公曰：「臣聞明君之蓄勇力之士也，上有君臣之義，下有長率之倫，内可以禁暴，外可以威敵。上利其功，下服其勇，故尊其位，重其禄。今君之蓄勇力之士也，上無君臣之義，下無長率之倫，内不以禁暴，外不可威敵，此危國之器也，不若去之。」公曰：「三子者，搏之恐不得，刺之恐不中也。」晏子……因請公使人少餽之二桃，曰：「三子何不計功而食桃？」公孫接仰天而歎曰：「……接一搏貑而再搏乳虎。若接之功可以食桃而無與人同矣。」援桃而起。田開疆曰：「吾仗兵而却三軍者再。若開疆之功亦可以食桃而無與人同矣。」援桃而起。古冶子曰：「吾嘗從君濟於河，黿銜左驂，以入砥柱之流。當是時也，冶少不能游，潛行逆流百步，順流九里，得黿而殺之，左操驂尾，右挈黿頭，鶴躍而出。津人皆曰河伯也，若冶視之則大黿之首。若冶之功亦可以食桃而無與人同矣。二子何不反桃？」抽劍而起，公孫接、田開疆曰：「吾勇不子若，功不子逮，取桃不讓，是貪也，然而不死，無勇也。」皆反其桃，挈領而死。古冶子曰：「二子死之，冶獨生之，不仁；恥人以言，而夸其聲，不義；恨乎所行不死，無勇。」……亦反其桃，挈領而死。使者復曰：「已死矣。」公殮之以服，葬之以士禮焉。

〔劇孟〕史記游俠列傳：吳、楚反時，條侯（周亞夫）爲太尉，乘傳車將至河南，得劇孟，喜曰：吳、楚舉大事而不求孟，吾知其無能爲已矣。天下騷動，宰相得之，若得一敵國云。

〔咍〕楚辭九章王逸注：楚人謂相啁笑曰咍。△咍音呼來切。

〔徒勞〕高步瀛唐宋詩舉要云：接猱搏虎，盡力於國以擊刺姦邪，雖側足焦原，未足言苦。第恐讒言蔽君，致蹈三士之禍，智卷愚豪，時事顛倒，甘爲俗人所輕。然當國家有事之時，亞夫得之如得一敵國，則待時而動，未必無遇合之期也。

〔龍劍〕見卷二古風第十六首注。

〔感會〕後漢書卷五二二十八將論：咸能感會風雲，奮其智勇。

〔峴屼〕高步瀛唐宋詩舉要云：易困：九五，劓刖。釋文：荀、王肅本作臲卼，云不安貌。鄭云當爲倪仉。上六，于臲卼。釋文：臲，説文作劓。卼，説文作𣫍。云𣫍，不安也。（當作槷𣫍，不安也。）峴屼與倪仉、臲卼、槷𣫍並同。又作杌隉。書秦誓，僞孔傳曰：杌隉不安，言危也。△峴音倪結切。

【評箋】

蕭云：「長嘯梁甫吟，何時見陽春」，喻有志之士何時而遇主也。「君不見」兩段聊自慰解，謂太公之老，食其之狂，當時視爲尋常落魄之人猶遇合如此，則爲士者終有遇合之時也。「我欲攀龍見明主」，於時事有所見而欲告於君也。「雷公砰訇震天鼓，帝旁投壺多玉女。三時大笑開電光，倏爍晦冥起風雨」，喻權奸女謁用事政令無常也。「閶闔九門不可通，以額叩關閽者怒」，喻言路壅塞，下情不得以上達，而言者往往獲罪於權近也。「白日不照吾精誠，杞國無事憂天傾」，太白灼見當時貴妃、國忠、林甫、禄山竊弄權柄，禍已胎而未形，欲諫則言無證而不信，倘使君不鑒吾之誠，則正所謂杞人憂天之類耳。「猰貐磨牙競人肉，騶虞不折生草莖」，嘆當時小人在位，爲政害民，有如猰貐磨牙，競食人肉，使有道之朝，則當仁如騶虞，雖生草不履，況肯以肉爲食哉？況肯輕殺一士哉？「手接飛猱搏彫虎，側足焦原未言苦。智者可卷愚者豪，世人見我輕鴻毛。力排南山三壯士，齊相殺之費二桃。」白意謂當有道之朝，得君而佐之，爲國出力，刺奸擊邪，不憚勤勞，如接搏猱虎，雖側足焦原未足言苦，今時事若此，則當卷其智而爲愚，乃爲人豪。世不我知，謂爲真愚，而輕我如鴻毛，我亦卒不改行者，思古之壯士，勇力如此，一忤齊相，用計殺之，特費二桃，殊不勞力。白也倘不卷其智而懷之，適足使權近得以甘心焉耳。「吴楚弄兵無劇孟，亞夫咍爾爲徒勞」，又自慰解，當國者終須得人爲用，必有遇合之時也。「梁甫吟，聲正悲。張公兩龍劍，神物合有時，風雲感會起屠釣，大人㞄屼當安之」，申言有志之士終當感會風雲，如神劍之會合有時，則夫大人君子遭時屯否，㞄屼不安，且當安時以俟命可也。

王云：琦按：蕭氏解騶虞數句似與詩意不甚相合，當分别觀之。

王夫之云：長篇不失古意，此極難。將諸葛舊詞二桃三士攛入夾點，局陣奇絶。蘇子瞻取此法作「燕子樓空」三句，便自託獨得。（唐詩評選）

唐宋詩醇云：此詩當亦遭讒被放後作，與屈平睠睠楚國，同一精誠。「三千六百釣」，迄無定論。按説苑云：吕望年七十，釣於渭渚。孔叢子云：太公勤身苦志，八十而遇文王。以「百年三萬六千場」計之，七十至八十，約三千六百釣也。或又以八十始釣，九十始遇爲十年。殆未知楚辭所云「太公九十乃顯榮」，蓋指封國時言也。

沈德潛云：言己安於困厄以俟時。始言吕尚之耄年，酈食其之狂士，猶乘時遇合，爲壯士者正當自奮。然欲以忠言寤主，而權奸當道，言路壅塞，非不願剪除之，而人主不聽，恐爲匪人戕害也。究之，論其常理，終當以賢輔國，惟安命以俟有爲而已。後半拉雜使事，而不見其跡。以氣勝也。若無太白本領，不易追逐。（唐詩别裁）

方東樹云：此是大詩，意脈明白而段落迷離莫辨。二句冒起，「朝歌」八句爲一段，「大賢」二句總太公。「高陽」八句爲一段，「狂客」二句總酈生。「我欲」句入己，以下奇横，用騷意。「帝旁」句指羣邪也。「三時」二句言喜怒莫測。「閶闔」句歸宿，如屈子意承上一束。「以額」句奇氣橫肆，承上一束。「白日」二句轉。「猰貐」句斷，言性如此耳。「騶虞」句再束上頓住。「手接」句續，「力排」二句解上「手接」二句。「吴楚」二句解上「智者」二句。此上十九句爲一大段。「梁甫吟」以下爲一段，自慰作收。（昭昧詹言）

今人詹鍈云：張衡四愁詩：「我所思兮在太山，欲往從之梁父艱。」李善注云：泰山以喻時君，梁父以喻小人也。梁父一作梁甫。按唐文粹録此詩歸入艱危類。……唐宋詩醇曰：此詩當亦遭讒被放後作。按唐宋詩醇所説是也。冬夜醉宿龍門覺起言志詩云：「富貴未可期，殷憂向誰寫？去去淚滿襟，舉聲梁父吟。青雲當自致，何必求知音？」此詩寓意亦多與上首相合，疑是同時之作。

按：此詩有張公兩龍劍之語，與古風第十六首「雌雄終不隔，神物會當逢」語意不能無關。似指志同道合而分道揚鑣之至友而言。詹氏所引龍門言志詩有「傅説板築臣，李斯鷹犬人」之語，與此詩以太公酈生爲喻，皆是未遇時之口吻。若已被召入京，即使遭讒被放，亦與未遇者不同。「我欲攀龍見明主，以額叩關閽者怒」，疾權相之蔽賢也。韻語陽秋以玉女爲怨懟妃子，説尤迂，不足取。

烏夜啼

黄雲城邊烏欲棲，歸飛啞啞枝上啼。機中織錦秦川女，碧紗如烟隔窗語。停梭悵然憶遠人，獨宿孤房淚如雨。

【校】

〔城邊〕邊，王本注云：一作南。

〔烏欲棲〕敦煌殘卷作烏夜棲。

〔秦川女〕此句兩宋本、繆本、王本俱注云：一作閨中織婦秦家女。樂府注同。

〔悵然〕然，兩宋本、繆本俱注云：一作望。以下五字兩宋本、繆本俱注云：一作問人憶故夫。敦煌殘卷亦作問人憶故夫。

〔孤房〕以上四字，兩宋本、繆本俱注云：一作獨宿空堂，一作知在流沙。

〔淚如雨〕以上兩句，兩宋本、繆本俱注云：一作停梭向人問故夫，知在關西淚如雨。樂府注同，才調注云：一作停梭向人憶故夫，知在流沙淚如雨。王本注云：一作停梭向人問故夫，知在關西淚如雨。又悵然望遠人一作問人憶故夫。又獨宿孤房一作獨宿空堂，一作知在流沙，一作欲說遼西。

【注】

〔烏夜啼〕王云：樂府古題要解：烏夜啼，宋臨川王義慶所造也。宋元嘉中，徙彭城王義康於豫章郡，義慶時爲江州，相見而哭，文帝聞而怪之，徵還宅。義慶大懼，妓妾聞烏夜啼，叩齋閤云：明日應有赦。及旦，改南兗州刺史。因作此歌。故其詞云：「籠窗窗不開，夜夜望郎來。」亦有烏棲曲，不知與此同否。樂府詩集：古今樂録曰：西曲歌有烏夜啼。

〔啞啞〕吴均詩：「惟聞啞啞城上烏。」

〔秦川女〕晉書卷九六列女傳：竇滔妻蘇氏，始平人，名蕙，字若蘭，善屬文。苻堅時，滔爲秦州刺史，被徙流沙，蘇氏思之，織錦爲迴文旋圖詩以贈滔，宛轉循環以讀之，詞甚悽惋，凡八百四十字。　王云：庾信詩：「彈琴蜀郡卓家女，織錦秦川竇氏妻。」胡三省通鑑注：關中之地，沃野千里，秦之故國，謂之秦川。

【評箋】

沈德潛云：藴含深遠，不須語言之煩。賀知章讀烏夜啼諸樂府，因重太白，薦於明皇。（唐詩别裁）

烏棲曲

姑蘇臺上烏棲時，吴王宫裏醉西施。吴歌楚舞歡未畢，青山欲銜半邊日。銀箭金壺漏水多，起看秋月墜江波，東方漸高奈樂何！

【校】

〔烏棲曲〕英華作烏夜啼。

〔欲銜〕欲，兩宋本、繆本、咸本、文粹、樂府俱作猶。王本注云：繆本作猶。

〔銀箭金壺〕兩宋本、繆本、王本俱注云：一作金壺丁丁。英靈、樂府俱作金壺丁丁。

〔起看〕起，黄校作趨。咸本作趨，注云：一作起。

〔墜江波〕墜，英華作墮，注云：一作墜。

〔樂何〕兩宋本、繆本俱注云：一作爾何。樂府注同。王本樂下注云：一作爾。

【注】

〔烏棲曲〕蕭云：樂録：烏棲曲者烏獸二十一曲之一也。王云：梁簡文帝、梁元帝、蕭子顯並有此題之作。樂府詩集列於西曲歌中烏夜啼之後。

〔姑蘇臺〕述異記：吴王夫差築姑蘇之臺，三年乃成。周旋詰屈，横亘五里。崇飾土木，殫耗人力。宮妓數千人，上別立春宵宮，爲長夜之飲，造千石酒鍾。夫差作天池，池中造青龍舟，舟中盛陳妓樂，日與西施爲水嬉。吴郡志卷八：姑蘇臺在姑蘇山。舊圖經云：在吴縣西三十里。

〔楚舞〕楚辭招魂：吴歈蔡謳。王逸注：歈謳皆歌也。史記留侯世家：戚夫人泣，上曰：爲我楚舞，吾爲若楚歌。

〔金壺〕文選陸倕新刻漏銘李善注引司馬彪續漢書：孔壺爲漏，浮箭爲刻，下漏數刻，以考中星、昏明星焉。江總雜曲：虬水銀箭莫相催。鮑照翫月城西門解中詩：「金壺啓夕淪。」李

注：金壺之漏，已啓夕波。

【評箋】

嚴羽云：太平廣記曰：賀知章見太白烏棲曲嘆賞曰：此詩可以泣鬼神。（嚴羽評點李集）

王夫之云：豔詩有述歡好者，有述怨情者，三百篇亦所不廢，顧皆流覽而達其定情，非沉迷不反，以身爲妖冶之媒也。嗣是作者，如「荷葉羅裙一色裁」、「昨夜風開露井桃」，皆豔極而有所止。至如太白烏棲曲諸篇，則又寓意高遠，尤爲雅奏。（薑齋詩話）

唐宋詩醇云：樂極悲生之意寫得微婉，未幾而麋鹿游於姑蘇矣。全不説破，可謂寄興深微者。胡應麟以杜之七哀雋永深厚，法律森然，謂此篇斤兩稍輕，詠歎不足。真意爲謗傷，未足與議也。末綴一單句，有不盡之妙。

今人詹鍈云：唐詩合解：此太白借吴王以諷明皇之於貴妃也。陳沆曰：詩東方明矣，刺晏朝也。反言若正，國風之流。二者皆據長恨歌「從此君王不早朝」句而爲之説。按：本詩已見於河岳英靈集，必爲天寶十二載以前所作。范傳正唐翰林李公新墓碑：在長安時，賀知章號公爲謫仙人，吟公烏棲曲云：此詩可以哭鬼神矣。本事詩高逸第三：李白初自蜀至京師，……賀知章……又見其烏棲曲，嘆賞苦吟曰：此詩可以泣鬼神矣。故杜子美贈詩及焉。……或言是烏夜啼，二篇未知孰是。是此詩與烏夜啼之作當在太白入京之前。此詩起句云：「姑蘇臺上烏棲時，吴王宫裏醉西施。」或太白遊姑蘇時懷古而作，蘇臺覽古詩可以爲證。

戰城南

去年戰桑乾源，今年戰葱河道。洗兵條支海上波，放馬天山雪中草。萬里長征戰，三軍盡衰老。匈奴以殺戮爲耕作，古來惟見白骨黄沙田。秦家築城備胡處，漢家還有烽火燃。烽火燃不息，征戰無已時。野戰格鬬死，敗馬號鳴向天悲。烏鳶啄人腸，銜飛上挂枯樹枝。士卒塗草莽，將軍空爾爲。乃知兵者是凶器，聖人不得已而用之。

【校】

〔匈奴〕英靈作胡人。

〔備胡〕備，蕭本作避。王本注云：蕭本作避。

〔胡處〕處，英華作虜，注云：一作處。

〔還有〕還，傅校英華作猶，注云：一作還。

〔征戰〕英華作長征，注云：一作征戰。兩宋本、繆本、王本俱注云：一作長征。胡本作長征。

〔敗馬〕敗，英華注云：一作駑。咸本注同。敦煌殘卷作怒。

〔號鳴〕號，英華作嘶，注云：一作號。

〔上挂枯樹枝〕此五字兩宋本、繆本、王本俱注云：一作銜飛上枯枝。

〔兵者〕敦煌殘卷本無者字。

〔聖人〕人，兩宋本、繆本、王本俱注云：一作君。敦煌殘卷作君，下文不得上有應字。

【注】

〔戰城南〕王云：按宋書，漢鼓吹鐃歌十八曲中有戰城南曲。樂府古題要解：戰城南，其辭大略言：戰城南，死郭北，野死不得葬，爲烏鳥所食。願爲忠臣，朝出攻戰而暮不得歸也。

〔桑乾源〕王云：太平寰宇記：桑乾河在朔州馬邑縣東三十里，源出北山下。一統志：桑乾河在山西大同府城南六十里，源出馬邑縣北洪濤山，下與金龍池水合流，東南入蘆溝河。

〔葱河道〕漢書卷九六西域傳：其河有兩源，一出葱嶺山，一出于闐。于闐在南山下，其河北流，與葱嶺河合，東注蒲昌海。太平寰宇記卷一五四：西河舊事云：葱嶺在敦煌西八千里，其山高大，上悉生葱，故曰葱嶺。河源潛發其嶺，分爲二水。涼州異物志云：葱嶺水分流東西，西入大海，東爲河源，張騫使大宛而窮河源，謂極於此，不達崑崙也。

〔條支〕後漢書卷九六西域傳：條支國，城在山上，周圍四十餘里，臨西海。

〔天山〕元和郡縣志卷四：天山一名白山，一名時羅漫山，在（伊）州北一百二十里。春夏有雪，出好木及金鐵，匈奴謂之天山，過之皆下馬拜。參見卷四關山月詩注。

〔耕作〕王云：王褒四子講德論：匈奴，百蠻之最強者也。其耒耜則弓矢鞍馬，播種則捍弦掌拊，收秋則奔狐馳兔，穫刈則顛倒殪仆。太白「匈奴以殺戮爲耕作」二語蓋本於此，而鍛鍊之妙更覺精采不侔。

〔秦家〕史記秦始皇本紀：乃使蒙恬北築長城而守藩籬，卻匈奴七百餘里。

〔烽火〕後漢書光武帝紀：大將軍杜茂屯北邊，築亭候、修烽燧。注：邊方告警，作高土臺，臺上作桔皋，桔皋頭上有籠，中置薪草，有寇即舉火燃之以相告，曰烽。又多積薪，寇至即燔之望其煙，曰燧。晝則燔燧，夜乃舉烽。

〔格鬬〕古戰城南詞：「梟騎格鬬死，駑馬徘徊鳴。」

〔用之〕六韜：聖人號兵爲凶器，不得已而用之。

【評箋】

嚴羽云：此篇乏雄深之力：成語有入詩似詩者，生割不化，典亦成俚。雖豪情不拘，而率筆未善。（嚴羽評點李集）

蕭云：開元、天寶中，上好邊功，征伐無時，此詩蓋以諷也。

唐宋詩醇云：古詞云：「戰城南，死郭北。野死不葬烏可食。」又云：「願爲忠臣安可得？」白詩亦本其意，而語尤慘痛，意更切至。所以刺黷武而戒窮兵者深矣。

方東樹云：結二語虚議作收。陳琳、鮑照不逮其恣。（昭昧詹言）

今人詹鍈云：按舊唐書王忠嗣傳：天寶元年北伐，與奚怒皆戰於桑乾河，三敗之。新唐書高仙芝傳：天寶六載，詔仙芝以步騎一萬出討（吐蕃）……乃自安西撥換城，經疏勒登葱嶺，涉播密川，遂頓特勒滿川，行凡百日。通鑑天寶六載：高仙芝……自安西行百餘日，乃至勒特滿川，分軍爲三道，期以七月十三日會吐蕃連雲堡下。詩蓋指以上二戰事而言也。

按：舊唐書王忠嗣傳：玄宗方事石堡城，詔問以攻取之略。忠嗣奏云：石堡險固，吐蕃舉國而守之，若頓兵堅城之下，必死者數萬，然後事可圖也。臣恐所得不如所失，請休兵秣馬，觀釁而取之，計之上者。玄宗因不快。李林甫尤忌忠嗣，日求其過。六載，會董延光獻策，請下石堡城，詔忠嗣分兵應接之。忠嗣黽勉而從，延光不悦。河西兵馬使李光弼危之，遽而入告……忠嗣曰：「李將軍，忠嗣計已決矣。平生始望，豈及貴乎？今爭一城，得之未制於敵，不得之未害於國。忠嗣豈以數萬人之命易一官哉？」於此可見當時正直之將帥皆不以妄興邊釁、殘民以逞爲然。此李詩末二句用意所在也。

將進酒

君不見，黃河之水天上來，奔流到海不復回！君不見，高堂明鏡悲白髮，朝如青絲暮成雪！人生得意須盡歡，莫使金樽空對月。天生我材必有用，千金散盡還復來。烹羊宰牛且爲樂，會須一飲三百杯。岑夫子，丹丘生。進酒君莫停。與君歌一曲，請君爲我傾耳聽。鐘鼓饌玉不足貴，但願長醉不用醒。古來聖賢皆寂寞，惟有飲者留其名。陳王昔時宴平樂，斗酒十千恣歡謔。主人何爲言少錢？徑須沽取對君酌。五花馬，千金裘。呼兒將出换美酒，與爾同銷萬古愁。

【校】

〔題〕敦煌殘卷作惜罇空三字。兩宋本、繆本、王本俱注云：一作惜空樽酒。

〔到海〕到，蕭本作倒。王本注云：蕭本作倒。

〔高堂〕敦煌殘卷作牀頭。

〔青絲〕絲，英華作雲，注云：一作絲。敦煌殘卷作春雲。

〔成雪〕成，兩宋本、繆本、王本俱注云：一作如。

〔有用〕用，兩宋本、繆本俱注云：一作開，又云：天生我身必有財，又作天生吾徒有俊材。英華注云：一作我身必有材。王本注云：一作天生我身必有財，又作天生吾徒有俊材，又用一作開。

〔千金〕千，兩宋本、繆本、王本俱注云：一作黄。胡本作黄。

〔進酒〕以下五字，兩宋本、繆本、王本俱注云：一作將進酒杯莫停。胡本及樂府與一作同。英華進上有將字，杯下注云：一作君。敦煌殘卷、文粹俱無此五字。咸本注云：一本無此五字。

〔與君歌〕與，敦煌殘卷作爲。

〔傾耳〕傾，蕭本作側。敦煌殘卷、文粹俱無此二字。咸本注云：一本無此二字。王本注云：蕭本作側。

〔鐘鼓〕此句英華、文粹俱作鐘鼎玉帛豈足貴。注云：一作鐘鼓饌玉不足貴。王本注云：一作鐘鼎玉帛豈足貴。饌玉，敦煌殘卷作玉帛。兩宋本、繆本俱注云：一作玉帛豈足貴。英靈作鐘鼎玉帛不足悦。按：鐘鼓饌玉不成對文，古無此文法，觀各本作鐘鼎玉帛者多，知唐人寫本不誤，若下文爲饌玉，則上文當爲鼓鐘，非鐘鼓，説見後。

〔用醒〕用，兩宋本、繆本俱注云：一作復。樂府與一作同。英華作復，注云：一作用。蕭本作願。王本注云：一作復，蕭本作願。

〔聖賢〕英華作賢聖。

〔寂寞〕兩宋本、繆本、王本俱注云：一作死盡。敦煌殘卷與一作同。

〔昔時〕時，兩宋本、繆本、王本俱注云：一作日。英靈作日。

〔徑須〕此句兩宋本、繆本、王本俱注云：一作且須沽酒共君酌。取，英華作酒，注云：一作取。徑，文粹作且。

【注】

〔將進酒〕樂府詩集卷一六鼓吹曲辭漢鐃歌引古今樂録：漢鼓吹鐃歌十八曲，九曰將進酒。又將進酒解題：古詞曰，將進酒，乘大白。大略以飲酒放歌爲言。宋何承天將進酒篇曰：「將進酒，慶三朝。備繁禮，薦佳肴。」則言朝會進酒，且以濡首荒志爲戒。若梁昭明太子云：「洛陽輕薄子」，但敘遊樂飲酒而已。　蕭云：將進酒者，漢短簫鐃歌二十二曲之一也……。太白填之以伸己之意耳。

〔丹丘生〕楊云：杜工部詩多與岑參唱和，岑夫子必此人也，丹丘生即元丹丘。　王云：岑夫子即集中所稱岑徵君是，丹丘生即集中所稱元丹丘是，皆太白好友也。　按：楊説岑爲岑參，誤。岑爲岑勛，集中有詩題云「酬岑勛見尋就元丹丘對酒相待以詩見招」。　今人詹鍈云：詩云：「岑夫子，丹丘生，進酒君莫停。與君歌一曲，請君爲我傾耳聽。」疑與上首爲同時之作。詩起句云：「君不見黄河之水天上來。」則其地或在梁、宋，去黄河不遠。

〔鐘鼓〕按：鐘鼓饌玉不成對文，疑當作鼓鐘饌玉，即鐘鳴鼎食之意。詩秦風：子有鐘鼓，弗鼓弗考。鼓鐘乃古人習用語。

〔歡謔〕王云：曹植以太和六年封爲陳王，其所作名都篇有曰：「歸來宴平樂，美酒斗十千。」李善注：平樂，觀名。

〔五花馬〕王云：五花馬謂馬之毛色作五花文者，讀杜甫高都護驄馬行云：「五花散作雲滿身。」厥狀可覩矣。杜陽雜編謂代宗御馬九花虬，以身被九花故名，亦是此義。或謂據圖畫見聞志云：唐開元、天寶之間，承平日久，世尚輕肥，三花飾馬。舊有家藏韓幹畫貴戚閲馬圖，中有三花馬。兼曾見蘇大參家有韓幹畫三花御馬，晏元獻家張萱畫虢國出行圖，中有三花馬。三花者，剪鬣爲三瓣。白樂天詩云：「鳳箋裁五色，馬鬣剪三花。」乃知所謂五花者亦是剪馬鬣爲五瓣耳。其説亦通。按：吴旦生歷代詩話卷五〇云：唐六典：外牧歲進良馬，印以三花飛鳳之字。東坡筆記言，李將軍思訓作明皇摘瓜圖：嘉陵山川，帝乘赤驃，起三騣，與諸王嬪御十數騎出飛仙嶺下，初見平陸，馬皆驚，而帝馬見小橋不進。不知三騣謂何。今見岑參有赤驃馬歌云：「赤髯胡雛金剪刀，平時翦出三騣高。」乃知唐御馬多翦治，而三騣其飾也。復齋漫録乃引楊巨源觀打毬詩：「玉勒回時露赤汗，花騣分處拂紅纓。」嚴維作敕賜寧王馬詩：「鏡點黄金眼，花開白雪騣。」又見名畫録言：開元、天寶，世尚輕肥，多愛三花飾馬。郭若虚藏韓幹畫貴戚閲馬圖中有三花馬，蘇大參家有韓幹畫三花御馬。晏元獻家有虢國出行圖，亦畫三花馬。蓋三花者，剪騣爲三瓣耳。楊升庵云：唐詩：「朝騎五花馬」，又：「五花馬，千金裘」，杜詩：「蕭蕭千里馬，箇箇五花文。」隋丹元子步天歌：「五箇花文」，以馬鬣翦爲五花或三花，皆象天文也。

〔千金裘〕史記孟嘗君列傳：孟嘗君有一狐白裘，直千金，天下無雙。

【評箋】

嚴羽云：一往豪情，使人不能句字賞摘。蓋他人作詩用筆想，太白但用胸口一噴即是，此其所長。（嚴羽評點李集）

蕭云：此篇雖似任達放浪，然太白素抱用世之才而不遇合，亦自慰解之詞耳。

錢可選云：黄河出崑崙山，東流至積石，故禹導河自積石始。天河自在天上，豈得與黄河相接，又云，乘槎可到。李太白云：「黄河之水天上來」，蓋極言其高遠也。張華博物志：乘槎入天河，見牽牛織女星，何誕也！（補闕疑）

陸時雍云：宋人抑太白而尊少陵，謂是道學作用，如此將置風人於何地？放浪詩酒乃太白本行；忠君憂國之心，子美乃感輒發。其性既殊，所遭復異。奈何以此定詩優劣也？太白遊梁、宋間，所得數萬金，一揮輒盡，故其詩曰：「天生我才必有用，黄金散盡還復來。」意氣淩雲，何容易得？（詩鏡總論）

行行且遊獵篇

邊城兒，生年不讀一字書，但知遊獵誇輕趫。胡馬秋肥宜白草，騎來躡影何矜驕。金鞭拂雪揮鳴鞘，半酣呼鷹出遠郊。弓彎滿月不虛發，雙鶬迸落連飛鶻。海邊觀者皆辟易，猛氣英風振沙磧。儒生不及遊俠人，白首下帷復何益！

【校】

〔題〕敦煌殘卷作行行遊獵篇。

〔但知〕知，楊本、咸本俱作將。咸本注云：一本作但知云云。王本注云：蕭本作將。

〔何矜驕〕兩宋本、繆本俱注云：一作可憐驕。王本注云：一作可憐，誤。按：何矜驕與上文詩輕趫微嫌複，似以一本爲是。可憐爲唐人詩中常用語，劉希夷詩：「魚鱗可憐紫，鴨毛自然碧。」是其證。王氏反以爲誤，未的。

〔拂雪〕雪，樂府作雲。

〔弓彎〕兩宋本、繆本、王本俱注云：一作彎弧。

〔鶻〕兩宋本、繆本俱作鶻，樂府同。王本注云：繆本作鶻。

〔猛氣〕敦煌殘卷作勇氣。

〔遊俠〕敦煌殘卷作征戰。

〔下帷〕下，兩宋本、繆本俱作垂。敦煌殘卷作垂。咸本注云：一作垂。王本注云：繆本作垂。

【注】

〔行行〕胡云：行行且遊獵篇始梁劉孝威，其辭詠天子遊獵事，太白詠邊城兒遊獵爲不同耳。蕭云：行行且遊獵即征戍十五曲中之校獵曲也。

〔趫〕王云：韻會：趫，捷也。△趫音蹺。

〔白草〕漢書卷九六西域傳：鄯善國多白草。注：師古曰：白草似莠而細無芒，其乾熟時正白色，牛馬所嗜也。

〔躡影〕文選曹植七啓：忽躡景而輕騖。李善注：景，日景也。躡之言疾也。按：景即古影字，躡是疾追之意。

〔鞘〕王云：廣韻：鞘，鞭鞘也。

〔滿月〕蕭云：滿月者，彎弓圓滿之狀。

〔雙鶬〕列子湯問篇：蒲且子之弋也，弱弓纖繳，乘風振之，連雙鶬於青雲之際。

〔髇〕王云：韻會：髇，鳴鏑也。或作髐。△髇音許交切。

〔辟易〕史記項羽本紀：辟易數里。正義：言人馬俱驚，開張易舊處，乃至數里。

〔沙磧〕王云：沙磧即沙漠也。唐人多變稱沙磧。唐書：秦隴以西多沙磧，少行人。胡三省通鑑注：磧，大磧也，即所謂大漠。△磧音跡。

〔下帷〕漢書卷五六董仲舒傳：下帷講誦，弟子傳以久次相受業，或莫見其面。

【評箋】

今人詹鍈云：按此詩或太白遊幽燕時，目睹邊城兒遊獵有感而作。贈宣城宇文太守兼呈崔侍御詩云：「懷恩欲報主，投佩向北燕，……據鞍空矍鑠，壯志竟誰宣？」與本詩可以互相印證。

飛龍引二首

黄帝鑄鼎於荆山，鍊丹砂。丹砂成黄金，騎龍飛上太清家。雲愁海思令人嗟。

宫中綵女顔如花。飄然揮手凌紫霞。從風縱體登鸞車。登鸞車，侍軒轅。遨遊青天中，其樂不可言。

【校】

〔丹砂成黄金〕此五字英華作成黄金成黄金。

〔上太清〕兩宋本、繆本、敦煌殘卷俱作去太上。王本注云：繆本作飛去太上。

〔令人〕令，兩宋本作今。

〔縱體〕敦煌殘卷無體字。

〔鸞車〕鸞，兩宋本、繆本俱作鑾，下同，注云：一作鸞。英華車下注云：一作從登鸞車侍軒轅。王本注云：一作鑾。

〔軒轅〕英華注云：一作疊句。

【注】

〔飛龍引〕王云：按樂府詩集，飛龍引乃琴曲歌辭。太白二篇皆借黄帝上昇事爲言，乃遊仙詩也。蕭云：飛龍引者，古樂府魚龍六曲之一。

〔荆山〕史記封禪書：黄帝采首山銅，鑄鼎於荆山下。鼎既成，有龍垂胡髯下迎黄帝，黄帝上騎，羣臣後宫從上者七十餘人，龍乃上去，餘小臣不得上，乃悉持龍髯。龍髯拔墮，墮黄帝之弓，百姓仰望。黄帝既上天，乃抱其弓與龍髯號，故後世因名其處曰鼎湖，其弓曰烏號。

〔丹砂〕史記封禪書：李少君言上曰：祠竈則致物，致物而丹砂可化爲黄金，黄金成，以爲飲食器，則益壽，益壽而海中蓬萊仙者乃可見，見之以封禪則不死，黄帝是也。

〔雲愁海思〕梁豫章王詩：「雲悲海思徒揜抑。」

〔縱體〕文選曹植洛神賦：忽然縱體，以遨以嬉。吕延濟注：縱體，輕舉之貌。

〔軒轅〕史記五帝本紀：黄帝者，少典之子，姓公孫，名曰軒轅。

其二

鼎湖流水清且閑。軒轅去時有弓劍，古人傳道留其間。後宫嬋娟多花顔。乘鸞飛烟亦不還。騎龍攀天造天關。造天關，聞天語。屯雲河車載玉女。載玉女，過紫皇。紫皇乃賜白兔所擣之藥方。後天而老凋三光。下視瑶池見王母，蛾眉蕭颯如秋霜。

【校】

〔鼎湖〕咸本注云：一本此句是前篇末句，似是。敦煌殘卷有此句，惟無流字。

〔留其間〕留，兩宋本、樂府、黄校俱作流。

〔花顔〕花，英華作朱，注云：一作花。

〔屯雲〕屯，蕭本、英華、樂府俱作長。咸本作長，注云：一作屯。英華注云：一作迎。敦煌殘卷屯下無河字。王本注云：蕭本作長。

〔載玉女〕英華不疊此三字。

〔藥方〕敦煌殘卷、樂府俱無方字。咸本注云：一本無方字。

〔如秋霜〕如，英華作成，注云：一作如。

【注】

〔鼎湖〕通典卷一七七：弘農郡湖城：故曰胡，漢武更爲湖縣，有荆山，出美玉，黄帝鑄鼎於荆山，其下曰鼎湖，即此也。並參見前一首注。

〔天關〕漢武内傳：上元夫人歌步玄之曲曰：「負笈造天關，借問太上家。」

〔屯雲〕王云：列子：化人之宮出雲雨之上，而不知下之據，望之若屯雲焉。此言屯雲河車，言車之多若屯雲也。

〔玉女〕楚辭惜誓：建日月以爲蓋兮，載玉女於後車。

〔紫皇〕太平御覽卷六五九：祕要經：太清九宫皆有僚屬，其最高者稱天皇、紫皇、玉皇。

〔藥方〕古董逃行：教敕凡吏受言，採取神藥若木端，白兔長跪擣藥蝦蟆丸。奉上陛下一玉柈，服此藥可得神仙。

〔而老〕拾遺記：服之得道，後天而老。
〔三光〕楊云：凋三光者，言三光有時凋落，而真身則常存也。
〔秋霜〕王云：司馬相如大人賦：吾乃今日覩西王母暠然白首，戴勝而穴處，所謂「蛾眉蕭颯如秋霜」，即白首之意，嫌王母已有衰老之容，以反明軒轅之後天而老也。

【評箋】

沈德潛云：後天而老猶蛾眉蕭颯，則不老者化老矣。學仙何爲哉？（唐詩别裁）

天馬歌

天馬來出月支窟，背爲虎文龍翼骨。嘶青雲，振緑髮。蘭筋權奇走滅没。騰崑崙，歷西極，四足無一蹶。雞鳴刷燕晡秣越。神行電邁躡恍惚。天馬呼，飛龍趨。目明長庚臆雙鳧，尾如流星首渴烏，口噴紅光汗溝朱。曾陪時龍躡天衢，羈金絡月照皇都，逸氣稜稜凌九區。白璧如山誰敢沽？回頭笑紫燕，但覺爾輩愚。天馬奔，戀君軒。駷躍驚矯浮雲翻。萬里足躑躅，遥瞻閶闔門。不逢寒風子，誰採逸景孫？白雲在青天，丘陵遠崔嵬。鹽車上峻坂，倒行逆施畏日晚。伯樂剪拂中道遺，少盡其力老棄之。願逢田子方，惻然爲我悲。雖有玉山禾，不能療苦飢。嚴霜五月凋桂枝。伏櫪含冤摧兩眉。請君贖獻穆天子，猶堪弄影舞瑤池。

【校】

〔月支〕支，蕭本、胡本俱作氏。文粹亦作氏。王本注云：蕭本作氏。

〔飛龍〕龍，兩宋本、繆本、王本俱注云：一作黄。

〔溝朱〕朱，咸本注云：一作珠。兩宋本、繆本、王本、胡本、文粹俱作珠。王本注云：當作朱。今據改。

〔龍躍〕躍，蕭本、咸本俱作躡。王本注云：蕭本作躡。

〔皇都〕皇，兩宋本、繆本俱作星，注云：一作皇。王本注云：一作星。

〔稜稜〕咸本作秋秋，注云：一作稜稜。

〔萬里足〕足，咸本注云：一作入。

〔我悲〕悲，兩宋本、咸本、繆本俱作思，注云：一作悲。王本注云：一作思。

〔苦飢〕兩宋本、繆本俱作苦肌，苦下注云：一作我。王本苦下注云：一作我。飢下注云：繆本作肌。

【注】

〔天馬歌〕漢書武帝紀：元鼎四年秋，馬生渥洼水中，作寶鼎天馬之歌。又：太初四年春，貳師將軍廣利斬大宛王首，獲汗血馬來，作西極天馬之歌。蕭云：天馬歌者，古樂府車馬六曲之一。

〔天馬〕史記大宛列傳：初天子發書易，云神馬當從西北來。得烏孫馬好，名曰天馬。及得大宛汗血馬，益壯，更名烏孫馬曰西極，名大宛馬曰天馬云。

〔月支窟〕王云：郭璞山海經注：月支國多好馬。史記正義引萬震南州志：大月支在天竺北可七千里，地高燥而遠，國中騎乘常數十萬匹，城郭宮殿與大秦國同。人民赤白色，便習弓馬。土地所出及奇偉珍物，被服鮮好，天竺不及也。外國稱天下有三衆，中國爲人衆，大秦爲寶衆，月支爲馬衆。

〔虎文〕漢書禮樂志：天馬歌：虎脊兩，化若鬼。注：應劭曰：馬毛色如虎脊者有兩也。

〔緑髮〕文選顔延年赭白馬賦：垂梢植髮。李善注：髮額上毛也。

〔蘭筋〕文選陳琳爲曹洪與魏文帝書：整蘭筋。李善注：相馬經云：一筋從玄中出，謂之蘭筋。玄中者，目上陷如井字，蘭筋堅者千里。

〔權奇〕漢書禮樂志：天馬歌：志俶儻，精權奇。

〔西極〕漢書禮樂志：天馬歌：天馬徠，從西極。涉流沙，九夷服。

〔秣越〕文選顔延年赭白馬賦：旦刷幽燕，晝秣荆越。李善注：説文曰：刷，刮也。杜預曰：以粟飯馬曰秣。按：漁隱叢話卷二六：廛史云：古之善作詩者工用人語，渾然若出於己，予於李杜見之。顔延年赭白馬賦：旦刷幽燕，晝秣荆越。子美驄馬行云：「晝洗須騰涇渭深，夕趨可刷幽并夜。」太白天馬歌云：「雞鳴刷燕晡秣越」，皆出於顔賦也。

〔長庚〕史記天官書：察日行以處位太白。索隱：韓詩云：太白晨出東方爲啓明，昏見西方爲長庚。

〔雙鳧〕齊民要術卷六：馬胸欲直而出，鳧間欲開，望視之如雙鳧。又：雙鳧欲大而上。注：飛鳧，胸兩邊肉如鳧。

〔渴烏〕王云：埤雅：舊説相馬擎頭如鷹，垂尾如彗。後漢書：作翻車渴烏，施於橋西，用灑南北郊路。章懷太子注：渴烏，爲曲筒，以氣引水上也。此言馬尾流轉有似奔星，馬首昂矯，狀類渴烏，即如彗如鷹之意。

〔紅光〕齊民要術卷六：相馬……口中色欲得紅白如火光爲善材，多氣，良，且壽。

〔溝朱〕文選顔延年赭白馬賦：膺門沬赭，汗溝走血。李善注：相馬經云：膺門欲開，汗溝欲深。

〔絡月〕莊子馬蹄篇：齊之以月題。陸德明注：月題，馬額上當顱如月形者也。文選顔延年赭白馬賦：兩權協月。李善注：相馬經曰：頰欲圓如懸璧，因謂之雙璧，其盈滿如月，異相之表也。

〔紫燕〕文選沈約三月三日率爾成篇詩：「紫燕光陸離。」李善注：尸子曰，我得民而治，則馬有紫燕蘭池。呂延濟注：紫燕，良馬也。

〔騋躍〕公羊傳定八年：臨南騋馬而由乎孟氏。何休注：捶馬銜走。△騋音聳。

〔寒風〕呂氏春秋恃君覽觀表：古之善相馬者，寒風氏相口齒，……皆天下之良工也。

〔逸景〕王云：陸雲與陸典書：逸影之跡，永縶幽冥之坂。

〔青天〕穆天子傳：白雲在天，丘陵自出。

〔崔嵬〕按：「嵬」字與上下俱不叶韻，恐有誤。

〔鹽車〕戰國策楚策：夫驥之齒至矣，服鹽車而上太行，蹄申膝折，尾湛胕潰，漉汁灑地，白汗交流。中坂遷延，負轅不能上。伯樂遭之，下車攀而哭之，解紵衣以冪之，驥於是俛而噴，仰而鳴，聲達於天，若出金石者，何也？彼見伯樂之知己也。

〔剪拂〕王云：剪拂謂修剪其毛鬣，洗拭其塵垢。

〔田子方〕韓詩外傳卷八：田子方出，見老馬於道，喟然有志焉，以問於御者曰：「此何馬也？」曰：「故公家畜也。罷而不爲用，故出放也。」田子方曰：「少盡其力而老去其身，仁者不爲也。」束帛而贖之。窮士聞之，知所歸心矣。

〔玉山禾〕文選張協七命：瓊山之禾。李善注：瓊山禾即崑崙之山木禾。山海經曰：崑崙之上有木禾，長五尋，大五圍。

〔伏櫪〕王云：韻會：櫪，牛馬皁也。通作歷。蓋今之馬槽也。漢書：馬不伏歷不可以趨道。

顔師古注：伏歷謂伏槽歷而秣之也。

〔瑶池〕列子周穆王篇：穆王……肆意遠遊，命駕八駿之乘，……遂賓於西王母，觴於瑶池之上。

【評箋】

蕭云：此篇蓋爲逸羣絶倫之士不遇知己者嘆，亦白自傷其不用於世而求知於人也歟！

胡云：漢郊祀天馬二歌，皆以歌瑞應。太白所擬則以馬之老而見棄自況，思蒙收贖，似去翰林後所作也。

今人詹鍈云：按答杜秀才五松山見贈詩云：「昔獻長楊賦，天開雲雨歡，當時待詔承明裏，皆道揚雄才可觀。敕賜飛龍二天馬，黄金絡頭白玉鞍。」而此詩則云：「天馬呼，飛龍趨，……曾陪時龍躍天衢，羈金絡月照皇都。」又云：「天馬奔，戀君軒，駷躍驚矯浮雲翻。萬里足躑躅，遥瞻閶闔門。」則亦藉天馬而以自喻耳。

行路難三首

金樽清酒斗十千，玉盤珍羞直萬錢。停杯投筯不能食，拔劍四顧心茫然。欲渡黄河冰塞川，將登太行雪滿山。閒來垂釣碧溪上，忽復乘舟夢日邊。行路難，行路難，多岐路，今安在？長風破浪會有時，直挂雲帆濟滄海。

【校】

〔行路難〕題下兩宋本、繆本俱注云：第三首一作古興。

〔金樽〕樽，兩宋本、繆本俱作罇，乃罇之壞字。

〔清酒〕清，英華作美。

〔雪〕英靈作雲。

〔滿山〕兩宋本、繆本、咸本、英靈、樂府俱作暗天，兩宋本、繆本俱注云：一作滿山。文粹作暗山。王本注云：一作暗天。

〔閒來〕來，文粹作居。咸本亦作居，注云：一作來。

〔碧溪〕碧，兩宋本、繆本俱作坐，注云：一作碧。英靈、文粹俱作坐。王本注云：一作坐。

〔忽復〕復，文粹作然。咸本同，注云：一作復。

〔今安在〕今，黄校作路。英華作道，注云：一作今。咸本注云：一本無今字。

〔破浪〕浪，咸本注云：一作波。

【注】

〔行路難〕王云：樂府古題要解：行路難備言世路艱難及離別傷悲之意。多以君不見爲首。

蕭云：行路難者，古樂府道路六曲之一，亦有變行路難。

〔萬錢〕晉書卷三三何曾傳：食日萬錢，猶云無下箸處。

〔破浪〕宋書卷七六宗慤傳：叔父炳高尚不仕，慤年少時炳問其志，慤曰：「願乘長風，破萬里浪。」

【評箋】

胡云：行路難，歎世路艱難及貧賤離索之感。古辭亡，後鮑照擬作爲多，白詩似全學照。

唐宋詩醇云：冰塞雪滿，道路之難甚矣。而日邊有夢，破浪濟海，尚未決志於去也。後有二篇，則畏其難而決去矣。此蓋被放之初述懷如此，真寫得難字意出。

劉咸炘云：「停杯」「長風」二聯振動易學，「欲渡」四句排宕則不易，後人但學「停杯」以爲豪。渡河、登太行，濟世也。冰雪譬小人，猶四愁詩之水深雪雰也。溪上夢日邊，身在江湖、心存魏闕也。（風骨集評）

其二

大道如青天，我獨不得出。羞逐長安社中兒，赤雞白狗賭梨栗。彈劍作歌奏苦聲，曳裾王門不稱情。淮陰市井笑韓信，漢朝公卿忌賈生。君不見，昔時燕家重郭隗，擁篲折節無嫌猜。劇辛樂毅感恩分，輸肝剖膽効英才。昭王白骨縈蔓草，誰人更掃黃金臺？行路難，歸去來！

【校】

〔社中〕社，咸本注云：一作吐。

〔白狗〕狗，兩宋本、繆本、王本俱注云：一作雉。

〔折節〕節，樂府作腰，注云：一作節。咸本注云：一作腰。

〔剖膽〕剖，英華作割，注云：一作剖。

〔英才〕英，兩宋本、繆本、王本俱注云：一作俊。

〔蔓草〕蔓，蕭本作爛。王本注云：蕭本作爛。

【注】

〔社〕漢書五行志：建昭五年，兗州刺史浩賞禁民私所自立社。注：臣瓚曰：舊制二十五家爲一社，而民或十家五家共爲社，是私社。又張晏曰：民間三月九月又社，號曰私社。

按：漢以後社爲民間飲食宴樂之所，詩意指此。

〔彈劍〕史記孟嘗君列傳：馮驩聞孟嘗君好客，躡屩而見之，孟嘗君置傳舍。十日，孟嘗君問傳舍長曰：「客何所爲？」答曰：「馮先生甚貧，猶有一劍耳，又蒯緱。彈其劍而歌曰：長鋏歸來乎！食無魚。」孟嘗君遷之幸舍，食有魚矣。五日，又問傳舍長，答曰：「客復彈劍而歌曰：長鋏歸來乎！出無輿。」孟嘗君遷之代舍，出入乘輿車矣。五日，孟嘗君復問傳舍長，答曰：「先生又嘗彈鋏而歌曰：長鋏歸來乎！無以爲家。」孟嘗君不悦。

〔曳裾〕漢書卷五一鄒陽傳：飾固陋之心，則何王之門不可以曳長裾乎？

〔韓信〕史記淮陰侯列傳：韓信，淮陰人也。淮陰屠中少年有侮信者，曰：「若雖長大，好帶刀劍，中情怯耳。」衆辱之曰：「信能死，刺我，不能死，出我胯下。」於是信熟視之，俯出胯下蒲伏。一市人皆笑信以爲怯。

〔賈生〕史記屈原賈生列傳：天子議以爲賈生任公卿之位。絳、灌、東陽侯、馮敬之屬盡害之。乃短賈生曰：洛陽之人，年少初學，專欲擅權紛亂諸事。於是天子後亦疏之，不用其議。

〔擁篲〕史記孟子荀卿列傳：鄒衍如燕，燕昭王擁篲先驅。索隱：篲，帚也。爲之掃地，以衣袂擁帚而却行，恐塵埃之及其長者，所以爲敬也。△篲音遂。

〔折節〕戰國策中山策：主折節以下其臣，臣推體以下死士。鮑彪注：折節，屈折肢節也。

其三

有耳莫洗潁川水，有口莫食首陽蕨。含光混世貴無名，何用孤高比雲月。吾觀自古賢達人，功成不退皆殞身。子胥既棄吴江上，屈原終投湘水濱。陸機雄才豈自保？李斯税駕苦不早。華亭鶴唳詎可聞？上蔡蒼鷹何足道？君不見，吴中張翰稱達生，秋風忽憶江東行。且樂生前一杯酒，何須身後千載名？

【校】

〔其三〕此下王本注云：此首一作古興。

〔雲月〕雲，英華作明，注云：一作雲。

〔雄才〕胡本注云：一作多才。雄，英華作英，注云：一作雄。

〔詎可〕詎，黄校、文粹俱作誰。咸本注云：一作誰。

〔稱達〕稱下兩宋本、繆本、王本俱注云：一作真。

【注】

〔潁川水〕見卷二古風第二十四首注。

〔首陽蕨〕史記伯夷列傳：武王已平殷亂，天下宗周，而伯夷、叔齊耻之，義不食周粟，隱於首陽山，採薇而食之。索隱：薇，蕨也。

〔無名〕老子：無名之樸，亦將不欲。

〔吴江上〕吴越春秋：吴王聞子胥之怨恨也，乃使人賜屬鏤之劍，子胥……伏劍而死，吴王乃取子胥尸，盛以鴟夷之器，投之於江中。

〔湘水濱〕史記屈原列傳：自屈原沉汨羅後百有餘年，漢有賈生，爲長沙王太傅，過湘水，投書以弔屈原。

〔陸機〕晉書卷五四陸機傳：太安初，（成都王）穎與河間王顒起兵討長沙王乂，假機後將軍河北大都督……初宦人孟玖弟超並爲穎所嬖寵，超領萬人爲小都督……超不受機節度，輕兵獨進而没，玖疑機殺之，遂譖機於穎，言其有異志，將軍王闡、郝昌、公師藩等皆玖所用，與牽秀等共證之。穎大怒，使秀密收機……既而歎曰：「華亭鶴唳，豈可復聞乎？」遂遇害。

〔李斯〕王云：太平御覽：史記曰：李斯臨刑，思牽黄犬，臂蒼鷹，出上蔡東門，不可得矣。考今本史記李斯傳中無臂蒼鷹字，而太白詩中屢用其事，當另有所本。參見卷一擬恨賦注。

〔張翰〕晉書卷九二張翰傳：齊王冏辟爲大司馬東曹掾，冏時執權……翰因見秋風起，乃思吴中菰菜蓴羹鱸魚膾，曰：「人生貴得適志，何能羈宦數千里以要名爵乎？」遂命駕而歸……翰任心自適，不求當世，或謂之曰：「卿乃可縱適一時，獨不爲身後名邪？」答曰：「使我有身後名，不如即時一杯酒。」時人貴其曠達。

【評箋】

今人詹鍈云：韻語陽秋：李白行路難云：「有耳莫洗潁川水，有口莫食首陽蕨，含光混世貴無名，何用孤高比明月？」意在進爲也。唐宋詩醇：冰塞雪滿，道路之難甚矣。而日邊有夢，破浪濟海，尚未決志於去也。後有二篇，則畏其難而決去矣。此篇被放之初述懷如此。按唐宋詩醇所解是也。

長相思

長相思，在長安。絡緯秋啼金井闌，微霜淒淒簟色寒。孤燈不明思欲絶，卷帷望月空長嘆。美人如花隔雲端。上有青冥之高天，下有淥水之波瀾。天長路遠魂飛苦，夢魂不到關山難。長相思，摧心肝。

【校】

〔題〕樂府作三首。「日色已盡花含煙」一首，本書在第六卷。「美人在時花滿堂」一首，本書在第二十五卷寄遠十二首中。

〔金井闌〕闌，王本注云：繆本作欄。

〔微霜〕微，兩宋本、繆本、胡本、王本俱注云：一作凝。

〔不明〕明，胡本、英華俱作寐，注云：一作明。兩宋本、繆本俱注云：一作寐，又作眠。王本注云：一作眠，一作寐。

〔美人如花〕兩宋本、繆本、王本俱注云：一作佳期迢迢。英華與繆本互易。

〔高天〕高，蕭本、咸本、樂府俱作長。敦煌殘卷無高字。咸本注云：一作高。王本注云：蕭本作長。

〔夢魂〕魂，英華作行，注云：一作魂。

【注】

〔長相思〕王云：長相思本漢人詩中語。古詩：「客從遠方來，遺我一書札，上言長相思，下言久離別。」蘇武詩：「生當復來歸，死當長相思。」李陵詩：「行人難久留，各言長相思。」六朝始以名篇。如陳後主長相思、久相憶，徐陵長相思、望歸難，江總長相思、久別離諸作，並以長相思發端，太白此篇正擬其格。蕭云：樂府怨思二十五曲，其一曰長相思。

〔絡緯〕王云：古今注：莎雞，一名促織，一名絡緯，一名蟋蟀。促織謂其鳴聲如急織，絡緯謂其鳴聲如紡績也。按今之所謂絡緯，似蚱蜢而大，翅作聲絕類紡績，秋夜露涼風冷，鳴尤淒緊，俗謂之紡績娘，非蟋蟀也。或古今稱謂不同歟！

【評箋】

王夫之云：題中偏不欲顯，象外偏令有餘，一以爲風度，一以爲淋漓，烏乎，觀止矣。（唐詩評選）

唐宋詩醇云：絡緯秋啼，時將晚矣。曹植云：「盛年處房室，中夜起長嘆。」其寓興則同。然植意以禮義自守，此則不勝淪落之感。衛風曰：云誰之思，西方美人。楚辭曰：恐美人之遲暮。賢者窮於不遇，而不敢忘君，斯忠厚之旨也。辭清意婉，妙於言情。

上留田行

行至上留田，孤墳何崢嶸！積此萬古恨，春草不復生。悲風四邊來，腸斷白楊聲。借問誰家地，埋没蒿里塋。古老向予言，言是上留田，蓬科馬鬣今已平。昔之弟死兄不葬，他人於此舉銘旌。一鳥死，百鳥鳴。一獸走，百獸驚。桓山之禽别離苦，欲去迴翔不能征。田氏倉卒骨肉分，青天白日摧紫荆。交讓之木本同形，東枝顦顇西枝榮。無心之物尚如此，參商胡乃尋天兵？孤竹延陵，讓國揚名。高風緬邈，頹波激清。尺布之謡，塞耳不能聽。

【校】

〔題〕咸本無行字。王本注云：繆本少行字。

〔桓山〕桓，兩宋本、繆本、王本俱注云：一作常。按：此乃宋人因避欽宗諱而改。

〔不能征〕胡本作不能鳴。注云：俗本以重一鳴韻，改作征字，不知古樂府重韻者甚多，正無礙也。

〔交讓〕讓，胡本、樂府俱作柯。咸本作讓，注云：一作柯。王本注云：蕭本作柯。

〔同形〕形，蕭本訛作刑。

【注】

〔上留田〕王云：按樂府詩集：王僧虔技録相和歌瑟調三十八曲，有上留田行。古今注：上留田，地名也。其地人有父母死，兄不字其孤弟者。鄰人爲其弟作悲歌以風其兄，故曰上留田。太白所謂弟死不葬，他人舉銘旌之事，與古今注所説不同。豈别有異詞之傳聞？抑於時實有斯事，而借古題以詠新聞耶？按：王説太泥，辨見後。

〔白楊聲〕文選古詩十九首：「出郭門直視，但見丘與墳。白楊多悲風，蕭蕭愁殺人。」

〔蒿里塋〕漢書卷六三武五子傳：蒿里召兮郭門閲。顔師古注：蒿里，死人里。

〔蓬科〕王云：賈山至言：使其後世曾不得蓬顆蔽冢而託葬焉。顔師古注：顆謂土塊，蓬顆言出上生蓬者耳。蓬科、蓬顆義同。

〔馬鬣〕禮記檀弓：孔子之喪，有自燕來觀者，舍於子夏氏。子夏曰：「昔夫子言之曰：吾見封之若堂者矣，見若防者矣，見若覆夏屋者矣，見若斧者矣，從若斧者焉，馬鬣封之謂也。」正義：子夏既道從若斧形，恐燕人不識，故舉俗稱馬鬣封之謂也以語燕人。馬騣鬣之上，其肉薄，封形似之。

〔銘旌〕禮記檀弓：銘，明旌也，以死者爲不可别已，故以其旗識之。

〔桓山〕家語卷五：孔子在衛，昧旦晨興，顔回侍側，聞哭者之聲甚哀。子曰：「回！汝知此何所哭乎？」對曰：「回以此哭聲非但爲死者而已，又有生離别者也。」子曰：「何以知之？」對曰：「回聞桓山之鳥生四子焉，羽翼既成，將分於四海，其母悲鳴而送之，哀聲有似於此，爲其往而不返也。回竊以音類知之。」

〔紫荆〕續齊諧記：京兆田真兄弟三人共議分財，生貲皆平均，唯堂前一株紫荆樹，共議欲破三片。明日就截之，其樹即枯死，狀如火然。真往見之大驚，謂諸弟曰：「樹本同株，聞將分斫，所以憔悴，是人不如木也。」因悲不自勝，不復解樹，樹應聲榮茂，兄弟相感，更合財寶，遂爲孝門。

〔交讓〕述異記：黄金山有楠樹，一年東邊榮，西邊枯；後年西邊榮，東邊枯，年年如此。張華云：交讓樹也。

〔參商〕左傳昭元年：子産曰：昔高辛氏有二子，伯曰閼伯，季曰實沉，居于曠林，不相能也。日尋干戈，以相征討，后帝不臧，遷閼伯于商丘，主辰，商人是因，故辰爲商星；遷實沉于大夏，主參，唐人是因，以服事夏商。杜預注：尋，用也。

〔孤竹〕史記伯夷列傳：伯夷、叔齊，孤竹君之二子也。父欲立叔齊。及父卒，叔齊讓伯夷，伯夷曰：「父命也。」遂逃去。叔齊亦不肯立而逃之。

〔延陵〕史記吴太伯世家：壽夢有子四人：長曰諸樊，次曰餘祭，次曰餘眛，次曰季札。季札賢而壽夢欲立之，季札讓不可。於是乃立長子諸樊攝行事，當國。王諸樊元年，諸樊已除喪，讓位季札，季札謝曰：「曹宣公之卒也，諸侯與曹人不義曹君，將立子臧，子臧去之，以成曹君。君子曰：能守節矣。君義嗣，誰敢干君？有國非吾節也。札雖不材，願附於子臧之義。」吴人固立季札，季札棄其室而耕，乃舍之。……季札封於延陵，故號曰延陵季子。

〔尺布〕史記淮南厲王長列傳：……臣倉等昧死言，長有大死罪，陛下不忍致法，幸赦，廢勿王，臣等請處蜀郡嚴道邛郵。……淮南王乃謂侍者曰：「誰謂乃公勇者？吾安能勇？吾以驕故，不聞吾過，至此。人生一世間，安能邑邑如此？」乃不食死。……孝文十二年，民有作歌，歌淮南厲王曰：「一尺布，尚可縫；一斗粟，尚可舂。兄弟二人，不能相容。」

【評箋】

蕭云：此篇主意全在「孤竹、延陵，讓國揚名；尺布之謡，塞耳不能聽」數句，非泛然之作，蓋當時有所諷刺。以唐史至德間事考之，其爲啖廷瑶、李成式、皇甫佚輩受肅宗風旨，以謀激永王璘之反而執殺之。太白目擊其時事，故作是詩。

胡云：白詩有「尋天兵，尺布謡」等語，似指肅宗之不容永王璘而作。

唐宋詩醇云：蕭士贇説得之，白之從璘，雖曰迫脅，亦其倜儻自負，欲藉以就功名故也。詞氣激切，若有不平之感。……桓山之禽，蓋白自比也。

宋長白云：樂府上留田云：「里中有啼兒，似類親父子。回車問啼兒，慷慨不可止。」古今注云：地名也。其地有父母死而不字其孤弟者，鄰人作歌以風之。太白賦此題曰：「昔之弟死兄不葬，他人於此舉銘旌。」與注有別。平原康樂爲傷時感逝，簡文爲田家相勞之詞。（柳亭

詩話）

陳沆云：此傷太子瑛、鄂王瑶、光王琚遇害之事也。武惠妃生壽王瑁，謀奪嫡，數譖構之，言有異謀，欲害己母子，帝怒，遂並廢爲庶人，旋賜死城東驛，天下冤之。李林甫欲遂立壽王爲太子，帝聽高力士言，乃立忠王。故有「延陵孤竹，讓國揚名。參商胡乃尋天兵」之句。歲中惠妃病，數見三庶人爲祟，使巫祈請改葬，訖不解，遂死。故有「孤墳峥嶸，埋没蒿里」及「弟死兄不葬，他人於此舉銘旌」語也。蕭士贇謂指永王璘之死，殊非情事。太白又有樹中草一篇云：「鳥銜野田草，誤入枯桑裏。客土植危根，逢春猶不死。草木雖無情，因依尚可生。如何同枝葉，各自有枯榮？」又有小人勸酒篇，述綺皓之事云：「欻起佐太子，漢王乃復驚。顧謂戚夫人，彼翁羽翼成。」其指惠妃壽王譖太子事益明矣。（詩比興箋）

春日行

深宫高樓入紫清，金作蛟龍盤綉楹。佳人當窗弄白日，絃將手語彈鳴箏。春風吹落君王耳，此曲乃是昇天行。因出天池泛蓬瀛。樓船蹙踏波浪驚。三千雙蛾獻歌笑，撾鐘考鼓宫殿傾。萬姓聚舞歌太平。我無爲，人自寧。三十六帝欲相迎，仙人飄翩下雲輧。帝不去，留鎬京。安能爲軒轅，獨往入杳冥？小臣拜獻南山壽，陛下萬古垂鴻名。

【校】

〔盤繡楹〕兩宋本、繆本、胡本俱注云：一作繡作楹。盤繡，英華作繡作，注云：集作盤繡。王本注云：一作繡作。

〔樓船〕船，蕭本、咸本俱作臺，注云：一作樓船。王本注云：蕭本作臺。按：樓臺不得云蹙踏，作臺者必誤。

〔三十六帝〕此句，咸本注云：一作三十六玉帝相迎。

【注】

〔題〕蕭云：春日行者，時景二十五曲之一也。胡云：鮑照春日行詠春遊，太白則擬君王遊樂之辭。

〔紫清〕王云：真誥：仰眄太霞宫，金閣曜紫清。按：王氏於卷七侍從宜春苑奉詔賦龍池柳色初青聽新鶯百囀歌注云：紫清似謂紫微清都之所，天帝之所居也。

〔絃將手語〕王云：謂絃與手相戛而成聲也。

〔昇天行〕王云：古樂府名。樂府古題要解：昇天行，曹植「日月何肯留」，鮑照「家世宅關輔」，皆傷人世不永，俗情險艱，當求神仙，翱翔六合之外，其辭蓋出楚辭遠遊篇也。

〔天池〕王云：指御苑池沼而言。

〔樓船〕西京雜記：昆明池中有戈船樓船各數百艘，樓船上建樓櫓。……

〔撾〕音張瓜切。

〔三十六帝〕王云：按道書有三十六天上帝。

〔軿〕音瓶。

〔鎬京〕元和郡縣志卷一：周武王鎬京在長安縣西北十八里，自漢武帝穿昆明池於此，鎬京遺址遂淪陷焉。△鎬音呼老切。

〔杳〕音窈。

【評箋】

陳沆云：此以王道諷求仙也。不直譏求仙，而曰帝不去，留鎬京，安能爲軒轅，獨往入杳冥？以反規荒廢萬幾之失，明不如王道太平之可慕也。孰謂太白不聞道，但賦淩雲飄飖之氣者？（詩比興箋）

今人詹鍈云：按詩云：「小臣拜獻南山壽，陛下萬古垂鴻名。」自是春日應制之詩。范傳正墓碑云：他日泛白蓮池，公不在宴，皇歡既洽，召公作序。時公已被酒於翰苑中，仍命高將軍扶以登舟，優寵如是。今詩中有「因出天池泛蓬瀛，樓船蹙踏波浪驚」之句，疑即指泛白蓮池而言。

前有樽酒行二首

春風東來忽相過，金樽渌酒生微波。落花紛紛稍覺多，美人欲醉朱顔酡。青軒桃李能幾何！流光欺人忽蹉跎。君起舞，日西夕。當年意氣不肯傾，白髮如絲歎何益？

【校】

〔春風〕春，英華作東，注云：一作春。

〔美人〕咸本注云：一本無此一句。敦煌殘卷無。

〔能幾〕能，英華作有，注云：一作能。

〔流光〕敦煌殘卷作煙光。

〔西夕〕西，兩宋本、繆本、王本俱注云：一作將。

〔肯傾〕傾，蕭本作平。英華作惜，注云：一作傾。王本注云：蕭本作平。

〔白髮如絲〕兩宋本、繆本俱注云：一作白首垂絲。王本注同。

〔歎何益〕歎，英華作竟，注云：一作白首垂絲歎。

【注】

〔題〕王云：即古樂府之「前有一樽酒」也。傅玄、張正見諸作皆言置酒以祝賓主長壽之意，太白則變而爲當及時行樂之辭。

〔渌酒〕王云：水清曰渌，所謂渌酒，即清酒之義也。

〔朱顔酡〕楚辭招魂：美人既醉，朱顔酡些。李善注：言美人飲啗醉飽，則面著赤色而鮮好也。

△酡音駝。

【評箋】

按：此詩末句「當年意氣不肯傾，白髮如絲歎何益」，當與古風第八首「意氣人所仰，冶遊方及時，……投閣良可嘆，但爲此輩嗤」之語參看，有兀傲不肯隨俗之意。王氏指爲當及時行樂，恐未的。

其二

琴奏龍門之緑桐，玉壺美酒清若空。催絃拂柱與君飲，看朱成碧顔始紅。胡姬貌如花，當壚笑春風。笑春風，舞羅衣。君今不醉將安歸？

【校】

〔拂柱〕柱，敦煌殘卷作燭。

〔看朱〕此句兩宋本、繆本、王本俱注云：一作眼白看杯顔色紅。英華與兩宋本、繆本互易。

〔將安歸〕將，兩宋本、繆本、咸本俱作欲。樂府同。王本注云：繆本作欲。

【注】

〔龍門〕文選七發：龍門之桐，高百尺而無枝，……使琴摯斫斬以爲琴。

〔看朱成碧〕王僧孺詩：「誰知心眼亂，看朱忽成碧。」

〔當壚〕古樂府：「胡姬年十五，春日獨當壚。」漢書卷五七司馬相如傳：乃令文君當盧。顏師古注：賣酒之處，累土爲盧，以居酒甕，四邊隆起，其一面高，形如鍛爐，故名盧。而俗之學者，皆謂當盧爲對温酒火爐，失其義矣。

夜坐吟

冬夜夜寒覺夜長，沉吟久坐坐北堂。冰合井泉月入閨，金釭青凝照悲啼。金釭滅，啼轉多。掩妾淚，聽君歌。歌有聲，妾有情。情聲合，兩無違。一語不入意，從君萬曲梁塵飛。

【校】

〔金釭青凝〕咸本、樂府俱作青釭凝明，注云：一作金釭青凝。

【注】

〔題〕王云：夜坐吟，始自鮑照。其辭曰：「冬夜沉沉夜坐吟，含情未發已知心。霜入幕，風度林。朱燈滅，朱顏尋。體君歌，逐君音。不貴聲，貴意深。」蓋言聽歌逐音，因音託意也。蕭云：夜坐吟者，樂府夜景二十五曲之一也。

〔金釭〕文選班固西都賦：金釭銜璧。吕延濟注：金釭，燈盞也。△釭音江。

〔梁塵〕太平御覽卷五七劉向别録曰：漢興以來善歌者，魯人虞公，發聲清哀，蓋動梁塵。按：王注於卷六猛虎行引作七略，誤。又蓋動作盡動。

野田黄雀行

遊莫逐炎洲翠，棲莫近吴宮燕。吴宮火起焚巢窠，炎洲逐翠遭網羅。蕭條兩翅蓬蒿下，縱有鷹鸇奈若何！

【校】

〔巢窠〕巢，兩宋本、繆本、咸本、英靈、樂府、英華俱作爾。傅校英華改巢。此句，文粹在炎洲句下。

〔縱有〕縱，英華作雖，注云：一作縱。

〔奈若〕若，兩宋本、繆本俱注云：一作爾。王本作爾，注云：一作若，誤，今改。英華作爾，注云：一作若。

【注】

〔題〕王云：按王僧虔技録相和歌瑟調三十八曲中有野田黄雀行。

〔炎洲翠〕王云：郭璞山海經注：翠似燕而紺色。陳子昂詩：「翡翠巢南海，雄雌珠樹林。殺身炎洲裏，委羽玉堂陰。」炎洲謂海南之地，在漢爲朱崖、儋耳二郡，唐爲崖、儋、振三州，今爲瓊州。其地居大海之中，廣袤數千里，四時常燠，故曰炎洲，多産翡翠。

〔吴宫燕〕太平御覽卷九二二吴地記曰：春申君都吴宫，加巧飾。春申君死，吏照鷰窟，失火遂焚。王云：越絶書記吴地傳有東宫西宫。東宫周一里二百七十步，西宫在長秋，周一里二十六步。秦始皇帝十一年，守宫者照燕，失火燒之。鮑照詩：「猶勝吴宫燕，無罪得焚窠。」按：王氏所引越絶書亦見御覽同卷，二十六步作二百二十六步。

〔鷹鸇〕王云：爾雅翼：鷹，鳥之鷙者。雌大雄小。一名鷞鳩。陸璣詩疏：鸇，似鷂青黄色，燕頷鉤喙，嚮風摇翅，乃因風飛急，疾擊鳩鴿燕雀食之。

【評箋】

今人詹鍈云：胡震亨曰：白辭言不逐他鳥同禍，寧處蓬蒿自全，皆借雀寓意也。唐宋詩醇曰：黯然自傷，當在潯陽既敗之後。按此詩既見於河岳英靈集，當是天寶十二載以前所作，唐宋詩醇之説非是。

箜篌謡

攀天莫登龍，走山莫騎虎。貴賤結交心不移，惟有嚴陵及光武。周公稱大聖，管蔡寧相容！漢謡一斗粟，不與淮南舂。兄弟尚路人，吾心安所從？他人方寸間，山海幾千重？輕言託朋友，對面九疑峯。多花必早落，桃李不如松。管鮑久已死，何人繼其蹤！

【校】

〔題〕兩宋本、繆本題下有續古詞亦曰引六字。

〔及光武〕及，文粹作與。

〔路人〕兩宋本、繆本、王本俱注云：一作行路。

〔多花〕多，蕭本作開。王本注云：蕭本作開。

〔已死〕死，英華作亡，注云：一作死。

【注】

〔箜篌謡〕蕭云：琴操五十七曲九引内有箜篌引，亦曰公無渡河，亦曰箜篌謡，太白此詞用其名。

王云：樂府詩集：箜篌謡不詳所起，大略言結交當有終始，與箜篌引異。舊注以爲即箜篌引，誤矣。

〔嚴陵〕嚴子陵，嚴光字，見卷二古風第十二首注。

〔周公〕史記周本紀：周初定天下，周公恐諸侯畔，周公乃攝行政當國。管叔蔡叔羣弟疑周公，與武庚作亂畔周，周公奉成王命，伐誅武庚管叔，放蔡叔。

〔斗粟〕見本卷上留田行注。

〔九疑〕方輿勝覽卷二四：九疑山在（道州）寧遠縣南六十里，亦名蒼梧山，九峯相似，望而疑之，謂之九疑。有九峯，峯各有一水，四水流灌於南海，五水北注，合爲洞庭。其一曰朱明峯，二曰石城峯，三曰石樓峯，四曰娥皇峯，五曰舜源峯，六曰女英峯，七曰簫韶峯，八曰桂林峯，九曰梓林峯。

〔管鮑〕説苑卷六：鮑叔死，管仲舉上衽而哭之，泣下如雨。從者曰：「非君父子也，此亦有説乎？」管仲曰：「非夫子所知也。吾嘗與鮑子負販於南陽，吾三辱於市，鮑子不以我爲怯，知我之欲有所明也。鮑子嘗與我有所説王者而三不見聽，鮑子不以我爲不肖，知我之不遇明君也。鮑子嘗與我臨財分貨，吾自取多者三，鮑子不以我爲貪，知我之不足於財也。生我者父母，知我者鮑子也，士爲知己者死，而況爲之哀乎？」

【評箋】

按：此詩亦有所指，觀其引管蔡及淮南事，疑亦與永王一案有關。

雉朝飛

麥隴青青三月時，白雉朝飛挾兩雌。錦衣綺翼何離褷！犢牧采薪感之悲。春天和，白日暖。啄食飲泉勇氣滿，爭雄鬬死繡頸斷。雉子班奏急管絃，心傾美酒盡玉椀。枯楊枯楊，爾生稊，我獨七十而孤棲。彈絃寫恨意不盡，瞑目歸黄泥。

【校】

〔題〕王本注云：一本作雉朝飛絃。兩宋本、繆本俱注云：一有絃。

〔麥隴〕麥，兩宋本俱作來，非。

〔綺翼〕綺，蕭本作繡。王本注云：蕭本作繡。

〔犢〕兩宋本作瀆，非。

〔心傾美酒〕蕭本、胡本俱作傾心酒美。咸本作心傾美酒。王本注云：蕭本作傾心酒美。

〔稊〕兩宋本、繆本俱作荑。王本注云：繆本作荑。

〔瞑目〕何校無此二字。咸本注云：一本無此二字。

【注】

〔雉朝飛〕王云：古今注：雉朝飛者，犢牧子所作也。犢牧子，齊處士，湣宣王時人，年五十無妻，出薪於野，見雉雌雄相隨而飛，意動心悲，乃作雉朝飛之操，將以自傷焉。

〔麥隴〕文選枚乘七發：麥秀漸兮雉朝飛。

〔離褷〕文選木華海賦：鳥雛離褷。李善注：離褷，羽毛始生貌。△褷音斯。

〔繡頸〕文選潘岳射雉賦：灼繡頸而衮背。徐爰注：頸毛如繡。

〔生稊〕易大過：枯楊生稊，老夫得其女妻，無不利。王弼注：稊者，楊之秀也。虞翻注：稊，稺也。楊葉未舒稱稊。△稊音題。

上雲樂

金天之西，白日所没。康老胡雛，生彼月窟。巉巖容儀，戌削風骨。碧玉炅炅雙目瞳，黄金拳拳兩鬢紅。華蓋垂下睫，嵩岳臨上脣。不覩詭譎貌，豈知造化神？大道是文康之嚴父，元氣乃文康之老親。撫頂弄盤古，推車轉天輪。云見日月初生時，鑄冶火精與水銀。陽烏未出谷，顧兔半藏身。女媧戲黄土，團作愚下人。散在六合間，濛濛若沙塵。生死了不盡，誰明此胡是仙真？西海栽若木，東溟植扶桑。别來幾多時，枝葉萬里長。中國有七聖，半路頹鴻荒。陛下應運起，龍飛入咸陽。赤眉立盆子，白水興漢光。叱咤四海動，洪濤爲簸揚。舉足蹋紫微，天關自開張。老胡感至德，東來進仙倡。五色師子，九苞鳳凰。是老胡雞犬，鳴舞飛帝鄉。淋漓颯沓，進退成行。能胡歌，獻漢酒。跪雙膝，並兩肘。散花指天舉素手。拜龍顏，獻聖壽。北斗戾，南山摧。天子九九八十一萬歲，長傾萬歲杯。

【校】

〔題〕此下王本注云：原注：老胡文康辭，或云范雲及周捨所作，今擬之。兩宋本、繆本注同，無「原注」二字。

〔炅炅〕兩宋本、繆本、王本俱注云：一作皎皎。

〔鬢紅〕紅，兩宋本、繆本、王本俱注云：一作髮。

〔上唇〕上，黄校作下。咸本注云：一作下。

〔鑄冶〕咸本注云：一作擣治。

〔水銀〕水，咸本注云：一作金。

〔鴻荒〕鴻，蕭本作洪。王本注云：蕭本作洪。

〔並兩肘〕並，蕭本作立。王本注云：蕭本作立。

〔萬歲〕歲，兩宋本、繆本、王本、樂府俱注云：一作年。

【注】

〔上雲樂〕蕭云：樂府神仙二十二曲中有上雲樂，亦曰洛濱曲。　胡云：梁武帝製上雲樂，設西方老胡文康生自上古者，青眼高鼻白髮，導弄孔雀、鳳凰、白鹿，慕梁朝來遊，伏拜祝千歲壽。周捨爲之詞。太白擬作，視捨本詞加肆，而龍飛咸陽數語似又謂此胡遊肅宗朝者，亦各從其時，備一代俳樂爾。王云：按隋書樂志，梁三朝樂第四十四設寺子導、（按：導，各本隋書均作遵，王氏所引疑有誤。）安息孔雀、鳳凰、文鹿、胡舞，登連上雲樂歌舞伎。知上雲樂者，乃舞之名色，令樂人扮作老胡之狀，率珍禽奇獸而爲胡舞，以祝天子萬壽。其時所歌之辭，即捨所作之辭也。捨本辭曰：「西方老胡，厥名文康。遨遊六合，傲誕三皇。西觀濛汜，東戲扶桑。南泛大蒙之海，北至無通之鄉。昔與若士爲友，共弄彭祖扶床。往年暫到崑崙，復值瑶池舉觴。周帝迎以上席，王母贈以玉漿。故乃壽如南山，老若金剛。青眼智智，白髮長長。蛾眉臨髭，高鼻垂口。非直能俳，又善飲酒。簫歌從前，門徒從後，濟濟翼翼，各有分部。鳳凰是老胡家雞，師子是老胡家狗。陛下撥亂反正，再朗三光。澤與雨施，化與風翔。覘雲候吕，來遊大梁。重駟修路，始届帝鄉。伏拜金闕，瞻仰玉堂。從者小子，羅列成行。悉知廉節，皆識義方。歌管愔愔，鏗鼓鏘鏘，響震鈞天，聲若鵷凰。前却中規矩，進退得宫商。舉伎無不佳，胡舞最所長。老胡寄篋中，復有奇樂章。齎持數萬里，願以奉聖皇。乃欲次第説，老耄多所忘。但願明陛下，壽千萬歲，歡樂未渠央。」太白此篇，擬之而作，辭義多相出入，故全録之，以見其所自焉耳。

〔金天〕文選張衡思玄賦：顧金天而嘆息兮，吾將往乎西嬉。吕向注：金天，西方少昊所主也。

〔月窟〕梁簡文帝大法頌：西踰月窟，東漸扶桑。按：王注云：月窟指西域極遠之地而言，是也，所引長楊賦誤。
〔戌削〕史記司馬相如列傳：眇閻易以戌削。集解：徐廣曰：戌削言如刻畫作之。△戌音恤。
〔炅炅〕王云：言其眼色碧而有光。△炅音景。
〔拳拳〕王云：言其髮色黄而稍卷。
〔下睫〕王云：言其眉長而下覆於目。△睫音接。
〔上脣〕王云：言其鼻巨而下壓於脣。黄庭内景經：眉號華蓋覆明珠。又云：外應中岳鼻齊位。梁丘子注：中岳鼻也。
〔嚴父〕王云：道德指歸論：道德爲父，神明爲母。
〔老親〕孫楚石人銘：大象無形，元氣爲母。杳兮冥兮，陶冶衆有。
〔天輪〕文選木華海賦：狀如天輪，膠戾而激轉。李善注：吕氏春秋曰：天地如車輪，終則復始。
〔火精〕淮南子天文訓：積陽之熱氣生火，火氣之精者爲日。積陰之寒氣爲水，水氣之精者爲月。
〔陽烏〕見卷一明堂賦注。
〔顧兔〕楚辭天問：夜光何德，死則又育。厥利維何，而顧兔在腹。

〔女媧〕太平御覽卷七八風俗通曰：俗説天地開闢，未有人民，女媧摶黄土作人，劇務力不暇供，乃引繩於絙泥中，舉以爲人。故凡富貴者黄土人也，貧賤凡愚者引絙人也。△媧音古蛙切。

〔若木〕見卷二古風第四十一首注。

〔扶桑〕見卷一大鵬賦注。

〔七聖〕王云：中國有七聖，謂高祖、太宗、高宗、中宗、睿宗、玄宗六君，其一則武后也。考先天二年，睿宗誥有運光五聖業盛百齡之辭，皆數武后在内，知當時稱謂如此也。

〔鴻荒〕王云：「半路頽鴻荒」，喻禄山倡亂，兩京覆没，有似鴻荒之世也。……魯靈光殿賦：鴻荒樸略。張載注：鴻，大也。上古之世爲鴻荒之世也。

〔咸陽〕王云：「陛下應運起」，謂肅宗即位於靈武，「龍飛入咸陽」，謂西京克復，大駕還都也。

〔盆子〕王云：「赤眉立盆子」，謂禄山既死，羣賊又立安慶緒爲主也。後漢書：建武元年，赤眉賊率樊崇逢安等共立劉盆子爲天子，然崇等視之如小兒，百事自由，初不恤録。

〔白水〕文選張衡南都賦：曜朱光於白水。薛綜注：東觀漢記曰：考侯仁徙封南陽白水鄉。

〔簸揚〕王云：「叱咤四海動，洪濤爲簸揚」，喻天下震動，寰宇洗清也。

〔紫微〕王云：「舉足踏紫微」，喻踐天子之位也。

〔天關〕王云：「天關自開張」，喻四遠關塞悉開通，出入不事閉守也。

〔仙倡〕文選張衡西京賦：總會仙倡。薛綜注：仙倡，僞作假形，謂如神也。

〔九苞〕太平御覽卷九一五：論語摘襄聖曰：鳳有九苞。一曰頭符命，二曰眼合度，三曰耳聰達，四曰舌詘伸，五曰色彩光，六曰冠短周，七曰距鋭鈎，八曰音激揚，九曰腹文户。

〔颯沓〕文選傅毅舞賦：颯沓合并。張銑注：颯沓，盤旋貌。

〔八十一萬歲〕按：龔頤正芥隱筆記云：道藏雲笈七籤二帙，混文聖紀云：混元一始萬劫至千百成，百成亦八十一萬年而有太初。太初之時，老子從虚空而下爲太初之師，又自太上生後復八十一萬億，八十一萬歲乃生一炁。又按：宋長白柳亭詩話亦引雲笈七籤，混元聖紀釋九九八十一萬歲。并云：篇中所云文康者，豈即老子之化身邪！

【評箋】

今人詹鍈云：唐詩紀事引皎然詩式：淈没格，一品曰戲俗。漢書云，匡鼎來，解人頤，蓋説詩也。此一品非雅作，足以爲談笑之資矣。李白狂詠：「女媧弄黄土，摶作愚下人，散在六合間，濛濛若埃塵。」其中所引狂詠即是此首，僧皎然去白未久，必有所本。意者，此詩本題作狂詠，然就其樂歌而言則爲上雲樂也。

又云：按至德二載九月癸卯，廣平王復西京，此詩當是聞西京克復捷音以後而作。

按：今人任半塘唐戲弄云：梁戲最著者爲上雲樂，至盛唐猶傳，並照演。隋書十三音樂志曾備載三朝設樂之四十九設。其中四十四設寺子遵、安息孔雀、鳳皇、文鹿、胡舞，登連上雲樂歌舞伎。此一設之内容複雜，不易了解。尤其「寺子遵」及「登連」未知何説。通典一四五云：梁有吴安泰善歌，後爲樂令，精解聲律。初改四曲：别江南、上雲樂。四曲祗見二名，亦未省其故。梁武帝有上雲樂七首。梁周捨有上雲樂辭，唐李白李賀亦有和作。捨、白二篇，與其謂之詩，不如謂之賦，實難以充合樂之唱辭。其中述西方老胡來梁瞻拜，呈技上壽，曾作胡舞，並有鳳凰、獅子、諸形象雜伎。乃知上文所舉第四十四設之全部，實爲一歌舞戲，重點在胡舞與上雲樂，二者連續表現，曰登連或即此意。……按二篇均是敘述體，僅各有一節曰陛下云云，爲代言對語而已，難認爲直接歌唱之樂辭或劇曲。「上雲樂」三字誠然爲伎名，但在二篇之前，不過等於普通詠事之詩題或賦題而已。過去每將二篇所述故事認爲真事，將劇情認爲真境，將劇中人認爲演員，……應肯定西方老胡，半人半仙，來遊大梁，對天子上壽種種，原屬虚構之故事，供劇本之應用而已。老胡、陛下、門徒、鳳皇、獅子等同須演員扮飾，彼「蛾眉」、「高鼻」、「青眼」、「白髮」等，俱是化裝；俳笑、飲酒、奏伎、胡舞、奉樂章、説内容等，俱是情節而已。周捨辭應如此看，李白辭正同。此伎，遠之頗似優孟衣冠之對真莊王演孫叔敖，而另扮戲中之莊王共同完成情節。在此伎則對真陛下演老胡文康，而另有戲中之陛下同演上壽。近之，此伎頗類唐戲之蘇幕遮，演西域胡王來唐，向天可汗上壽，而穿插表演其本國之渾脱舞與潑水乞寒之戲，以祝豐稔。不亞於近代所演之八仙上壽、麻姑獻壽等，已是真正戲劇。李白既有此篇詳述種種，可能唐代演出仍沿用梁之脚本。李辭所異於周辭者，可能即唐戲略有修改之處也。

夷則格上白鳩拂舞辭

鏗鳴鐘，考朗鼓。歌白鳩，引拂舞。白鳩之白誰與鄰？霜衣雪襟誠可珍。含哺七子能平均。食不噎，性安馴。首農政，鳴陽春。天子刻玉杖，鏤形賜耆人。白鷺之白非純真，外潔其色心匪仁。闕五德，無司晨。胡爲啄我葭下之紫鱗？鷹鸇雕鶚，貪而好殺，鳳凰雖大聖，不願以爲臣。

【校】

〔題〕樂府作白鳩辭。

〔不噎〕噎，兩宋本、繆本俱作咽。王本注云：繆本作咽。按：王氏改之，是也。鳩者不噎之鳥，見後漢書禮儀志。

〔安馴〕安，兩宋本、繆本、王本俱注云：一作可。

〔首農政〕首，咸本云：一作有。

〔鳴陽春〕鳴，宋乙本作爲。

〔白鷺〕鷺，兩宋本、繆本、王本俱注云：一作鷹。樂府與一作同。下之白，兩宋本、繆本、咸本、樂府俱作亦白。之王本注云：繆本作亦。

【注】

〔舞辭〕王云：通典：白鳩，吴朝拂舞曲也。琦按：拂舞者，樂人執拂而舞，以爲容節也。樂府詩集：古今樂録曰：鞞、鐸、巾、拂四舞，梁並夷則格鐘磬鳩拂和。故白擬之爲夷則格上白鳩拂舞辭。

〔鏗〕楚辭招魂：鏗鐘摇簴。王逸注：鏗，撞也。

〔考〕詩唐風山有樞：子有鐘鼓，勿鼓勿考。毛傳：考，擊也。

〔朗鼓〕王云：何承天歌：「朗鼓節鳴笳。」

〔白鳩〕王云：鳩類甚多，毛色各異，白者不常有，有則以爲異。故瑞應圖曰：白鳩成湯時至，王者養耆老，尊道德，不以新失舊，則至。

〔平均〕詩曹風鳲鳩：鳲鳩在桑，其子七兮。毛傳：鳲鳩之養其子，朝從上下，暮從下上，平均如一。

〔不噎〕後漢書禮儀志：仲秋之月，縣道皆按户比民，年始七十者，授之以玉杖，餔之糜粥。八十九十禮有加，賜玉杖，長九尺，端以鳩鳥爲飾。鳩者不噎之鳥也，欲老人不噎。

〔耆人〕按：當作耆民，此避唐諱。

〔白鷺〕王云：陸璣詩疏：鷺，水鳥也。好而潔白。汶陽謂之白鳥，齊魯之間謂之春鋤，……吴揚人皆謂之白鷺，大小如鴟，青脚高尺七八寸，尾如鷹尾，喙長三寸，頭上有毛十數枚，長寸餘，毿毿然與衆毛異，甚好，欲取魚時則弭之。

〔五德〕韓詩外傳卷二：田饒謂哀公曰：……君獨不見夫雞乎？首戴冠者文也，足搏距者武也，敵在前敢鬬者勇也，得食相告仁也，守夜不失時信也，雞有此五德。

〔司晨〕書牧誓：牝雞司晨，惟家之索。

〔葭下〕按：吴翌鳳遜志堂雜鈔云：漢鐃歌云：鷺何食，食茄下。案爾雅，芙蕖，其莖茄。韻會小補曰：茄，歌韻，今荷字。引詩：有蒲與茄，李白詩：「胡爲啄我茄下之紫鱗。」今但借爲蔬果名。

〔雕鶚〕王云：鷹，古者謂之爽鳩。一歲色黄，曰黄鷹。二歲色變次赤，曰鴘鷹，又曰鶡鷹。三歲以後色變蒼白，曰蒼鷹。隋魏彦深鷹賦所謂「毛衣屢改，厥色無常，寅生酉就，總號爲黄，二周作鴘，三歲成蒼」，是也。世俗通謂之角鷹，以其頂有毛角微起也。鸇，詩所謂晨風，似鷹而小，好乘風展翅，鳴則風生，世俗謂之鶻。雕與鷹極類，惟尾長翅短爲異，猛悍多力，鶚尤勇健善搏，乃鷙鳥中之殊特者。故鄒陽書曰：鷙鳥累百，不如一鶚。禽經曰：鷙鳥之善搏者曰鶚。孟康漢書注：鶚，大雕也。詩經正義：雕之大者又名鶚。蓋言其似雕而大也。或以雕鶚混爲一物，或以鶚爲王雎魚鷹之異名，皆非也。四鳥皆禽中之鷙者，形狀亦相似，曲喙金睛，劍翮利爪，盤旋空中，俟物而擊之。鸇形最小，所搏者惟鴿雀小鳥之類，鷹稍大，能搏雉兔，雕則大於鷹，能擒鴻鵠大鳥，鶚則又大於雕，能搏狐鹿羊豕。鷹多産北地，鸇則是處有之，雕鶚惟産邊境，世人不辨，或多混稱，故詳釋之。

【評箋】

王夫之云：間處點綴奇絶，古體爲新詩，賴此神肖。（唐詩評選）

沈德潛云：時多酷吏與聚斂之臣，故作是詩以刺。（唐詩別裁）

今人詹鍈云：似指貌似君子而陰爲訕謗者，蓋白被讒以後所作。

日出入行

日出東方隈，似從地底來。歷天又入海，六龍所舍安在哉？其始與終古不息，人非元氣，安得與之久徘徊？草不謝榮於春風，木不怨落於秋天。誰揮鞭策驅四運，萬物興歇皆自然。羲和羲和，汝奚汩没於荒淫之波？魯陽何德？駐景揮戈。逆道違天，矯誣實多。吾將囊括大塊，浩然與溟涬同科。

【校】

〔題〕樂府作日出行。

〔隈〕咸本云：一本無隈字。

〔歷天〕此句兩宋本、繆本、胡本俱作歷天又復入西海。咸本注云：一作又復入西海。王本注云：繆本作歷天又復西入海。

〔其始〕此句兩宋本、繆本、王本俱注云：一作其行終古不休息。英華、樂府與一作同。

〔安得〕得，樂府作能。

〔誰揮〕揮，英華作將，注云：集作揮。

〔汝奚〕奚，黄校作兮。咸本注云：一作兮。

〔囊括〕英華作括囊，注云：集作囊括。

【注】

〔題〕蕭云：日出入行即樂府時景二十一曲之一日出行也。胡云：漢郊祀歌日出入，言日出入無窮，人命獨短，願乘六龍，仙而升天。此反其意，言人安能如日月不息？不當違天矯誣，貴放心自然，與溟涬同科也。

〔六龍〕見本卷蜀道難注。

〔不息〕莊子大宗師篇：日月得之，終古不息。陸德明注：崔云：終古，久也。鄭玄注周禮云：終古猶言常也。

〔元氣〕王云：元氣者，依河圖曰，元氣無形，洶洶蒙蒙，偃者爲地，伏者爲天。禮統曰：天地者，元氣之所生，萬物之祖。帝王世紀曰：元氣始萌，謂之太初。三五曆紀曰：未有天地之時，混沌如雞子，溟涬鴻濛滋分，歲起攝提，元氣滋肇。

〔秋天〕王云：郭象莊子注：暖焉若陽春之自和，故蒙澤者不謝；淒乎若秋霜之自降，故凋落者不怨。太白謝榮怨落二語本此。按：王此注實本楊慎丹鉛總録。梅鼎祚李詩鈔卷一云：楊慎丹鉛録云：郭象莊子注多俊語，如云：「暖焉若春陽之自和，故榮澤者不謝；淒乎如秋霜之自降，故凋落者不怨。」李白用其語爲詩云：「草不謝榮於春風，木不怨落於秋天。」余按班史：自榮自落，何謝何怨，則已先之矣。

〔四運〕文選殷仲文南州桓公九井作：四運雖鱗次。吕向注：四運，四時也。

〔羲和〕見卷一大鵬賦注。

〔汩〕音骨。

〔荒淫之波〕淮南子俶真訓：是故百姓曼衍於淫荒（王引作荒淫）之陂而失其大宗之本。

〔魯陽〕淮南子覽冥訓：魯陽公與韓搆戰酣，日暮援戈而撝之，日爲之反三舍。

〔溟涬〕莊子天地篇：豈兄堯舜之教民溟涬然弟之哉。郭注：溟涬，甚貴之謂。△溟涬音茗倖。

【評箋】

唐宋詩醇云：易曰：原始反終。故知死生之説。不知自然之運，而意於長生久視者，妄也。詩意似爲求仙者發，故前云「人非元氣，安得與之久徘徊」，後云「魯陽揮戈，矯誣實多」，而結以「與溟涬同科」。言不如委順造化也。若謂寫時行物生之妙，作理學語，亦索然無味矣。觀此益知白之學仙，蓋有所托而然也。

沈德潛云：言魯陽揮戈之矯誣，不如委順造化之自然也。總見學仙之謬。（唐詩別裁）

陳沆云：此篇蕭氏謂全祖莊子雲將鴻濛之意。胡震亨謂人安能如日月不息，當放心自然云云，皆見其表，未見其裏。夫歎羲和之荒淫，悲魯陽之回戈，此豈無端之泛語耶？蓋歎治亂之無常，興衰之有數，姑爲達觀以遣憤激也。日從地出，似將自幽而之明。歷天入海，又已由明而入闇。氣運遞嬗，終古如斯。但我生之初，我身以後，皆不及見耳。既皆氣運盛衰之自然，則非人力所能推挽，猶草木榮落有時，無所歸其德怨，以無有鞭策驅使之者也。不然，羲和照臨八極，胡忽汩於洪波？魯陽回天轉日，胡卒無救於桑榆？蓋以羲和喻君德之荒淫，魯陽閔諸臣之再造。萇弘匡周，左氏斥爲違天。變雅詩人，亦歎天之方虐。皆憤激之反詞也。漢以來樂府皆以抒情志達諷諭，從無空譚道德，宗尚玄虛之什。豈太白而不知體格如諸家云云哉？（詩比興箋）

胡無人

嚴風吹霜海草凋，筋幹精堅胡馬驕。漢家戰士三十萬，將軍兼領霍嫖姚。流星白羽腰間插，劍花秋蓮光出匣。天兵照雪下玉關，虜箭如沙射金甲。雲龍風虎盡交回，太白入月敵可摧。敵可摧，旄頭滅。履胡之腸涉胡血。懸胡青天上，埋胡紫塞旁。胡無人，漢道昌。陛下之壽三千霜，但歌大風雲飛揚，安用猛士兮守四方。

【校】

〔筋幹〕幹，英華、胡本、敦煌殘卷俱作簳。

〔兼領〕敦煌殘卷、兩宋本、繆本、王本俱注云：一作誰者。胡本作誰者，注云：一作兼領。

〔盡交回〕盡，兩宋本、繆本、胡本、王本俱注云：一作晝。此句，敦煌殘卷作龍風虎雲盡交回。

〔青天〕青，英華作清。

〔士兮〕兮下英華注云：一無此字。

〔四方〕咸本、英華此下多胡無人漢道昌六字，注云：一無此六字。樂府同。胡本、敦煌殘卷、文粹俱無陛下之壽以下三句。

【注】

〔胡無人〕王云：按樂府詩集，王僧虔技録，相和歌瑟調三十八曲中有胡無人行。

〔筋幹〕周禮考工記：凡爲弓，冬析幹，而春液角，夏治筋，秋合三材。

〔三十萬〕漢書武帝紀，元光二年，御史大夫韓安國爲護軍將軍……將三十萬衆屯馬邑谷中，誘致單于欲襲擊之，單于入塞，覺之走出。

〔嫖姚〕王云：漢書：霍去病善騎射，再從大將軍。大將軍受詔予壯士，爲票姚校尉，與輕勇騎八百，直棄大將軍數百里赴利，斬捕首虜過當。服虔注：票姚音飄摇。顔師古曰：票音頻妙反，姚音羊召反，票姚，勁疾之貌也。荀悦漢紀作票鷂字。去病後爲票騎將軍，尚取票姚之字耳。今讀者音飄摇，則不當其義也。按唐人詩中用嫖姚字者多從服音，不從顔説，即杜工部亦然，不獨太白是詩矣。

〔白羽〕漢書卷五七司馬相如傳：彎繁弱，滿白羽。文潁注：以白羽羽箭，故言白羽也。

〔天兵〕文選揚雄長楊賦：天兵四臨。李善注：天兵，言兵威之盛如天也。

〔玉關〕王云：漢書地理志，敦煌郡龍勒縣有玉門關。史記正義：括地志云：玉門關在沙州壽昌縣西北一百十八里。元和郡縣志：玉門關在瓜州晉昌縣東二十里。一統志：玉門關在陝西故瓜州西北十八里。漢霍去病破走月支，開玉門關。班超在西域上書，願生入玉門關，即此。

〔風虎〕王云：雲龍風虎皆陣名。李衛公問對：太宗曰：「天地風雲龍虎鳥蛇，斯八陣何義也？」靖曰：「古人祕藏此法，故詭説八名，於八陣本一也。」舊注引周易雲從龍、風從虎之文，恐於詩義未當。

〔入月〕王云：後漢書：永平十五年十一月乙丑，太白入月中，爲大將戮。晉書：凡五星入月歲，其野有逐相太白將僇。元帝太興三年十二月己未，太白入月在斗。成帝咸康元年二月乙未，太白入月。六年二月乙未，太白入月。其占又皆另有所主，俱未嘗爲摧敵之兆。太白斯語其別有所據歟！按：通鑑卷九九：道士法饒謂冉閔曰：「太白入昴，當殺胡王。」李詩或即用此。疑道教有此傳説，以勵敵愾同仇之思。入月入昴，不妨任意援用。若本集卷二十四南奔書懷詩之「太白夜食昴」，乃别指軍興之象，全非此詩之意。用字雖同，不得併爲一談也。

〔旄頭〕史記天官書：昴曰旄頭，胡星也。正義：昴七星爲髦頭，胡星，亦爲獄事。明，天下獄訟平，暗爲刑罰濫。六星明與大星等，大水且至。其兵大起。摇動若跳躍者，胡兵大起，一星不見，皆兵之憂也。

〔胡血〕淮南子兵略訓：白刃合，流矢接。涉血屨腸，輿死扶傷。

〔紫塞〕古今注：秦築長城，土色皆紫，漢塞亦然，故稱紫塞焉。

〔四方〕王云：漢高祖歌詩：「大風起兮雲飛揚，威加海内兮歸故鄉，安得猛士兮守四方？」蘇子由譏此詩末三句爲不達理。

【評箋】

蕭云：詩至漢道昌，一篇之意已足……一本無此三句者是也。使蘇子由見之，必不肯輕致不識理之誚矣。

趙翼云：胡無人一首中有「太白入月敵可摧」之句，適與禄山被殺之讖相符，説者又謂此詩預決祿山之死。不知太白入月本天官家占驗之法，豈專指祿山？且此篇上文但言戎騎窺邊、漢兵殺敵之事，初不涉漁陽一語也。（甌北詩話）

今人詹鍈云：按敦煌殘卷本唐詩選録此詩即至胡無人漢道昌爲止，而無後三句，唐文粹並同。升庵詩話卷七胡無人行條：「望胡地，何險側！斷胡頭，脯胡臆。」此古詞雖不全，然李太白作胡無人尾句全效。可證楊慎家藏樂史本李翰林集亦無陛下之壽三千霜以下三句。是則蕭氏謂末三句爲後人所補，信而有徵。但文苑英華録此詩不但有末三句，其後復有胡無人、漢道昌兩句，注云：一無此六字，樂府詩集亦然，則來源已久，非宋以後人所附加者也。

又云：酉陽雜俎前集卷十二云：祿山反，太白製胡無人，言太白入月敵可摧。及祿山死，太白蝕月。唐語林：太白嘗製樂府云，太白入月敵可摧，乃祿山犯闕時太白犯月，皆謂之不凡耳。唐詩紀事：此詩祿山反時作，祿山死，太白食月云。蕭曰：按唐書天文志：肅宗上元元年五月癸丑，月掩昴，占曰，胡王死。三年建子月癸巳，月掩昴，出昴北。……必上元間聞太史之占而作也。自茲數年之後，安史相繼滅亡，兩京恢復，其言驗矣。王曰：今考唐書天文志，初未嘗有太白入月之事，而蕭妄引上元元年、三年掩昴之文以當之，誤矣。玩天兵照雪下玉關之句，當是開元天寶之間爲征討四夷而作，庶幾近是。……按：祿山卒於至德二載正月乙卯，與蕭氏所引上元元年事固不合。但舊唐書肅宗紀云：至德二載四月，太史奏歲星太白熒惑集於東井。太白入月或出於傳聞之誤。又新唐書韋見素傳云：天寶十五載十月丙申，有星犯昴，見素言於帝曰：「昴者胡也。天道謫見，所應在人，禄山將死矣。」帝曰：「日月可知乎？」見素曰：「福應在德，禍應在刑，昴金忌火，行當火位，昴之昏中，乃其時也。既死其月，亦死其日。明年正月甲寅，禄山其殪乎！」帝曰：「賊何等死！」答曰：「五行之説，子者視妻所生，昴犯以丙申，金，木之妃也，木，火之母也，丙火爲金，子申亦金也。二金本同末異，還以相剋，賊殆爲子與首亂者更相屠戮乎！」及禄山死，日月皆驗。可見當時此類傳説甚盛。即或太白入月敵可摧之説出於時人傅會，然此詩之作在禄山初反時，蓋無庸致疑也。

北風行

燭龍棲寒門，光耀猶旦開。日月照之何不及此？惟有北風號怒天上來。燕山雪花大如席，片片吹落軒轅臺。幽州思婦十二月，停歌罷笑雙蛾摧。倚門望行人，念君長城苦寒良可哀。別時提劍救邊去，遺此虎文金鞞靫。中有一雙白羽箭，蜘蛛結網生塵埃。箭空在，人今戰死不復回。不忍見此物，焚之已成灰。黄河捧土尚可塞，北風雨雪恨難裁。

【校】

〔題〕咸本此首之前有猛虎行。

〔日月〕此句下兩宋本、繆本、王本俱注云：一作日月之賜不及此。

〔一雙〕一，蕭本作二。王本注云：蕭本作二。

〔已成〕繆本、王本此下俱注云：一作以爲。

〔北風雨雪〕咸本注云：一本無此四字。

〔難裁〕裁，兩宋本、繆本、樂府俱注云：一作哉。

【注】

〔北風行〕蕭云：樂府有時景二十五曲，中有北風行。王云：鮑照有北風行，傷北風雨雪，行人不歸，太白擬之而作。

〔燭龍〕淮南子墬形訓：燭龍在雁門北，蔽於委羽之山，不見日，其神人面龍身而無足。高誘注：龍銜燭以照太陰，蓋長千里，視爲晝，瞑爲夜，吹爲冬，呼爲夏。

〔寒門〕淮南子墬形訓：北方曰北極之山曰寒門。高誘注：積寒所在，故曰寒門。

〔燕山〕王云：太平寰宇記：燕山在薊州漁陽縣東南七十里。一統志：燕山在薊州玉田縣西北二十五里，自西山一帶迤邐東來，延袤數百里，抵海崖。然詩家用燕山字概舉燕地之山，猶秦山楚山之類，不專指一山也。

〔軒轅臺〕楊云：軒轅臺在漢上谷郡涿鹿縣。王云：直隸名勝志：軒轅臺在保安州西南界之喬山上。山海經云：大荒內有軒轅臺，射者不敢西向，畏軒轅故也。

〔鞞靫〕王云：鞞靫當作鞴靫爲是。韻會：鞴靫，盛箭室。△鞞音丙，靫音差。

〔白羽箭〕北史突厥傳：帝取桃竹白羽箭一枚以賜射匱。

〔捧土〕後漢書卷六三朱浮傳：此猶河濱之人捧土以塞孟津，多見其不知量也。

【評箋】

謝榛云：太白曰「燕山雪花大如席，片片吹落軒轅臺」，景虛而有味。（四溟詩話）

王夫之云：前無含後亦不應，忽然及此，則雖道閨人，知其自道所感。（唐詩評選）

吴瑞榮云：雪花如席，自屬豪句，看下句接軒轅臺，另繪一種輿圖，另成一種義理，嚴沖甫訾爲無此理致，是膠柱鼓瑟之見。太白詩如「白髮三千丈」、「愁來飲酒二千石」，俱不當執文義觀。（唐詩箋要續編）

今人詹鍈云：詩云：「幽州思婦十二月，停歌罷笑雙蛾摧。」當是寫實，此詩蓋天寶十一載嚴冬，太白於幽州作。

俠客行

趙客縵胡纓，吴鈎霜雪明。銀鞍照白馬，颯沓如流星。十步殺一人，千里不留行。事了拂衣去，深藏身與名。閑過信陵飲，脱劍膝前横。將炙啖朱亥，持觴勸侯嬴。三杯吐然諾，五岳倒爲輕。眼花耳熱後，意氣素霓生。救趙揮金槌，邯鄲先震驚。千秋二壯士，烜赫大梁城。縱死俠骨香，不慚世上英。誰能書閣下，白首太玄經？

【校】

〔趙客〕客，咸本注云：一作家。

〔霜雪〕雪，英華作月。

〔膝前〕前，兩宋本、繆本、王本俱注云：一作上。文粹作上。英華作邊。

〔縱死〕死，蕭本作使。王本注云：蕭本作使。

【注】

〔俠客行〕蕭云：樂府俠遊二十五曲中有俠客行。

〔縵胡纓〕莊子説劍篇：（趙）太子曰：然，吾王所見劍士，皆蓬頭突鬢垂冠縵胡之纓。司馬彪注：謂粗纓無文理也。

〔吴鈎〕夢溪筆談卷一九：唐詩人多言吴鈎者。吴鈎刀名也，刃彎，今南蠻用之，謂之葛黨刀。按：能改齋漫録卷二：予按吴越春秋闔閭内傳曰：闔閭既寶莫邪之劍，復命國中作金鈎，令曰：能爲善鈎者賞之百金。吴作鈎者甚多，而有人貪王之重賞也，殺其二子，以血釁金，遂成二鈎，獻於闔閭。吴鈎始於此，豈存中偶忘之耶？左太冲吴都賦云：吴鈎越棘，純鈞湛盧。鮑照結客少年行云：驄馬金絡頭，錦帶佩吴鈎。

〔颯沓〕沈家本枕碧樓偶存稿：鮑照詠史詩：「賓御紛颯沓，鞍馬光照地。」字典：颯沓，衆盛貌。李白詩：「銀鞍照白馬，颯沓如流星。」蓋即用鮑賦語，亦指人言。

〔留行〕莊子説劍篇：臣之劍十步一人，千里不留行。司馬彪注：十步與一人相擊輒殺之，故千里不留於行也。

〔信陵〕史記魏公子列傳：魏公子無忌者，魏昭王少子，而魏安釐王異母弟也。昭王薨，安釐王即位，封公子爲信陵君。……魏有隱士曰侯嬴，年七十，家貧，爲大梁夷門監者。公子聞之，往請，欲厚遺之，不肯受，……公子於是乃置酒大會賓客。坐定，公子從車騎虚左自迎夷門侯生。……至家，公子引侯生坐上坐，徧贊賓客，賓客皆驚。……於是罷酒，侯生遂爲上客。侯生謂公子曰：「臣所過屠者朱亥，此子賢者，世莫能知，故隱屠間耳。」公子數往請之，朱亥故不復謝。公子怪之。魏安釐王二十年，秦昭王已破趙長平軍，又進兵圍邯鄲。公子姊爲趙惠文王弟平原君夫人，數遺魏王及公子書，請救於魏。魏王使將軍晉鄙將十萬衆救趙。秦王使使告魏王曰：「吾攻趙旦暮且下，而諸侯敢救者，已拔趙，必移兵先擊之。」魏王恐，使人止晉鄙，留軍壁鄴，名爲救趙，實持兩端以觀望。……公子患之，數請魏王，及賓客辨士説王萬端。魏王畏秦，終不聽公子。……侯生乃屏人閒語曰：「嬴聞晉鄙之兵符常在王卧内，而如姬最幸，出入王卧内，力能竊之。嬴聞如姬父爲人所殺，如姬資之三年，自王以下欲求報其父仇，莫能得。如姬爲公子泣，公子使客斬其仇頭，敬進如姬。如姬之欲爲公子死，無所辭，顧未有路耳。公子誠一開口請如姬，如姬必許諾，則得虎符，奪晉鄙軍，北救趙，而西却秦，此五霸之伐也。」公子從其計，請如姬，如姬果盜晉鄙兵符與公子。公子行。侯生曰：「將在外，主令有所不受，以便國家，公子即合符，而晉鄙不授公子兵而復請之，事必危矣。臣客屠者朱亥可與俱，此人力士。晉鄙聽，大善；不聽，可使擊之。」……於是公子請朱亥，朱亥笑曰：「臣乃市井鼓刀屠者，而公子親數存之，所以不報謝者，以爲小禮無所用。今公子有急，此乃臣効命之秋也。」遂與公子俱。……至鄴，矯魏王令代晉鄙。晉鄙合符，疑之，……欲無聽，朱亥袖四十斤鐵錐，錐殺晉鄙。公子遂將晉鄙軍。……進兵擊秦軍。秦軍解去，遂救邯鄲，存趙。

〔耳熱〕張華輕薄篇：「三雅來何遲，耳熱眼中花。」

〔素霓〕張華壯士篇：「慷慨成素霓，嘯咤起清風。」

〔俠骨香〕張華遊俠曲：「生從命子遊，死聞俠骨香。」

〔太玄經〕見卷二古風第八首注。

【評箋】

胡仔云：復齋漫録云：太白俠客行云：「事了拂衣去，深藏身與名。」元微之俠客行云：

「俠客不怕死，怕死事不成，不肯藏姓名。」二公寓意不同。（苕溪漁隱叢話）

洪亮吉云：俠客行：鄲邯先震驚。邯鄲古未有倒言鄲邯者，然張晏漢書注：邯山在邯鄲縣東城下，單，盡也，是鄲邯先震驚爲盡邯山之地皆震驚耳。白詩不肯作常語如此。（北江詩話）

按：洪氏蓋讀誤本而強爲之説。

李白集校注卷四

樂府三十七首

關山月

明月出天山，蒼茫雲海間。長風幾萬里，吹度玉門關。漢下白登道，胡窺青海灣。由來征戰地，不見有人還。戍客望邊色，思歸多苦顔。高樓當此夜，嘆息未應閑。

【校】

〔題〕兩宋本、繆本此首俱在卷三之末。王氏蓋據蕭本。

〔蒼茫〕此句咸本注云：一作蒼蒼莅雲間。

〔邊色〕色，兩宋本、繆本、王本俱注云：一作邑。

〔應閑〕閑，兩宋本、繆本、王本俱注云：一作還。

【注】

〔關山月〕樂府古題要解：關山月，傷離别也。　蕭云：關山月者，樂府鼓角横吹十五曲之一也。

〔天山〕漢書武帝紀：天漢二年，貳師將軍……與右賢王戰於天山。注：晉灼曰：在西域，近蒲類國，去長安八千餘里。師古曰：即祁連山也，匈奴謂天爲祁連，……今鮮卑語尚然。王云：輿地廣記：伊州伊吾縣有天山，胡人呼爲折漫羅山，每過之皆下馬拜。一名雪山。北邊備對：天山即祁連山也，又名時漫羅山，又名祁漫羅山。蓋虜語謂祁連也，時漫羅也，祁漫羅也，皆天也。通典：元和志於張掖縣既著祁連山矣，而伊、西、庭三州皆有此山，則是自甘張掖而西至於庭州，相去三千五六百里，而天山皆能周徧其地，則此山亦廣長矣。月出於東而天山在西，今曰「明月出天山」，蓋自征夫而言，已過天山之西而迴首東望，則儼然見明月出於天山之外也。

〔白登道〕王云：漢書卷九四匈奴傳：匈奴……引兵南踰句注，攻太原，至晉陽下。高帝自將兵往擊之。會冬大寒雨雪，卒之墮指者十二三，於是冒頓陽敗走，誘漢兵，漢兵逐擊冒頓，冒頓匿其精兵，見其羸弱，於是漢悉兵多步兵三十二萬北逐之。高帝先至平城，步兵未盡到，冒頓縱精兵三十餘萬騎，圍高帝於白登七日。漢兵中外不得相救餉。顔師古注：白登在平城東南，去平城十餘里。

〔青海灣〕王云：一統志：西海在陝西西寧衛城西三百餘里。海方數百里，一名卑禾羌海，俗呼青海。潛確居類書：洮州衛有青海，在洮水之西，周圍千里，中有小山。隋將段文振西征，逐虜於青海，即此。琦按：青海，隋時屬吐谷渾。唐高宗時爲吐蕃所據。儀鳳中李敬元，開元中王君㚟、張景順、崔希逸、皇甫惟明、王忠嗣先後與吐蕃攻戰，皆近其地，相去不遠。

【評箋】

楊云：吴氏語録曰：太白詩如「明月出天山，蒼茫雲海間，長風幾萬里，吹度玉門關」，皆氣蓋一世。學者皆熟味之，自不褊淺矣。天山在唐西州交河郡天山縣，天山至玉門關不爲太遠，而曰幾萬里者，以月如出於天山耳，非以天山爲度也。

胡應麟云：「千山鳥飛絶」二十字，骨力豪上，句格天成。則律以輞川諸作，便覺太鬧。青蓮「明月出天山，滄茫雲海間。長風幾萬里，吹度玉門關」，渾雄之中，多少閒雅！（詩藪）

獨漉篇

獨漉水中泥，水濁不見月。不見月尚可，水深行人没。越鳥從南來，胡雁亦北度。我欲彎弓向天射，惜其中道失歸路。落葉别樹，飄零隨風。客無所託，悲與此同。羅帷舒卷，似有人開。明月直入，無心可猜。雄劍挂壁，時時龍鳴。不斷犀象，繡澀苔生。國恥未雪，何由成名？神鷹夢澤，不顧鴟鳶。爲君一擊，鵬摶九天。

【校】

〔胡雁〕雁，蕭本、樂府俱作鷹。咸本注云：一作雁。王本注云：蕭本作鷹。

〔繡澀〕繡，兩宋本、繆本俱作羞。咸本注云：一作羞。王本注云：繆本作羞。

〔鵬摶〕兩宋本、繆本、樂府俱作摶鵬。咸本注云：一作摶鵬。王本注云：繆本作摶鵬。

【注】

〔獨漉篇〕王云：蕭士贇曰：獨漉篇即拂舞歌五曲中之獨禄篇也。特太白集中禄字作漉字。其間命意造辭，亦模倣規擬，但古詞爲父報仇，太白言爲國雪恥耳。古詞曰：獨禄獨禄，水深泥濁。泥濁尚可，水深殺我。噰噰雙雁，遊戲田畔。我欲射雁，念子孤散。翩翩浮萍，得風遥輕。我心何合？與之同并。空牀低幃，誰知無人？夜衣錦繡，誰别僞真？刀鳴削中，倚牀無施。父冤不報，欲活何爲？猛虎斑斑，遊戲山間。虎欲殺人，不避豪賢。琦按：樂府諸書，亦有引古詞作獨鹿者，亦有作獨漉者，是禄、鹿、漉古者通用，非始於太白也。

〔獨漉〕王云：劉履曰：獨漉疑地名。琦按：上谷郡涿州有地名獨鹿，一名濁鹿者是也。又小網名罣麗，荀子作獨鹿。成相辭曰：恐爲子胥身離凶，進諫不聽，剄而獨鹿棄之江。楊倞注：國語曰：鳥獸成，水蟲孕，水虞於是禁罝罣麗。賈云：罣麗，小罟也。或謂此未可知。

〔雄劍〕鮑照贈故人馬子喬詩：「雙劍將別離，先在匣中鳴。雌沉吴江裏，雄飛入楚城。」梁簡文帝七勵：拭龍泉之雄劍。

〔龍鳴〕太平御覽卷三四四拾遺記曰：顓頊高陽氏有畫影劍、騰空劍。若四方有兵，此劍則飛赴，指其方則尅，未用時，在匣中常如龍虎吟。

〔犀象〕文選曹植七啓：步光之劍，華藻繁縟。陸斷犀象，未足稱儁。李周翰注：言劍之利也。犀象之獸其皮堅。

〔九天〕太平廣記卷四六〇引幽明録：楚文王好獵，有人獻一鷹，王見其殊常，故爲獵於雲夢之澤。毛羣羽族，争噬共摶，此鷹瞪目，遠瞻雲際。俄有一物，鮮白不辨，其鷹竦翮而升，矗若飛電，須臾羽墮如雪，血下如雨，良久有大鳥墜地，其兩翅廣十餘里，喙邊有黄，衆莫能知。時有博物君子曰：此大鵬雛也。文王乃厚賞之。蕭云：此比興之意，謂士之用世，當爲國雪恥，立大功以成名，如神鷹之不顧凡鳥，而但擊九天之鵬也。

【評箋】

王云：琦按：此詩依約古辭，當分六解。「水深行人没」以上爲一解，「惜其中道失歸路」以上爲二解，「悲與此同」以上爲三解，「無心可猜」以上爲四解，「何由成名」以上爲五解，「鵬摶九天」以上爲六解。解各一意，峯斷雲連，似離似合，其體固如是也。若強作一意釋去，更無是處。沈德潛云：晉人古詞本或斷或續，太白亦以此體仿之，中三解未易窺測，恐強解之，轉成穿鑿耳。

又云：原詞爲父報讐，太白爲國雪恥，中作六解，似嶺斷雲連，若離若合，不能強作一意，「雄劍挂壁」以下，言豪士爲國雪恥，當立大功以成名，猶鷹之不顧凡鳥，而擊九天之鵬也。（唐詩別裁）

陳沆云：此篇自昔付之不解。今觀國恥未雪等語，蓋亦從永王時，欲其爲國雪大恥，而不欲其與李希言等尋小隙也。新唐書言璘引舟師東下，甲士五千趨廣陵，然未敢顯言取江左。會吳郡採訪使李希言平牒璘，大署其名，璘怒，遣兵襲之，於是江淮驚動。明年，官兵集廣陵以拒璘，璘將季廣琛謂諸將曰：「上皇播遷，道路不通，而諸子無賢於王者，如總江淮鋭兵，長驅雍洛，大功可成。今乃不然，使吾等挂叛黨乎？」此詩亦猶是也。越鳥四句言希言等自南來，而璘兵亦欲北渡，中道相逢，本非仇敵，縱彎弓射殺之，亦止自傷其類，無濟於我。下云：神鷹夢澤，不顧鴟鳶，亦是此意。總言小人小嫌之不足校，當如鵬擊九天，破賊立勳，報國雪恥，此則大可奮勉者也。中間落葉八句，寓無聊依人之感，蓋本知其不足大與有爲，而又念其帝胄至親，似無可猜之道也。集中在水軍宴贈幕府諸侍御詩曰：胡沙驚北海，電掃洛陽川。……所冀旄頭滅，功成追魯連，與此篇正相表裏。（詩比興箋）

登高丘而望遠海

登高丘，望遠海。六鼇骨已霜，三山流安在？扶桑半摧折，白日沉光彩。銀臺金闕如夢中，秦皇漢武空相待。精衛費木石，黿鼉無所憑。君不見！驪山茂陵盡灰滅，牧羊之子來攀登。盜賊劫寶玉，精靈竟何能？窮兵黷武有如此，鼎湖飛龍安可乘？

【校】

〔望遠海〕樂府無海字，題同。

〔白日〕白，咸本注云：一作半。

〔茂陵〕陵，咸本作田，注云：一作陵。

〔有如此〕有，樂府作今。

【注】

〔遠海〕王云：此題舊無傳聞，郭茂倩樂府詩集編是詩於相和曲中魏文帝登山而遠望一篇之後，疑太白擬此也，然文意却不類。

〔六鼇〕列子湯問篇：渤海之東，不知幾億萬里，有大壑焉，實惟無底之谷。……其中有五山焉，一曰岱輿，二曰員嶠，三曰方壺，四曰瀛洲，五曰蓬萊，……五山之根，無所連著，常隨潮波上下往還，不得暫峙焉。仙聖毒之，訴之於帝。帝恐流於西極，失羣聖之居，乃命禺彊，使巨鼇十五舉首而戴之，迭爲三番，六萬歲一交焉。五山始峙，而龍伯之國有大人，舉足不盈數步，而暨五山之所，一釣而連六鼇，合負而趨歸其國，灼其骨以數焉。於是岱輿、員嶠二山流於北極，沉於大海，仙聖之播遷者巨億計。

〔扶桑〕見卷一大鵬賦注。

〔銀臺〕文選張衡思玄賦：聘王母於銀臺。李善注：銀臺，王母所居。

〔秦皇〕〔漢武〕史記封禪書：自威、宣、燕昭使人入海求蓬萊、方丈、瀛洲，此三神山者，其傳在渤海中，去人不遠，患且至則船風引而去。蓋嘗有至者，仙人及不死之藥皆在焉，其物禽獸盡白，而黄金銀爲宫闕。未至望之如雲，及到，三神山反居水下，臨之風輒引去，終莫能至云。及至秦始皇并天下，至海上，則方士言之不可勝數，始皇自以爲至海上，而恐不及矣。使人乃齎童男女入海求之，船交海中，皆以風爲解，曰未能至，望見之焉。今天子遣方士入海求蓬萊安期生之屬，居久之，求蓬萊安期生莫能得。

〔精衛〕見卷一大鵬賦注。

〔黿鼉〕王云：竹書紀年：穆王三十七年，大起九師，東至于九江，架黿鼉以爲梁，遂伐越，至于紆。精衛二句，蓋言海之深廣，非木石可填，而黿鼉爲梁之説亦虚而無所憑據，以明三山之必不可到也。

〔攀登〕王云：漢書：秦始皇帝葬於驪山之阿，下錮三泉，上崇山墳，其高五十餘丈，周回五里有餘。石槨爲游館，人膏爲燈燭，水銀爲江海，黄金爲鳧雁。珍寶之藏，機械之變，棺槨之麗，宫館之盛，不可勝原。又多殺宫人，生埋工匠，計以萬數，天下苦其役而反之。驪山之作未成，而周章百萬之師至其下矣。項籍燔其宫室營宇，往者咸見發掘，其後牧兒亡羊，羊入其鑿，牧者持火照求羊，失火燒其藏槨。漢武外傳：元狩二年二月丁卯，帝崩。三月，葬茂陵。晉書：漢天子即位一年而爲陵，天下供賦三分之，一供宗廟，一供賓客，一充山陵。漢武帝享年久長，比葬而茂陵不復容物，其樹皆已可拱。赤眉取陵中物不能減半，於今猶有朽帛委積，金玉未盡。

〔飛龍〕抱朴子微旨篇：……黄帝於荆山之下，鼎湖之中，飛九丹成，乃乘龍上天也。

【評箋】

王夫之云：後人稱杜陵爲詩史，乃不知此九十一字中有一部開元、天寶本紀在内。俗子非出像則不省，幾欲賣陳壽三國志，以雇説書人打匾鼓誇赤壁鏖兵。可悲可笑，大都如此。（唐詩評選）

按：王説甚韙，由此推之，更可包括古風五十九首之大部。可見古風五十九首自有其一貫之宗旨也。

陳沆云：秦皇漢武殺人開邊，毒痛天下，大傷上帝好生之德，而欲己之長生，得乎？（詩比興箋）

今人詹鍈云：按此詩與「秦王掃六合」一首（古風五十九首之三）取意多同，疑是前後之作。

陽春歌

長安白日照春空，緑楊結烟桑裊風。披香殿前花始紅。流芳發色繡户中。繡户中，相經過。飛燕皇后輕身舞，紫宫夫人絶世歌。聖君三萬六千日，歲歲年年奈樂何！

【校】

〔桑〕兩宋本、繆本、王本俱注云：一作垂。胡本、咸本、敦煌殘卷、文粹俱作垂。英華作垂，傅校改桑。自以作桑爲勝。

〔絶世〕世，英華作代。自是唐人舊本。

〔聖君〕君，敦煌殘卷作皇。

〔六千日〕日，敦煌殘卷作歲。

【注】

〔陽春歌〕蕭云：歌録：陽春歌楚曲也，即時景二十五曲之一。王云：宋吴邁遠作陽春歌，梁沈約作陽春曲，此詩似擬之而作。

〔披香殿〕王云：三輔黄圖：未央宮有披香殿。雍録：慶善宮有披香殿。

〔飛燕〕西京雜記：趙飛燕爲皇后，……趙后體輕腰弱，善行步進退。

〔紫宮〕文選西京賦：正紫宮於未央。薛綜注：天有紫微宮，王者象之。李善注：辛氏三秦記曰：未央宮一名紫微宮。

〔絶世歌〕漢書卷九七外戚傳：孝武李夫人本以倡進。初夫人兄延年性知音，善歌舞。武帝愛之。延年侍上起舞，歌曰：「北方有佳人，絶世而獨立。一顧傾人城，再顧傾人國。寧不知傾城與傾國？佳人難再得。」上嘆息曰：「世豈有此人乎？」平陽主因言延年有女弟，上乃召見之，實妙麗善舞，由是得幸。

楊叛兒

君歌楊叛兒，妾勸新豐酒。何許最關人？烏啼白門柳。烏啼隱楊花，君醉留妾家。博山爐中沉香火，雙烟一氣淩紫霞。

【校】

〔君歌〕歌，咸本注云：一作家。

【注】

〔楊叛兒〕通典卷一四五：楊叛兒本童謡也。齊隆昌時女巫之子曰楊旻，少隨母入内，及長爲太后所寵愛。童謡云：楊婆兒共戲來所歡（王引作而歌）。語訛遂成楊叛兒。

〔新豐酒〕梁元帝詩：「試酌新豐酒，遥勸陽臺人。」参見卷二五出妓金陵子呈盧六四首詩注。

〔白門柳〕王云：宋書：宣陽門，民間謂之白門。胡三省通鑑注：白門，建康城西門也，西方色白，故以爲稱。古楊叛曲：「暫出白門前，楊柳可藏烏。歡作沉水香，儂作博山爐。」

〔博山爐〕王云：吕大臨考古圖：按漢朝故事，諸王出閣，則賜博山香爐。晉東宫舊事曰：太子服用則有博山香爐。一云爐象海中博山，下有盤貯湯，使潤氣蒸香，以象海之回環。此器世多有之，形製大小不一。

〔沉香〕王云：南方草木狀：交趾有蜜香樹，幹似柜柳，其花白而繁，其葉如橘，欲取香，伐之經年，其根幹枝節各有别色也。木心與節堅黑沉水者爲沉香。法苑珠林：南州異物志曰：沉水香出日南，欲取當先斫壞樹，著地積久，外自朽爛，其心至堅者置水則沉，名曰沉香。

【評箋】

王云：楊升庵曰：古楊叛曲僅二十字，太白衍之爲四十四字，而樂府之妙思益顯，隱語益彰，其筆力似烏獲扛龍文之鼎，其精光似光弼領子儀之軍矣。書曰：葛伯仇餉。非孟子解之，後人不知仇餉爲何語。沉水博山之句，非太白以雙烟一氣解之，樂府之妙亦隱矣。

按：升庵詩話云：古樂府：「暫出白門前，楊柳可藏烏。歡作沉水香，儂作博山鑪。」李白用其意衍爲楊叛兒歌曰……即「暫出白門前」之鄭箋也。因其拈用而古樂府之意益顯，其妙益見。

陳沆云：詩中楊花與其篇題皆寓其姓也。「君醉留妾家」，寓其旨也。香化成煙，淩入雲霞，而雙雙一氣，不少變散，兩情固結深矣。其寓長生殿七夕之誓乎！（詩比興箋）

雙燕離

雙燕復雙燕，雙飛令人羨。玉樓珠閣不獨棲，金窗繡户長相見。柏梁失火去，因入吴王宫。吴宫又焚蕩，雛盡巢亦空。憔悴一身在，孀雌憶故雄。雙飛難再得，傷我寸心中。

【校】

〔失火〕王本誤作去火，今依各本改。

〔雙飛〕咸本注云：一作雙燕。

【注】

〔雙燕離〕蕭云：琴操三十六雜曲中有雙燕離。

〔柏梁〕王云：漢武内傳：太初元年十一月己酉天火燒柏梁臺。三輔黄圖：柏梁臺，武帝元鼎二年春起，此臺在長安城中北闕内。三輔舊事云：以香柏爲梁也，太初中臺災。

〔吴宫〕見卷三烏棲曲注。

【評箋】

蕭云：此篇其太白自嘆之作乎！首四句是喻其待詔金鑾得幸時也。柏梁失火，喻遭讒放還時也。中三句喻從永王璘，璘敗以累遭責時也。末四句是白嗟嘆之語，謂放逐之餘思君而不得再見，安得不爲之傷心乎？

今人詹鍈云：按詩云：「柏梁失火去，因入吴王宫。吴宫又焚蕩，雛盡巢亦空。」即上崔相百憂草所稱「星離一門，草擲二孩」之意。又云：「憔悴一身在，孀雌憶故雄。雙飛難再得，傷我寸心中。」疑是太白流夜郎别妻宗氏有感而作。

山人勸酒

蒼蒼雲松，落落綺皓。春風爾來爲阿誰？胡蝶忽然滿芳草。秀眉霜雪顔桃花，骨青髓緑長美好。稱是秦時避世人，勸酒相歡不知老。各守麋鹿志，恥隨龍虎争。欻起佐太子，漢皇乃復驚。顧謂戚夫人，彼翁羽翼成。歸來商山下，泛若雲無情。

舉觴酹巢由，洗耳何獨清！浩歌望嵩岳，意氣還相傾。

【校】

〔顏桃花〕兩宋本、繆本俱作桃花貌。英華作顏桃李，注云：一作桃李貌，咸本注同。王本注云：繆本作桃花貌。

〔骨青髓緑〕兩宋本、繆本俱作青髓緑髮。英華作骨清髓緑，注云：一作青髓緑髮。王本注云：繆本作青髓緑髮。

〔麋〕兩宋本、繆本俱作兔，注云：一作麋。樂府作兔。王本注云：一作兔。

〔佐〕兩宋本、繆本、王本俱注云：一作安。

〔商山〕商，樂府作南，注云：一作商。

〔何獨清〕何，咸本注云：一作向。獨，兩宋本、繆本、王本、樂府俱注云：一作太。

〔還〕兩宋本、繆本、王本、樂府俱注云：一作遥。

【注】

〔山人勸酒〕蕭云：樂府觴酌七曲，其一曰山人勸酒。王云：此題未詳所始，而樂府詩集編太白是作入琴曲歌辭中。

〔綺皓〕史記留侯世家：上欲廢太子立戚夫人子趙王如意，呂后恐，……留侯曰：「……上有不能致者天下有四人。四人者年老矣，皆以爲上慢侮人，故逃匿山中，義不爲漢臣。然上高此四人。今公誠能無愛金玉璧帛，令太子爲書，卑辭安車，因使辯士固請，宜來。來以爲客，時時從入朝，令上見之，則必異而問之。上知此四人賢，則一助也。」於是吕后令吕澤使人奉太子書，卑辭厚禮，迎此四人。……十二年，上疾益甚，愈欲易太子。……及燕置酒，太子侍，四人從太子，年皆八十有餘。鬚眉皓白，衣冠甚偉。上怪之，問曰：「彼何爲者？」四人前對，各言姓名，曰東園公，甪里先生，綺里季，夏黄公。上大驚曰：「吾求公數歲，公避逃我，今公何自從吾兒遊乎？」四人皆曰：「陛下輕士善駡，臣等義不受辱，故恐而亡匿。竊聞太子爲人仁孝，恭敬愛士，天下莫不延頸欲爲太子死者，故臣等來耳。」上曰：「煩公幸卒調護太子。」四人爲壽已畢，趨去，上目送之。召戚夫人，指示四人曰：「我欲易之，彼四人輔之，羽翼已成，難動矣。吕后真而主矣。」戚夫人泣，上曰：「爲我楚舞，我爲若楚歌。」歌曰：「鴻鵠高飛，一舉千里。羽翮已就，横絶四海。横絶四海，當可奈何？雖有矰繳，尚安所施？」歌數闋，戚夫人噓唏流涕，上起去罷酒。竟不易太子者，留侯本招此四人之力也。

〔欻〕音許忽切，或音忽。

〔商山〕王云：通典：商州上洛縣有商山，亦名地肺山，亦名楚山。四皓所隱。通鑑地理通釋：商山在商州商洛縣南一里。

〔洗耳〕王云：李善文選注：琴操曰：堯大許由之志，禪爲天子，由以其言不善，乃臨河而洗耳。李陵詩曰：「許由不洗耳，後世有何徵。」魏子曰：昔者許由之立身也，恬然守志存己，不甘禄位，洗耳不受帝堯之讓，謙退之高也。益部耆舊傳：秦宓對王商曰：「昔堯優許由非不弘也，洗其兩耳。」皇甫謐逸士傳曰：巢父者，堯時隱人也，及堯讓位乎許由也，由以告巢父焉。巢父責由曰：「汝何不隱汝光，見若身，揚若名，令聞若汝，非吾友也。」乃擊其膺而下之。由悵然不自得，乃過清泠之水洗其耳。皇甫謐高士傳曰：巢父聞許由之爲堯所讓也，以爲污，乃臨池水而洗耳。譙周古史考曰：許由，堯時人也。隱箕山，恬泊養性，無欲於世，堯禮待之，終不肯就。時人高其無欲，遂崇大之，曰堯將以天下讓許由，由恥聞之，乃洗其耳。或曰：又有巢父與許由同志，或云許由夏常居巢，故一號巢父。不可知也。凡書傳言許由則多，言巢父者少矣。范曄後漢書：嚴子陵謂光武曰：「昔唐堯著德，巢父洗耳，士各有志，何至相迫乎？」書傳之説洗耳參差不同。

【評箋】

蕭云：太白蓋爲明皇欲廢太子瑛，有所感而作是詩也。初，瑛母以倡進，鄂、光二王母以色選。及武惠妃寵幸後宫，生壽王，愛與諸子絶等。而太子二王以母失寵頗怏怏。惠妃女壻楊洄揣妃旨，伺太子短，譁爲醜語。惠妃訴于帝，且泣，帝大怒，召宰相議廢之，張九齡諫得不廢。俄而九齡罷，李林甫專國，數稱壽王美以探妃意，妃果德之。二十五年，洄復構瑛、瑶、琚與妃之兄薛輔有異謀，惠妃使人詭召太子二王曰：「宮中有賊，請介以兵入。」太子從之，妃白帝曰：「太子二王謀反，甲而來。」帝使中人視之如言，遽召宰相林甫議，答曰：「陛下家事，非臣所宜豫。」帝意決，乃詔廢爲庶人，尋遇害。天下冤之，號三庶人。……明皇之時，盧鴻、王希夷隱居嵩山，李元愷、吴筠之徒皆以隱逸稱，或召至闕庭，或遣問政事，徒爾高議闊論，然未有能如四皓之一言而太子得不易也。（按：妃之兄薛輔當作太子妃之兄薛鏽。）

按：蕭氏所稱是開元二十五年事，李白時猶在安州，恐於宮闈事不能如此詳悉。據通鑑天寶五載：初，太子之立非林甫意，林甫恐異日爲己禍，常有動摇東宫之志，而（韋）堅又太子之妃兄也。皇甫惟明嘗爲忠王友……林甫因奏堅與惟明結謀，欲共立太子。……將作少匠韋蘭、兵部員外郎韋芝爲其兄堅訟冤，且引太子爲言，上益怒。太子懼，請與妃離昏，乞不以親廢法。……贊善大夫杜有鄰女爲太子良娣，良娣之姊爲左驍衛兵曹柳勣妻。勣性狂疎，好功名，喜交結豪俊，淄川太守裴敦復薦於北海太守李邕，邕與之定交。勣至京師，與著作郎王曾等爲友，皆當時名士也。勣與妻族不協，欲陷之，爲飛語告有鄰，妄稱圖讖，交構東宫，指斥乘輿。林甫令京兆士曹吉温與御史鞫之……有鄰、勣及曾等皆杖死。……六載春正月辛巳，李邕、裴敦復皆杖死。此事爲震動一時之大獄，李白既與李邕夙好，不能無所感，事由太子而起，故假商皓以寓意。王氏謂此詩大意，美四皓當暴秦之際，能避世隱居，及漢有天下，雖一出而輔佐太子，功成身退，曾不繫情爵位，説甚迂疏，未可從。

唐宋詩醇云：泛詠四皓便是無情之文。故注家以爲感時事刺盧鴻輩，不爲無見。白居易四皓廟云：「如彼旱天雲，一雨百穀滋。澤則在天下，雲復歸希夷。」可謂藴藉有味矣。白詩卻只有五字曰「泛若雲無情」，尤爲深妙。知古人每相本也。

于闐採花

于闐採花人，自言花相似。明妃一朝西入胡，胡中美女多羞死。乃知漢地多明姝，胡中無花可方比。丹青能令醜者妍，無鹽翻在深宮裏。自古妬蛾眉，胡沙埋皓齒。

【校】

〔明姝〕兩宋本、郭本、繆本、樂府俱作名姝。蕭本作明姝，王本蓋沿蕭本之誤。

【注】

〔採花〕蕭云：樂録：于闐採花者，蕃胡四曲之一。胡云：于闐採花，陳、隋時曲名，本辭云：「山川雖異所，草木尚同春。亦如溱洧地，自有採花人。」太白則借明妃陷虜傷君子不逢明時，爲讒妒所蔽，賢不肖易置無可辨。蓋亦以自寓意焉。

〔于闐〕漢書卷九六西域傳：于闐國王治西城，去長安九千六百七十里。△闐音田。

〔明妃〕野客叢書：晉文帝諱昭，以昭君爲明妃。

〔丹青〕西京雜記：元帝後宫既多，不得常見，乃使畫工圖形，按圖召幸之。諸宫人皆賂畫工，多者十萬，少者亦不減五萬。獨王嬙不肯，遂不得見。匈奴入朝求美人爲閼氏。於是上按圖以昭君行。及去召見，貌爲後宫第一，善應對，舉止閑雅。帝悔之，而名籍已定。帝重失信於外國，故不復更人。乃窮案其事，畫工皆棄市，籍其家資皆巨萬。

〔無鹽〕新序卷二：齊有婦人極醜無雙，號曰無鹽女。其爲人也，臼頭深目，長壯大節，昂鼻結喉，肥項少髮，折腰出胸，皮膚若漆。

【評箋】

蕭云：此篇是借事引喻，以刺時君昏憒，借聽於人，而賢不肖易置者，讀之令人感歎。

王云：琦按：昭君事本是畫工醜圖其形，以致不得召見，太白則謂「丹青能令醜者妍，無鹽翻在深宫裏」，熟事化新，精采一變，真所謂聖於詩者也。

鞠歌行

玉不自言如桃李，魚目笑之卞和恥。楚國青蠅何太多？連城白璧遭讒毁。荆山長號泣血人，忠臣死爲刖足鬼。聽曲知甯戚，夷吾因小妻。秦穆五羊皮，買死百里奚。洗拂青雲上，當時賤如泥。朝歌鼓刀叟，虎變磻溪中。一舉釣六合，遂荒營丘東。平生渭水曲，誰識此老翁？奈何今之人，雙目送飛鴻。

【校】

〔如桃李〕如，英華作勝，注云：一作如。

〔磻溪〕磻，兩宋本、繆本、樂府俱作蟠，誤。

〔釣〕咸本注云：一作鈞。

〔渭水〕水，英華作川，注云：一作水。

〔誰識〕識，兩宋本、繆本、王本、樂府俱注云：一作數。英華作數，注云：一作識。

〔飛鴻〕飛，樂府作征，注云：一作飛。咸本注云：一作征。

【注】

〔鞠歌行〕王云：陸機鞠歌行序：按漢宫閣有含章鞠室、靈芝鞠室。後漢馬防第宅卜臨道，連閣通池，鞠城彌於街路。鞠歌將謂此也。又東阿王詩：連騎擊壤，或謂蹙鞠乎！三言七言，雖奇寶名器，不遇知己，終不見重，願逢知己以託意焉。按樂府詩集：王僧虔伎録：平調有七曲，其七曰鞠歌行。

〔卞和〕見卷二古風第三十六首注。

〔青蠅〕詩小雅青蠅：營營青蠅，止於樊。豈弟君子，無信讒言。鄭箋：蠅之爲蟲，汙白使黑，汙黑使白，喻佞人變亂善惡也。

〔連城〕王云：史記：趙惠文王得楚和氏璧。秦昭王聞之，使人遺趙王書，願以十五城易璧。後人所謂連城之價，正指此事。

〔小妻〕列女傳辯通傳：甯戚欲見桓公，道無從，乃爲人僕，將車宿齊東門之外。桓公因出，甯戚擊牛角而商歌甚悲。桓公異之，使管仲迎之。甯戚稱曰：「浩浩乎白水。」管仲不知所謂，不朝五日而有憂色。其妾婧進曰：「今君不朝五日而有憂色，敢問國家之事耶，君之謀也？」管仲曰：「……昔日公使我迎甯戚，甯戚曰：浩浩乎白水。吾不知其所謂，是故憂之。」其妾笑曰：「人也語君矣，君不知識耶！古有白水之詩。詩不云乎？浩浩白水，儵儵之魚。君來召我，我將安居？國家未定，從我焉如？此甯戚之欲得仕國家也。」管仲大悦，以報桓公，桓公乃修官職，齋戒五日，見甯子，因以爲相，齊國以治。

〔百里奚〕史記秦本紀：晉獻公滅虞虢，虜虞君與其大夫百里奚，以璧馬賂於虞故也。既虜百里奚，以爲秦繆公夫人媵於秦，百里奚亡秦走宛，楚鄙人執之。繆公聞百里奚賢，欲重贖之，恐楚人不與，乃使人謂楚曰：「吾媵臣百里奚在焉，請以五羖羊皮贖之。」楚人遂許與之。當是時，百里奚年已七十餘，繆公釋其囚，與語國事。謝曰：「臣亡國之臣，何足問？」繆公曰：「虞君不用子故亡，非子罪也。」固問，語三日，繆公大説，授之國政，號曰五羖大夫。

〔鼓刀〕王云：楚辭：吕望之鼓刀兮，遭周文而得舉。王逸注：言太公避紂，居東海之濱，聞文王作興，盍往歸之。至朝歌，道窮困，自鼓刀而屠，遂西釣於渭濱。文王夢得聖人，於是出獵而見之，遂載以歸，用以爲師。宋書：文王將田，史編卜之曰：「將大獲，非熊非羆，天遺汝師以佐昌。臣太祖史疇爲禹卜畋得臯陶，其兆如此。」王至磻溪之水，吕尚釣於涯，王下趨拜曰：「望公七年，乃今見光景於斯。」尚立變名答曰：「望釣得玉璜，其文要曰：姬受命，昌來提，撰爾雒鈐報在齊。」

〔營丘〕詩魯頌閟宫：遂荒大東。毛傳：荒，有也。史記齊世家：於是武王已平商而王天下，封師尚父於齊營丘。正義：括地志云，營丘在青州臨淄北百步外城中。

〔飛鴻〕王云：史記：衛靈公與孔子語，見蜚雁仰視之，色不在孔子。孔子遂行。雙目送飛鴻，正用其事，以喻不好賢之意。

【評箋】蕭云：太白此詞，始傷士之遭讒廢棄，中則羨乎昔賢之遇合有時，終則重嘆今人不能如古人之識士也。亦藉此自況云爾。

幽澗泉

拂彼白石，彈吾素琴。幽澗愀兮流泉深。善手明徽，高張清心。寂歷似千古，松颼飀兮萬尋。中見愁猿弔影而危處兮，叫秋木而長吟。客有哀時失職而聽者，淚淋浪以霑襟。乃緝商綴羽，潺湲成音。吾但寫聲發情於妙指，殊不知此曲之古今。幽澗泉，鳴深林。

【校】

〔中見〕咸本注云：一無中字。

〔失職〕職，兩宋本、繆本、樂府俱作志。王本注云：一作志。

〔發情〕情，兩宋本、繆本俱作憤。咸本注云：一作憤。王本注云：繆本作憤。

【注】

〔幽澗泉〕蕭云：樂府幽澗泉者，山水二十四曲之一。王云：樂府詩集以此首入琴曲歌辭中。

〔明徽〕王云：韻會：琴節曰徽，樂書作暉。云琴之爲樂，絃合聲以作主，徽分律以配臣。古徽十有三，象十二月，其一象閏，用螺蚌爲之，近代用金玉瑟瑟水晶等寶以示明瑩。

〔高張〕文選顔延年秋胡詩：高張生絶絃，聲急由調起。李善注：物理論曰：琴欲高張，瑟欲下聲。

王昭君二首

漢家秦地月，流影照明妃。一上玉關道，天涯去不歸。漢月還從東海出，明妃西嫁無來日。燕支長寒雪作花，蛾眉憔悴没胡沙。生乏黄金枉圖畫，死留青塚使人嗟。

【校】

〔題〕兩宋本、繆本、王本俱注云：一作昭君怨。

〔照明妃〕照，兩宋本、繆本、王本、樂府俱注云：一作送。

〔東海〕海，兩宋本、繆本、王本俱注云：一作方。

【注】

〔王昭君〕王云：樂府古題要解：王昭君，舊史：王嬙字昭君，漢元帝時匈奴入朝，詔以王嬙配之，號寧胡閼氏。一説，漢元帝後宫既多，不得常見，乃使畫工圖其形，按圖召幸。宫人皆賂畫工，多者十萬，少者亦不減五萬。昭君自恃容貌，獨不肯與。工人乃醜圖之，遂不得見。及後匈奴入朝，選美人配之，昭君之圖當行。及入辭，光彩射人，悚動左右。天子方重失信外國，悔恨不及，窮究其事。畫工有杜陵毛延壽、安陵陳敞、新豐劉白、龔寛、下杜陽望、樊青皆同日棄市，籍其資財。漢人憐昭君遠嫁，爲作歌詩。晉文王諱昭，故晉人改爲明君。石崇有妓曰緑珠，善歌舞，以此曲教之，而自製王明君歌。其文悲雅，「我本漢家子」是也。按樂府詩集張永元嘉技録：相和歌吟嘆四曲，其二曰王明君。

〔燕支〕史記匈奴傳索隱：西河舊事云：……匈奴失二山，乃歌曰：「失我祁連山，使我六畜不蕃息。失我燕支山，使我嫁婦無顔色。」元和郡縣志卷四〇：燕支山一名删丹山，在甘州删丹縣南五十里，東西百餘里，南北二十里。水草茂美，與祁連同。

〔青塚〕王云：太平寰宇記：青塚在振武軍金河縣西北，漢王昭君葬於此，其上草色常青，故曰青塚。一統志：王昭君墓在古豐州西六十里，地多白草，此塚獨青，故名青塚。

【評箋】

王云：顧寧人曰：按史記言匈奴左方王將直上谷以東，右方王將直上郡以西，而單于之庭直代、雲中。漢書言呼韓邪單于自請留居光禄塞下，又言天子遣使送單于出朔方雞鹿塞，後單于竟北歸庭。乃知漢與匈奴往來之道，大抵從雲中、五原、朔方，明妃之行亦必出此。故江淹之賦李陵，但云情往上郡，心留雁門。而玉關與西域相通，自是公主嫁烏孫所經。太白詩：漢家秦地月，流影照明妃。一上玉關道，天涯去不歸。誤矣。顔氏家訓謂文章地理必須愜當，其論梁簡文雁門太守行而言日逐、康居、大宛、月支，蕭子暉隴頭水而云北注黄龍、東流白馬。沈存中論白樂天長恨歌：峨眉山下少人行，謂峨眉在嘉州，非幸蜀路。文人之病，蓋有同者。（按：顧説見日知録。）

其二

昭君拂玉鞍，上馬啼紅頰。今日漢宫人，明朝胡地妾。

【評箋】

蕭云：此二篇蓋借漢事以詠當時公主出嫁異國者。

中山孺子妾歌

中山孺子妾，特以色見珍。雖不如延年妹，亦是當時絶世人。桃李出深井，花豔驚上春。一貴復一賤，關天豈由身？芙蓉老秋霜，團扇羞網塵。戚姬髠髮入春市，萬古共悲辛。

【校】

〔題〕繆本題下注云：漢賜中山靖王噲孺子妾及未央才人已下歌四篇。宋乙本無未央二字。

〔雖〕王本注云：一本下多一然字。

〔妹〕兩宋本俱作妹。

〔髮〕髮，兩宋本、繆本俱作剪。王本注云：繆本作剪。

【注】

〔題〕王云：樂府詩集：漢書曰：詔賜中山靖王噲及孺子妾冰未央才人歌詩四篇。如淳曰：孺子，幼少稱。孺子妾，宮人也。顔師古曰：孺子，王妾之有品號者。妾，王之衆妾也，冰其名。才人，天子内官。按此謂以歌詩賜中山王及孺子妾、未央才人等耳。累言之，故云及也。而陸厥作歌，乃謂之中山孺子妾，失之遠矣。太白是題，蓋仍陸氏之誤也。按：王先謙漢書補注卷三〇：孺子妾疑即中山王宫人，特不當牽及未央才人耳。據此則題云中山孺子妾似不誤。

〔上春〕鄭玄周禮太府注：上春，孟春也。

〔戚姬〕漢書卷九七外戚傳：漢王得定陶戚姬愛幸，生趙隱王如意。……高祖崩，惠帝立，吕后爲皇太后。乃令永巷囚戚夫人，髡鉗衣赭衣令舂。戚夫人舂且歌曰：「子爲王，母爲虜。終日舂薄暮，常與死爲伍。相離三千里，當誰使告汝？」

【評箋】

王夫之云：以鮑照行路難意致作豔詩，此公三頭六臂拶娑今古，作一丸弄，直由本等圓徹，好向異類中行，非但拗一張法也。（唐詩評選）

荆州歌

白帝城邊足風波，瞿塘五月誰敢過？荆州麥熟繭成蛾。繰絲憶君頭緒多，撥穀飛鳴奈妾何！

【校】

〔題〕胡本作荆州樂。

【注】

〔荆州歌〕蕭云：樂録：都邑三十四曲有荆州樂，又有荆州歌。胡云：即江陵樂也。其辭云：「紀城南里望期雲，雉飛麥熟妾思君。」又云：「烏烏雙雙飛，儂歡今何在？」白詩蓋採此。

〔白帝〕王云：通典：夔州奉節縣有白帝城。按唐之奉節縣，即漢之魚復縣也。王莽時，公孫述據蜀，有白龍出殿前井中，述以爲瑞，自稱白帝，更號魚復曰白帝城。劉先主改曰永安宫，即其地。在夔州府城東山上。初學記：荆州圖記曰：白帝城西臨大江，東南高二百丈，西北高一千丈。

〔瞿塘〕王云：水經注：廣溪峽中有瞿塘、黄龍二灘，夏水洄復，沿泝所忌。太平寰宇記：瞿塘峽在夔州東一里，古西陵峽也，連崖千丈，奔流電激，舟人爲之恐懼。按：水經注江水，此文龍作龕。

〔撥穀〕王云：本草：陳藏器曰：布穀，鳲鳩也。江東呼爲獲穀，亦曰郭公。北人名撥穀。似鷂長尾，牡牝飛鳴，以翼相摩擊。

【評箋】

楊慎云：此歌有漢謠之風。唐人詩可入漢魏樂府者，惟太白此首，及張文昌白鼉謠、李長吉鄴城謠三首而止。杜子美却無一篇可入此格。（李詩選）

設辟邪伎鼓吹雉子班曲辭

辟邪伎作鼓吹驚，雉子班之奏曲成。喔咿振迅欲飛鳴。扇錦翼，雄風生。雙雌同飲啄，趫悍誰能爭？乍向草中耿介死，不求黃金籠下生。天地至廣大，何惜遂物情？善卷讓天子，務光亦逃名。所貴曠士懷，朗然合大清。

【校】

〔題〕樂府作雉子班三字。

〔班之〕疑當作班班。

〔雙雌〕雙，咸本注云：一作變。
〔誰能〕誰，樂府作詐，誤。
〔耿介〕耿，樂府作取，誤。

【注】

〔曲辭〕王云：雉子班樂府解題曰：古詞云：雉子高飛止，黄鵠飛之以千里，雄來飛，從雌視，蓋取首二字以命名也。若梁簡文帝妒場時向隴，則竟全篇詠雉矣。宋何承天有雉子遊原澤篇，則言避世之士，抗志清霄，視卿相功名，猶冰炭之不相入。太白此詩，蓋擬何氏而作。又樂府詩集：古今樂録曰：梁三朝樂第四十一設辟邪伎鼓吹作雉子班曲引去來。辟邪，獸名。孟康漢書注：桃拔一名符拔，似鹿長尾，一角者或爲天鹿，兩角者或爲辟邪。辟邪伎者，蓋假爲辟邪獸之形而舞者也。

〔喔咿振迅〕韓詩外傳卷九：夫鳳凰之初起也，翾翾十步之雀，喔咿而笑之。文選鮑照舞鶴賦：振迅騰摧。

〔耿介〕王云：李善文選注：薛君韓詩章句曰：雉，耿介之鳥也。禮記正義：或謂雉鳥耿介，被人所獲，必自屈折其頭而死。按：李善注見潘岳射雉賦。

〔善卷〕莊子讓王篇：舜以天下讓善卷。善卷曰：「予立於宇宙之中，冬日衣皮毛，夏日衣葛絺，春耕種，形足以勞動，秋收斂，身足以休息。日出而作，日入而息，逍遥於天地之間，而心意自得。吾何以天下爲哉？悲夫！子之不知予也。」遂不受。於是去而入深山，莫知其處。又湯……伐桀剋之，……讓務光曰：「智者謀之，武者遂之，仁者居之，古之道也。吾子胡不立乎！」務光辭曰：「廢上，非義也。殺民，非仁也。人犯其難，我享其利，非廉也。吾聞之曰：非其義者不受其祿，無道之世，不踐其土，況尊我乎？吾不忍久見也。」乃負石而自沉於廬水。

【評箋】

王夫之云：二首（按指此首及卷三之夷則格上白鳩拂舞辭）從曹孟德父子問津，遂抵西京岸次，後人横分今古，明眼人自一篋片穿。太白於樂府歌行不許唐人分半席，惟此處委悉耳。歷下、琅邪學鐃歌，更不曾湯著氣味在。（唐詩評選）

相逢行

相逢紅塵内，高揖黄金鞭。萬户垂楊裏，君家阿那邊？

【注】

〔相逢行〕王云：樂府詩集：相逢行一曰相逢狹路間行，亦曰長安有狹邪行。樂府解題曰：古詞文意與雞鳴曲同。

〔阿那〕按：阿那猶阿誰，即今口語之哪箇。杜甫詩：「秋色凋春草，王孫若箇邊？」與此句語意正同。王氏以阿那爲婀娜，恐非。

【評箋】

朱諫云：此詩辭意淺促，恐亦效白而爲之者。（李詩辨疑）

梅鼎祚云：朱諫删入辨疑，非。（李詩鈔）

古有所思

我思仙人乃在碧海之東隅，海寒多天風，白波連山倒蓬壺。長鯨噴湧不可涉，撫心茫茫淚如珠。西來青鳥東飛去，願寄一書謝麻姑。

【校】

〔題〕樂府無古字。蕭本作古有所思行。王本注云：蕭本作古有所思行。

〔仙人〕仙，兩宋本、繆本、王本、樂府俱注云：一作佳。敦煌殘卷作佳。

〔碧海〕碧，蕭本作北。王本注云：許本作北。

〔連山〕山，兩宋本、繆本、王本、樂府俱注云：一作天。

【注】

〔有所思〕蕭云：王僧虔技録：相和歌瑟調三十八曲内有有所思，又漢短簫鐃歌二十二曲，其一曰有所思，亦曰嗟佳人，注云：漢大樂，食舉十三曲，第七曰有所思，漢朝以此樂侑食。王云：宋書：漢鼓吹鐃歌十八曲有有所思曲。樂府古題要解：有所思其詞大略言：有所思乃在大海南，何用問遺君，雙珠蝳蝐簪，聞君有他心，燒之當風揚其灰，從今已往勿復相思而與君絶也。若齊王融「如何有所思」，梁劉繪「别離安可再」，但言離思而已。

〔碧海〕十洲記：扶桑在東海之東岸，岸直陸行登岸一萬里，東復有碧海，廣狹浩汗與東海等。水既不鹹苦，正作碧色，甘香味美。

〔青鳥〕漢武故事：七月七日，上於承華殿齋正中，忽有一青鳥從西方來，集殿前。上問東方朔，朔曰：「此西王母欲來也。」有頃王母至，有二青鳥如烏夾侍王母旁。

〔麻姑〕神仙傳：王遠遣人召麻姑，麻姑至，是好女子，年可十八九許。於頂上作髻，餘髮散垂至腰。衣有文采而非錦綺，光彩耀目，不可名狀。

久别離

别來幾春未還家，玉窗五見櫻桃花。況有錦字書，開緘使人嗟。至此腸斷彼心絶，雲鬟緑鬢罷梳結，愁如回飈亂白雪。去年寄書報陽臺，今年寄書重相催。東風兮東風，爲我吹行雲使西來。待來竟不來，落花寂寂委青苔。

【校】

〔使人〕使，兩宋本、繆本、王本俱注云：一作令。

〔至此〕兩宋本、繆本、胡本俱無至字。王本注云：繆本無至字。

〔緑鬢〕緑，英華作霧，注云：一作緑。

〔梳結〕梳，兩宋本、繆本、胡本俱作攬。英華作擥，注云：一作梳。才調注云：一作攬。王本注云：繆本作攬。

〔相催〕催，王本作摧，誤，今依各本改。

〔東風〕此句兩宋本、繆本俱作胡爲乎東風。才調兮下注云：一本云胡爲乎。王本注云：繆本作胡爲乎東風。

〔寂寂〕英華作寂寞，注云：一作寂寂。

【注】

〔久別離〕胡云：江淹擬古始有古別離，後乃有長別離、生別離等名，此久別離及遠別離皆自爲之名，其源則出於古別離也。

〔錦字書〕按：錦字用蘇蕙回文錦事，見晉書列女傳。

【評箋】

按：此篇與古有所思一篇語意略相似，此篇云「五見櫻桃花」，亦必有實事，非泛指也。前篇云「西來青鳥東飛去」，此篇云「爲我吹行雲使西來」，則所思之人在東方可知。

白頭吟

錦水東北流，波蕩雙鴛鴦。雄巢漢宫樹，雌弄秦草芳。寧同萬死碎綺翼，不忍雲間兩分張。此時阿嬌正嬌妬，獨坐長門愁日暮。但願君恩顧妾深，豈惜黄金買詞賦？相如作賦得黄金，丈夫好新多異心。一朝將聘茂陵女，文君因贈白頭吟。東流不作西歸水，落花辭條羞故林。兔絲故無情，隨風任傾倒。誰使女蘿枝，而來强縈抱。兩草猶一心，人心不如草。莫捲龍鬚席，從他生網絲。且留琥珀枕，或有夢來時。覆水再收豈滿杯？棄妾已去難重回。古來得意不相負，祇今惟見青陵臺。

【校】

〔題〕兩宋本、繆本、咸本題下俱注云：又一篇與此異，今兩存。

〔北流〕北，英華作碧，傅校云：一作北。咸本注云：一作碧。

〔宫樹〕樹，英華作月。

〔秦草〕秦，英華作春。

〔綺翼〕綺，郭本作錦。

〔不忍〕胡本注云：一作不分。
〔豈惜〕惜，英華作憚。
〔買詞賦〕咸本作將買賦，注云：一作買詞賦。
〔因贈〕贈，兩宋本、繆本、王本俱注云：一作賦。
〔故無〕故，蕭本作固。胡本、英華俱作本。王本注云：蕭本作固。
〔網絲〕網，咸本作紐。
〔或有〕或，英華作會。
〔古來〕來，兩宋本、繆本俱作時，英華俱作來。王本注云：繆本作時。
〔惟見〕見，英華作有。

【注】

〔白頭吟〕西京雜記：司馬相如將聘茂陵人女爲妾。卓文君作白頭吟以自絶，相如乃止。詞曰：「皚如山上雪，皎若雲間月。聞君有兩意，故來相訣絶。今日斗酒會，明日溝水頭。蹀躞御溝上，溝水東西流。淒淒重淒淒，嫁娶不須啼。願得一心人，白頭不相離。」

〔錦水〕王云：華陽國志：錦江，織錦濯其中則鮮明，濯他江則不好。一統志：二江：一名汶江，一名流江，經成都府城南七里。蜀守李冰……既鑿離堆，又開二渠，一渠由永康過新繁入成都，謂之外江。一渠由永康過郫入成都，謂之內江。蜀人以此水濯錦鮮明，故又名錦江。

〔鴛鴦〕古今注：鴛鴦水鳥，鳧類也。雌雄未嘗相離，人得其一，則一思而至死。故曰匹鳥。

〔阿嬌〕漢武故事：膠東王數歲，公主抱置膝上，問曰：「兒欲得婦否？」長主指左右長御百餘人，皆云不用。指其女阿嬌好否，笑對曰：「好。若得阿嬌作婦，當作金屋貯之。」長主大悅，乃苦要上，遂成婚焉。……膠東王爲太子，……太子年十四即位，改號建元。長主伐其功，求欲無厭，上患之。……

〔詞賦〕文選司馬相如長門賦序：孝武皇帝陳皇后時得幸，頗妒，別在長門宮愁悶悲思。聞蜀郡成都司馬相如天下工爲文，奉黃金百斤，爲相如文君取酒。因于解悲愁之詞，而相如爲文以悟主上，皇后復得親幸。

〔兔絲〕王云：爾雅翼：女蘿、兔絲，其實二物也。然皆附木上。釋草云：唐蒙女蘿，女蘿兔絲。郭曰：別四名，則是謂一物矣。廣雅云：女蘿，松蘿也。菟丘，菟絲也。則是兩物。陸璣亦云：今兔絲蔓連草上生，黃赤如金，藥中兔絲子是也，非松蘿。松蘿自蔓松上生，枝正青，與兔絲殊異。以予考之誠然。今女蘿正青而細長，無雜蔓，故山鬼章云：被薜荔兮帶女蘿。蘿青而長如帶也。何與兔絲事？然兩者皆附木，或當有時相蔓。古樂府云：「南山冪冪兔絲花，北陵青青女蘿樹。由來花葉同一心，今日枝條分兩處。」唐樂府亦云：「兔絲故無情，隨風任傾倒。誰使女蘿枝，而來強縈抱？兩草猶一心，人心不如草。」則古今多疑其爲二物者。博物志：魏文帝所記諸物相似亂者，女蘿寄生兔絲，兔絲寄生木上，根不著地。然則女蘿有寄生兔絲上者。釋草：女蘿兔絲，或亦此義耳。按：吴騫拜經樓詩話云：爾雅：唐蒙女蘿，女蘿菟絲。郭云：别四名。小雅頍弁云：蔦與女蘿。毛傳：女蘿菟絲，松蘿也。毛郭皆以女蘿菟絲爲一物。按古樂府：「南山冪冪菟絲花，北陵青青女蘿樹。由來花葉同一根，今日枝條分兩處。」似菟絲、女蘿一本可以分栽。至太白詩云：「菟絲故無情，隨風任傾倒。誰使女蘿枝，而來强縈抱。兩草猶一心，人心不如草。」則是截然兩物矣。陸璣疏云：菟絲蔓連草上生，黄赤如金，今合藥菟絲子是也，非松蘿。松蘿自蔓松上生，枝正青，與菟絲殊異。騫按：今有藤蔓喜縈附松柏上，葉青而圓，不開花不結子，當即松蘿，其開花結子者蓋即藥中菟絲子。菟絲與女蘿判然二物。然淮南説山訓云：千年之松，下有茯苓，上有菟絲。説林訓云：茯苓掘，菟絲死。今何其菟絲子之多耶？

〔龍鬚席〕王云：長樂王古辭：「玉枕龍鬚席，郎眠何處牀？」胡三省通鑑注：龍鬚席，以龍鬚草織成，今淮上安慶府居人多能織龍鬚席。參見卷二十四魯東門觀刈蒲詩注。

〔琥珀枕〕王云：西京雜記：趙飛燕女弟遺飛燕琥珀枕。太平御覽：廣雅曰：琥珀，珠也。生地中，其上及旁不生草。淺者四五尺，深者八九尺。大如斛，削去皮成琥珀。初時如桃膠，凝堅乃成，其方人以爲枕。出博南縣。

〔覆水〕胡侍真珠船云：光武本紀云：反水不收，何進傳慕容超傳並云覆水不收。李白詩「水覆難再收」，又「覆水再收豈滿杯」，劉禹錫詩「金盆已覆難收水」，皆用太公語。太公初取馬氏，讀書不事産，馬求去，太公封齊，馬求再合，太公取水一盆傾於地，令婦收水，惟得其泥，太公曰：若能離更合，覆水定不收。按：太公云云乃齊東之語，不可爲據。

〔青陵臺〕王云：獨異志：搜神記曰：宋康王以韓朋妻美而奪之，使朋築青陵臺，然後殺之。其妻請臨喪，遂投身而死。王命分埋臺左右，期年各生一梓樹，及大，樹枝條相交，有二鳥哀鳴其上，因號之曰相思樹。太平寰宇記：河南道濟州鄆城縣有青陵臺。郡國志云：宋王納韓憑之妻，使憑運土築青陵臺，至今臺跡依約。一統志：青陵臺在開封府封丘縣界。宋康王欲奪其舍人韓憑之妻，乃築臺望之，憑妻作詩曰：「南山有鳥，北山張羅。鳥自高飛，羅當奈何？」遂自縊死。

【評箋】

蕭云：此詩其爲明皇寵武妃廢王后而作乎！……唐詩人多引春秋爲魯諱之義，以漢武比明皇，中間比義引事，讀者自見。……

沈德潛云：太白詩固多寄託，然必欲事事牽合，謂此指廢王皇后事，殊支離也。（唐詩別裁）

其二

錦水東流碧，波蕩雙鴛鴦。雄巢漢宫樹，雌弄秦草芳。相如去蜀謁武帝，赤車駟馬生輝光。一朝再覽大人作，萬乘忽欲淩雲翔。聞道阿嬌失恩寵，千金買賦要君王。相如不憶貧賤日，位高金多聘私室。茂陵姝子皆見求，文君歡愛從此畢。淚如雙泉水，行墮紫羅襟。五起雞三唱，清晨白頭吟。長吁不整緑雲鬢，仰訴青天哀怨深。城崩杞梁妻，誰道土無心？東流不作西歸水，落花辭枝羞故林。頭上玉燕釵，是妾嫁時物。贈君表相思，羅袖幸時拂。莫捲龍鬚席，從他生網絲，且留琥珀枕，還有夢來時。鸕鷀裘在錦屏上，自君一挂無由披。妾有秦樓鏡，照心勝照井。願持照新人，雙對可憐影。覆水却收不滿杯，相如還謝文君回。古來得意不相負，祇今惟見青陵臺。

【校】

〔位高〕位，兩宋本、繆本、胡本俱作官。王本注云：繆本作官。

〔辭枝〕枝，胡本作條。

〔無由〕由，兩宋本、繆本、王本俱注云：一作人。

【注】

〔駟馬〕華陽國志蜀志：城北十里有昇僊橋，有送客觀。司馬相如初入長安題市門曰：不乘赤車駟馬，不過汝下也。

〔大人賦〕史記司馬相如列傳：相如見上好仙道，因曰：上林之事，未足美也。尚有靡者，臣嘗爲大人賦未就，請具而奏之。相如以爲列仙之傳居山澤間，形容甚臞，此非帝王之仙意也。乃遂就大人賦。……相如既奏大人之頌，天子大説，飄飄有凌雲之氣，似遊天地之間意。

〔五起〕蕭云：五起者，五更而起也，漢書曰：雞三號，天平明。

〔杞梁妻〕王云：古今注：杞梁妻，杞植妻妹明月所作也。杞植戰死，妻嘆曰：「上則無父，中則無夫，下則無子，生人之苦至矣。」乃抗聲長哭，杞都城感之而頹，遂投水而死。其妹悲其姊之貞操，乃爲作歌，名曰杞梁妻焉。梁，植字也。論衡：傳書言杞梁之妻，向城而哭，城爲之崩。言杞梁從軍不還，其妻痛之，向城而哭，至誠悲痛，精氣動城，故城爲之崩也。夫言向城而哭者實也，城爲之崩者虚也。城土也，無心腹之藏，安能爲悲哭感動而崩？太白土無心句，似借其言而反之。用古若此，左右逢源，非聖於詩者不能。

〔玉燕釵〕述異記：漢武帝元鼎元年，起招靈閣，有神女留一玉釵與帝。帝以賜趙婕妤，至昭帝元鳳中，宫人見此釵光瑩甚異，共謀欲碎之。明視釵匣，惟見白燕直升天去，後宫人作玉釵，因名玉燕釵。

〔鸘鷞裘〕西京雜記：司馬相如初與卓文君還成都，居貧愁懣，以所著鸘鷞裘就市人楊昌貰酒，與文君爲歡。

〔秦樓鏡〕西京雜記：咸陽宫有方鏡廣四尺高五尺九寸，表裏有明。人直來照之，影則倒見。以手捫心而來，則見腸胃五臟，歷然無礙。人有疾病在内，則掩心而照之，則知病之所在。又女子有邪心，則膽張心動。始皇常以照宫人，膽張心動者則殺之。

〔却收〕張相詩詞曲語辭匯釋云：却猶再也，意義有時與作還字解者略近。李白白頭吟：「覆水却收不滿杯」，集中另一首白頭吟作「覆水再收豈滿杯」，却即再也。又送賀監歸四明應制詩：「借問欲棲珠樹鶴，何年却向帝城飛。」却向，再向也。又鳳笙篇：「重吟真曲和清吹，却奏仙歌響緑雲。」却奏，再奏也，與重字互文。

【評箋】

黄庭堅題李太白白頭吟後云：此篇皆太白作，而不同如此，編詩者不能決也。予以爲二篇皆太白作無疑，蓋醉時落筆成篇，人輒持去；他日士大夫求其稿，不能盡憶前篇，則又隨手書成後篇耳。杜子美巢父掉頭不肯住一篇，凡四句，參錯不齊，蓋亦此類。蓋可俱列，不當去取也。（山谷文集）

蕭云：按此篇出入前篇，語意多同，或謂初本云。

今人詹鍈云：按二篇語意多同，蓋一詩之兩傳者。千一録：太白白頭吟二首頗有優劣，其一蓋初本也。明朱諫李詩辨疑謂二首皆僞作，非是。

採蓮曲

若耶溪旁採蓮女，笑隔荷花共人語。日照新妝水底明，風飄香袂空中舉。岸上誰家遊冶郎，三三五五映垂楊。紫騮嘶入落花去，見此踟躕空斷腸。

【校】

〔題〕此首兩宋本、繆本俱列白頭吟之前。

〔溪旁〕旁，英華作邊。

〔新妝〕新，英華作紅，注云：一作新。

〔香袂〕香，英華作羅，注云：一作香。袂，兩宋本、繆本、胡本、文粹、樂府俱作袖。王本注云：繆本作袖。

〔遊冶〕冶，宋甲本誤作治。

【注】

〔採蓮曲〕蕭云：樂録草木二十四曲，内有採蓮曲。王云：採蓮曲起梁武帝父子，後人多擬之。

〔若耶溪〕王云：太平寰宇記：若耶溪在越州會稽縣東南二十八里。一統志：若耶溪在紹興府城南二十五里，西施採蓮於此。

〔紫騮〕王云：鄭玄毛詩箋：赤身黑鬣曰騮。南史：帝賜羊侃河南國紫騮。

〔嘶〕音西。

【評箋】

王夫之云：卻開一步，取情爲景，詩文至此，只存一片神光，更無形跡矣。（唐詩評選）

臨江王節士歌

洞庭白波木葉稀，燕鴻始入吳雲飛。吳雲寒，燕鴻苦。風號沙宿瀟湘浦。節士悲秋淚如雨。白日當天心，照之可以事明主。壯士憤，雄風生。安得倚天劍，跨海斬長鯨？

【校】

〔燕鴻〕鴻，兩宋本、繆本、敦煌殘卷俱作雁，下同。王本注云：繆本作雁。

〔悲秋〕悲，兩宋本、繆本、咸本、樂府、敦煌殘卷俱作感。胡本注云：一作感。王本注云：繆本作感。

〔淚如〕淚，敦煌殘卷作泣。

〔壯士〕士，兩宋本、繆本、王本俱注云：一作氣。

〔雄風〕雄，兩宋本、繆本、王本俱注云：一作寒。

【注】

〔節士歌〕王云：漢書藝文志有臨江王及愁思節士歌詩四篇，宋陸厥作臨江王節士歌，蓋誤合而爲一也。太白此題殆仍其失者歟！按：庾信哀江南賦：臨江王有愁思之歌。杜甫詩：「臨江節士安足數？」恐未必皆誤讀漢書。

〔倚天劍〕宋玉大言賦：長劍耿耿倚天外。

【評箋】

朱諫云：按此詩首二句辭頗清，後乃冗雜而無倫次，蓋欲效白之豪放，才力不足，而無規矩之可言，未免失之於野，如云「白日當天心，照之可以事明主」，此又何等語耶？（李詩辨疑）

梅鼎祚云：朱諫刪入辨疑，非。（李詩鈔）

按：新唐書本傳云：白擊劍爲任俠。杜甫贈詩云：「飛揚跋扈爲誰雄。」本篇似即寓此氣概。

司馬將軍歌

狂風吹古月，竊弄章華臺。北落明星動光彩，南征猛將如雲雷。手中電曳倚天劍，直斬長鯨海水開。我見樓船壯心目，頗似龍驤下三蜀。揚兵習戰張虎旗，江中白浪如銀屋。身居玉帳臨河魁，紫髯若戟冠崔嵬。細柳開營揖天子，始知灞上爲嬰孩。羌笛橫吹阿嚲迴，向月樓中吹落梅。將軍自起舞長劍，壯士呼聲動九垓。功成獻凱見明主，丹青畫像麒麟臺。

【校】

〔題〕此下王本注云：原注：代隴上健兒陳安。兩宋本、繆本注同，無原注兩字。

〔北落〕北，咸本云：一作比。

〔南征〕此句兩宋本、繆本、王本俱注云：一作南方有事將軍來。

〔電曳〕兩宋本、繆本、王本俱注云：一作曳電。蕭本作電掣。咸本作曳電。胡本作電擊，注云：一作曳。

【注】

〔將軍歌〕晉書卷一〇三劉曜載記：（陳）安善於撫接，吉凶夷險與衆同之。及其死，隴上歌之曰：「隴上壯士有陳安，軀幹雖小腹中寬。愛養將士同心肝，驌驄父馬鐵鍜鞍。七尺大刀奮如湍，丈八蛇矛左右盤。十盪十決無當前。戰始三交失蛇矛，十騎俱盪九騎留。棄我驌驄竄巖幽，爲我外援而懸頭。西河之水東流河，東流河，一去不還奈子何！」劉曜聞而嘉傷，命樂府歌之。

〔古月〕日知録卷二七李太白詩注條云：李太白飛龍引「雲愁海思令人嗟」，是用梁豫章王綜聽雞鳴辭「雲悲海思徒掩抑」。胡無人篇「太白入月敵可摧」，是用北齊書宋景業傳「太白與月并，宜速用兵」。二事前人未注。太白詩有古朗月行，又云：「今人不見古時月。」王伯厚引抱朴子曰：俗士多云：今日不及古日之熱，今月不及古月之朗。是則然矣。而又云：「狂風吹古月，竊弄章華臺。」又曰：「海動山傾古月摧。」此所謂古月，則明是胡字。不得曲爲之解也。然太白用此亦有所本。晉書苻堅載記：古月之末亂中州，洪水大起健西流。此其本也。或曰析字之體，止當著之讖文。豈可以入詩乎？蘽砧今何在，山上復有山。古詩固有之矣。

〔章華臺〕王云：九域志：江陵府有章華臺。圖經云：楚靈王與伍舉登章華之臺是也。夢溪筆談：楚章華臺，亳州城父縣，陳州商水縣，荆州江陵縣、長林縣，復州監利縣皆有之。據左傳，楚靈王七年，成章華之臺，與諸侯落之。杜預注：章華臺在華容城中。華容即今之監利縣，非岳州之華容也。至今有章華故臺在縣郭中，與杜預之説相符。亳州城父縣有乾谿，其側亦有章華臺故基，臺下往往得人骨，云楚靈王戰死於此。商水縣章華之側亦有乾谿。薛綜注張衡東京賦引左氏傳乃云楚子成章華之臺於乾谿，皆誤説也。左傳實無此文。　參見卷一明堂賦注。

〔北落〕王云：甘氏星經：北落師門一星，在羽林軍西，主候兵。星明大而角，軍兵安。小暗，天下兵。晉書天文志：北落師門一星，在羽林西南，北者宿在北方也。落，天之藩落也。師，衆也。師門猶軍門也。長安城北門曰北落門，以象此也。主非常以候兵，有星守之，虜入塞中兵起。

〔樓船〕通典卷一六〇：樓船，船上建樓三重，列女牆戰格，樹旛幟，開弩窗矛穴，置抛車壘石鐵汁，狀如城壘。忽遇暴風，人力不能制，此亦非便於事。然爲水軍，不可不設，以成形勢。

〔龍驤〕晉書卷四二王濬傳：拜益州刺史，武帝謀伐吴，詔濬修舟艦。濬乃作大船連舫，方百二十步，受二千餘人，以木爲城，起樓櫓，開四出門，其上皆得馳馬來往。又畫鷁首怪獸於船首，以懼江神。舟棹之盛，自古未有。……尋以謡言，拜濬爲龍驤將軍，監益梁諸軍事。……太康元年，……濬自發蜀，兵不血刃，攻無堅城。夏口武昌無相支抗，於是順流鼓棹，徑造三山。

〔三蜀〕文選左思蜀都賦：三蜀之豪。劉逵注：三蜀，蜀郡、廣漢、犍爲也。本一蜀國，漢高祖分置廣漢，漢武帝分置犍爲。

〔河魁〕王云：抱朴子：兵在太乙玉帳之中，不可攻也。雲谷雜記：藝文志有玉帳經一卷，乃兵家厭勝之方位，謂主將於其方置軍帳，則堅不可犯，猶玉帳然。其法出於黄帝遁甲，以月建前三位取之。如正月建寅則巳爲玉帳，主將宜居。李太白司馬將軍歌云：身居玉帳臨河魁。戌爲河魁，謂主將之帳宜在戌也。非深識其法者不能爲此語。按：王説本焦竑筆乘。

〔紫髯〕三國志孫權傳注獻帝春秋曰：張遼問吴降人：「向有紫髯將軍，長上短下，便馬善射，是誰？」降人答曰：「是孫會稽。」

〔細柳〕〔嬰孩〕史記絳侯周勃世家：文帝之後六年，匈奴大入邊。乃以宗正劉禮爲將軍，軍霸上，祝兹侯徐厲爲將軍，軍棘門。河内守周亞夫爲將軍，軍細柳，以備胡。上自勞軍，至霸上及棘門軍，直馳入，將以下騎送迎。已而之細柳軍，軍吏士被甲鋭兵刃，彀弓矢持滿，天子先驅至，不得入。先驅曰：「天子且至。」軍門都尉曰：「將軍令曰：軍中聞將軍令，不聞天子之詔。」居無何，上至，又不得入。乃使使持節詔將軍：「吾欲入勞軍。」亞夫乃傳言開壁門，壁門士吏謂從屬車騎曰：「將軍約，軍中不得驅馳。」天子乃按轡徐行，至營，亞夫持兵揖曰：「介胄之士不拜，請以軍禮見。」天子爲動，改容式車，使人稱謝：「皇帝敬勞將軍。」成禮而去。既出軍門，羣臣皆驚。文帝曰：「此真將軍矣。曩者霸上及棘門軍若兒戲耳，其將固可襲而虜也。至於亞夫可得而犯耶？」按：程大昌雍録卷七云：細柳，倉名也。在長安之西，渭水之北，亞夫軍於此倉也。黄圖、十道志所載皆同。……元和志嘗采諸家説細柳者而折衷其宿矣。曰萬年縣西北有細柳營，相傳云亞夫屯軍處。今按亞夫屯在咸陽西南二十里。又曰細柳原在長安縣西北十三里，非亞夫營也。又曰細柳倉在咸陽縣西南十五里，漢舊倉也。周亞夫次細柳即此是也。張揖云在昆明池南，恐爲疎遠也，凡志云此語正與十道志合，的可據矣，而理又可推也。昆明池之有細柳原也，名雖與亞夫營同，然而昆明在長安都城之西，渭水之南，自古以供遊燕，未過便橋也。此時方出師備胡，無由次於渭南非要之地也。又長安志卷一三：細柳倉在（咸陽）縣西南三十里，漢舊倉也。

〔羌笛〕王云：文獻通考：羌笛五孔。陳氏樂書曰：馬融賦笛，以爲出於羌中。舊制四孔而已，京房因加一孔，以備五音。風俗通：漢武帝時，丘仲作尺四寸笛，後更名羌笛焉。

〔阿嚲迴〕王云：楊升菴外集：阿嚲迴番曲名，即阿濫堆也。番曲本無字，止以聲傳，故隨中國所書，人各不同，難以意求。琦按唐詩紀事：驪宮小禽名阿濫堆，明皇御玉笛，採其聲翻爲曲，且名焉。遠近以笛争效之。張祜華清宮詩：紅樹蕭蕭閣半開，玉皇曾幸此宮來。至今風俗驪山下，村笛猶吹阿濫堆。據此，則阿濫堆非番曲也。又嚲字丁可切，讀作多上聲。據楊説當作旦聲讀，字書皆無之，俱未詳是否。

〔落梅〕樂府雜録：笛，羌樂也，古有落梅花曲。

〔長劍〕〔九垓〕楊云：漢高祖紀：項莊請以劍舞。王云：封禪書：上暢九垓。服虔注：垓，重也，天有九重。　按：唐覲延州筆記卷二云：舊注上二句已明，下二句引項莊拔劍起舞及上暢九垓，殊無意義。按元魏楊衒之洛陽伽藍記曰：有田僧超者，善吹笳，能爲壯士歌。將軍崔延伯出師於洛陽，公卿祖道，延伯危冠長劍，耀武於前，僧超吹壯士笛曲於後，聞之者懦夫成勇。太白所用正此一事，而注家蓋未察也。

〔麒麟臺〕漢書卷五四蘇武傳：甘露三年，單于始入朝，上思股肱之美，乃圖畫其人於麒麟閣……明著中興輔佐，列於方叔、召虎、仲山甫焉。

【評箋】

王云：琦按：通鑑：乾元二年九月，襄州亂將張嘉延襲破荆州，據之。此詩當是是時所作，故有「狂風吹古月，竊弄章華臺」之句。嘉延疑亦蕃將，否則故安、史部下之降兵也。其時鄰郡多發兵爲備，故太白又有九日登巴陵置酒望洞庭水軍詩。此詩所謂江中樓船，其即洞庭之水軍歟！

君道曲

大君若天覆，廣運無不至。軒后爪牙常先太山稽，如心之使臂。小白鴻翼於夷吾，劉葛魚水本無二。土扶可成牆，積德爲厚地。

【校】

〔題〕此下王本注云：太白自注：梁之雅歌有五章，今作一章。兩宋本、繆本注同，惟五章作五篇，無「太白自注」四字。

〔太山〕兩宋本作大山。

〔土扶〕扶，蕭本、咸本俱作校。咸本注云：一作扶。王本注云：蕭本作校。

【注】

〔君道曲〕王云：按樂府詩集：古今樂録曰：梁有雅歌五曲：一曰應王受圖曲，二曰臣道曲，三曰積惡篇，四曰積善篇，五曰宴酒篇。無君道曲。疑太白擬作者，即應王受圖曲。琦謂非也，蓋後人訛臣字爲君字耳。

〔廣運〕國語越語：廣運百里。韋昭注：言取境内近者百里之中耳。東西爲廣，南北爲運。

〔爪牙〕詩小雅祈父：祈父，予王之爪牙。

〔太山稽〕王云：史記：黄帝舉風后、力牧、常先、大鴻以治民。淮南子：黄帝治天下，而力牧、太山稽輔之。高誘注：力牧、太山稽，黄帝師。

〔使臂〕漢書卷四八賈誼傳：令海内之勢，如身之使臂，臂之使指，莫不制從。

〔夷吾〕管子霸行：桓公在位，管仲、隰朋見。立有間，有二鴻飛而過之。桓公嘆曰：「仲父，今彼鴻鵠，有時而南，有時而北，有時而往，有時而來，四方無遠，所欲至而至焉。非唯有羽翼之故，是以能通其意於天下乎！」管仲、隰朋不對。桓公曰：「二子何故不對？」管子曰：「君有霸王之心，而夷吾非霸王之臣也，是以不敢對。」桓公曰：「寡人之有仲父也，猶飛鴻之有羽翼也。仲父不一言教寡人，寡人之有耳，將安聞道而得度哉？」

〔魚水〕三國志蜀志諸葛亮傳：先主解之曰：「孤之有孔明，猶魚之有水也。」

〔成牆〕北齊書卷一五尉景傳：土相扶爲牆，人相扶爲王。

【評箋】

嚴羽云：都不成語，當是醉中口謄率筆耳。（嚴羽評點李集）

陳沆云：史記黄帝本紀：舉風后、力牧、常先、太鴻以治民。列子：黄帝召天老、力牧、泰山稽。案此言人君當與賢臣一心一德以成功業也。明皇疏張九齡，黜王忠嗣，廷無將相之才，國無磐石之固矣。大地不讓土壤，故能成其厚，此蓋陳古以風之。（詩比興箋）

結襪子

燕南壯士吳門豪，筑中置鉛魚隱刀。感君恩重許君命，太山一擲輕鴻毛。

【校】

〔感君〕君，蕭本作吾。

【注】

〔結襪子〕楊云：古樂府曰：結襪子，大抵言感恩重而以命相許也。蕭云：樂府遺聲游俠二十一曲中有結襪子。王云：北魏温子昇有結襪子詩，疑是當時曲名。樂府詩集引文王張釋之結襪事爲解，非也。然太白之作，與子昇原作，辭旨又復不同。

〔置鉛〕史記刺客列傳：秦逐太子丹、荆軻之客皆亡。高漸離變姓名爲人庸保，匿作於宋子。……使擊筑而歌，客無不流涕而去者。……聞於秦始皇，秦始皇召見，人有識者，乃曰高漸離也。秦皇帝惜其善擊筑，重赦之，乃矐其目。使擊筑，未嘗不稱善，稍益近之。高漸離乃以鉛置筑中，復進得近，舉筑扑秦皇帝不中，於是遂誅高漸離。

〔隱刀〕史記刺客列傳：伍子胥知公子光之欲殺吴王僚，乃進專諸於公子光。……光伏甲士於窟室中，而具酒請王僚。王僚使兵陳自宫至光之家，門户階陛左右，皆王僚之親戚也。夾立侍，皆持長鈹。酒既酣，公子光詳爲足疾，入窟室中。使專諸置匕首魚炙之腹中而進之。既至王前，專諸擘魚，因以匕首刺王僚，王僚立死，左右亦殺專諸。

結客少年場行

紫燕黄金瞳，啾啾摇緑鬉。平明相馳逐，結客洛門東。少年學劍術，淩轢白猿公。珠袍曳錦帶，匕首插吴鴻。由來萬夫勇，挾此生雄風。託交從劇孟，買醉入新豐。笑盡一杯酒，殺人都市中。羞道易水寒，從令日貫虹。燕丹事不立，虛没秦帝宫，武陽死灰人，安可與成功？

【校】

〔紫燕〕燕，英華作騮。

〔啾啾〕兩宋本、繆本、王本俱注云：一作稜稜。

〔生雄〕生，兩宋本、繆本作英。英華作生，注云：一作英。咸本作英，注云：一作生。王本注云：繆本作英。

〔從令〕從，兩宋本、繆本、王本俱注云：一作徒。英華互易。咸本作從，注云：一作徒。

〔灰人〕人，咸本注云：一作中。

【注】

〔題〕蕭云：樂府遺聲游俠二十一曲中有結客少年場，注云：取曹植詩「結客少年場，報怨洛北邙」爲題，始自鮑照。文選李善注云：范曄後漢書曰：祭遵爲部吏所侵，結客報之也。李周翰曰：言少年時結任俠之客爲游樂之場，終而無成，故有斯作也。今太白之詩全祖此意。王云：樂府古題要解，結客少年場行言輕生重義慷慨以立功名也。

〔金瞳〕王云：劉劭趙郡賦：其良馬則飛兔奚斯，常驪紫燕，豐鬒确顱，龍身鵠頸，目如黃金，蘭筋參精。山海經：有文馬縞身朱鬣，目若黄金。

〔啾啾〕楚辭離騷：鳴玉鸞之啾啾。王逸注：啾啾，鳴聲也。

〔鬉〕音宗。

〔猿公〕吴越春秋：越有處女，出於南林，……越王乃使使聘之，問以劍戟之術。處女將北見於王，道逢一翁，自稱曰袁公。問於處女：「吾聞子善劍，願一見之。」女曰：「妾不敢有所隱，唯公試之。」於是袁公即杖箖箊竹，竹枝上頡橋，末墮地。女即接末，袁公則飛上樹，變爲白猿。

〔吴鴻〕吴越春秋：闔閭既寶莫耶，復命於國中作金鉤，令曰：「能爲善鉤者賞之百金。」吴作鉤者甚衆，而有人貪王之重賞也，殺其二子，以血釁金，遂成二鉤，獻於闔閭，詣宫門而求賞。王曰：「爲鉤者衆而子獨求賞，何以異於衆夫子之鉤乎？」作鉤者曰：「吾之作鉤也，貪而殺二子，釁成二鉤。」王乃舉衆鉤以視之，何者是也？王鉤甚多，形體相類，不知其所在。於是鉤師向鉤而呼二子之名：「吴鴻扈稽，我在於此。王不知汝之神也。」聲絶於口，兩鉤俱飛，著父之胸。吴王大驚曰：「嗟乎，寡人誠負於子。」乃賞百金，遂服而不離身。

〔劇孟〕史記游俠列傳：劇孟，行大類朱家而好博，多年少之戲。

〔新豐〕西京雜記：太上皇徙長安……以平生所好皆屠販少年，酤酒賣餅，鬥雞蹴鞠，以此爲懽，……高祖乃作新豐，移諸故人實之。參見卷八上皇西巡南京歌注。

〔死灰〕燕丹子：荆軻與武陽入秦，秦王陛戟而見燕使，既鼓鐘並發，武陽大恐，面如死灰色。

長干行二首

妾髪初覆額，折花門前劇。郎騎竹馬來，遶牀弄青梅。同居長干里，兩小無嫌猜。十四爲君婦，羞顔未嘗開。低頭向暗壁，千喚不一回。十五始展眉，願同塵與灰。常存抱柱信，豈上望夫臺？十六君遠行，瞿塘灩澦堆。五月不可觸，猿聲天上哀。門前遲行跡，一一生緑苔。苔深不能掃，落葉秋風早。八月胡蝶來，雙飛西園草。感此傷妾心，坐愁紅顔老。早晚下三巴，預將書報家。相迎不道遠，直至長風沙。

【校】

〔未嘗〕嘗，英華作曾。樂府作尚不開，注云：一作未嘗開。咸本注云：一本云尚不。

〔豈上〕豈，兩宋本、繆本、王本俱注云：一作恥。

〔猿聲〕樂府作猿鳴，注云：一作猿聲。咸本注云：一作鳴。

〔遲行〕遲，兩宋本、繆本、胡本、王本、才調俱注云：一作舊。

〔緑苔〕緑，兩宋本、繆本俱注云：一作蒼。

〔苔深〕深，才調注云：一作淚。

〔落葉〕英華作葉落。

〔蝶來〕來，兩宋本、繆本、王本俱注云：一作黄。文粹作黄。胡本作黄，注云：今本作來。

〔坐愁〕愁，才調作見，注云：一作愁。

【注】

〔劇〕音極。

〔長干〕王云：劉逵吴都賦注：建鄴南五里有山岡，其間平地，吏民雜居，號長干。中有大長干、小長干，皆相連。大長干在越城東，小長干在越城西。地有長短，故號大小長干。韓詩曰：考槃在干，地下而廣曰干。方輿勝覽：建康府有長干里，去上元縣五里。李白長干行所謂「同居長干里」，乃秣陵縣東里巷，江東謂山隴之間曰干。景定建康志：長干里在秦淮南。按：景定建康志卷一六又云：實録云：長干是里巷名，江東謂山隴之間曰干。建康南五里有山崗，其間平地，民庶雜居，有大長干、小長干、東長干，並是地里名。小長干在瓦官南巷西頭出江。

〔抱柱〕莊子盜跖篇：尾生與女子期於梁下，女子不來，水至不去，抱梁柱而死。

〔望夫臺〕庾信哀江南賦：石望夫而逾遠。倪璠注：劉義慶幽明録：武昌北山上有望夫石，狀如人立，俗傳云，古者有貞婦，其夫從役遠征，餞送此山，立望夫而死，化爲石，因以名山。

劉澄之鄱陽記云：鄱陽西有望夫岡。昔縣人陳明與梅氏爲昏，未幾妖魅詐迎婦去，請卜者決，云行五十里求之，明如言，見大穴深邃無底，以繩入，遂得其婦，乃令婦先出，而明所將鄰人秦文遂不取，其妻乃自誓執志，登此岡而望其夫，因以名焉。參見卷二十二望夫山詩注。

〔瞿塘〕王云：南史：巴東有淫預石，高出水二十餘丈，及秋水至，纔如見馬。次有瞿塘大灘，行旅忌之，淫預石即灧澦堆也。一統志：瞿塘在夔州府城東。舊名西陵峽，乃三峽之門，兩崖對峙，中貫一江，灧澦堆當其口。太平寰宇記：灧澦堆周回二十丈，在夔州西南二百步蜀江中心瞿塘峽口。冬水淺，屹然露百餘尺。夏水漲，没數十丈。其狀如馬，舟人不敢進。諺曰：「灧澦大如馬，瞿塘不可下。灧澦大如鼈，瞿塘行舟絶。灧澦大如龜，瞿塘不可窺。灧澦大如襆，瞿塘不可觸。」又曰猶與，言舟子取途不決水脈，故猶與也。蜀外紀：瞿塘即峽内江水深沉處，灧澦乃一石笋樹兩峽之中，若青螺盤於波中，寶劍插於鏡面。

〔胡蝶〕王云：楊升庵謂胡蝶或黑或白，或五彩皆具，惟黄色一種至秋乃多，蓋感金氣也。引太白「八月胡蝶黄」之句以爲深中物理，而評今本來字爲淺。琦謂以文義論之，終以來字爲長。按：明朱孟震續玉笥詩話云：太白長干行：「八月胡蝶來」，唐文粹作胡蝶黄，謂秋蝶多黄。白樂天詩云：「秋蝶黄茸茸」，亦此意。然不若來字佳。

〔早晚〕沈家本日南隨筆：姚元之竹葉亭雜記卷七：京中俗語謂何時曰多早晚（原注云：早字

俗言讀音近盞）。隋書藝術傳：樂人王令言亦妙達音律。大業末，煬帝將幸江都，令言之子常從於户外彈琵琶作翻調安公子曲，令言時卧室中，聞之大驚，蹶然而起，曰：「變變！」急呼其子曰：「此曲興自早晚！」其子對曰：「頃來有之。」族弟伯山曰：「然則此語蓋由來久矣。」按詩「夜如何其」，箋云：宣王以諸侯將朝，夜起曰：「夜如何其！」問蚤晚之辭（蚤，早本字）。此即俗語之所自出。不始於隋書。陶淵明問來使詩：「爾從山中來，早晚發天目。」亦是此義。其見於唐人詩者尤多，如東川送司勳盧員外詩：「早晚薦雄文似者，故人今已賦長楊。」太白長干行：「早晚下三巴，預將書報家」又口號題楊徵君詩：「不知楊伯起，早晚下關西。」少陵詩：「春雨闇闇塞峽中，早晚來自楚王宫。」香山寄弟妹詩：「早晚重歡會，羈離各長成。」殆其方言如此也。

〔三巴〕王云：華陽國志：獻帝初平元年，征東中郎將安漢趙穎建議，分巴爲三郡，穎欲得巴舊名，故白益州牧劉璋，以墊江以上爲巴郡。江南龐羲爲太守，治安漢；以江州至臨江爲永寧郡，朐忍至魚復爲固陵郡，巴遂分矣。建安六年，魚復蹇胤白璋争巴名，璋乃改永寧爲巴郡，以固陵爲巴東，徙龐羲爲巴西太守，是爲三巴。小學紺珠：三巴：巴郡今重慶府，巴東今夔州，巴西今合州。按：錢儀吉衎石齋記事稿卷二有三巴辨，以全祖望據譙周巴記駁華陽國志爲非。惟初平二字當以興平（據大典本水經注）爲是。趙韙或爲趙穎，莫詳其是非。

〔不道〕張相詩詞曲語辭匯釋云：不道猶云不管或不顧也。李白長干行：「相迎不道遠，直至長風沙。」言不管路遠也。又憶舊遊詩：「五月相呼度太行，摧輪不道羊腸苦。」言不管路險也。

〔長風沙〕胡云：篇中長風沙在池陽，金陵上流地也。王云：太平寰宇記：長風沙在舒州懷寧縣東一百九十里，置在江界，以防寇盜。李白長干行云：「相迎不道遠，直至長風沙」，即其處也。陸游入蜀記（卷三）：太白長干行云：「早晚下三巴，預將書報家。相迎不道遠，直至長風沙。」蓋自金陵至長風沙七百里，而室家來迎其夫，甚言其遠也。地屬舒州，舊最湍險。唐詩紀：長風沙地名，在池州之雁汊下八十里。按：洪亮吉北江詩話卷二云：長風沙今在安慶府懷寧縣，即石牌灣也。宋史周湛傳：爲江淮發運使，上言大江歷舒州長風沙，其地最險，謂之石牌灣。

其二

憶妾深閨裏，烟塵不曾識。嫁與長干人，沙頭候風色。五月南風興，思君下巴陵。八月西風起，想君發楊子。去來悲如何！見少別離多。湘潭幾日到？妾夢越風波。昨夜狂風度，吹折江頭樹。淼淼暗無邊，行人在何處？好乘浮雲驄，佳期蘭渚東。鴛鴦緑蒲上，翡翠錦屏中。自憐十五餘，顔色桃花紅。那作商人婦，愁水復愁風。

【校】

〔其二〕此首英華題作小長干行。

〔憶妾〕妾，兩宋本、繆本、王本、才調俱注云：一作昔。英華作昔。

〔下巴陵〕下，樂府作在。巴，英華作江。

〔西風〕西，英華作秋，注云：一作西。

〔去來〕來，英華作時，注云：一作多。

〔别離〕蕭本作離别。王本注云：蕭本作離别。

〔幾日〕日，英華作人，注云：一作日，一作月。

〔夢越〕越，英華作常，注云：一作越。

〔江頭〕頭，才調作臯，注云：一作頭。

〔緑蒲〕蒲，樂府作浦。

〔屏中〕此上四句，兩宋本、繆本俱作「北客至王公，朱衣滿汀中，日暮來投宿，數朝不肯東」。至，注云：一作真。汀，注云：一作江。（樂府與一作同。）前二句注云：一作「北客浮雲驄，經過新市中」。英華與王本同。王本注云：繆本作北客至王公，朱衣滿汀中，日暮來投宿，數朝不肯東。又至一作真，汀一作江。又好乘浮雲驄，佳期蘭渚東，一作北客浮雲驄，經過新市中。

〔桃花〕花，兩宋本、繆本、樂府俱作李。王本注云：一作李。

【注】

〔沙頭〕王闓運湘綺樓説詩云：沙市，方輿勝覽所謂沙頭。李詩「沙頭候風色」，杜詩「鳴櫓已沙頭」，是也。

〔巴陵〕舊唐書地理志：江南西道岳州領巴陵、華容、沅江、羅、湘陰五縣。

〔湘潭〕元和郡縣志卷二九潭州湘潭縣：東北至州一百四里。

〔淼〕音藐。

〔浮雲驄〕西京雜記：文帝自代還，有良馬九匹，皆天下之駿馬也，一名浮雲。

〔翡翠〕王云：説文：翡，赤羽雀也；翠，青羽雀也。出鬱林。禽經注：翡翠，狀如鵁鶄，而色正碧，鮮縟可愛。飲啄於澄瀾迴淵之側，尤惜其羽，日濯於水中。異物志：翠鳥形如燕，赤而雄曰翡，青而雌曰翠，其羽可以飾帷帳。

【評箋】

王云：此篇唐詩紀事以爲張朝作，而自昨夜狂風度以下，斷爲二首。黄山谷則以爲李益作，未知孰是。山谷之言曰：太白集中長干行二篇：「妾髮初覆額」真太白作也。「憶妾深閨裏」李益尚書作，所謂癡妒尚書李十郎者也。辭意亦清麗可喜，亂之太白詩中亦不甚遠。大儒曾子固刊定，亦不能别也。太白豪放，人中鳳凰麒麟，譬如生富貴人，雖醉飽瞑暗喚囈中作無義語，終不作寒乞聲耳。今太白詩中，謬入他人作者，略有十之二三，欲删正者當以吾言考之。

鍾惺云：古秀，真漢人樂府。譚元春云：人負輕捷妍媚之才者，每于换韻疾佻，結句疎宕。太白尤甚。（唐詩歸）

古朗月行

小時不識月，呼作白玉盤。又疑瑶臺鏡，飛在青雲端。仙人垂兩足，桂樹何團團？白兔擣藥成，問言與誰餐？蟾蜍蝕圓影，大明夜已殘。羿昔落九烏，天人清且安。陰精此淪惑，去去不足觀。憂來其如何？悽愴摧心肝。

【校】

〔飛在〕在，王本注云：一作上。

〔青雲〕青，蕭本作白。

〔何團團〕何，兩宋本、繆本、咸本、樂府俱作作，注云：一作何。團團作團圓。蕭本作作。王本注云：一作作。團團下注云：繆本作團圓。

〔與誰〕蕭本作誰與。王本注云：蕭本作誰與。

〔大明〕大，兩宋本、繆本、樂府、咸本作天，注云：一作大。王本注云：一作天。

〔悽愴〕悽，兩宋本、繆本、樂府俱作惻。王本注云：繆本作惻。

【注】

〔擣藥〕太平御覽卷四：虞喜安天論曰：俗傳月中仙人桂樹，今視其初生，見仙人之足漸已成形，桂樹後生焉。傅玄擬天問：月中何有，白兔擣藥？

〔蟾蜍〕見卷二古風第二首注。

〔大明〕文選木華海賦：大明攄轡於金樞之穴。李善注：大明，月也。

〔九烏〕楚辭天問：羿焉彃日，烏焉解羽？王逸注：淮南言堯時十日並出，草木焦枯。堯令羿仰射十日，中其九日，日中九烏皆死，墮其羽翼，故留其一日也。

【評箋】

蕭云：按此詩借月以引興，日君象，月臣象，蓋爲安祿山之叛兆於貴妃而作也。

陳沆云：憂祿山將叛時作。月后象，日君象。祿山之禍兆於女寵，故言蟾蝕月明，以喻宫闈之蠱惑。九烏無羿射，以見太陽之傾危，而究歸諸陰精淪惑，則以明皇本英明之辟，若非沉溺聲色，何以安危樂亡而不悟耶？危急之際，憂憤之詞。蕭士贇謂祿山叛後所作者亦誤。（詩比

興箋）

上之回

三十六離宮，樓臺與天通。閣道步行月，美人愁烟空。恩疎寵不及，桃李傷春風。淫樂意何極？金輿向回中。萬乘出黃道，千騎揚彩虹。前軍細柳北，後騎甘泉東。豈問渭川老，寧邀襄野童？但慕瑤池宴，歸來樂未窮。

【校】

〔千騎〕騎，兩宋本、繆本、文粹、樂府俱作旗。

〔彩虹〕虹，兩宋本誤作紅。

〔後騎〕騎，文粹作涉。咸本注云：一作涉。

〔但慕〕兩宋本、繆本、王本俱注云：一作秋暮。文粹、樂府俱作秋暮。

【注】

〔上之回〕王云：按宋書：漢鼓吹鐃歌十八曲中有上之回。樂府古題要解：上之回，漢武帝元封初，因至雍，遂通回中道，後數遊幸焉。其歌稱帝游石關，望諸國，月支臣，匈奴服。皆美當時事也。

〔離宫〕後漢書卷七〇班固傳：西都賦：離宫别館，三十六所。章懷太子注：三輔黄圖曰：上林有建章、承光等一十一宫，平樂、繭觀等二十五館，凡三十六所。

〔回中〕王云：漢書：元封四年冬十月，行幸雍，祠五畤，通回中道。應劭曰：回中在安定高平，有險阻。蕭關在其北。又史記正義：括地志云：秦回中宫在岐州雍縣西四十里。太平寰宇記：回中宫在鳳翔府天興縣西。

〔黄道〕王云：宋之問詩：「囂聲引颺聞黄道，王氣周回入紫宸。」蕭士贇曰：前漢天文志：日有中道，中道者黄道也。日君象，故天子所行之道亦曰黄道。

〔細柳〕漢書文帝紀：軍細柳。注：服虔曰：在長安西北。如淳曰：長安圖：細柳倉在渭北，近石徼。張揖曰：在昆明池南，今有柳市是也。

〔甘泉〕三輔黄圖：關輔記：林光宫一曰甘泉宫，秦所造，在今池陽縣西。故甘泉山，宫以山爲名。宫周匝十餘里。漢武帝建元中增廣之。周十九里，去長安三百里。望見長安城，黄帝以來圓丘祭天處。

〔渭川〕史記齊太公世家：吕尚蓋嘗窮困年老矣，以魚釣奸周西伯，西伯將出獵，卜之曰：所獲非龍非彲，非虎非羆，所獲霸王之輔。於是周西伯獵，果遇太公於渭之陽，與語大悦。曰：「自吾先君太公曰，當有聖人適周，周以興，子真是耶！吾太公望子久矣。」故號之曰太公望，載與俱歸，立爲師。

〔襄野〕莊子徐無鬼篇：黄帝將見大隗乎具茨之山，……至於襄城之野，七聖皆迷，無所問途。適遇牧馬童子問途焉，曰：「若知具茨之山乎！」曰：「然。」「若知大隗之所存乎？」曰：「然。」黄帝曰：「異哉，小童非徒知具茨之山，又知大隗之所存，請問爲天下。」小童曰：「……予少而自游於六合之内，予適有瞀病，有長者教予曰：若乘日之車而游於襄城之野，今予病少痊，予又且復游於六合之外，夫爲天下亦若此而已矣，又奚事哉？」……黄帝再拜稽首，稱天師而退。

【評箋】

蕭云：詩言漢武巡幸回中，不過溺志於神仙之事，豈爲求賢哉？明皇亦好神仙，此其諷諫之作與！

按：此與卷二古風第四十八首意相近，又卷五宫中行樂詞之三，一作「君王多樂事，何必向回中」，亦足徵其意主諷諫。

獨不見

白馬誰家子，黄龍邊塞兒。天山三丈雪，豈是遠行時？春蕙忽秋草，莎雞鳴曲池。風催寒梭響；月入霜閨悲。憶與君別年，種桃齊蛾眉。桃今百餘尺，花落成枯枝。終然獨不見，流淚空自知。

【校】

〔題〕按：敦煌殘卷獨不見詩即卷五塞下曲之四，大旨相似，或即一詩並存兩本耳。

〔莎雞〕莎，宋乙本作沙。

〔曲池〕曲，蕭本、咸本俱作西。王本注云：蕭本作西。

〔風催〕催，兩宋本、繆本俱作催。王本注云：繆本作摧，誤。胡本作風摧寒梭響，注云：一作風催寒梭響。

〔寒梭〕梭，王本注云：一作椶，許本作稯。蕭本作稯。郭本、咸本作椶。

【注】

〔獨不見〕王云：樂府古題要解：獨不見，言思而不得見也。胡震亨曰：梁柳惲本辭，「奉帚長信宮，誰知獨不見？」唐人擬者多用獨不見三字。蕭云：樂府遺聲二十五曲中有獨不見。

〔黄龍〕王云：水經注：白狼水又北逕黄龍城東。十三州志曰：遼東屬國都尉治昌黎，道有黄龍亭者也。魏營州刺史治。魏氏土地記曰：黄龍城西南有白狼河，東北流附城東北下，即是也。新唐書北狄傳：契丹逃潢水之南，黄龍之北。又云：室韋，契丹別種，地據黄龍，北傍猺越河，直京師東北七千里。

〔天山〕見卷三戰城南詩注。

〔春蕙〕王云：爾雅翼：蕙大抵似蘭，花亦春開，蘭先而蕙繼之，皆柔荑，其端作花，蘭一荑一花，蕙一荑五六花，香次於蘭。

〔莎雞〕王云：陸璣草木疏：莎雞如蝗而斑色毛翅數重，其翅正赤，或謂之天雞。六月中飛而振羽，索索作聲，幽州謂之蒲錯。爾雅翼：莎雞其狀頭小而羽大，有青褐兩種。率以六月振羽作聲，連夜札札不止。其聲如紡絲之聲，故一名梭雞，一名絡緯。今俗謂之絡絲娘。古今注曰：莎雞一名促織，一名絡緯，一名蟋蟀。促織謂其鳴聲如急織也，絡緯謂其鳴聲如紡緯也。又曰：促織一名促機，絡緯一名紡緯，其言促織如急織，絡緯如紡緯是矣。但蟋蟀與促織是一物，莎雞與絡緯是一物，不當合而言之耳。△莎音梭。

【評箋】

楊慎云：太白詩：「天山三丈雪，豈是遠行時！」又云：「水國秋風夜，殊非遠別時。」豈是，殊非，變幻二字，愈出愈奇。孟蜀韓琮詩：「晚日低霞綺，羣山遠畫眉。青青河畔草，不是望鄉時。」亦祖太白句法。（升庵詩話）

白紵辭三首

揚清歌，發皓齒。北方佳人東鄰子，且吟白紵停緑水。長袖拂面爲君起。寒雲夜捲霜海空，胡風吹天飄塞鴻。玉顔滿堂樂未終。

【校】

〔清歌〕歌，兩宋本、繆本、王本俱注云：一作音。文粹亦作音。胡本作音，注云：一作歌。

〔未終〕此下咸本、樂府、蕭本有「館娃日落歌吹濛」一句。英華亦有此一句，注云：一作深，一無此句。

【注】

〔白紵辭〕蕭云：白紵歌有白紵舞，白鳧歌有白鳧舞，並吴人之歌舞也。吴地出紵，又江鄉水國自多鳧鶩，故興其所見以寓意焉。始則田野之作，後乃大樂氏用焉，其音入清商調，故清商七曲有子夜者，即白紵也。在吴歌爲白紵，在雅歌爲子夜，梁武令沈約更制其辭焉。王云：樂府古題要解：白紵歌古辭盛稱舞者之美，宜及芳時行樂，其譽白紵曰：「質如輕雲色如銀，制以爲袍餘作巾，袍以光軀巾拂塵。」按舊史稱白紵吴地所出，白紵舞本吴舞也，梁武帝令沈約改其辭爲四時之歌，若「蘭葉參差桃半紅」，即其春歌也。

〔佳人〕漢書卷九六外戚傳：（李）延年侍上，起舞，歌曰：「北方有佳人，絶世而獨立。一顧傾人城，再顧傾人國。」

〔東鄰〕司馬相如美人賦：臣之東鄰有一女子，雲髮豐豔，蛾眉皓齒。

〔緑水〕文選馬融長笛賦：中取度於白雪、渌水。李周翰注：白雪、渌水雅曲名。按：本集卷六緑作渌。二字集中通用，不復贅。

【評箋】

王云：按鮑照白紵辭：「朱脣動，素袖舉，洛陽少年邯鄲女。古稱緑水今白紵，催絃急管爲君舞。窮秋九月荷葉黄，北風驅雁天雨霜。夜長酒多樂未央。」太白此篇句法，蓋全擬之。蕭本以「館娃日落歌吹濛」一句，續作末句，便不相類，今從古本。按：王説良是，第二首無館娃一句不能領起全篇。

其二

館娃日落歌吹深，月寒江清夜沉沉。美人一笑千黄金，垂羅舞縠揚哀音。郢中白雪且莫吟，子夜吴歌動君心。動君心，冀君賞。願作天池雙鴛鴦，一朝飛去青雲上。

【校】

〔吹深〕此句英華、蕭本在前首之末，深作濛。文粹作館娃日落歌塵濛，亦在前首之末。深，胡本作中，注云：俗本改爲歌吹濛，誤。

〔江清〕江，胡本作天。王本注云：胡本作天。清，英華作深。

〔吴歌〕歌，敦煌殘卷作聲。

〔青雲〕青，英華注云：一作緑。文粹及敦煌殘卷俱作緑。咸本作緑，注云：一作青。

【注】

〔館娃〕太平寰宇記卷九一：越絶書云：吴人於硯石山置館娃宫。劉逵注吴都賦引揚雄方言云：吴有館娃宫，吴人呼美女爲娃，故三都賦云：幸乎館娃之宫中，張女樂而宴羣臣。今吴縣有館娃鄉。吴郡志卷一三云：館娃宫：吴地記皆云闔閭城西有山，號硯石山，山在吴縣西三十里，上有館娃宫。又……吴有館娃宫，今靈巖寺即其地也。山有琴臺、西施洞、硯池、翫花池，山前有采香徑，皆宫之故跡。

〔郢中〕見卷二古風第二十一首注。

〔子夜〕見卷六子夜吴歌四首注。

【評箋】

胡云：言日已落，館娃宫尚在歌吹中也。俗本改作歌吹濛，誤。

又云：鮑照擬白紵歌云：「朱脣動，素袖舉，洛陽少年邯鄲女。古稱緑水今白紵，催絃急管爲君舞。窮秋九月荷葉黄，北風驅鴈天雨霜。夜長酒多樂未央！」此篇全與之同，他篇亦多採用鮑語。宋姚寬云：杜甫憶白詩：「俊逸鮑參軍」，豈亦此耶。

其三

吴刀剪綵縫舞衣。明粧麗服奪春暉。揚眉轉袖若雪飛。傾城獨立世所稀。激楚結風醉忘歸。高堂月落燭已微。玉釵挂纓君莫違。

【校】

〔剪綵〕綵，兩宋本、繆本、王本俱注云：一作綺。胡本作綺，注云：一作綵。

〔揚眉〕眉，英華作目，注云：一作眉。敦煌殘卷作蛾眉。

〔雪飛〕雪，英華作雲。

【注】

〔激楚結風〕史記司馬相如傳集解：郭璞曰：激楚，歌曲也。列女傳曰：聽激楚之遺風也。索隱：激楚，急風也，結風，回風，亦急風也。楚地風氣既自漂疾，然歌樂者猶復依激結之急風以爲節，其樂促迅哀切也。

〔挂纓〕司馬相如美人賦：玉釵挂臣冠，羅袖拂臣衣。

鳴雁行

胡雁鳴，辭燕山。昨發委羽朝度關。一一銜蘆枝，南飛散落天地間。連行接翼往復還。客居烟波寄湘吴。凌霜觸雪毛體枯。畏逢矰繳驚相呼。聞弦虚墜良可吁。君更彈射何爲乎？

【注】

〔鳴雁行〕蕭云：樂府遺聲鳥獸二十一曲中有鳴雁行。胡云：鮑照本辭嘆雁之辛苦霜雪，太白更嘆其遭彈射，似爲己之逢難寓感，觀湘吴一語可見。

〔委羽〕淮南子墬形訓：北方曰積冰，曰委羽。高誘注：委羽，山名，在北極之陰，不見日也。

〔蘆枝〕王云：淮南子：夫雁順風以愛氣力，銜蘆而翔以備矰弋。高誘注：未秀曰蘆，已秀曰葦。矰，矢。弋，繳。銜蘆所以令繳不得截其翼也。古今注：雁自河北渡江南，瘦瘠能高飛，不畏繳矰。江南沃饒，每至還河北，體肥不能高飛，恐爲虞人所獲，常銜蘆數寸，以防矰繳焉。一説：代山高峻，鳥飛不越，惟有一缺門，雁往來向此缺中過，人號曰雁門。山出鷹，雁過，鷹多捉而食之。雁欲過，皆相待兩兩相隨，口中啣蘆一枝，然後過缺中。鷹見蘆，懼之不敢捉。

〔矰繳〕王云：鄭玄周禮注：結繳於矢謂之矰，賈公彦疏：繳，繩也。謂結繩於矢，以弋射鳥獸。史記集解：韋昭曰：繳，弋射也。其矢曰矰。西都賦：矰繳相纏。張銑注：矰繳，箭上加縷而射。△繳音灼。

【評箋】

唐宋詩醇云：此白遭難避禍而作，步步憂虞，所謂驚弓之鳥。一結婉而多諷，誦之惻然。

妾薄命

漢帝重阿嬌，貯之黄金屋。咳唾落九天，隨風生珠玉。寵極愛還歇，妒深情却疎。長門一步地，不肯暫迴車。雨落不上天，水覆難再收。君情與妾意，各自東西流。昔日芙蓉花，今成斷根草。以色事他人，能得幾時好？

【校】

〔重阿嬌〕重，兩宋本、繆本、王本俱注云：一作寵。蕭本、胡本俱作寵。

〔難再收〕兩宋本、繆本俱作重難收，注云：一作難重收。英華作最難收，注云：一作難再，又作難重。文粹亦作最難收。咸本作難再收，注云：一作重難收。王本注云：一作難重，一作重難。

〔君情〕情，兩宋本、繆本、王本俱注云：一作恩。

〔斷根草〕兩宋本、繆本、王本俱注云：一作素秋草。英華作素秋草。

【注】

〔妾薄命〕蕭云：樂府佳麗四十七曲中有妾薄命，亦曰惟日月，太白則爲漢武廢后陳皇后而作。末章詩句則有所感寓也。王云：樂府古題要解：妾薄命，曹植「日月既逝西藏」，蓋恨宴私之歡不久。如梁簡文「名都多麗質」，傷良人不返，王嬙遠聘，盧姬嫁遲。

〔珠玉〕莊子秋水篇：子不見夫唾者乎？噴則大者如珠，小者如霧，雜而下者不可勝數也。按：詩人用咳唾珠玉語蓋本此。

〔水覆〕宋長白柳亭詩話云：太白詩：「雨落不上天，水覆難再收。」出後漢書光武紀反水不收，又何進傳覆水不收。而或有引小説姜太公令馬氏覆水者，可發一笑。參見本卷白頭吟第二首注。

〔斷根〕王云：邵氏聞見後録：李太白詩云：「昔作芙蓉花，今爲斷腸草。以色事他人，能得幾時好？」按陶弘景仙方注云：斷腸草不可食，其花美好名芙蓉。琦按：此説似乎新穎，而揆之取義，斷腸不若斷根之當也。按：雲麓漫鈔卷一：老圃云，芙蓉花根三年不除殺人。因憶古人詩云：「昔爲芙蓉花，今成斷腸草。」則古人已曾言矣。亦以爲斷腸，則宋人所見李詩多作斷腸可知。又袁枚隨園詩話云：冷齋夜話云：太白詩：「昔作夫容花，今爲斷腸草。」本陶弘景仙方注，斷腸草一名夫容故也。乃知詩人無一字閒話。方密之笑曰：太白冤哉！草不妨同名，詩人何心作藥師父耶？徐文靖管城碩記卷二五云，太白詩：「昔作芙蓉花，今爲斷腸草。」冷齋夜話云：陶弘景仙方注：斷腸草不可食，其花爲芙蓉花。乃知詩人無一字閒語。按述異記：秦趙間有相思草，狀如石竹而節節相續，一名斷腸草，又名愁婦草。白所謂當即是耳。若只一物，豈可以今昔言之？

【評箋】

蕭云：太白之詩，其旨出於國風，往往寄興深遠。欲言時事，則借古喻今。此詩雖言漢武之事，而意則實在於明皇王后也。二后事跡前後一轍，雖各以無子巫蠱厭勝，然究其所原，實衞子夫、武惠妃爭寵有以激之也。陳后之廢，相如作長門賦，王后之廢，王諲作翠羽帳賦，冀以諷帝，而夫婦之天卒莫能回。太白此詩其作於翠羽帳賦之後乎？……

按：王后之廢在開元十年，李白甫踰弱冠，身在蜀中，何事而爲之作詩？蕭說不可信。辨見卷二古風第二首。

梅鼎祚云：朱諫删入辨疑，大瞶。（李詩鈔）

趙文哲云：七古莫盛於盛唐，然亦體製各殊。……惟太白仙才不可捉搦，「咳唾落九天，隨風生珠玉」二語殆其自讚。後人雖不易學，然用意琢句之間，略得一二，真足脱棄凡猥，誠療俗

之金丹也。（娱雅堂詩話）

幽州胡馬客歌

幽州胡馬客，緑眼虎皮冠。笑拂兩隻箭，萬人不可干。彎弓若轉月，白雁落雲端。雙雙掉鞭行，游獵向樓蘭。出門不顧後，報國死何難？天驕五單于，狼戾好凶殘。牛馬散北海，割鮮若虎餐。雖居燕支山，不道朔雪寒。婦女馬上笑，顏如赬玉盤。翻飛射鳥獸，花月醉雕鞍。旄頭四光芒，争戰若蜂攢。白刃灑赤血，流沙爲之丹。名將古誰是？疲兵良可嘆。何時天狼滅？父子得安閑。

【校】

〔若蜂〕若，兩宋本、繆本俱作如。王本注云：繆本作如。

〔安閑〕兩宋本、繆本俱作閑安。

【注】

〔題〕胡云：梁鼓角横吹曲本詞言剿兒苦貧，又言男女燕遊，太白依題立義，敘邊塞逐虜之事。

〔白雁〕王云：爾雅翼：今北方有白雁，似鴻而小，色白，秋深乃來，來則霜降。河北謂之霜信。本草綱目：雁狀似鵝，有蒼白二色，今以白而小者爲雁，大者爲鴻，蒼者爲野鵝。

〔樓蘭〕漢書卷九六西域傳：樓蘭王治扜泥城，去陽關千六百里，去長安六千一百里，樓蘭國最在東垂，近漢，當白龍堆，乏水草，常主發導，負水儋糧，迎接漢使。

〔五單于〕漢書宣帝紀：匈奴虚閭權渠單于病死，右賢王屠耆堂代立。骨肉大臣立虚閭權渠單于子爲呼韓邪單于，擊殺屠耆堂，諸王並自立，分爲五單于，更相攻擊，死者以萬數。

〔狼戾〕漢書卷六四嚴助傳：今閩越王狼戾不仁，殺其骨肉，離其親戚。顔師古注：狼性貪戾，凡言狼戾者，謂貪而戾也。

〔北海〕王云：北海，匈奴中地名。漢書蘇武傳：徙武北海上無人處，使牧羝。又匈奴傳：單于留郭吉不歸，遷辱之北海上，蓋與中國絶遠處。

〔割鮮〕王云：文選西都賦：割鮮野食。孔安國尚書傳：鳥獸新殺曰鮮。

〔不道〕張相詩詞曲語辭匯釋云：不道猶云不知也，不覺也，不期也。李白幽州胡馬客歌云：「雖居燕支山，不道朔雪寒。」言不知朔雪寒也。

〔旄頭〕見卷三胡無人注。

〔流沙〕王云：水經：流沙地在張掖居延縣東北。唐六典注：流沙在沙州以北，連延數千里。

〔天狼〕史記天官書：其東有大星曰狼，狼角變色，多盜賊。正義：狼一星參東南，狼爲野將，主侵掠，占非其處則人相食，色黄白而明，吉。赤角兵起，金火守亦如之。

【評箋】

唐宋詩醇云：明皇喜事邊功，寵任蕃將。天寶十載，高仙芝敗於大食，安禄山敗於契丹。是詩之作，必刺禄山也。「出門不顧後，報國死何難？」詰之也。「名將古誰是？疲兵良可歎」，傷之也。言切而意悲矣。